Peter Rosegger

Waldheimat

Kinderjahre

Peter Rosegger

Waldheimat

Kinderjahre

rosenheimer

Titelbild: Franz v. Defregger:
»Porträt eines Buben« (Ausschnitt)
Satz: Buch-Werkstatt GmbH, Bad Aibling
Druck und Bindung: GGP Media, Pößneck
Printed in Germany

Dieser Band ist mit »Peter Rosegger: Waldheimat. Lehrjahre« und »Peter Rosegger: Waldheimat. Neue Geschichten« zu einem Set zusammengefasst.

ISBN des Sets 3-475-53259-X

Vorwort

Kindeszeit und Kindesheim!

Es ist das alte Lied vom Paradiese. Es gibt Gemüter, denen dieses Paradies nimmer verloren ist, und wäre auch längst die Stirne gefurcht vor Sorgen, das Haar gebleicht vor Alter; in denen das Reich Gottes fortwährt und in der Erinnerung noch reiner und herrlicher ersteht, als es in der Wirklichkeit je sein konnte; aber Kinder sind Poeten und – umgekehrt. Es ist eine wunderbare Eigenschaft unserer Seele – eine Spur der Göttlichkeit –, dass wir in der Regel vergangenes Ungemach unschwer zu vergessen pflegen, während das längst verblühte Schöne und Angenehme der Erinnerungen treu bleibt und also abgesondert von den Schlacken der Alltäglichkeit eine ideale, unvergängliche Welt in uns aufbaut.

Wir nennen jene Menschen zwar Träumer, in denen die Vergangenheit eine größere Rolle spielt als die Gegenwart, ja, als die Pläne und Hoffnungen für die Zukunft. Die Vergangenheit ist abgeschlossen und fertig, sie steht uns als ein Ganzes gegenüber. Sie ist ein Traum, und doch sage ich, sie ist das reellste Gut, weil es unwandelbar ist und nicht verloren sein kann, so lange die Seele lebt.

Wenn ich in diesem Buche von Kindes- und Jugendtagen des Waldbauernbuben erzähle, so möge man die Dinge auf meine Person beziehen oder auch nicht. Die Erzählungen dieses Buches wollen zu jener Gattung von Wahrheit gehören, welche allgemein ist und die durch den Mund des Poeten bedeutsamer wird. Grundlage meiner Schrift sind die Verhältnisse, die in jener Gegend bestanden und zum kleinen Teile noch bestehen, und ferner die Zufälle und Ereignisse, die in mein eigenes Leben oder in das meiner Verwandten hereinspielten. Schon mancher Kopf ist darüber geschüttelt worden, wieso ich in meiner Bauernhütte all die verschiedenen Zustände und Sitten und die vielen wunderlichen Kerle kennen gelernt hätte und ob denn alles so bei der Hand gewesen oder von allen Seiten herbeigekommen wäre, um sich von mir beschreiben zu lassen? Die Frage ist sehr gerechtfertigt, denn in einer entlegenen Waldbauernhütte kann ein blöder Junge nicht viel Volksstudien gemacht haben. Als ich zu einem Schneidermeister in die Lehre kam, da erst eröffnete sich mir die Bauernwelt. Die Bauernhandwerker, als der Schuster, der Schneider, der Weber, der Fassbinder usw., sind in vielen Alpengegenden eine Art von Nomadenvolk. Sie haben wohl irgendeine bestimmte Wohnung, entweder im eigenen Häuschen oder in der gemieteten Stube eines Bauernhofes, wo ihre Familie lebt, wo sie ihre Habseligkeiten bergen und wo sie ihre Sonn- und Feiertage zubringen; am Montagsmorgen aber nehmen sie ihr Werkzeug auf den Rücken oder in die Seitentasche und gehen auf die Ster, d. h. sie gehen auf Arbeit aus und heimen sich im Bauernhause, wohin sie bestellt sind, für so lange ein, bis sie die bestimmte Arbeit, den Hausbedarf, verfertigt haben. Dann wandern sie wieder zu einem anderen Hofe. Der Handwerker wird in seinem Sterhause wie zur Familie gehörig betrachtet und ist in wenigen Tagen eingeweiht in die Verhältnisse, Eigenarten und Geheimnisse des Hauses.

Ich habe im Laufe meiner vier Schneiderjahre in siebenundsechzig verschiedenen Häusern gearbeitet, und zwar in den oberen Gegenden des Mürztals und im so genannten Jackelland. Das war meine Hochschule, in der ich das Bauerntum im Großen und Einzelnen kennen lernte. Und so habe ich hier den »Kindesjahren« die »Lehrjahre« beigefügt, in denen ich von den Erfahrungen in meinem Handwerkerleben erzähle. Gehört ja doch auch dieses ganz und gar meiner Waldheimat an.

»Waldheimat« nenne ich mein Buch, weil mir dieser Begriff am besten die Zustände und Geschehnisse zu begründen und zu erklären scheint, von denen hier die Rede sein wird. Es ist ja ein wunderliches Seelenleben, welches sich in dem Schatten der Tannenwälder, in den tauigen Wiesentälern und auf den stillen Hochmatten entwickelt. Was war ich für ein Schwärmer für Gott und seinen Himmel, für alles Geheimnisvolle und Unbegreifliche! Und wie bin ich so weltdurstig gewesen, dass, da ich doch nicht hinaus konnte in die große, ich mir eine eigene kleine Welt schuf. Sie ist auch darnach geworden. Der Ernst ward zum Spiel und das Spiel zum Leben, und an jedem Ereignisse, das geschah, und an jedem Menschen, den ich kannte, hing ein Stück meines kindischen Herzens. Als endlich noch die Jahre dazukamen, in denen der heiße Funke beginnt zu glimmen, wurde die Unruhe noch größer. – Es wird anderen auch so ergehen. – Lange tat ich, wie es der Brauch war, bis ich plötzlich aus dem Kreise sprang. Jauchzend flog ich in die Welt, voll jener Sehnsucht, die mich heute wieder zurückzieht in den Wald.

– – 's ist lange vorbei. Das Nest unter den Fichten ist verwüstet worden von dem Geier des bösen Geschickes. Fremde Bewohner waren in dasselbe gezogen und hatten ihre Not darin gelitten. Es war, als hätte die Drangsal auf immer währende Zeiten Besitz ergriffen von dem Waldhause.

Möge der alte Bau auf der Bergeshöhe endlich zerfallen. Mögen die Auen, auf denen der Waldbauernbub die Schafe geweidet, die Felder, über welche er den Pflug geleitet – die Gründe all', die durchdrungen sind von dem Schweiße des Vaters und der Träne der Mutter – mögen sie in wenigen Jahren überwoben sein mit dem grünen, heiligen Schleier des Waldes. Der liebe, lachende Frieden wird sein, Eichhörnchen, Rehe und Hirsche werden wohnen in der Waldheimat; Finken und Amseln, Spatzen und Lerchen und allerlei fröhliche Vögel werden das Gewipfel beleben.

Und so wird es nach mir dort sein, wie es lange vor mir gewesen ist.

Der Verfasser

Als Großvater freien ging

Beim Kreuzwirt auf der Höh' saßen sie um den großen Tisch herum: Fuhrleute von oben und unten, Gewerbsleute von Pöllau und Vorau, Holzarbeiter vom Rabenwald und Masenberg, Grenzwächter von der ungarischen Markung.

Mein armer Großvater, der Waldbauer von Alpel, war auch unter ihnen. Er war damals eigentlich noch lange nicht mein Großvater, und ihm war sie noch voll und rund, die Welt, die später jedes Mal ein Loch bekam, so oft das schlimme, tollwitzige Enkelein nicht bei ihm war. So geht's auf der Welt, man meint in jungen Jahren, man hätte es fertig mit allem und ahnt nicht, welche Herzensgewalten noch in der Zukunft schlummern.

Und dass ich denn erzähle. Mein Großvater – Natz –, Natz, wie er eigentlich hieß … nein, da ich einmal da bin, so will ich ihn doch lieber Großvater heißen schon in seiner Jugendzeit – mein Großvater also ging damals gerade »im Heiraten um«. Immer war er auf dem Viehhandel aus, oder im Mostkaufen, oder im Wallfahrten, oder in diesem und jenem – und keinem Menschen sagte er's, warum er eigentlich wanderte. Der hübschen Mägdlein und jungen Witwen gab es genug im Lande; mancher Bauer sagte, er gebe auch eine gute Aussteuer mit, bevor man noch wusste, dass er eine heiratsfähige Tochter habe. Aber mein Großvater war einer von denen, die nach etwas anderem gucken. Er hatte den Glauben, für jeden Mann gebe es nur ein Weib auf der Welt, und es käme für den Heiratslustigen darauf an, dasselbe aus allen anderen lächelnden und winkenden Weibern herauszufinden. Er hat nach jahrelanger Suche schließlich die Rechte und Einzige gefunden, aber nicht in der weiten Welt draußen, sondern ganz nahe – zehn Minuten seitab von seinem Vaterhause. Dort war sie eines Sonntags im langen Heidebeerkraut herumgegangen, um für ihre Mutter frische Beeren zu sammeln. Das Lockenköpfchen und vom Busen ein erklecklicher Teil ragte hervor, alles andere stak im Kraut.

Mein Großvater lugte ihr durch das Gezweige des Dickichts zu, sprach sie aber nicht an. Und als sie fort war, schlich auch er davon und dachte: Jetzt geh' ich morgen noch einmal in die Pöllauergegend hinab, und wenn mir keine Gescheite (hier so viel als Passende) unterkommt, so lass ich's gut sein und nimm die da.

So war er noch einmal in der Pöllauergegend gewesen. Und dort hatte er richtig eine aufgetrieben, die reicher und feiner war als das Mädel im Heidekraut; aber gar zu gerngebig. Das freute ihn wohl für den Augenblick, doch ließ er's dabei bewenden; eine Häusliche wollte er haben, und er lenkte seine Schritte heimwärts – der Sparsameren zu.

Und da war's unterwegs, dass er beim Kreuzwirt auf der Höh' einkehrte. Er saß anfangs abseits beim Ofenbanktischchen, trank ein Glas Apfelmost und biss ein Stück schwarzes Brot dazu. Seine Gedanken hatte er – wie alle Freiersleute – nicht beisammen; seine Ohren nahmen wohl teil an dem lebhaften Gespräche der gemischten Gesellschaft, die um den großen Tisch saß und Wein trank. Die Grenzwächter hatten draußen in der Holzhauerhütte schwer verpönten ungarischen Tabak gefunden und wollten demnach den Eigner desselben mit sich fort zum Gerichte führen. Da kamen jedoch andere Männer des Waldes herbei, und mit gehobenen Knütteln stellten sie den Grenzwächtern die Wahl, was ihnen lieber wäre: Prügel oder zehn Maß beim Kreuzwirt, denn mit dem Schergengeschäft wär's diesmal nichts. Wollten die Überreiter, wie man die Grenzer nannte, sofort zu ihren Gewehren greifen; diese waren aber jählings in den Händen der Holzhauer – sonach wählten sie von den beiden verfügbaren Dingen die zehn Maß Wein beim Kreuzwirt. Nun saßen die Grenzwächter lustig unter den lustigen Zechern, hielten Bruderschaft mit den Waldleuten und Fuhrmännern und stopften schließlich ihre Pfeifen mit jenem Tabak, den sie in der Holzhauerhütte in Beschlag genommen hatten.

Zum Kartenspielen kam's, und viel Silbergeld kollerte auf dem Tisch herum. Einer der Holzhauer, ein schielendes, weißhaariges Männlein, war nicht glücklich; sein bocklederner Beutel, der manchen gewichtigen, schrillenden Fall auf den Tisch getan hatte, der immer tiefer umgestülpt werden musste, bis die dürren, gierigen Finger auf sein silbernes Eingeweide kamen – der Beutel gab endlich nichts mehr herfür. Da zog das Männchen seine Taschenuhr hervor: »Wer kauft mir das Knödel ab?« Die Uhr ging im Kreis herum; es war ein tüchtiges Zeug mit drei schweren Silbergehäusen und einer Schildkrötenschale am Rücken, welche ringsum mit Silbernieten besetzt war. Ein Spindelwerk ferner, mit einem gewaltigen Zifferblatt, auf welchem der Messingzeiger just die dritte Nachmittagsstunde anzeigte.

Dreißig Gulden verlangte der Mann für die Uhr; man lachte ihm hell ins Gesicht, der Eigentümer aber behauptete: »Was wollt ihr wetten? Ehe der Zeiger auf halb vier steht, ist die Uhr verkauft!« Darauf lachten sie noch unbändiger.

Mein Großvater, der hatte von seiner Ofenbank aus die Sache so mit angesehen. Diese verkäufliche Uhr mit dem Schildkrötengehäuse, sie machte ihm die Seele heiß. So eine Uhr war längst seine Passion gewesen; und wenn er nun als Bräutigam eine könnte im Hosenbusen tragen, oder wenn er sie gar der Braut zur Morgengabe spenden möchte! Eine Uhr! Eine Sackuhr! Eine silberne Sackuhr mit Schildkrötengehäuse! –

So weit kam's, dass mein Großvater aufstand, zum großen Tisch hinging und das Wort sprach: »Geh, lass mich das Zeug anschauen!«

»He, du bist ja der Bauer von Alpel!«, rief der alte Holzhauer, »na, du kannst leicht ausrucken, und dir darf ich's unter vierzig Gulden gar nicht geben!«

Mein Großvater hatte aber nicht viel im Sack;

darum sagte er: »Steine haben wir dies Jahr mehr im Alpel als Geld.«

»Was willst denn, Bauer, hast nicht groß Haus und Grund?«

»Im Haus steht der Tisch zum Essen, aber auf dem Grund wächst lauter Heidekraut«, entgegnete mein Großvater.

»Und Korn und Hafer!« rief einer drein.

»Wohl, wohl, ein wenig Hafer«, sagte mein Großvater.

»Hafer tut's auch«, rief der Weißkopf, »weißt, Bauer, wenn du einverstanden bist, ich lass dir die Uhr billig.«

»Damit bin ich schon einverstanden«, antwortete mein Ahn.

»Gut«, und damit riss ihm der Holzhauer die Uhr wieder aus der Hand, wendete sie um, dass das Schildkrötengehäuse nach oben lag, »siehst du die Silbernieten da am Rand herum?«

»Sind nicht übel«, entgegnete mein Großvater.

»Übel oder nicht«, rief der schielende Weißkopf, »nach diesen Nieten zahlst mir die Uhr. – Für die erste Niete gibst mir ein Haferkorn, für die zweite gibst mir zwei Haferkörner, für die dritte vier, für die vierte acht, und so verdoppelst mir den Hafer bis zur letzten Niete, und die Uhr gehört dein mitsamt der Silberkette und dem Frauentaler, der dran hängt.«

»Gilt schon!«, lachte mein Großvater, bei sich bedenkend, dass er für eine solche Uhr eine Hand voll Hafer doch leicht geben könne.

Der Kreuzwirt hatte im selben Augenblick meinen Großvater noch heimlich in die Seite gestoßen, der aber hielt das für lustige Beistimmung und schlug seine Rechte in die des Alten. »Es gilt, und alle Männer, die beim Tisch sitzen, sind Zeugen!«

Er hatte aber keinen Hafer bei sich.

Tat nichts. Sofort brachte der Kreuzwirt ein Schäffel herbei, um durch Zählen der Körner, wie mein Ahn meinte, die Rechnung zu bestimmen.

Sie setzten sich um den Hafer zusammen, mein Großvater, vom frischen Apfelmost im Kopfe erwärmt, lachte in seinen jungen Bart; des Gewinnes gewiss, freute er sich schon auf die großen Augen, die das Heidebeermägdlein zur gewichtigen Uhr machen werde.

Zuerst wurden die Nieten gezählt, die um das Schildkrötenblatt herumliefen; es waren deren gerade siebzig. Dann kam's an die Haferkörner; mein Großvater sonderte sie mit den Fingern, der Holzhauer zählte nach, und die andern überwachten das Geschäft.

Erste Niete: ein Korn; – zweite Niete: zwei Körner; – dritte Niete: vier Körner; – vierte: acht Körner; – fünfte: sechzehn; – sechste: zweiunddreißig; – siebente: vierundsechzig; – achte: hundertachtundzwanzig; – neunte: zweihundertsechsundfünfzig; – zehnte Niete: fünfhundertzwölf Körner. – »Wirtin, den kleinen Schöpflöffel her!« – Das ist gerade ein gestrichener Schöpflöffel voll.

Mein Großvater schob die Körner mit der Hand hin: »Macht's weiter, ich seh's schon, es wir schier ein Metzen herauskommen.«

Und die anderen zählten: Elfte Niete: zwei

Schöpflöffel voll Hafer; – zwölfte Niete: vier Löffel voll; – dreizehnte acht Löffel; – vierzehnte: sechzehn Löffel voll. Das macht eine Maß. – Fünfzehnte Niete: zwei Maß; – sechzehnte: vier Maß. – Das ist ein Maßl (Schäffel). – Siebzehnte Niete: zwei Maßl; –achtzehnte: vier Maßl; – neunzehnte: acht Maßl; – zwanzigste Niete: sechzehn Maßl, oder ein Wecht. – (Steirischer Malzen.)

Jetzt tat mein Großvater einen hellen Schrei. Die andern zählten fort, und bei der dreißigsten Niete kostete die Uhr über tausend Wecht Hafer. Das war mehr als die Jahresernte der ganzen Gemeinde Alpel.

»Jetzt hab' ich mein Haus und Grund verspielt«, knurrte der Freier.

»Sollen wir noch weiter zählen?«, fragten die Männer.

»Wie ihr wollt«, antwortete mein Großvater mit rollenden Augen.

Bei der dreiundvierzigsten Niete hatten sie eine Million Wecht Hafer. Bei der fünfzigsten rief mein Großvater, die Hände zusammenschlagend, aus: »O du himmlischer Herrgott, jetzt hab' ich deinen ganzen Hafer vertan, den du seit der Schöpfung der Welt hast wachsen lassen!«

»Sollen wir weiter zählen?«, fragten die Männer.

»Nicht nötig«, antwortete das weißköpfige Männlein gemessen, »das Übrige schenk' ich ihm.«

Mein Großvater – er erbarmt mich heute noch – war blass bis in den Mund hinein. Er hatte es in seiner Kindheit schon gehört, die Weltkugel mit allem, was auf ihr, drehe sich im Kreise; jetzt fühlte er's deutlich, dass es so war – ihm schwindelte. – Da geht er ins Heiraten aus und vertut sein ganzes Gütel. – »Alle Rösser auf Erden«, rief er, »fressen nicht so viel Hafer als die lumpigen paar Nieten da in der Uhr!«

»Steck' sie ein, Bauer, sie gehört ja dein«, sagte der alte Waldmann, »und zahl' den Zettel aus.«

»Ihr Leut'«, stotterte mein Großvater, »ihr habt mich übertöppelt« (überlistet).

»Du bist auch nicht auf den Kopf gefallen«, entgegnete man ihm, »du kannst zählen, wie jeder andere – und die ehrenwerten Zeugen!«

»Ja, ja, die ehrenwerten Zeugen«, rief mein Ahn, »lauter Leut', die geschwärzten Tabak rauchen!«

»Sei still, Bauer!« flüsterte ihm der Kreuzwirt zu, »umliegend (ringsum) ist der Wald! Wenn sie dich angehen, ich kann dir nicht helfen.«

Der alte Weißkopf schielte in den wurmstichigen Tisch hinein; er mochte merken, dass für ihn hier eigentlich doch nichts Rechtes herauskam, er sagte daher zu meinem Großvater: »Weißt du, Bauer, du könntest jetzt wohlfeil zu einem Körndl (Korn, Getreide) kommen. Ich will Hafer verkaufen. Gib mir dreißig Gulden für den ganzen.«

Abgemacht war's. Leichten Herzens legte mein Großvater dreißig Gulden auf den Spieltisch und eilte davon. Im freien Wald sah er auf die Uhr; der Zeiger stand auf halb vier.

Mein Ahn kehrte heim, warb um das Heidebeermädchen und verehrte ihm die Uhr zum Brautgeschenk. »Aber«, sagte er, »mein Schatz, das nehm' ich mir aus, du musst mir für die erste Silberniete da einen Kuss geben und bei jeder weiteren Niete die Küsse verdoppeln!«

Das arglose Mädchen ging drauf ein. –

Die Leutchen sind über achtzig Jahre alt, sind meine Großeltern geworden, doch starben sie lange bevor die Uhr abgeküsst war. Und wir Nachkommen werden kaum jemals im Stande sein, diese Schuld der Großmutter vollends wettzumachen.

Vom Urgroßvater, der auf der Tanne saß

An die Felder meines Vaters grenzte der Ebenwald, der sich über Höhen weithin gegen Mitternacht erstreckte und dort mit den Hochwaldungen des Heugrabens und der Wölzer-Alpen zusammenhing. Zu meiner Kindeszeit ragte über die Fichten- und Föhrenwipfel dieses Waldes das Gerippe einer Tanne empor, auf welcher der Sage nach vor mehreren Hundert Jahren, als der Türke im Lande war, der Halbmond prangte und unter welcher viel Christenblut geflossen sein soll.

Mich überkam immer ein Schauern, wenn ich von den Feldern und Heiden aus dieses Tannengerippe sah; es ragte so hoch über den Wald und streckte seine langen, kahlen, wild verworrenen Äste so wüst gespensterhaft aus, dass es ein unheimlicher Anblick war. Nur an einem einzigen Aste wucherten noch einige dunkelgrüne Nadelballen, und über diese ragte ein scharfkantiger Strunk, auf dem einst der Wipfel saß. Den Wipfel musste der Sturm oder ein Blitzstrahl geknickt haben – die ältesten Leute der Gegend erinnerten sich nicht, ihn auf dem Baume gesehen zu haben.

Von der Ferne, wenn ich auf dem Stoppelfelde die Rinder oder die Schafe weidete, sah ich die Tanne gern an; sie stand in der Sonne rötlich beleuchtet über dem frischgrünen Waldessaume und war so klar und rein in die Bläue des Himmels hineingezeichnet. Dagegen stand sie an bewölkten Tagen, oder wenn ein Gewitter heranzog, gar starr und dunkel da; und wenn im Walde weit und breit alle Äste fächelten und sich die Wipfel tief neigten vor dem Sturme, so stand sie still, ohne Regung und Bewegung.

Wenn sich aber ein Rind in den Wald verlief und ich, es zu suchen, an der Tanne vorüber musste, so schlich ich gar angstvoll dahin und gedachte an den Halbmond, an das Christenblut und an andere entsetzliche Geschichten, die man von diesem Baume erzählte. Ich wunderte mich aber auch über die Riesigkeit des Stammes, der auf der einen Seite kahl und von vielen Spalten durchfurcht, auf der anderen aber mit rauen, zersprungenen Rinden bedeckt war. Der unterste Teil des Stammes war so dick, dass ihn drei Männer nicht hätten zu umspannen vermocht. Die ungeheuren Wurzeln, welche zum Teile kahl dalagen, waren ebenso ineinander verschlungen und verknöchert wie das Geäste oben.

Man nannte den Baum die Türkentanne oder auch die graue Tanne. Von einem starrsinnigen oder übermütigen Menschen sagte man in der Gegend: »Der tut, wie wenn er die Türkentanne als Hutsträußl hätt'!« Und heute, da der Baum schon längst zusammengebrochen und vermodert ist, sagt man immer noch das Sprüchlein.

In der Kornernte, wenn die Leute meines Vaters, und er voran, der Reihe nach am wogenden Getreide standen und die »Wellen« herausschnitten, musste ich auf bestimmte Plätze die Garben zusammentragen, wo sie dann zu je zehn in »Deckeln« zum Trocknen aufgeschöbert wurden. Mir war das nach dem steten Viehhüten ein angenehmes Geschäft, umso mehr, als mir der Altknecht oft zurief: »Trag' nur, Bub', und sei fleißig; die Garbenträger werden reich!« Ich war sehr behändig und lief mit den Garben aus allen Kräften; aber da sagte wieder mein Vater: »Bub', du laufst ja wie närrisch! Du trittst Halme in den Boden, und du beutelst die Körner aus. Lass dir Zeit!«

Als es aber gegen Abend und in die Dämmerung hineinging und als sich die Leute immer weiter und weiter in das Feld hineingeschnitten hatten, sodass ich mit meinen Garben weit zurückblieb, begann ich unruhig zu werden. Besonders kam es mir vor, als fingen sich die Äste der Türkentanne, die in unsicheren Umrissen in den Abendhimmel hinein stand, zu regen an. Ich redete mir zwar ein, es sei nicht so, und wollte nicht hinsehen – konnte es aber doch nicht ganz lassen.

Endlich, als die Dunkelheit für das Kornschneiden zu groß wurde, wischten die Leute ihre Sicheln ab und kamen zu mir herüber und halfen mir unter lustigem Sang und Scherz die Garben zusammentragen. Als wir damit fertig waren, gingen die Knechte und Mägde davon, um in Haus und Hof noch die abendlichen Verrichtungen zu tun; ich und mein Vater aber blieben zurück auf dem Kornfelde. Wir schöberten die Garben auf, wobei der Vater diese halmaufwärts aneinander lehnte und ich sie zusammenhalten musste, bis er aus einer letzten Garbe den Deckel bog und ihn auf den Schober stülpte.

Dieses Schöbern war mir in meiner Kindheit die liebste Arbeit; ich betrachtete dabei die »Romstraße« am Himmel, die hinschießenden Sternschnuppen und die Johanniswürmchen, die wie Funken um uns herumtanzten, dass ich meinte, die Garben müssten zu brennen anfangen. Dann horchte ich wieder auf das Zirpen der Grillen, und ich fühlte den milden Tau, der gleich nach Sonnenuntergang die Halme und Gräser und gar auch ein wenig mein Jöpplein befeuchtete. Ich sprach über all' das mit meinem Vater, der mir in seiner ruhigen, gemütlichen Weise Auskunft gab und über alles seine Meinung sagte, wozu er jedoch oft bemerkte, dass ich mich darauf nicht verlassen dürfe, weil er es nicht gewiss wisse.

So kurz und ernst mein Vater des Tages in der Arbeit gegen mich war, so heiter, liebevoll und gemütlich war er in solchen Abendstunden. Vor allem half er mir immer meine kleine Jacke anziehen und wand mir seine Schürze, die er in der Feldarbeit gern trug, um den Hals, dass mir nicht kühl wurde. Wenn ich ihn mahnte, dass auch er sich den Rock zuknöpfen möge, sagte er stets: »Kind, mir ist warm genug.« Ich hatte es oft bemerkt, wie er nach dem langen, schwierigen Tagewerk erschöpft war, wie er sich dann für Augenblicke auf eine Garbe niederließ und die Stirne trocknete. Er war durch eine langwierige Krankheit ein arg mitgenommener Mann; er wollte aber nie etwas davon merken lassen. Er dachte nicht an sich, er dachte an unsere Mutter, an uns Kinder und an den durch mannigfaltige Unglücksfälle herabgekommenen Bauernhof, den er uns retten wollte.

Wir sprachen beim Schöbern oft von unserem Hofe, wie er zu meines Großvaters Zeiten gar reich und angesehen gewesen war und wie er wieder reich und angesehen werden könne, wenn wir Kinder, einst erwachsen, eifrig und fleißig in der Arbeit wären und wenn wir Glück hätten.

In solchen Stunden beim Kornschöbern, das oft spät in die Nacht hinein währte, sprach mein Vater mit mir auch gern von dem lieben Gott. Er war vollständig ungeschult und kannte keine Buchstaben; so musste denn ich ihm stets erzählen, was ich da und dort in Büchern von dem lieben Gott damals schon gelesen hatte. Besonders wusste ich dem Vater manches zu erzählen von der Geburt des Herrn Jesus, wie er in der Krippe eines Stalles lag, wie ihn die Hirten besuchten und ihn mit Lämmern, Böcken und anderen Dingen beschenkten, wie er dann groß wurde und Wunder wirkte und wie ihn endlich die Juden peinigten und ans Kreuz schlugen. Gern erzählte ich auch von der Schöpfung der Welt, von den Patriarchen und Propheten und von den Zeiten des Heidentums. Dann sprach ich auch aus, was ich gelesen von dem Jüngsten Tage, von dem Weltgerichte und von den ewigen Freuden, die der liebe Gott für alle armen, kummervollen Menschen in seinem Himmel bereitet hat.

Ich erzählte das alles in unserer Redeweise, dass

es der Vater verstand, und er war dadurch oft sehr ergriffen.

Ein anderes Mal erzählte wieder mein Vater. Er wusste wunderbare Dinge aus den Zeiten der Ureltern, wie diese gelebt, was sie erfahren und was sich in diesen Gegenden einst für Sachen zugetragen, die sich in den heutigen Tagen nicht mehr ereignen.

»Hast du noch nie darüber nachgedacht«, sagte mein Vater einmal, »warum die Sterne am Himmel stehen?«

»Ich habe noch nie darüber nachgedacht«, antwortete ich.

»Wir denken nicht daran«, sprach mein Vater weiter, »weil wir das schon so gewöhnt sind.«

»Es wird wohl endlich eine Zeit kommen, Vater«, sagte ich einmal, »in welcher kein Stern mehr am Himmel steht; in jeder Nacht fallen so viele herab.«

»Die da herabfallen, mein Kind«, versetzte der Vater, »das sind keine rechten Sterne, wie sie der Herrgott zum Leuchten erschaffen hat; – das sind Menschensterne. Stirbt auf der Erde ein Mensch, so lischt am Himmel ein Stern aus. Wir nennen die Auslöschenden: Sternschnuppen; – siehst du, dort hinter der grauen Tanne ist just wieder eine niedergegangen.«

Ich schwieg nach diesen Worten eine Weile, endlich aber fragte ich: »Warum heißen sie jenen wilden Baum dort die graue Tanne, Vater?«

Mein Vater bog eben einen Deckel ab, und als er diesen aufgestülpt hatte, sagte er: »Du weißt, dass man ihn auch die Türkentanne nennt. Die graue Tanne heißen sie ihn, weil sein Geäste und sein Moos grau ist und weil auf diesem Baume dein Urgroßvater die ersten grauen Haare bekommen hat. – Wir haben hier noch sechs Deckeln aufzusetzen, und ich will dir indes eine Geschichte erzählen, die sehr merkwürdig ist.«

»Es ist schon länger als achtzig Jahre«, begann mein Vater, »seitdem dein Urgroßvater meine Großmutter geheiratet hat. Er war sehr reich und schön, und er hätte die Tochter des angesehensten Bauers zum Weib bekommen. Er nahm aber ein armes Mädchen aus der Waldhütten herab, das gar gut und sittsam war. Von heute in zwei Tagen ist der Vorabend des Festes Mariä Himmelfahrt; das ist der Jahrestag, an welchem dein Urgroßvater zur Werbung in die Waldhütten ging. Es mag wohl auch im Kornschneiden gewesen sein; er machte frühzeitig Feierabend, weil durch den Ebenwald hinein und bis zur Waldhütten hinauf ein weiter Weg ist. Er brachte viel Bewegung mit in die kleine Wohnung. Der alte Waldhütter, der für die Köhler und Holzleute die Schuhe flickte, ihnen zuzeiten die Sägen und die Beile schärfte und nebenbei Fangschlingen für Raubtiere machte – weil es zur selben Zeit in der Gegend noch viele Wölfe gab –, der Waldhütter nun ließ seine Arbeit aus der Hand fallen und sagte zu deinem Urgroßvater: ›Aber, Josef, das kann doch nicht dein Ernst sein, dass du mein Lenerl zum Weib haben willst, das wär' ja gar aus der Weis'!‹ Dein Urgroßvater sagte: ›Ja, deswegen bin ich heraufgegangen den weiten Weg, und wenn mich das Lenerl mag und es ist sein und Euer redlicher Will', dass wir zusammen in den heiligen Ehestand treten, so machen wir's heut' richtig, und wir gehen morgen zum Richter und zum Pfarrer, und ich lass dem Lenerl mein Haus und Hof verschreiben, wie's Recht und Sitte ist.‹ – Und das Mädchen hatte deinen Urgroßvater lieb, und es sagte, es wolle seine Hausfrau werden. Dann verzehrten sie zusammen ein kleines Mahl, und endlich, als es schon zu dunkeln begann, brach der Bräutigam auf zum Heimweg.

Er ging über die kleine Wiese, die vor der Waldhütten lag, auf der aber jetzt schon die großen Bäume stehen, und er ging über das Geschläge und abwärts durch den Wald, und er war gar freudigen Gemütes. Er achtete nicht darauf, dass es bereits finster geworden war, und er achtete nicht auf das Wetterleuchten, das zur Abendzeit nach einem schwülen Sommertag nichts Ungewöhnliches ist. Auf eines aber wurde er aufmerksam, er hörte von den gegenüberliegenden Waldungen ein heulendes Gebelle. Er dachte an Wölfe, die nicht selten in größeren Rudeln die Wälder durchzogen; er fasste seinen Knotenstock fester und nahm einen schnelleren Schritt. Dann hörte er wieder nichts als zeitweilig das Kreischen eines Nachtvogels, und sah nichts als die dunklen Stämme, zwischen welche der Fußsteig führte und durch welche von Zeit zu Zeit das Leuchten zuckte. Plötzlich vernahm er wieder das Heulen, aber nun viel näher als das erste Mal. Er fing zu laufen an. Er lief, was er konnte; er hörte keinen Vogel mehr, er hörte nur immer das entsetzliche Heulen, das ihm auf dem Fuße folgte. Als er hierauf einmal umsah, bemerkte er hinter sich durch das Geäst funkelnde Lichter. Schon hörte er das Schnaufen und Lechzen der Raubtiere, die ihn verfolgen, schon denkt er bei sich; 's mag sein, dass morgen keine Verlobung ist! – Da kommt er heraus zur Türkentanne. Kein anderes Entkommen mehr möglich – rasch fasst er den Gedanken, und durch einen kühnen Sprung schwingt er sich auf den untersten Ast des Baumes. Die Bestien sind schon da; einen Augenblick stehen sie bewegungslos und lauern; sie gewahren ihn auf dem Baum, sie schnaufen und mehrere setzen die Pfoten an die raue Rinde des Stammes. Dein Urgroßvater klettert weiter hinauf und setzt sich auf einen dicken Ast. Nun ist er wohl sicher. Unten heulen sie und scharren an der Rinde; – es sind ihrer viele, ein ganzes Rudel. Zur Sommerszeit war es doch selten geschehen, dass Wölfe einen Menschen anfielen; sie mussten gereizt oder von irgendeiner anderen Beute verjagt worden sein. Dein Urgroßvater saß lange auf dem Ast; er hoffte, die Tiere würden davonziehen und sich zerstreuen. Aber sie umringten die Tanne und schnüffelten und heulten. Es war längst schon finstere Nacht; gegen Mittag und Morgen hin leuchteten alle Sterne, gegen Abend hin aber war es grau, und durch dieses Grau schossen dann und wann Blitzscheine. Sonst war es still, und es regte sich im Walde kein Ästchen.

Dein Urgroßvater wusste nun wohl, dass er die ganze Nacht in dieser Lage würde zubringen müssen; er besann sich aber doch, ob er nicht Lärm machen und um Hilfe rufen sollte. Er tat es, aber die Bestien ließen sich nicht verscheuchen; kein Mensch war in der Nähe, das Haus zu weit entfernt.

Damals hatte die Türkentanne unter dem abgerissenen Wipfelstrunk, wo heute die wenigen Reiserbüschel wachsen, noch eine dichte, vollständige Krone aus grünenden Nadeln. Da denkt sich dein Urgroßvater: ›Wenn ich denn schon einmal hier Nachtherberge nehmen soll, so klimme ich noch weiter hinauf unter die Krone.‹ Und er tat's und ließ sich oben in einer Spalte nieder, da konnte er sich recht gut an die Äste lehnen.

Unten ist's nach und nach ruhiger, aber das Wetterleuchten wird stärker, und an der Abendseite ist dann und wann ein fernes Donnern zu vernehmen. – ›Wenn ich einen tüchtigen Ast bräche und hinabstiege und einen wilden Lärm machte und gewaltig um mich schlüge, man meint', ich müsst' den Rabenäsern entkommen!‹, so denkt dein Urgroßvater – tut's aber nicht; er weiß zu viele Geschichten, wie Wölfe trotz alledem Menschen zerrissen haben.

Das Donnern kommt näher, alle Sterne sind verloschen – 's ist finster wie in einem Ofen; nur unten am Fuße des Baumes funkeln die Augensterne der Raubtiere. Wenn es blitzt, steht wieder der ganze Wald da. Nun beginnt es gar zu sieden und zu kochen im Gewölke wie in tausend brauenden Kesseln. ›Kommt ein fürchterliches Gewitter‹, denkt sich dein Urgroßvater und verbirgt sich unter die Krone, so gut er kann. Der Hut ist ihm hinabgefallen, und er hört es, wie die Bestien den Filz zerfetzen. Jetzt zuckt ein Strahl über den Himmel, es ist einen Augenblick hell, wie zur Mittagsstunde – dann bricht in den Wolken ein Schnalzen und Krachen und Knallen los, und weithin hallt es im Gewölke.

Jetzt ist es still, still in den Wolken, still auf der Erde – nur um einen gegenüberliegenden Wipfel flattert ein Nachtvogel. Aber bald erhebt sich der Sturm, es rauscht in den Bäumen, es tost durch die Äste, eiskalt ist der Wind. Dein Urgroßvater klammert sich fest an das Geäste. Jetzt flammt wieder ein Blitz, gelblich-grün erleuchtet ist der Wald; alle Wipfel neigen sich, biegen sich tief; die nächst stehenden Bäume schlagen, es ist, als fielen sie heran. Aber die Tanne steht starr und ragt hoch auf über dem Walde. Unten rennen die Raubtiere wild durcheinander und heulen. Plötzlich saust ein Körper durch die Äste wie ein Steinwurf. Da leuchtet es wieder – ein schneeweißer Ballen hüpft auf den Boden und kollert dahin. Dann dichte Nacht. Es braust, siedet, tost, krachend stürzen Wipfel. Ein Ungeheuer mit weit schlagenden Flügeln, im Augenblicke des Blitzes gespenstige Schatten werfend, naht in der Luft, stürzt der Tanne zu und birgt sich gerade über deinem Urgroßvater in die Krone. Ein Habicht war's, Junge, ein Habicht, der auf der Tanne sein Nest gehabt.«

Mein Vater hatte bei dieser Erzählung keine Garbe angerührt; ich hatte den ruhigen, schlichten Mann bisher auch nie mit solcher Lebhaftigkeit sprechen gehört.

»Wie's weiter gewesen?« fuhr er fort. »Ja, nun

brach es erst los? Das war Donnerschlag auf Donnerschlag, und beim Leuchten war zu sehen, wie hundert und tausend Eiskörner auf den Wald niedersausten, an die Stämme prallten, auf den Boden flogen und wieder hoch emporsprangen. Sooft ein Hagelkorn an den Stamm der Tanne schlug, gab es im ganzen Baume eine hohlen Schall. Und über dem Heugraben gingen Blitze nieder, und auf den jenseitigen Wald gingen Blitze nieder; plötzlich war eine blendende Glut, ein heißer Luftdruck, ein Schmettern, und es loderte eine Fichte.

Und die Türkentanne stand da, und dein Urgroßvater saß unter der Krone im Astwerk.

Die brennende Fichte warf weithin ihren Schein, und nun war zu sehen, wie ein rötlicher Schleier lag über dem Walde, wie nach und nach das Gewebe der kreuzenden Eisstücke dünner und dünner wurde und wie viele Wipfel keine Äste, dafür aber weiße Streifen hatten, wie endlich der Sturm in einen mäßigen Wind überging und ein dichter Regen rieselte.

Die Donner wurden seltener und dumpfer und zogen sich gegen Mittag und Morgen; aber die Blitze leuchteten noch ununterbrochen.

Am Fuße des Baumes war kein Heulen und kein Augenfunkeln mehr. Die Raubtiere waren durch das wilde Wetter verscheucht worden. Stieg denn dein Urgroßvater wieder von Ast zu Ast bis zum Boden. Und er ging heraus durch den Wald über die Felder gegen das Haus.

Es war schon nach Mitternacht. Es war an demselben Morgen ein frischer Harzduft gewesen im

Walde – die Bäume haben geblutet aus unzähligen Wunden. Und es war ein beschwerliches Gehen gewesen über die Eiskörner, und es war eine sehr kalte Luft.

Als der Bräutigam zum Hause kommt und kein Licht in der Stube sieht, wundert er sich, dass in einer solchen Nacht die Leute so ruhig schlafen können. Haben aber nicht geschlafen, waren zusammen gewesen in der Stube um ein Kerzenlicht. Sie hatten nur die Fenster verlehnt und verhüllt, weil der Hagel alle Scheiben eingeschlagen hatte.

›Bist in der Waldhütten blieben, Sepp?‹, sagte deine Ururgroßmutter. Dein Urgroßvater aber antwortete: ›Nein, Mutter, in der Waldhütten nicht.‹ –

Als sie darauf am Frauentag alle über die Verheerung und Zerstörung hin zur Kirche gingen, fanden sie im Walde unter dem herabgeschlagenen Reisig und Moos manchen toten Vogel und manch anderes Tier; unter einem geknickten Wipfel lag ein toter Wolf.

Dein Urgroßvater ist bei diesem Gange sehr ernst gewesen; da sagt auf einmal das Lenerl von der Waldhütten zu ihm: ›O, du himmlisch' Mirakel! Sepp, dir wachst ja schon ein graues Haar!‹

Später hatte er alles erzählt, und nun nannten die Leute den Baum, auf dem er dieselbige Nacht hat zubringen müssen, die graue Tanne!«

Das ist die Geschichte, wie sie mir mein Vater eines Abends beim Kornschöbern erzählt hat und wie ich sie später aus meiner Erinnerung niedergeschrieben. – Als wir dann nach Hause gingen zur

Abendsuppe und zur Nachtruhe, blickte ich noch mehrere Male hin auf den Baum, der hoch über dem Wald in den dunkeln Abendhimmel hinein stand.

Von dieser Zeit ab fürchtete ich mich nicht mehr, wenn ich an der grauen Tanne vorüberging. Und sie stand noch jahrelang da, zur Winters- und Sommerszeit in gleicher Gestalt – ein wild verworrenes Gerippe von Ästen, mit den wenigen dunkelgrünen Nadelballen auf der Krone und dem scharfkantigen Strunk über derselben.

Ich war schon erwachsen. Da war es in einer Herbstnacht, dass mich mein Vater aufweckte und sagte: »Wenn du die graue Tanne willst brennen sehen, so geh' vor das Haus!«

Und als ich vor dem Hause stand, da sah ich über dem Walde eine hohe Flamme lodern und aus derselben qualmte finsterer Rauch in den Sternenhimmel auf. Wir hörten das Dröhnen der Flammen, und wir sahen das Niederstürzen einzelner Äste; dann gingen wir wieder zu Bette. Am Morgen stand über dem Wald ein schwarzer Strunk mit nur wenigen Armen – und hoch am Himmel kreiste ein Geier.

Wir wussten nicht, wie sich in der stillen, heiteren Nacht der Baum entzündete, und wir wissen es noch heute nicht. In der Gegend ist vieles über dieses Ereignis gesprochen worden, und man hat demselben Wunderliches und Bedeutsames zu Grunde gelegt. Noch einige Jahre starrte der schwarze Strunk gegen den Himmel, dann brach er nach und nach zusammen, und nun stand nichts mehr empor über dem Walde.

Auf dem Stocke und auf den letzten Resten des Baumes, die langsam in die Erde sinken und vermodern, wächst das Moos.

Meine Aja

Liebe Leserin mit deinen schönen Augen! Wenn es dich getroffen hätte, wenn du es gewesen wärest, die dazumal von einer armen Magd in der Strohkammer des Rüsenhofes zur Welt geboren war! Es hätte ja sein können, und wenn es wahr ist, dass wir auch in Zukunft mitunter auf die Welt kommen, so kann es noch fürder sein. Aber wünschen mag ich dir's nicht.

Die kleine Jula gehörte zu jenen Kindern, die keinen Vater haben, weil es für sie sündhaft wäre, einen zu haben. Mutter hatte sie gerade so viel, als unerlässlich nötig ist, um geboren werden zu können. Eine Bauernknechtin hat mit harten Kräften zu tun, sich selbst zu atzen und zu bedecken, so sagte die Magd, kaum sie vom Bette aufgestanden war, zu ihrem Dienstherrn: »Mein Rüsenbauer! Baue dir drei Staffeln in den Himmel und nimm mir das Kleine ab!«

Dachte sich der Rüsenbauer: Das wäre nicht dumm. Drei Staffeln in den Himmel und nach etlichen Jahren eine brauchbare Halterdirn, und nachher eine eigene Knechtin, die im Haus das Unhandsamste verrichtet und nicht viel kostet. 's täte sich. –

»Ja«, sagte er, »das Kleine nehm' ich dir ab, aber nur der Staffeln in den Himmel wegen tue ich's.«

Die Magd schluchzte wohl, als sie in einen andern Hof zog und sich von dem Kinde trennte; aber der Bauer tröstete sie: »Geh' nur, geh', mach' kein Wasser an, schaust dir doch wieder um ein anderes.«

Die Knechtin ging und sah nicht mehr um und starb nach kurzer Zeit.

Die Jula wuchs heran und war eine brauchbare Halterdirn und wurde eine willige Magd, die im Haus das Unhandsamste mit Geduld verrichtete. In jedem ordentlichen Hof musste ein Hofnarr sein; will der Klügste sich dazu nicht hergeben, so muss der Einfältigste dran. Die Jula war die gläubige Einfalt, die alles für bare Münze nahm, was klingelte, die aufopferungswillige Güte, welche einmal eine ganze Nacht damit verbrachte und sich die Hände wund rieb, am Brunnen den Pechlappen des Schusters weiß zu waschen. Ihr Lohn dafür war das Spottgelächter des ganzen Hauses.

Den Sommer ihres neunzehnten Lebensjahres verbrachte sie mit Träumen. Es war sonst nicht ihre Art, tatlos dazustehen und in die leere Luft hineinzustarren, aber in diesem Sommer tat sie's, und im Herbste drauf kam's ans Tageslicht, warum. Es war wieder kein Vater da, aber die junge Mutter presste ihr Wunder umso stürmischer an die Brust, je eindringlicher man ihr riet, es in fremde Hände zu geben.

Zur selben Zeit traf sie ein Geschick, das ganz unbegründet dasteht, wie das Ereignis in einer stümperhaften Erzählung, aber wie eine schlechte Laune des Himmels. Zu mir ist nichts von sonst gekommen, als was die Jula später oft und oft erzählt hat.

Sie zog am Morgen mit ihrem Graskorbe hinaus auf die Wiese und mähte und rechte das Futter zu einer Schichte. Und als die Sonne aufgeht, bleibt sie ein wenig stehen, stützt sich auf den Rechen, schaut hin und denkt, wie doch die Sonne schön ist! – Wie sie sich wieder zu ihrer Arbeit wendet, sieht sie kein Futter mehr, keine Wiese, sieht den Rechen nicht, den sie in der Hand hält – und schreit auf: »Uh, Halbesel, was ist denn das?« ’s ist so ein Nebel vor. Sie reibt sich die Augen, da tanzen rote, grüne und gelbe Sonnen im Nebel herum und sie sieht ihren Rechen noch immer nicht. Jetzt tastet sie umher und findet den Korb nicht, da ruft sie nach den Leuten.

Dort vor dem Hause steht die Bäuerin, die hört’s, kommt etliche Schritte herbei und frägt, was denn das heut für ein albernes Geschrei wäre beim Futtermähen?

»Du, Bäuerin«, sagt die Jula, »ich weiß nicht, was das ist, ich sehe auf einmal nichts.«

»So wirst halt blind geworden sein«, meint die Bäuerin.

»Jesus Maria, doch das nicht!« schreit die Jula und reibt mit Angst und Macht an den Augen, »nein – ich sehe alles! Ich sehe ja alles!« Aber sie tastete herum und stolperte endlich über die Sense, dass sie sich blutig schnitt. Endlich kamen Leute herbei und führten sie und sagten, es hätte schier den Anschein, als wie wenn sie blind geworden wäre.

»Nein«, rief sie, »blind! Was ihr närrisch seid, wie kunnt ich denn blind werden? – Zu meinem Kind führet mich geschwind!«

Man führte sie in die Kammer. Sie tastete nach dem Knäblein, sie riss es von seinem Nestchen empor und vor ihr Auge, und jetzt tat sie den Schrei: »Blind! Stockblind!« und stürzte vor dem Bettchen aufs Knie.

Nun erst, als sie ihr eigenes Kind nicht mehr sehen konnte, wusste sie es, glaubte sie es.

Sie war blind. Und sie blieb von diesem Tage an blind, und sie lebte augenlos noch dreiundsechzig Jahre lang.

Gesagt musste was werden, und so sagten die Leute, es wäre schon im Blute gelegen, und schwache Augen hätte sie immer gehabt.

Anfangs mögen die Quacksalber und Kurpfuscher gekommen sein mit ihren Schmieren und Pflastern, Tropfen, Laxieren und allen jenen Übeln, die dem Kranken – nachdem ihm sein Leiden vom Himmel gesandt ist – vom Teufel spendiert werden. Dann mag, ohne dass an einen Arzt, an eine Augenheilanstalt gedacht wurde – das Bestreben zu helfen erlahmt sein, und man hatte der Armen gesagt: »Wenn's der lieb' Herrgott so haben will, so ist kein anderes Mittel, als wie geduldig leiden!«

Und zu diesem Mittel hat sich die Jula bequemt. Weniger Geduld hatten andere Leute, welche wohl sehen konnten, aber allzu schwarz sahen. Das waren die Vordersten der Gemeinde; diese taten dar, dass sie ohnehin schwer belastet seien, dass die

Mutter der Jula nicht in ihrem Bereiche geboren, dass sie aus der Waldgemeinde Alpel gekommen war, und dass die Blinde nun in die Gemeinde Alpel zuständig sei. So wurde sie von ihrem Kinde hinweggeführt und in unsere Waldgemeinde eingelegt. Hier sollte sie als »Einlegerin« von Haus zu Haus wandern und in jedem eine bestimmte Anzahl von Tagen oder Wochen behalten und verpflegt werden.

In mein Vaterhaus kam sie von einem Boten des Nachbars begleitet, die erste Zeit des Jahres zwei Mal, und wir hatten sie jedes Mal zwei Wochen lang zu behalten. Sie hatte einen Buckelkorb, in welchem sich ihre Habseligkeiten befanden und den sie sich nie vom Boten tragen ließ, sondern auch dann noch selbst schleppte, als sie schon gar alt und mühselig geworden war. Ferner besaß sie einen Handstock, der am Griffknorpel ein Riemlein hatte, den sie außer Haus immer und überall bei sich trug, den sie zur Nachtzeit neben ihrem Bett mit ängstlicher Sorgfalt aufbewahrte und der ihr wirklich mehr Gutes getan hat als je ein Mensch auf dieser Erde. Dann hatte sie in ihrem Mieder stecken einen Blechlöffel, bei dem die Verzinnung schon fast weggewetzt war und überall die schwarzen Stellen hervorschauten. Was man ihr vorsetzte, das aß sie nur mit diesem Löffel. Endlich besaß sie ein ledernes Geldtäschchen, in welchem sich stets – wenn irgendwo eine Not war – was vorfand. Denn in der ehrwürdigen Kirche zu Krieglach steht der steinerne Opferstock für die Armen, der über Kreuz und quer mit Eisen beschlagen ist, nicht umsonst. Etliche Mal des Jahres brachte der Richter vom Alpel aus diesem steinernen Behälter Geld mit in die Waldgemeinde und verteilte es dort unter die Armen. Die Jula wurde jedes Mal unruhig, wenn es hieß, der Richter komme. Zum öfteren Male freilich war es ganz vergeblich, wie sie sich auch um ihn herum zu schaffen machte. Er fragte wohl stets: »Na, Jula, wie geht's? Halt alleweil fleißig? Brav, brav!« Nur gar selten, »zu allen heiligen Zeiten einmal«, wie die Bauern sagen, setzte der Richter noch bei: »Schau, du, ich hab' was für dich, Jula. Da – lang' her. So, heb's gut auf!«

Da tat sie denn jedes Mal bitten: »Nur keine Sechser nit! Alles Kreuzer sind mir lieber. Recht vergelt's Gott! Will schon fleißig beten.«

Mancher Bettelmann hat es erfahren, warum ihr die Kreuzer lieber waren als wie das »große Geld«. Ihr war ums Austeilen zu tun.

Beten sah man die Jula übrigens seltener, als man glaubt, dass ein Mensch, der so ganz auf den Himmel angewiesen ist, sollte. Im Gegenteil, wenn wir uns an Festtagen etwas eingehend mit dem Rosenkranz abgaben, hörte ich sie nicht selten ihren Knieschemel rücken und ein wenig dabei brummen. Einstweilen schien ihr die Erde wichtiger denn der Himmel. Konnte sie die Erde auch nicht sehen, so doch tasten. Und das tat sie denn getreulich, sie arbeitete. In jedem Hause, kaum sie eintrat, wusste sie sich nützlich zu machen, und war sie die Örtlichkeit einmal gewohnt, so waren ihre Verrichtungen von wirklichem Belange. Sie hackte Streu, sie wiegte die Kinder, ja sie molk sogar die

Kühe. Und wenn es ihr gelang, ihre Arbeiten zur Zufriedenheit des Bauers und der Bäuerin zu machen, so wuchs ihr Eifer und ihre Freude, und sie vergaß, dass sie blind war.

Der Stern ihres Auges war grau, sie sah nichts als den blassen Schein des Tages.

Mein Vater behielt sie häufig länger als zwei Wochen, denn er konnte sie gut beschäftigen, und sie wollte nicht fort. Und als hernach wir kamen – wir Kinder mit unserem anspruchsvollen Geschrei, die Mutter aber wie vor und eh an ihre Arbeiten in Haus und Feld gebunden, die Großmutter schon auf den Kirchhof getragen worden war, da wurde die blinde Jula unsere Wärterin, ja gewissermaßen unsere Erzieherin. Dazumal war sie freilich schon hoch in den Vierzigern. Heute weiß ich es, dass ihr Ideenkreis gar klein, ihr Mund nicht beredt war – aber dazumal horchte ich mit Lust und Andacht ihren Worten, ihren Liedern.

Wie sanft schlief sich's ein, wenn sie die Wiege schaukelte und dazu mit weicher Stimme sang:

»Schlof mei Büabel süasse,
Die Engelein lossn dih grüassen.
Sie lossn dih grüassen, sie lossn di frogn,
Ob du willst mit eahner in Himmel einfohrn!«

Und was war das für eine Lust, wenn sie uns auf dem Knie hopste:

»Hopp, hopp, hopp,
Reit mar in Galopp,

So reitn kloani Kindelein
So lang sie noh kloanwinzi sein,
Wenn sie nacher größer wern,
Reiten's wie die hohen Herrn,
Reiten's wie die Bauern drein:
Hopp, hopp, hopp,
Das wird lustig sein!«

Und mit jedem Worte heftiger wurde das Hopsen, sodass wir kleinen Reiter oft hoch in die Luft flogen und vor lauter Lust ein mächtiges Geschrei erhoben.

Ganz grauenvoll aber wurde uns, wenn sie sang:

»Der is a Norr,
Und däs ist nit guat,
Der sih sei Nosn wegbeißt,
Und steckt sie auf'n Huat!«

So war die Jula Herrin unserer Gefühle und Stimmungen.

Allzu lange währte es freilich nicht, so hatten es auch wir Kleinen rein, dass der liebe Gott die Jula nur erschaffen habe, auf dass die Leute tolle Narreteien mit ihr treiben konnten. So hockte ich ihr gern auf dem Nacken, und was sie auch anfangen, drohen und bitten mochte, sie brachte mich nicht herab, ich sang: »Reiten's wie die Bauern drein: Hopp, hopp, hopp, das wird lustig sein!« und ritt sie zum Erbarmen. War ich endlich herunter und sie erwischte mich beim Rockflügel, und es gelang mir nicht huschend das Röcklein rechtzeitig im

Stiche zu lassen, dann machte sie haarsträubend Anstalten zum Prügeln und rief im entscheidenden Moment: »Für diesmal soll's dir noch geschenkt sein, du Unhold, aber wenn du mir's noch einmal so machst, nachher!«

Ich duckte mich und war stets so dreist zu fragen: »Was denn nachher?«

»Wirst es schon sehen!«

Wie spekulierte sie schlecht! Die Neugierde, was eigentlich »nachher« sein werde, war nicht die letzte Ursache, dass ich ein nächstes Mal wieder Schabernack mit ihr trieb.

Da sind mir endlich einmal die Augen geöffnet worden.

Die Jula hielt viel auf hohe Festtage, nicht etwa, weil's da Schmaus gab – diesen religiösen Grund der bäuerlichen Festfreude schien sie nicht zu kennen –, sondern weil sie sich wirklich in eine weihevolle Stimmung zu versetzen wusste, die ihr wohl tat. Besonders das Weihnachtsfest! Wo das Kind mitspielt, da ist das Weib gewonnen, umso mehr, wenn das Kind der leibliche Sohn des himmlischen Vaters ist, der da geboren wird, um die Welt zu erlösen. Sie, die bettelarme, stockblinde Magd, die für sich keine Freude hatte auf Erden und keinen Freund, der man einst das Kind weg von der Mutterbrust genommen, die keine Erinnerungen hegen konnte an schöne Jugendzeiten und keine Hoffnung auf einen besseren Tag, sie konnte es fühlen zutiefst, dass die Welt erlöst ist! Sie, die Lichtloseste, war die Dankbarste für das Licht der Welt, und gleichwohl sie in stiller

Christnacht nicht zur Kirche gehen konnte, so blieb sie wach und kniete an ihrem Bette und betete. Sonst, wenn ihr die Arbeit im Kopfe lag und in den Händen zuckte, war sie zum Frommsein nicht aufgelegt, aber heute fühlte sie sich ganz glückselig in dem Bewusstsein, dem lieben Jesukindlein in der Krippe durch ihre ungezählten »Vaterunser« eine Freude zu machen.

In einer solchen Christnacht gingen wir zur Kirche nach St. Kathrein. Nur der Knecht Michel und Kathel, die Magd, und die Jula blieben daheim, um das Haus zu hüten. Um vier Uhr des Morgens kamen wir zurück, alles schlief; wir begaben uns auch zur Ruhe.

Aber schon nach kurzer Zeit wurden wir wieder aufgeschreckt. Der Nachbar Thomas schlug an die Haustür und schrie, wir sollten aufmachen. Als er vor meinem Vater in der Stube stand, fragte er schneidig: »Nachbar, ich muss dich schon fragen, was mit der Einlegerin geschehen ist!«

»Die Jula meinst«, versetzte mein Vater, »was wird denn mit ihr geschehen sein? Verhoff's, dass sie süß und gesund in ihrem Bett wird schlafen.«

»So geh' nur, schau nach!«

Mein Vater ging mit dem Licht in die Kammer, und das Bett der Einlegerin war leer.

»Wie kann denn das sein!«

»Gelt!«, sagte der Bauer und sah meinen Vater an. »Das möchte man nicht glauben, dass bei dir ein armer Mensch so schlecht aufgehoben wäre. Kannst lange suchen in deinem Haus, wirst sie nicht finden.«

»Du erschreckst mich, Nachbar, wird doch nichts geschehen sein?«

»Was geschehen ist, frage ich dich!«, sagte der Nachbar und fuhr fort: »Ich erzähle, was ich weiß. – Wie ich voreh von der Kirche heim gegen mein Haus hinauf gehe, höre ich unten in der Schlucht was schreien. – Schau, denke ich, sollt' im nächsten Jahr bei mir doch wer hinaussterben, weil die Nachteul' so schreit? Erkenn's aber bald, dass es keine Nachteul' ist, dass wer nach Hilfe ruft. Muss doch schauen gehen, was das zu bedeuten hat, wate im Schnee in die Schlucht hinab und finde mitten im Dickicht und im Eis – wen denn? – Dieselbige, die du da im Bett gesucht hast. Wie sie mich wahrnimmt, hebt die gottserbärmlich an zu weinen, sagt nur: Zu tausend Gottes Willen, nimm mich mit in dein Haus! – Sonst habe ich von ihr nichts herausgebracht. Jetzt hockt sie in meiner Stube beim Ofen, sie ist halb erfroren. Und möchte nun wissen, Nachbar, was es bei euch gegeben hat?«

Mein Vater pochte den Knecht Michel wach und fuhr ihn an, was in dieser Nacht, während wir in der Kirche waren, daheim geschehen ist?

»Daheim?«, lallte der schlaftrunkene Knecht, »schreist einen so närrisch an, Bauer, was wird denn geschehen sein?«

»Wo ist die Jula?«

»Die Blinde?« fragte der Knecht entgegen und wurde geschmeidiger, »sollte die noch nicht da sein? – Weil der Patsch gar keinen Spaß nit versteht.«

Und Weiteres war nichts vom Michel herauszubringen. Die Jula hingegen erzählte unter vielem Schluchzen, dass sie in einem Hause, wo es in der Christnacht so sündhaft hergehe, nicht habe bleiben können. Man möge den Michel und die Kathi nur fragen, was sie für einen sauberen Psalter gebetet hätten? Die Zwei würden gemeint haben, eine Blinde sehe nichts; aber sie hätte es gehört; und als sie mit Schrecken die beiden Ohren zugehalten, da hätte ihr's im Herzen gestoßen, just als wie wenn der böse Feind nicht weit weg gewesen wäre. Sie hätte dann den Kopf in ihre Bettdecke graben und beten wollen, aber der Michel wäre gekommen und hätte ihr die Decke über das Haupt geworfen und hätte gesagt, sie wäre in ihrer Jungheit selber nicht besser gewesen. Weil sie darüber hart aufbegehrt habe und auseinander gesetzt, das Gernhaben und das Schabernacktreiben in der heiligen Nacht, gerade dem Herrgott zu Trutz, sei zweiding, so hätten der Michel und die Magd ihr einen Strohwisch um den Kopf gebunden und sie so lange verhöhnt, bis sie davon sei gegangen in die Winternacht hinaus, und über die Felder hin, und sich dann in die Schlucht arg verstiegen habe.

Mein Vater führte die blinde Jula mit gütigen Worten in unser Haus zurück, und zum Knecht und zur Magd sagte er: »Dass ihr's wisst, in acht Tagen ist das Jahr aus.«

Der Knecht brummte etwas, die Kathel hub zu klagen an, die Fleißige und Arbeitskräftige, würde doch dieser alten, bettelhaften Person wegen nicht den Platz verlieren?

»Du Dirn!«, versetzte mein Vater gespannt,

»zünde mich nicht an! Ich will, dass wir gut auseinander kommen!«

Die Jula war durch die Erkältung schwer erkrankt. Und als ich an ihrem Bette saß und in das blasse, alternde Antlitz mit den lichtlosen Augen sah, da nahm ich mir vor, wenn sie wieder gesund würde, nicht mehr auf diesem Rösslein zu reiten.

Sie wurde wieder gesund, und sie blieb bei uns. Und als wir Kinder ihrer Pflege entwachsen waren, übernahm sie das Stallamt – pflegte die Kühe und Kälber, molk, was zu melken was und versah den Dienst besser und verlässlicher, als ihn je eine Vorgängerin versehen hatte. Mit den Leuten hatte sie nicht viel Gemeinschaft, sie schien sich, das hat sie mir einmal vertraut – zu einfältig dazu. Hingegen verstand sie sich mit den Tieren des Stalles. Abends, wenn sie schon in ihrem Bette lag – das nun im Stalle stand –, konnte man sie oft stundenlang sprechen hören. Sie erzählte den Rindern ihre Jugendzeit, teilte ihnen ihre Erfahrungen mit, ihre Ansichten und Bedenken über den Gang der Welt. Und nach dem Erwachen war wohl ihr erstes Wort: »Du Kalberl, bist schon auf? Gelt, gut geschlafen hast auf der frischen Streu?« – Sie war es, die mancher Kuh durch gute Worte und Gebärden mehr Milch aus dem Euter zu schmeicheln wusste, als den anderen gelingen wollte; eine Kuh hatten wir, die niemandem Milch ließ als der blinden Jula, wenn diese beim Melken Jodler sang. Auch lustige Lieder wusste sie, und just am liebsten sang sie solche, die gar nicht für sie zu passen schienen. So eins war das:

»A lustiga Bua,
Bin ih immer g'wes'n,
Auf'm Wirt seiner Tür
Kon ma's g'schrieb'ner les'n.

A lustiga Bua,
Der gibt selt'n a Rua,
Bold holst er, bold wolzt er,
Bold trinkt er dazua.«

Und wenn bisweilen ein Fremder an unserem Hause vorbeiging und er hörte das fröhliche, hell und weich klingende Singen, so mochte es wohl passieren, dass er durch die Stalltür lugte, was denn da drinnen für ein schönes Kind sei. Und sah dann das alte, blinde Weiblein! Da kam aber bisweilen – wenn ein paar Feiertage nebeneinander standen, die dem Bediensteten weitere Gänge eigener Wege ermöglichten – ein Mann aus der Langenwanger Pfarre? Er war noch jung, aber schon kräftig ausgewachsen und trug ein falbes Schnurrbärtchen im Gesichte und einen weißen Federbusch auf dem Hute. Der belauschte mit Lust die Sängerin und schlich schließlich zu ihr in den Stall. Er blieb mitunter länger drinnen, als das Melken währte, und die Jula redete nicht laut, wie sonst, wenn sie allein war, sondern flüsterte. Und wenn sie dann mit der Milch ins Haus kam, lag ein Himmel von Glückseligkeit in ihrem geröteten Antlitze.

Zwei Mal des Jahres ging sie zur Beichte. Dazu traf sie jedes Mal eine Woche vorher umfassende

Vorbereitungen und suchte sich im Hause oder in der Nachbarschaft einen Gefährten aus, der sie in die Kirche führte. Es ließ sich jeder gern herbei, denn nach dem Gottesdienste ging die Blinde mit dem Führer ins Wirtshaus und ließ ihm ein Mittagsmahl aufsetzen, dessen sich kein Herrnbauer hätte schämen dürfen. Hatte sie doch ein halbes Jahr lang das ihr zugefallene Armengeld dafür zusammengespart und außer dem Almosen, das sie mitunter an Bettler verteilte, für sich kaum einen Kreuzer ausgegeben. Und diese Wirtshausstunden, da sie jemanden bewirten konnte mit feinem Speis und Trank, und dabeisitzen und mitfühlen, wie es schmeckte – diese Stunden schienen die glorreichsten ihres Lebens zu sein.

Ein paar Mal trug es sich zu, dass meine Mutter nicht in die Kirche gehen konnte, weil nicht so viel Geld im Hause war, dass sie sich im Kirchdorf hätte können eine Labnis gönnen. Das nahm die blinde Jula wahr und grollte, dass man ihr die Sache verheimlicht hätte. Geld sei ja doch im Hause! Und sie suchte aus ihrem Bettstroh das bekannte Lederbeutelchen hervor, und die Einlegerin gab der Hausgesessenen Almosen.

In Ruhe habe ich die Jula tagsüber nie gesehen, immer bei einer Arbeit. Und wenn sonst nichts für sie zu tun war, so tappte sie sich mit dem Stock zu einem Steinhaufen hinaus und legte die auseinander gerollten Steine zusammen. Sie wollte nicht die Blinde und die Arme spielen, und wer sie bemitleidete und bedauerte, dem war sie unhold und gab ihm zu bedenken, er möge rechte Leute in Ruhe lassen und zusehen, dass er nicht selbst zu bedauern sein werde!

Sie war die Wachsamste im ganzen Hause und wusste auch in allerlei Dingen Auskunft und Bescheid besser und verlässlicher wie wir anderen; und nicht selten, wenn wir irgendeine in Verstoß geratene Sache alle miteinander mit offenen Augen vergeblich gesucht hatten, war es die blinde Jula, die sie auffand und herbeibrachte. Sie war die Erste, die mich an den Schritten erkannte, wenn ich vom Walde heimkam; sie war auch die aufmerksamste Zuhörerin, wenn ich von meinen Erlebnissen erzählte; sie, die meine Aja war, hatte mich lieb behalten.

Zuweilen in Unglücksfällen, wenn uns der Kopf verloren ging, war sie es, die Rat und Trost wusste. Ich sah sie nie verzagt. Unwirsch war sie oft, aber wenn sie sich ausgebrummt hatte, bat sie alsogleich, dass man es ihr nicht für übel nehme.

Ich vermute, die Jula hatte die ganzen dreiundsechzig Jahre nicht ein einziges Wort gesagt, aus welchem zu entnehmen gewesen, dass sie blind war. Die Kühe nannte sie selten bei ihren rechten Namen, die wir ihnen beigelegt hatten, sondern sprach, als entscheide für sie stets die Farbe, nur von der »Braunen«, der »Scheckigen«, der »Falben«, der »Weißen«.

Für ihr Leben sprach sie nur einen einzigen Wunsch aus; wie alle Menschen, so wollte auch sie empor gelangen: Wenn sie eine Schwaigerin kunnt sein auf der Höh'!

Wie oft hörte man sie singen:

»Jo, auf der Olm, do wa mei Glück,
Ich tauschad mit kana Gräfin nit! –
A Sennerin blieb ih ewiglich,
Und wan ih stirb, wiar ih a Schwolb'n;
Bis ma da Tod mei Herzerl bricht,
Gang ich nit weg von meiner Olm.«

»Ja«, murmelte sie dann, »schon lang! Wenn ich nicht so wäre!«

Dieses »so« war ihre einzige Hindeutung auf ihren Zustand. Übrigens waren ihre anderen Sinne derart ausgebildet, dass man glaubte, sie habe ihre Augen in den Ohren, an der Nase, an den Fingerspitzen. Sonst ist die Seele gewohnt, bei den glänzenden Toren der Augen aus und ein zu gehen; aber wo diese Tore verschlossen sind, da tritt sie sich durch die anderen Organe ihren verlässlichen und lieblichen Pfad.

Eines Tages kam wieder einer unserer Nachbarn, zündete sich am Herd die Pfeife an und fragte, wie lange wir denn die Jula noch zu behalten gedächten? Er hätte sie auch zu brauchen. Und das arme Weib, welches man einst nur mit Widerwillen in die Gemeinde genommen hatte, war jetzt in ihren alten Tagen gesucht, umworben und allerorts als eine vorzügliche Arbeitskraft geschätzt.

So weit hatte sie es gebracht. Und wer früher an die Pflicht erinnert werden musste, die Jula zu nehmen, der pochte jetzt auf sein Recht, sie zu bekommen.

Und der Mann mit dem falben Schnurrbart kam immer noch zu ihr und brachte ihr stets ein Handbündelchen mit, voll Semmeln, Obst oder Lebkuchen. Wie war ihr hart, wenn sie ihm nichts spenden konnte, und wie war sie meinem Vater dankbar, wenn er den Mann aus der Langenwanger Pfarre zu Tische lud oder sonst ein freundliches Wort mit ihm sprach. Und wenn sie den Burschen betastete an seiner breiten Brust, an seinen Schultern, an seinem stämmigen Nacken – bis zu den dichten Haaren seines Scheitels vermochte sie kaum emporzulangen –, da flüsterte sie wohl: »Wie groß du mir geworden bist, mein Tritzel (Patritz), seit ich dich das letzte Mal hab' gesehen!«

Freilich, damals, als du ihn das letzte Mal gesehen hattest, war er ein kleines Kind gewesen, mit roten Wängelchen und himmelblauen Äuglein … O weine nicht jetzt, du armes, lichtloses Mutterauge! Du siehst ihn ja; ewig unverdrängt bleibt dir sein Kindesangesicht im Herzen, während andere Mütter, wenn sie vor erwachsenen Söhnen stehen, oft klagen, dass sie kein Kind mehr hätten.

Als ich später in die Welt ging, ließ ich die blinde Jula noch bei meinen Eltern zurück.

Als diese davonzogen – der Vater in das Tal der Mürz, die Mutter in den himmlischen Frieden –, da begann die Jula wieder ihr Wanderleben von Haus zu Haus. Aber nirgends soll sie sich mehr so in die Verhältnisse gefunden haben als bei uns. Ihr Sohn, als armer Bauernknecht im Gebirge, wurde bald von seiner eigenen Arbeitslast gebeugt. Als ich die Jula vor einigen Jahren wieder sah, waren ihre Haare grau, und gar gekrümmt stütze sie sich auf den Stock – es war noch derselbe mit dem Riemlein am Griffknorpel. Seither hatte ich mir oft vorgenommen, der vieljährigen Genossin meines Heimatshauses etwas Liebes zu erweisen. Wie es aber zumeist geht, wenn man ein Gutes, das dem Herzen entquillt, nicht gleich am ersten Tage übt – es wurde verschoben bis zu jenem sonnigen Frühlingsmorgen, da der Sarg aus weißen Tannenbrettern vorüberschwankte an meinem Fenster. Ein unendliches Meer von Licht umwogte die Welt; ein sonniger Strom quoll ihr nach ins tiefe Grab – und das gute Herz hat müssen lichtlos aus irdischen Schatten eingehen in die ewigen.

An ihrem Grabe lege ich die Hand ans Herz und wende meinen Blick den licht- und glutvollen Augen des Lebens zu: Wären wir auf dieser Erde alle so rein und zufrieden, wie sie es gewesen!

Was bei den Sternen war

Selbst der Naturforscher gibt es diesmal zu, was der Poet behauptet, dass nämlich im Waldlande die Sterne heller leuchten als sonst wo. Das macht die reine, feuchte Luft, sagt der eine; der andere hingegen meint, der kindliche Glaube der Einschichtbewohner sei Ursache, dass der Sternenhimmel so hell und hold niederfunkle auf den weiten, stillen Wald.

Hat doch mein Vater zu mir gesagt, als wir noch beisammen auf dem Holzbänklein unter der Tanne gesessen:

»Du bist mein liebes Kind. Und jetzt schau zum Himmel hinauf, die Augen Gottes blicken auf uns herab.«

Ei freilich, ich konnte mir's wohl denken, einer, der auf des Menschen Haupt die Haare zählt, muss hunderttausend Augen haben. Nun war es aber schön zu sehen, wie mir der liebe Gott mit seinen Augen zublinzelte, als wollte er mir was zu verstehen geben; – ja, und ich konnte es doch um alles nicht erraten, was er meinte. – Ich nahm mir wohl vor, recht brav und folgsam zu sein, besonders bei Nacht, wenn Gott da oben seine hunderttausend Augen auftut und die guten Kinder zählt und die bösen sucht und recht scharf anschaut, auf dass er sie kennt am Jüngsten Tage …

Ein andermal saß ich auf demselben Holzbänkchen unter der Tanne, an Seite meiner Mutter. Es war bereits späte Abendstunde, und die Mutter sagte zu mir:

»Du bist ein kleiner Mensch, und die kleinen Leute müssen jetzt schon ins Bett gehen, schau, es ist ja die finstere Nacht, und die Engel zünden schon die Lichter an, oben in unseres Herrgotts Haus.«

Mit solchen Worten ein Kind zur Ruhe bringen? Das war übel geplant.

»In unseres Herrgotts Haus die Lichter?«, fragte ich, sofort durchaus für den Gegenstand eingenommen.

»Freilich«, entgegnete die Mutter, »jetzt gehen alle Heiligen von der Kirche heim, und im Hause ist eine große Tafel, und da setzen sie sich zusammen und essen und trinken was, und die Englein fliegen geschwind herum und zünden alle Lichter an und den großen Kronleuchter auch, der mitten hängt, und nachher laufen sie zu den Pfeifen und Geigen und machen Musik.«

»Musik?«, entgegnete ich, in die Anschauung des Bildes versunken. »Und der Wollzupfer-Michel, ist der auch dabei?«

Der Wollzupfer-Michel war ein alter, blinder Mann gewesen, der bei uns Waldbauern das Gnadenbrot genossen und dafür zuweilen Schafwolle gezupft und gekraut hatte. Wenige Wochen vor diesem Abendgespräche war er gestorben.

»Ja du«, versetzte die Mutter auf meine Frage, »der Wollzupfer-Michel, der sitzt ganz voran bei unserem lieben Herrgott selber, und er ist hoch in Ehren gehalten von allen Heiligen, weil er auf der Welt so arm gewesen und so verachtet und im Elend hat leben müssen und weil er doch alles so geduldig ertragen hat.«

»Wer gibt ihm denn beim Essen auf den Teller hinaus?«, war meine weitere Frage.

»Nu wer denn?«, meinte die Mutter, »das wird schon sein heiliger Schutzengel tun.« Sogleich aber setzte sie bei: »Du Närrisch, der Michel braucht jetzt ja gar keine Behelfer mehr, im Himmel ist er ja nimmer blind; im Himmel sieht er seinen Vater und seine Mutter, die er auf der Welt niemalen hat gesehen. Und er sieht den lieben Herrgott selber und unsere liebe Frauen und alle, und zu uns sieht er auch herab. Ja freilich, mit dem Michel hat's gar eine glückselige Wendung genommen, und hell singen und tanzen wird er bei der himmlischen Musik, weil der heilige David Harfen spielen tut.«

»Tanzen?«, wiederholte ich und suchte mit meinen Augen das Firmament ab.

»Und jetzt, Bübel, geh' schlafen!«, mahnte die Mutter. Wohl machte ich die Einwendung, dass sie im Himmel erst die Lichter angezündet hätten und also gewisslich auch noch nicht schlafen gingen; aber die Mutter versetzte mit entschiedenem Tone, im Himmel könnten sie machen, was sie wollten, und wenn ich fein brav wäre und einmal in den Himmel käme, so könnte ich auch machen, was ich wollte.

Ging zu Bette und hörte in selbiger Nacht die lieben Englein singen. –

Wieder ein andermal saß ich mit der Ahne auf der hölzernen Bank unter den Tannen.

»Guck', mein Bübel«, sagte sie, gegen das funkelnde Firmament weisend, »dort über das Hausdach hin, das ist dein Stern.«

Ein helles, flimmerndes Sternchen stand oft und auch heute wieder über dem Giebel des Hauses; aber dass selbes mein Eigentum wäre, hörte ich nun von der Ahne das erste Mal.

»Freilich«, belehrte sie weiter, »jeder Mensch hat am Himmel seinen Stern, das ist sein Glücksstern oder sein Unglücksstern. Und wenn ein Mensch stirbt, so fällt sein Stern vom Himmel.«

Todeserschrocken war ich, als gerade in diesem Augenblicke vor uns eine Sternschnuppe sank.

»Wer ist jetzt gestorben?«, fragte ich, während ich sogleich schaute, ob mein Sternchen wohl noch über dem Dachgiebel stehe.

»Kind«, sagte die alte Ahne, »die Welt ist weit, und hätten wir nur Ohren dazu, wir täten Tag und Nacht nichts hören als Totenglockenklingen.«

Focht mich dieweilen nicht an.

»Ahndl«, fragte ich; denn Kinder, die in ihrem Haupte so viel Raum für Vorstellungen und Eindrücke haben, sind unermüdlich im Fragen, »Ahndl, wo hast denn du deinen Stern?«

»Mein Kind«, antwortete sie, »der ist schon völlig im Auslöschen, den sieht man nimmer.«

»Und ist das ein Glücksstern gewesen?«

Da schloss sie mich an ihre Brust und hauchte: »Wird wohl so sein, du herzlieber Enkel, wird wohl so sein!«

Ein alter Schuhmacher kam zuweilen in unser Haus, der redete wie ein Heide. Wir Menschen, meinte der alte Schuhmacher, kämen nach dem Tode weder in den Himmel noch in die Hölle, sondern auf einen Stern, wo wir so, wie auf dieser Welt, wieder geboren würden und je nach Umständen weiter lebten.

Das Närrischste aber sagte der Schulmeisterssohn aus Grabenbach, der als Student einmal zu uns kam. Der schwätzte von Bären und Hunden und Wasserschlangen, die da oben am Himmel herumliefen, und ein Widder und ein Walfisch sei auch dabei; und gar eine Jungfrau wollte er durch seine Augengläser gesehen haben. Dieser Schulmeisterssohn war schuld daran, dass mich mein Vater nicht studieren lassen wollte.

»Wenn sie solche Narrheiten lernen in der Stadt«, sagte mein Vater, »dass sie auf unseres Herrgotts goldnem Firmament lauter wilde Tiere sehen, nachher hab' ich genug. Mein Bub', der bleibt daheim.«

Eine junge Magd hatten wir im Hause; die war gescheit, die hat einmal was gesagt, was mir heute das Herz noch warm macht. Sie hatte es sicherlich von ihrem alten Ziehvater, der so ein Waldgrübler gewesen war. Der Mann hat etwas Wundersames in seinem Kopfe gehabt; er wäre gern Priester geworden, aber blutarm, wie er war, sind ihm alle Wege dazu verlegt gewesen. Da wurde er Kohlenbrenner. Ich habe den Alten oft heimlich belauscht, wenn er auf seinem Kohlenmeiler stand und Messe las, oder wenn er den Vögeln des Waldes vorbetete, wie voreinst der heilige Franziskus in der Wüste. Von diesem Manne mag unsere junge Magd das seltsame Wort gehört haben.

»Der Sternenhimmel da oben«, sagte sie einmal, »das ist ein großmächtiger Liebesbrief mit goldenen und silbernen Buchstaben. Fürs Erste hat ihn der liebe Herrgott den Menschen geschrieben, dass sie doch nicht ganz auf ihn vergessen sollten. Fürs Zweite schreiben ihn die Menschen füreinander. Das ist so: Wenn zwei Leut', die sich rechtschaffen lieb haben, weit auseinander müssen, so merken sie sich vorher einen hellen Stern, den sie beide von aller Fremde aus sehen können und auf dem ihre Augen zusammenkommen. – Dasselbig funkelnde Ding dort«, setzte die Magd leise und ein wenig zögernd bei, indem sie auf ein glühend Sternlein deutete, das hoch über dem Waldlande stand, »dasselbig Ding, das schaut zu dieser jetzigen Stund' auch der Hans an, der weit drin in Welschland ist bei den Soldaten. Ich weiß wohl, er wird nicht darauf vergessen, es glänzt wie der kein Stern so hell auf dem ganzen Firmament.«

Eines Tages musste ich am Waldrande spät abends noch die Rinder weiden, die tagsüber im Joche gegangen waren. Sonst war in solchen Stunden lieb Ahne bei mir, aber die war nun schon seit länger unwohl und musste zu Hause bleiben. Jedoch hatte sie mir versprochen, oftmals vor das Haus herauszutreten und den Hühnerpfiff zu tun, damit mir in der einschichtigen stillen Nacht nicht zu grauen beginne.

Ich stand zagend neben meinen zwei Rindern, die auf der taunassen Wiese eifrig grasten, aber ich hörte heute keinen jener lustigen Pfiffe, welche meine Ahne mittelst zweier Finger, die sie in den Mund legte, so vortrefflich zu machen verstand, gewöhnlich zu dem Zwecke, um die Hühner damit zusammenzulocken.

Das Haus lag still und traurig oben auf dem Berge. Von der tiefen Schlucht herauf hörte ich das Rieseln des Wässerleins, das ich sonst hier noch nie vernommen hatte. Hingegen schwiegen heute die Grillen ganz und gar. Ein Uhu krähte im Walde und erschreckte mich dermaßen, dass ich die Hörner des Rindes erhaschte und dieselben gar nicht mehr loslassen wollte.

Der Sternenhimmel hatte heute einen so heiligen Ernst; mir war, als hörte ich durch die große Stille das Saitenspiel des heiligen Sängers David klingen. – Siehe, da löste sich plötzlich ein Stern und fiel in einem scharfen Silberfaden, der gerade über unser Haus niederging, vom Himmel herab. – –

Mir zuckte es heiß durchs Herz, mir blieb der Atem stehen. – »Jetzt ist die Ahne gestorben!«, sagte ich endlich laut, »das ist ihr Stern gewesen.« Ich hub an zu schluchzen. Da hörte ich vom Hause her bereits des Vaters Stimme, ich sollte eilends heimzu treiben.

Bald jagte ich in den Hof ein. Das Haus war in allen Fenstern beleuchtet; ein Geräusch und Gepolter war, und Leute eilten hin und her nach allen Ecken und Winkeln.

»Geschwind, Peterle, geh' her!«, rief es mir von

der Tür aus zu, und das war die Stimme der Ahne. Ich lief in das Haus – was hab' ich gehört? Kleinkindesgeschrei.

»Ein Brüderlein hast kriegt«, rief die Ahne, »das hat ein Engel vom Himmel gebracht!«

So war es. Mutter lag schon im Bette, und sie hielt das winzige Kindlein an der Brust.

Ein Engel vom Himmel! Ja, ich habe ihn fliegen gesehen.

»Ahndl«, sagte ich, »es ist nicht wahr, dass Sterne fallen, lauter Engel sind es, die mit kleinen Kindlein niederfliegen vom Himmel!«

Ich verharre bei diesem Glauben noch heute, da ich vor einer Wiege stehe, in die mir selbst ein liebes himmlisches Wunder gegeben ist.

Ums Vaterwort

Ich habe im Grunde keine schlechte Erziehung genossen, sondern vielmehr gar keine. War ich ein braves, frommes, folgsames, anstelliges Kind, so lobten mich meine Eltern; war ich das Gegenteil, so zankten sie mich derb aus. Das Lob tat mir fast allezeit wohl, und ich hatte dabei das Gefühl, als ob ich in die Länge ginge, weil manche Kinder wie Pflanzen sind, die nur bei Sonnenschein schlank wachsen.

Nun war mein Vater aber der Ansicht, dass ich nicht allein in die Länge, sondern auch in die Breite wachsen müsse, und dafür sei der Ernst und die Strenge gut.

Meine Mutter hatte nichts als Liebe. Liebe braucht keine Rechtfertigung, aber die Mutter sagte, wohl geartete Kinder würden durch Strenge leicht verdorben, die Strenge bestärke den in der Jugend stets vorhandenen Widerspruchsgeist, weil sie ihm fort und fort neue Nahrung gebe. Er schlummere zwar lange, sodass es den Anschein habe, die Strenge wirke günstig, aber sei das Kind nur erst erwachsen, dann tyrannisiere es jene, von denen es in seiner Hilflosigkeit selbst tyrannisiert worden sei. Hingegen lege die liebevolle Behandlung den Widerspruchsgeist schon beizeiten lahm; Kinderherzen seien wie Wachs, ein Stück Wachs lasse sich nur um die Finger wickeln, wenn es erwärmt sei.

Mein Vater mochte derselben Ansicht sein, allein er verstand es nicht, seiner Wärme und Liebe Ausdruck zu geben; bei all seiner Milde hatte der mit Arbeit und Sorgen beladene Mann ein stilles, ernstes Wesen, seinen reichen Humor ließ er vor mir erst später spielen, als er vermuten konnte, dass ich genug Mensch geworden sei, um denselben aufzunehmen. In den Jahren, da ich das erste Dutzend Hosen zerriss, gab er sich nicht just viel mit mir ab, außer wenn ich etwas Unbraves angestellt hatte, in diesem Falle ließ er seine Strenge walten. Seine Strenge und meine Strafe bestand gewöhnlich darin, dass er vor mich hintrat und mir mit schallenden, zornigen Worten meinen Fehler vorhielt und die Strafe andeutete, die ich verdient hätte.

Ich hatte mich beim Ausbruche der Erregung allemal vor den Vater hingestellt, war mit niederhängenden Armen wie versteinert vor ihm stehen geblieben und hatte ihm während des heftigen Verweises unverwandt in sein zorniges Angesicht geschaut. Ich bereute in meinem Innern den Fehler stets, ich hatte das deutliche Gefühl der Schuld, aber ich erinnere mich auch an eine andere Empfindung, die mich bei solchen Strafpredigten überkam: Es war ein eigenartiges Zittern in mir, ein Reiz- und Lustgefühl, wenn das Donnerwetter so recht auf mich niederging. Es kamen mir die Tränen in die Augen, sie rieselten mir über die Wangen, aber ich stand wie ein Bäumlein, schaute den Vater an und hatte ein unerklärliches Wohlgefühl, das in dem Maße wuchs, je länger und je ausdrucksvoller mein Vater vor mir wetterte.

Wenn hierauf Wochen vorbeigingen, ohne dass ich etwas heraufbeschworen und mein Vater immer gütig und still an mir vorüberschritt, begann in mir allmählich wieder der Drang zu erwachen und zu reifen, etwas anzustellen, was den Vater in Wut bringe. Das geschah nicht, um ihn zu ärgern, denn ich hatte ihn überaus lieb; es geschah gewiss nicht aus Bosheit, sondern aus einem anderen Grunde, dessen ich mir damals nicht bewusst war.

Da war es einmal am heiligen Christabend. Der Vater hatte den Sommer zuvor in Mariazell ein schwarzes Kruzifixlein gekauft, an welchem ein aus Blei gegossener Christus und die aus demselben Stoffe gebildeten Marterwerkzeuge hingen. Dieses Heiligtum war in Verwahrung geblieben bis auf den Christabend, an welchem es mein Vater aus einem Gewandkasten hervornahm und auf das Hausaltärchen stellte. Ich nahm die Stunde wahr, da meine Eltern und die übrigen Leute noch draußen in den Wirtschaftsgebäuden und in der Küche zu schaffen hatten, um das hohe Fest vorzubereiten, ich nahm das Kruzifixlein mit Gefahr meiner geraden Glieder von der Wand, hockte mich damit in den Ofenwinkel und begann es zu verderben. Es war mir eine ganz seltsame Lust, als ich mit meinem Taschenfeitel zuerst die Leiter, dann die Zange und den Hammer, hernach den Hahn des Petrus und zuletzt den lieben Christus vom Kreuz löste. Die Teile kamen mir nun getrennt viel interessanter vor als früher im Ganzen; doch jetzt, da ich fertig war, die Dinge wieder zusammensetzen wollte, aber nicht konnte, fühlte ich in der Brust eine Hitze aufsteigen, auch meinte ich, es würde mir der Hals zugebunden. – wenn's nur beim Ausschelten bleibt diesmal …? – Zwar sagte ich mir: Das schwarze Kreuz ist jetzt schöner als früher; in der Hohenwanger Kapelle steht auch ein schwarzes Kreuz, wo nichts dran ist, und gehen doch die Leute hin, zu beten. Und wer braucht zu Weihnachten einen gekreuzigten Herrgott? Da muss er in der Krippe liegen, sagt der Pfarrer. Und das will ich machen.

Ich bog dem bleiernen Christus die Beine krumm und die Arme über die Brust und legte ihn in das Nähkörbchen der Mutter und stellte dieses Kripplein auf den Hausaltar, während ich das Kreuz in dem Stroh des Elternbettes verbarg, nicht bedenkend, dass das Körbchen die Kreuzabnahme verraten müsse.

Das Geschick erfüllte sich bald. Die Mutter bemerkte es zuerst, wie närrisch doch heute der Nähkorb zu den Heiligenbildern hinaufkäme?

»Wem ist denn das Kruzifixlein da oben im Weg gewesen?«, fragte gleichzeitig mein Vater.

Ich stand etwas abseits, und mir war zu Mute wie einem Durstigen, der jetzt starken Myrrhenwein zu trinken kriegen sollte. Indes ahnte mich eine absonderliche Beklemmung, jetzt womöglich noch weiter in den Hintergrund zu treten.

Mein Vater ging auf mich zu und fragte fast bescheidentlich, ob ich nicht wisse, wo das Kreuz hingekommen wäre? Da stellte ich mich schon kerzengerade vor ihn hin und schaute ihm ins Gesicht. Er wiederholte seine Frage, ich wies mit der Hand gegen das Bettstroh, es kamen die Tränen, aber ich glaube, dass ich keinen Mundwinkel verzogen habe.

Der Vater suchte das Verborgene hervor und war nicht zornig, nur überrascht, als er die Misshandlung des Heiligtums sah. Mein Verlangen nach dem Myrrhenwein steigerte sich. Der Vater stellte das kahle Kruzifixlein auf den Tisch. »Nun sehe ich wohl«, sagte er mit aller Gelassenheit und langte seinen Hut vom Nagel, »nun sehe ich wohl, er muss endlich rechtschaffen gestraft werden. Wenn einmal der Christi-Herrgott nicht sicher geht ...! Bleib' mir in der Stuben, Bub'!«, fuhr er mich finster an und ging dann zur Türe hinaus.

»Spring' ihm nach und schau' zum Bitten!«, rief mir die Mutter zu, »er geht Birkenruten abschneiden.«

Ich war wie an den Boden geschmiedet. Grässlich klar sah ich, was nun über mich kommen würde, aber ich war außer Stande, auch nur einen Schritt zu meiner Abwehr zu machen. Kinder sind in solchen Fällen häufig einer Macht unterworfen, die ich nicht Eigensinn oder Trotz nennen möchte, eher Beharrungszwang; ein Seelenkrampf, der sich am ehesten selbst löst, sobald ihm nichts Anspannendes mehr entgegengestellt wird. Die Mutter ging ihrer Arbeit nach, in der abendlich dunkelnden Stube stand ich allein und vor mir auf dem Tisch das verstümmelte Kruzifix. Heftig erschrak ich vor jedem Geräusch. Im alten Uhrkasten, der dort an der Wand bis zum Fußboden niederging, rasselte das Gewicht der Schwarzwälderuhr, welche die fünfte Stunde schlug. Endlich hörte ich draußen auch das Schneeabklopfen von den Schuhen, es waren des Vaters Tritte. Als er mit dem Birkenzweig in die Stube trat, war ich verschwunden.

Er ging in die Küche und fragte mit wild herausgestoßener Stimme, wo der Bub sei? Es begann im Hause ein Suchen, in der Stube wurden das Bett und die Winkel und die Truhe durchstöbert, in der Nebenkammer, im Oberboden hörte ich sie herumgehen, ich hörte die Befehle, man möge in den Ställen die Futterkrippen und in den Scheunen Heu und Stroh durchforschen, man möge auch in den Schachen hinausgehen und den Buben nur stracks vor den Vater bringen – diesen Christabend solle er sich für sein Lebtag merken! Aber sie kehrten unverrichteter Dinge zurück. Zwei Knechte wurden nun in die Nachbarschaft geschickt, aber meine Mutter rief, wenn ich etwa zu einem Nachbar über Feld und Wald gegangen sei, so müsse ich ja erfrieren, es sei mein Jöpplein und mein Hut in der Stube. Das sei doch ein rechtes Elend mit den Kindern!

Sie gingen davon, das Haus wurde fast leer, und in der finstern Stube sah man nichts mehr als die grauen Vierecke der Fenster. Ich stak im Uhrkasten und konnte durch die Fugen desselben hervorgucken. Durch das Türchen, welches für das Aufziehen des Uhrwerkes angebracht war, hatte ich mich hineingezwängt und innerhalb des Verschlages hinabgelassen, sodass ich nun im Uhrkasten ganz aufrecht stehen konnte.

Was ich in diesem Verstecke für Angst ausgestanden habe. Dass es kein gutes Ende nehmen konnte, sah ich voraus, und dass die von Stunde zu Stunde wachsende Aufregung das Ende von Stunde zu Stunde gefährlicher machen musste, war mir auch klar. Ich verwünschte den Nähkorb, der mich anfangs verraten hatte, ich verwünschte das Kruzifixlein – meinen Leichtsinn zu verwünschen, darauf vergaß ich. Es gingen Stunden hin, ich blieb in meinem aufrecht stehenden Sarge, und schon saß mir der Eisenzapfen des Uhrgewichtes auf dem Scheitel, und ich musste mich womöglich niederducken, sollte das Stehenbleiben der Uhr nicht Anlass zum Aufziehen derselben und somit zu meiner Entdeckung geben. Denn endlich waren meine Eltern in die Stube gekommen, hatten Licht gemacht und meinetwegen einen Streit begonnen.

»Ich weiß nirgends mehr zu suchen«, hatte mein Vater gesagt und war erschöpft auf einen Stuhl gesunken.

»Wenn er sich im Wald vergangen hat oder unter dem Schnee liegt!«, rief die Mutter und erhob ein lautes Weinen.

»Sei still davon!«, sagte der Vater, »ich mag's nicht hören.«

»Du magst es nicht hören und hast ihn mit deiner Strenge selber vertrieben.«

»Mit diesem Zweiglein hätte ich ihm kein Bein abgeschlagen«, versetzte er und ließ die Birkenrute auf den Tisch niederpfeifen.

»Aber jetzt, wenn ich ihn erwisch', schlag' ich einen Zaunstecken über ihn entzwei.«

»Tue es, tue es – 'leicht tut's ihm nicht mehr weh«, sagte die Mutter und setzte das Weinen fort. »Meinst, du hättest deine Kinder nur zum Zornauslassen? Da hat er lieb' Herrgott ganz Recht, wenn er sie beizeiten wieder zu sich nimmt! Kinder muss man lieb haben, wenn etwas aus ihnen werden soll.«

Hierauf sagte er: »Wer sagt denn, dass ich den Buben nicht lieb hab'? Ins Herz hinein, Gott weiß es! Aber sagen mag ich ihm's nicht; ich mag's nicht, und ich kann's nicht. Ihm selber tut's nicht so weh als mir, wenn ich ihn strafen muss, das weiß ich!«

»Ich geh' noch einmal suchen!«, sagte die Mutter.

»Ich will auch nicht dableiben!«, sagte er.

»Du musst mir einen warmen Löffel Suppe essen! 's ist Nachtmahlszeit«, sagte sie.

»Ich mag jetzt nichts essen! Ich weiß mir keinen andern Rat«, sagte mein Vater, kniete zum Tisch hin und begann still zu beten.

Die Mutter ging in die Küche, um zur neuen Suche meine warmen Kleider zusammenzutragen, für den Fall, als man mich irgendwo halb erfroren finde. In der Stube war es wieder still,und mir in meinem Uhrkasten war's, als müsse mir vor Leid und Pein das Herz brechen. Plötzlich begann mein Vater aus seinem Gebete krampfhaft aufzuschluchzen. Sein Haupt fiel nieder auf den Arm, und die ganze Gestalt bebte.

Ich tat einen lauten Schrei. Nach wenigen Sekunden war ich von Vater und Mutter aus dem Gehäuse befreit, lag zu Füßen des Vaters und umklammerte wimmernd seine Knie.

»Mein Vater, mein Vater!« Das waren die einzigen Worte, die ich stammeln konnte. Er langte mit seinen beiden Armen nieder und hob mich auf zu seiner Brust, und mein Haar ward feucht von seinen Zähren.

Mir ist in jenem Augenblicke die Erkenntnis aufgegangen.

Ich sah, wie abscheulich es sei, diesen Vater zu reizen und zu beleidigen. Aber ich fand nun auch, warum ich es getan hatte. Aus Sehnsucht, das Vaterantlitz vor mir zu sehen, ihm ins Auge schauen zu können und seine zu mir sprechende Stimme zu hören. Sollte er schon nicht mit mir heiter sein, so wie es andere Leute waren und wie er es damals, von Sorgen belastet, so selten gewesen, so wollte ich wenigstens sein zorniges Auge sehen, sein herbes Wort hören; es durchrieselte mich mit süßer Gewalt, es zog mich zu ihm hin. Es war das Vaterauge, das Vaterwort.

Kein böser Ruf mehr ist in die heilige Christnacht geklungen, und von diesem Tage an ist vieles anders geworden. Mein Vater war seiner Liebe zu mir und meiner Anhänglichkeit an ihn inne geworden und hat mir in Spiel, Arbeit und Erholung wohl viele Stunden sein liebes Angesicht, sein treues Wort geschenkt, ohne dass ich noch einmal nötig gehabt hätte, es mit Bosheit erschleichen zu müssen.

Allerlei Spielzeug

Ich habe als Kind mir meine Welt, die von Natur höllisch klein war, auseinander gedehnt, wie mein Vetter Simmerl den Katzenbalg, aus dem er sich einen Tabaksbeutel machen wollte. Und es ist, bigott, ein Sack draus geworden, in welchem all die unglaublichen Fantastereien einer ungezogenen Bauernbubenseele vollauf Platz gehabt haben.

Wie ich mir später die Bücher, die ich nicht kaufen konnte, selber machte, so habe ich mir auch die größten Städte der Welt, die ich nicht sehen konnte, selber gebaut.

Die jahrelange Kränklichkeit meines Vaters verschaffte mir das Baumaterial. Die Hustenpulver vom Doktor, der spanische Brusttee vom Kaufmann, die Medizinflaschen vom Bader waren stets in gutes, oft sogar schneeweißes Papier eingeschlagen; aus diesem Papier schnitzte ich mit der Nähschere meiner Mutter oder, wenn ich diese schon zerbrochen oder verloren hatte, mit jener der Magd allerlei Häuser, Kirchen, Paläste, Türme, Brücken, bog sie geschickt zur passenden Form und stellte sie in Reihen und Gruppen auf den Tisch. Das gesuchteste Material hierfür waren wohl die alten Steuerbücheln mit ihren steifen Blättern; und kam es freilich vor, dass über der ganzen Hauptfronte eines Herrenpalastes das »Datum der Schuldigkeit« stand, oder ein Kirchturm anstatt Fenster und Uhren nichts als lauter Posten der »Abstattung« hatte. Als es aber ruchbar worden war, dass ich meine Prachtbauten mit den blutigen Steuersummen der Bauern aufführe, da gab's eine kleine Revolution, indem mein Vater einmal mit der flachen Hand mir einige öffentliche Gebäude unter den Tisch hinabfegte.

Eines Tages ging ich einer Hirtenangelegenheit wegen ins Ebenholz hinaus. Ich hatte die Magd ersucht, ob sie mir nicht ihre heilige Monika mit in den Wald leihen möchte.

»Du lieber Närrisch!«, hatte die Magd geantwortet, »wenn sie nur ganz wär', aber es ist mir die Maus dazugekommen. Was übrig blieben ist, das magst haben.«

So nahm ich das Büchlein von der heiligen Monika mit in das Ebenholz. Aber als ich in demselben zu lesen begonnen hatte, hob im Sacke die Nähschere meiner Mutter zu sticheln an: ob ich die Geschichte von dieser Heiligen denn nicht schon längst auswendig wisse? Ob die Maus nicht etwa schon das Beste weggenagt hätte? Ob ich mir für diese grauen und angefressenen Blätter eine bravere Verwendung denken könne, als daraus die schöne Weltstadt Paris zu bauen? – Ich wollte der alten Nähschere meiner Mutter nicht widersprechen.

Nun stand zur selben Zeit im Ebenholz noch die alte Schlagerhütte, die einst ein Bauernhäuschen gewesen und zwischen dem jungen Fichtenanwuchs verlassen und öde hocken geblieben war.

Die Fensterchen waren ohne Scheiben, die Tür war aus den Angeln gehoben, und auf der Schwelle wucherten Brennnesseln. Die Luft in der Hütte roch ganz moderig, und jedes Geräusch widerhallte grell an den Wänden, als wollte das alte Zimmerholz mit dem Eintretenden allsogleich ein Gespräch anheben. Mir war diese Bau unheimlich gewesen bis zu jenem Tage, da mich und unseren Knecht Markus im Walde ein scharfer Wetterregen überraschte und wir uns in die Hütte flüchteten. »Ja«, hatte damals der alte Markus gesagt, als die Donner hallten und schallten, »ja, wir haben heuer halt ein Schalljahr.« So nennen sie bei mir daheim das Schaltjahr und meinen, der Name komme von dem Schallen des Donners. Als der Regen fortwährte, fragte mich der Markus: »Kannst Kartenspielen, Bub'?«

»Zwicken und Bettlerrufen kann ich«, war meine Antwort, »aber wir sollen lieber den Wettersegen beten.«

»Da ist mir das Bettlerrufen unterhaltlicher.«

»Wenn's aber einschlagt!«, gab ich zu bedenken.

Der Knecht zog Spielkarten aus seinem Sack, wir setzten uns an den großen Tisch und kartelten, bis draußen die nassen Zweige funkelten und die helle Sonne zum Fenster hereinschien.

Seither war mir die Hütte heimlich. Und nun ging ich ihr zu, setzte mich an den großen, wurmstichigen Tisch und schnitzte aus den Blättern der »heiligen Monika« die große Weltstadt Paris. Ich stellte die Häuser in langen Gassenreihen auf, und die Gassen und Plätze bevölkerte ich mit blauen Heidelbeeren und roten Preißelbeeren – Erstere waren die Männer, Letztere die Frauen. Um das Königsschloss postierte ich Reihen von Stachelbeeren, das waren die Soldaten.

Als der Tisch voll geworden war und ich trunkenen Blickes hinschaute auf die vieltürmige Stadt und ihre belebten Gassen, die ich gegründet und wie ein Schutzgeist beschirmte, dachte ich: Nun soll über diese Stadt aber auch einmal eine rechte Straf' Gottes kommen. Wie steht's mit einem Sturmwind? – Ich blies drein – hei purzelten ganze Häuserfronten über und über. Sie wurden wieder aufgebaut. Da endlich aber der Abend kam und meines Bleibens in der Hütte nicht mehr länger sein konnte, sann ich nach, wie ich die Stadt Paris am großartigsten zu Grunde gehen lassen könnte. – Eine Feuersbrunst? – Neunjährige Bauernjungen tragen immer schon Streichhölzchen im Sack, weil sie sich doch allmählich mit dem Hauptberufe des Mannes, mit dem Tabakrauchen, bekannt zu machen trachten müssen.

Das Feuer entstand mitten in der Stadt, und nach wenigen Sekunden standen ganze Viertel in Flammen. Die Bevölkerung war starr vor Schreck, das Feuer wogte hin, und die Mauern zitterten und die kahlen Ruinen ringelten sich. Da der Königspalast verschont bleiben zu wollen schien, so blies ich die Flammen gegen denselben hin – wehe, da flogen die brennenden Häuser über den Tisch und auf den Fußboden, wo in der Ecke noch ein Bund Bettstroh lag. Jetzt wurde der Spaß Ernst. Das Papier hatte so still gebrannt, das Stroh knisterte schon vernehmlicher, und ein greller Schein erhellte die

Hütte. Ich wollte eben davonstürzen, als unser Knecht Markus zur Tür hereinsprang und mit einem buschigen Baumwipfel das Feuer totschlug.

Knecht Markus war verschwiegen, war ein stiller Ehrenmann, aber das sagte er mir, wenn ich mich mit Sengen und Brennen auf den Etzel hinausspielen wolle, so täte er es dem Kaiser schreiben, dass er mich rechtzeitig köpfen lasse.

Von diesem Tage an habe ich keine Stadt mehr gegründet und keine mehr zerstört. Ich ging von der Architektur zur Musik und Malerei über.

Ich hatte bei herumziehenden Musikern, die vor unserer Haustür uns das Leben schön machten, allerlei Saiteninstrumente kennen gelernt. Ich hatte einen alten Harfenisten nach Beendigung seines Ständchens sogar einmal angesprochen, ob er es für einen Sechser erlauben könne, dass ich mit ihm zum nächsten Nachbar gehe, um sein Spiel dort noch einmal zu hören; worauf der Künstler antwortete, für einen Sechser bleibe er an unserer Tür stehen und spiele, so lange ich wolle. Damals ist mir der ganze Wert unserer legierten Silbersechser zum Bewusstsein gekommen. Nun hatten wir aber an jenem Tage in unserer Stube einen alten, brummigen Schuster, und er hatte gerade seinen Kopfwehtag. Als ich denn vor dem spielenden Musiker, die Hände in den Hosentaschen, dastand, die Zehen in den Sand bohrte, gleichsam, als wollte ich mich einwurzeln, sprang plötzlich der Schuster mit grüngelbem Gesichte zur Tür heraus und ließ einen tollen Fluch fahren über das verteufelte Geklimper.

Mitten in der Herrlichkeit brach der Harfner das Spiel ab. Für einen solchen Bass sei sein Instrument nicht berechnet, meinte er, rückte die Harfe auf den Buckel und ging davon. Seit jenem Tage datiert mein Hass gegen die Schuster, die ihren Kopfwehtag haben.

Die Harfe ging mir nicht aus dem Kopfe. In unserem Rübenkeller stand ein altes, säuerlndes Fässchen, das mein Vater beim Stockerwirt allemal für die drei Faschingstage mit Apfelmost füllen ließ. Nun war es längst leer, und diese Leere kam mir zustatten. Ich stülpte das Fässchen auf, zog über den Boden Zwirnsfäden wie Saiten, sodass diese je nach ihrer Länge einen verschiedenen Ton gaben, wenn ich sie mit dem Finger berührte. Da hatte ich ein Saiteninstrument mit dem respektabelsten Resonanzboden. Doch erinnere ich mich nicht mehr, inwiefern ich damit meinen musikalischen Hang ausgebildet habe – ich weiß nur, dass zum nächsten Fasching, als ich unseren tanzlustigen Mägden auf meiner Harfe was aufspielen wollte, wieder frischer Most in dem Fässchen war.

In denselben Jahren hatte ich mit einem jungen Studenten Bekanntschaft gemacht, mit dem Söhnlein eines Nachbars, welches in Graz auf Geistlich studierte, auf die Vakanzen stets nach Hause kam und Reichtümer mitbrachte. Ich erwarb mir seine Gunst, indem ich ihn öfters auf unseren Schwarzkirschbaum lud, wo es zu schnabulieren gab. Der Student riss zwar ein um das andere Ästlein ab, um zur süßen Frucht zu gelangen, aber mein Vater, der sonst solcherlei Verstümmelungen scharf ahndete, war der Meinung, einem angehenden Priester dürfe man nichts verwehren, er würde dereinst den Kirschbaum schon in sein Messopfer einschließen, dass er gedeihe und immerwährend fruchtbar sei. Der Student war für solche Rücksichten erkenntlich und stellte mir all seine Bücher, Landkarten, Schreib- und Zeichenrequisiten zur Verfügung. Den Schulfleiß des Studenten in Ehren! Dennoch aber glaube ich, dass seine »deutschen Lesebücher für die Gymnasalklassen«, seine »Welters Weltgeschichte«, sein »Handbuch des katholischen Kultus«, sein »Leitfaden der Erdkunde« usw. während der Vakanzen schier mehr strapaziert wurden als während des Schuljahres. Als sich der angehende Theologe mit denselben auf sein Hirtenamt vorbereiten sollte, übte ich mit ihnen das meine bereits aus. Doch ließ ich meine Kühe und Ochsen Rinder sein, lag im grünen Grase und las. – O ihr armen Bücherwürmer in den staubigen Bibliotheken, ihr habt gar keine Ahnung davon, was im Waldschatten ein Buch ist. – *Viele* Bücher würden leicht auch den im Walde Lagernden beunruhigen, verwirren und entmarken; aber *ein* Buch, ein seelenvolles Buch genießt man dort ganz aus und gedeiht dabei. Ich denke hier an das Lesebuch für die Gymnasialklassen, reich an Gedichten und Aufsätzen von deutschen Klassikern. Ich konnte es nicht einmal ganz verstehen, aber es wirkte tiefer auf mich als alle spätere Lektüre zusammen.

Als die Kirschen alle waren und die Blätter des Baumes gelb wurden, packte der Student seine Bücher zusammen und ging wieder in die »Studie«.

Einmal ließ er mir ein Kästchen mit Wasserfarben zurück.

Jetzt schnitt ich mir ein Löckchen Haar vom Haupte, band es an ein Stäblein, und mit solchem Pinsel begann ich zu malen. Eine große Anzahl der Heiligenbildchen, die heute noch in verschiedenen Gebetbüchern der Gegend zu finden, ist mit meinem Haar gemalt worden. Die Leute haben sich hell verwundert, wenn sie mir zugeschaut und gesehen, wie man mir nichts, dir nichts die Muttergottes macht. Einmal kam der alte Schneider-Jackel, Küster von Krieglach, in unser Haus, um den Pfarrerzehent abzuholen; der sah mich malen. »Na«, sagte er fortwährend, »aber da gehört was dazu! Jetzt malt so ein kleiner Schlingel da himmlische Leut'! Und dass es eine Form hat! Ein hellrotes G'wandl, ein schön's! Ein Gesicht – wie er aber das Gesichtel macht! Die ganze Fleischfarb' – und 's Göscherl! Und die Augen, die blauen, wie sie gucken! – Spitzbub, du! Freilich, den Heiligenglanz auch, na, der darf nit fehlen. Wär' nit ganz, wenn der fehlen tät'! – Schon eine Menge so Bildln hast da! – Bist aber ein Kreuzköpfel – du musst schon ein Maler werden! Alles von dir selber hast' gelernt! Ist viel! Ist viel das! Schau, das tät's nit, die Bildln muss ich alle mitnehmen, 's tät's nit anders, die müssen ihre heilige Weih' kriegen. Dank dir Gott, Schwarzkünstler, du kleiner!«

Vor meinen Augen tat er die Bildchen – es waren deren allerlei und eine große Anzahl – zusammen, schob sie in seinen Sack und ging davon. Mir blieb der Verstand stehen. Aber mir schwoll der Kamm, als ich bald darauf hörte, der Küster hätte bei seiner Wallfahrt mit der Krieglacher Kreuzschar nach Mariazell meine Heiligenbilder am Gnadenaltare weihen lassen und sie hernach an die Wallfahrer verteilt.

Unter anderen ist später auch der alte Riegelberger in den Besitz eines solchen Heiligtums gekommen. Er soll es allemal, sooft er sein Gebetbuch aufschlug, brünstig geküsst haben; als er es aber erfuhr, von wem das Bildchen herrühre, ist er schnurgerade in unser Haus gegangen und hat mich zur Rede gestellt, warum ich mit heiligen Dingen Frevel treibe? Ob ich's vielleicht leugnen wolle? Geweihte Sachen hätte ich gemalt!

»Ja«, sagte ich, »wenn Ihr das Kalb auf den Kopf stellt, wird es freilich den Schweif in die Höhe recken.«

»Willst mich fean (höhnen), Bub?«

»Die Bilder sind zuerst gemalt und nachher geweiht worden.«

Es hielt schwer, ihm die Sache begreiflich zu machen, und er rief immer wieder aus, zerfetzen möchte er das schlechte Zeug, wenn's ihm um die heilige Weih' nicht Leid täte.

Ein andermal hatte ich mit demselben Manne eine viel gefährlichere Begegnung. Es waren zur selben Zeit noch die kleinen Papierzehner im Land. Ein solches Notlein habe ich wundershalber einmal nachgemacht. Dem Knecht Markus kam es zu Augen, der schmunzelte das Streifchen an und ersuchte mich, dass ich es ihm ein wenig leihe. Einen Tag später begegnete ich auf dem Feldwege dem

Riegelberger. Er grinste mich schon von weitem an und lächelte mir dann freundlich zu: »Büberl, du wirst aufgehenkt.«

»Ihr meint, weil ich so allerhand Bildln gemalt hab'?«

»Bildln so viel du willst! Aber die falschen Banknoten! Ja, lieber Freund! Einen hab' ich von dir in der Brieftasche und geh' gerade, mir jetzt dafür Tabak kaufen.«

Ich denke, dass ich über diese Mitteilung sehr blass geworden bin, denn der Riegelberger sagte nun: »Auf ein Pfeiferl hab' ich noch in der Blader. Was gibst du zu Lohn, wenn ich mir das Pfeiferl jetzt mit deinem neuen Zehner anzünde?«

In demselben Augenblick ist mir ein Gedanke durch den Kopf geflogen, den ich einfing, weil er mir nicht schlecht vorkam.

»Ihr meint, Riegelberger, weil ich erschrocken bin?«, sagte ich; »erschrocken bin ich nur, weil Ihr den schrecklichen Frevel begehen wollt.«

»Möcht' wissen, wieso sich –?«

»Das Papierzehnerl, das Ihr von mir in der Brieftasche habt, ist unter meine Heiligenbilder gekommen. Ist in Zell geweiht worden!«

»Geh, geh, das Geld nimmt keine Weih' an«, versetzte der Riegelberger.

»Das Geld freilich nicht, das weiß ich, aber mein Zehner ist keins, ist nur zum Fürwitz eins und will keins sein. Und Ihr wollt Euch für geweihte Sach' Tabak kaufen? Ist schon recht, probiert es nur! Werdet schon sehen, wie Euch ein solcher Tabak in die Nase beißen wird!«

Jetzt wurde der Mann zornig.

»Du Bub!«, rief er, »wenn du alleweil nur Leut' foppen willst!«

Er zog die Brieftasche hervor, das Papierstreifchen heraus und zerriss es vor meinen Augen: »So, da hast deine Fetzen! Und jetzt geh' und arbeit' was, bist schon groß genug dazu. Ich, wenn ich dein Vater wär', wollt' dir deine Fabeleien und Schmierereien schon vertreiben! Arbeiten, dass die Schwarten krachen, ist gescheiter!«

's ist doch der beste Rat gewesen, den er mir hätte geben können. Er ist auch gar bald befolgt worden. Aber in den Feierabendstunden habe ich meine kindischen Spiele und künstlerischen Beschäftigungen getrieben, weit über die Kindesjahre hinaus.

Und wenn ich meine heutigen Taten betrachte – 's ist alles nur Versuch und Spiel. Es war ein kleines Kind, es ist ein großes Kind – ich bin damit zufrieden.

Wie der Meisen-Sepp gestorben ist

In meinem Vaterhause fand sich die »Lebensbeschreibung Jesu Christi, seiner Mutter Mariä und vieler Heiligen Gottes«. Ein geistlicher Schatz von Pater Cochem.

Das war ein altes Buch; die Blätter waren grau, die Kapitelanfänge hatten wunderlich große Buchstaben in schwarzen und roten Farben. Der hölzerne Einbanddeckel war an manchen Stellen schon wurmstichig, und eine der ledernen Klappen hatte die Maus zernagt. Seit meines Großvaters Tode war im Hause niemand gewesen, der darin hätte lesen können; was Wunder, wenn die Tierlein Besitz nahmen von Cochems »Leben Christi« und aus dem »geistlichen Schatz« ihre leibliche Nahrung zogen.

Da kam ich, der kleine Abc-Schütz, verjagte die Würmer aus dem Buche und fraß mich dafür selber hinein. Täglich las ich unseren Hausleuten vor aus dem »Leben Christi«. Den jungen Knechten und Mägden gefiel der neue Brauch just nicht, denn sie durften dabei nicht scherzen und nicht jodeln; die älteren Hausgenossen aber, die schon etwas gottesfürchtiger waren, hörten mir mit Andacht zu, »und das ist«, sagten sie, »als wie wenn der Pfarrer predigen tät; so bedeut' ausführen und so eine laute Stimm'!«

Ich kam in den Ruf eines tüchtigen Vorlesers und wurde ein gesuchter Mann. Wenn irgendwo in der Nachbarschaft jemand krank lag oder zum Sterben oder wenn er gar schon gestorben war, sodass man an seiner Leiche zur Nacht die Totenwache hielt, so wurde ich von meinem Vater ausgebeten, dass ich hinginge und lese. Da nahm ich das gewichtige »Leben-Christi-Buch« unter den Arm und ging. Es war ein hartes Tragen, und ich war dazumal ein kleinwinziger Knirps.

Einmal spät abends, als ich schon in meiner kühlen und frisch duftenden Futterkammer schlief, in welcher ich zur Sommerszeit bisweilen das Nachtlager hatte, wurde ich durch ein Zupfen an der Decke von unserm Knecht geweckt. – »Sollst fein geschwind aufstehen, Peter, sollst aufstehen. Der Meisen-Sepp hat seine Tochter geschickt, er lässt bitten, du sollst zu ihm kommen und ihm was vorlesen; er wollt' sterben. Sollst aufstehen, Peter.« –

So stand ich auf und zog mich eilends an. Dann nahm ich das Buch und ging mit dem Mädchen von unserem Hause aufwärts über die Heide und durch die Waldungen. Das Häuschen des Meisen-Sepp stand gar einsam mitten im Wald.

Der Meisen-Sepp war in seinen jüngeren Jahren Reuter, Waldhüter, gewesen; in letzterer Zeit hatte er sich nur mehr mit Sägeschärfen für Holzhauerleute beschäftigt. Und da kam plötzlich die schwere Krankheit.

Wie wir, ich und das Mädchen, in der stillen, sternhellen Nacht so durch die Ödnis schritten, sagten wir keines ein Wort. Schweigend gingen wir nebeneinander hin. Nur einmal flüsterte das Mädchen: »Lass her, Peter, ich will dir das Buch tragen.«

»Das kannst nicht«, antwortete ich, »du bist ja noch kleiner wie ich selber.«

Nach einem zweistündigen Gang sagte das Mädchen: »Dort ist schon das Licht.«

Wir sahen einen matten Schein, der aus dem Fenster des Meisen-Hauses kam. Als wir diesem schon sehr nahe waren, begegnete uns unser Pfarrer, der dem Kranken die heiligen Sakramente gereicht hatte.

»Der Vater – wird er wieder gesund?«, fragte das Mädchen kleinlaut.

»Ist noch nicht so alt«, sagte der Priester; »wie Gott will, Kinder, wie Gott will.«

Dann ging er davon. Wir traten in das Haus.

Das war klein, und nach der Art der Waldhütten standen die Familienstube und die Schlafkammer gleich in der Küche. Am Herd in einem Eisenhaken stak ein brennender Kienspan, von dem die Stubendecke in einen Rauchschleier gehüllt war. Neben dem Herde auf Stroh lagen zwei kleine Knaben und schlummerten. Sie waren mir bekannt vom Walde her, wo wir oft mitsammen Schwämme und Beeren suchten und dabei unsere Herden verloren; sie waren noch um etliche Jahre jünger als ich. An der Ofenmauer saß das Weib des Sepp, hatte ein Kind an der Brust und sah mit großen Augen in die flackernde Flamme des Kienspans hinein. Und hinter dem Ofen, in der einzigen Bettstatt, die im Hause war, lag der Kranke. Er schlief; sein Gesicht war recht eingefallen, das grauende Haar und der Bart ums Kinn waren kurz geschnitten, sodass mir der ganze Kopf kleiner vorkam als sonst, da ich den Sepp auf dem Kirchweg gesehen hatte. Die Lippen waren halb offen und blass, durch dieselben zog ein lebhaftes Atmen.

Bei unserem Eintritt erhob sich das Weib leise, sagte eine Entschuldigung, dass sie mich aus dem Bette geplagt habe, und lud ein, dass ich mich an den Tisch setzen und die Eierspeise essen möge, die der Herr Pfarrer übrig gelassen hatte und die noch auf dem Tische stand.

Bald saß ich auf demselben Fleck, den der geistliche Herr noch hatte warm gemacht, und jetzt aß ich mit derselben Gabel, die er hatte in den Mund geführt!

»Jetzt schläft er passabel«, flüsterte das Weib, nach dem Kranken deutend. »Vorhin hat er allweg Fäden aus der Decke gezupft.«

Ich wusste, dass man es für ein übles Zeichen auslegt, wenn ein Schwerkranker an der Decke zupft und kratzt; »da kratzt er sich sein Grab«. Ich entgegnete daher: »Ja, das hat mein Vater auch getan, als er im Nervenfieber ist gelegen. Ist doch wieder gesund worden.«

»Das mein' ich wohl auch«, sagte sie, »und der Herr Pfarrer hat dasselbe gesagt. – Bin doch froh, die Beicht' hat der Seppel recht fleißig verrichten mögen, und ich hab' jetzt wieder rechtschaffen Trost, dass er mir noch einmal gesund wird. – Nur«, setzte sie ganz leise bei, »das Spanlicht leckt alleweil so hin und her.«

Wenn in einem Hause das Licht unruhig flackert, so deutet das der Glaube des Volkes: Es werde in demselben Hause bald ein Lebenslicht auslöschen. Ich selbst glaubte an dieses Zeichen, doch um die Häuslerin zu beruhigen, sagte ich: »Es streicht die Luft alles zu viel durch die Fensterfugen; ich verspür's auch.« Sie legte das schlummernde Kind auf das Stroh; auch das Mädchen, welches mich geholt hatte, war schon zur Ruh gegangen. Wir verstopften die Fensterfugen mit Werg.

Dann sagte das Weib: »Gelt, Peter, du bleibst mir da über die heutige Nacht; ich wüsst mir aus Zeitlang nicht zu helfen. Wenn er munter wird, so liest uns was vor. Gelt, du bist so gut?«

Ich schlug das Buch auf und suchte nach einem geeigneten Lesestück. Allein, Pater Cochem hat nicht viel geschrieben, was armen, duldenden Menschen zum Troste sein könnte. Pater Cochem meint, Gott wäre unendlich gerecht, und die Leute wären unsäglich schlecht, und neun Zehntel der Menschen liefen schnurgerade der Hölle zu.

Es mag ja wohl sein, dachte ich mir, dass es so ist; aber dann darf man's nicht sagen, die Leute täten sich nur grämen, und des Weiteren blieben sie leichtlich so schlecht wie früher. Wenn sie sich bessern hätten wollen, so hätten sie's längst schon getan.

Die schreckhaften Gedanken gingen wie eine zischelnde Natter durch das Cochemsche Buch. Fürwitzigen Leuten gegenüber, die mich nur anhörten, der »lauten Predigerstimm'« wegen, donnerte ich die Gräuel und Menschenverdammung recht mit Vergnügen heraus; wenn ich aber an

Krankenbetten aus dem Buche las, da musste ich meine Erfindungsgabe oft sehr anstrengen, dass ich während des Lesens die harten Ausdrücke milderte, die Schauder erregende Darstellung der vier letzten Dinge mäßigte und den grellen Gedanken des eifernden Paters eine freundlichere Färbung geben konnte.

So plante ich auch heute, wie ich, scheinbar aus dem Buche lesend, dem Meisen-Sepp aus einem anderen Buche her Worte sagen wollte von der Armut, von der Geduld, von der Liebe zu den Menschen und wie darin die wahre Nachfolge Jesu bestehe, die uns – wenn die Stunde schlüge – durch ein sanftes Entschlummern hinüberführe in den Himmel.

Endlich erwachte der Sepp. Er wendete den Kopf, sah sein Weib und seine ruhenden Kinder an; dann erblickte er mich und sagte mit lauter, ganz deutlicher Stimme: »Bist doch gekommen, Peter. So dank' dir Gott, aber zum Vorlesen werden wir heut' wohl keine Zeit haben. Anna, sei so gut und weck' die Kinder auf.«

Das Weib zuckte zusammen, fuhr mit der Hand zu ihrem Herzen, sagte aber dann in ruhigem Tone: »Bist wieder schlechter, Seppel? Hast ja recht gut geschlafen.«

Er merkte es gleich, dass ihre Ruhe nicht echt war.

»Tu' dich nicht gar so grämen, Weib«, sprach er, »auf der Welt ist's schon nicht anders. Weck' mir schön die Kinder auf, aber friedsam, dass sie nicht erschrecken.«

Die Häuslerin ging zum Strohlager, rüttelte mit bebender Hand am Schaub, und die Kleinen fuhren halb bewusstlos empor.

»Ich bitt' dich gar schön, Anna, reiß mir die Kinder nicht so herum«, verwies der Kranke mit schwächerer Stimme, »und die kleine Martha lass schlafen, die versteht noch nichts.«

Ich blieb abseits am Tische sitzen, und mir war heiß in der Brust. Die Angehörigen versammelten sich um den Kranken und schluchzten.

»Seid ihr nur ruhig«, sagte der Sepp zu seinen Kindern, »die Mutter wird euch schon morgen länger schlafen lassen. Josefa, tu dir das Hemd über die Brust zusammen, sonst wird dir kalt. Und jetzt – seid allweg schön brav und folgt der Mutter, und wenn ihr groß seid, so steht ihr bei und verlasst sie nicht. – Ich hab' gearbeitet meiner Tag mit Fleiß und Müh'; gleichwohl kann ich euch weiter nichts hinterlassen als dieses Haus und den kleinen Garten und den Rainacker und den Schachen dazu. Wollt' euch's teilen, so tut es brüderlich, aber besser ist's, ihr haltet die Wirtschaft zusammen und tut hausen und tut bauen. Weiters mach' ich kein Testament, ich hab' euch alle gleich lieb. Tut nicht ganz vergessen auf mich und schickt mir dann und wann ein Vaterunser nach. – Und euch, die zwei Buben, bitt' ich von Herzen: Hebt mir mit dem Wildern nicht an; das nimmt kein gutes End'. Gebt mir die Hand darauf. So. – Wenn halt einer von euch das Sägefeilen wollt' lernen; ich hab' mir damit viel Kreuzer dermacht (erworben); Werkzeug dazu ist da. Und sonst wisst ihr schon, wenn ihr am Rainacker die Erdäpfel anbaut, so setzt sie erst im Mai ein; 's ist wohl wahr, was mein Vater fort gesagt hat: Bei den Erdäpfeln heißt's: baut mich an im April, komm' ich, wenn ich will; baut mich an im Mai, komm' ich glei (gleich). – Tut euch so Sprüchlein nur merken. – So, und jetzt geht wieder schlafen, Kinder, dass euch doch nicht kalt wird, und gebt allzeit rechtschaffen Obacht auf eure Gesundheit. Gesundheit ist das Beste. Geht nur schlafen, Kinder.«

Der Kranke schwieg und zerrte an der Decke.

»Frei zu viel reden tut er mir«, flüsterte das Weib gegen mich gewendet. Eine bei Schwerkranken plötzlich ausbrechende Geschwätzigkeit ist eben auch kein gutes Zeichen.

Nun lag er, wie zusammengebrochen, auf dem Bette. Das Weib zündete die Sterbekerze an.

»Das nicht, Anna, das nicht«, murmelte er, »ein wenig später. Aber einen Schluck Wasser gibst mir, gelt?«

Nach dem Trinken sagte er: »So, das frisch' Wasser ist halt doch wohl gut. Gebt mir recht auf den Brunnen Obacht. Ja, und dass ich nicht vergess', die schwarzen Hosen und das blau' Jöppel, weißt, und draußen hinter der Tür, wo die Sägen hängen, lehnt das Hobelbrett, das leg' über den Schleifstock und die Hanselbank; für drei Tag' wird's wohl halten. Morgen Früh, wenn der Holzjosel kommt, der hilft mich schon hinauslegen. Schau aber fein gut, dass die Katz' nicht dazu kommt; die Katzen gehen los und schmecken's gleich, wenn wo eine Leich' ist. Was unten bei der Pfarrkirche mit mir geschehen soll, das weißt schon selber. Meinen braunen Lodenrock und den breiten Hut schenk' den Armen. Dem Peter magst auch was geben, dass er heraufgegangen ist. Vielleicht ist er so gut und liest morgen beim Leichwachen was vor. Es wird ein schöner Tag sein morgen, aber geh' nicht zu weit fort von heim, es möcht' ein Unglück geschehen, wenn draußen in der Lauben das Licht brennt. – Nachher, Anna, such' da im Bettstroh nach; wirst einen alten Strumpf finden, sind etlich' Zwanziger drin.«

»Seppel, streng' dich nicht so an im Reden«, schluchzte das Weib.

»Wohl, wohl, Anna – aber aussagen muss ich's doch. Jetzt werden wir wohl nicht mehr lang' beisammen sein. Wir haben uns zwanzig Jahr gehabt, Anna. Du bist mein Alles gewesen; kein Mensch kann dir's vergelten, was du mir gewesen bist. Das vergess ich dir nicht im Tod und nicht im Himmel. Mich gefreut's nur, dass ich in der letzten Stund' noch was mit dir reden kann und dass ich gleichwohl so viel bei Verstand bin.«

»– Stirb doch nicht gar hart, Seppel«, hauchte das Weib und beugte sich über sein Antlitz.

»Nein«, antwortete er ruhig, »bei mir ist's so, wie bei meinem Vater: leicht gelebt und leicht gestorben. Sei nur auch du so und leg dir's nicht schwer. Wenn wir nun auch wieder jedes allein ankommen, zusammen gehören wir gleichwohl noch, und ich heb' dir schon ein Platzel auf im Himmel, gleim (nahe) an meiner Seit', Anna, gleim an meiner Seit'. Nur das tu' um Gottes willen, die Kinder zieh' gut auf.«

Die Kinder ruhten. Es war still, und mir war, als hörte ich irgendwo in der Stube ein leises Schnurren und Spinnen. –

Plötzlich rief der Sepp: »Anna, jetzt zünd' geschwind die Kerzen an!«

Das Weib rannte in der Stube herum und suchte nach Feuerzeug; und es brannte ja doch der Span. – »Jetzt hebt er an zu sterben!«, kreischte sie. Als aber die rote Wachskerze brannte, als sie ihm dieselbe in die Hand gab, als er den Wachsstock zuckend mit beiden Händen umfasste und als sie das Weihwassergefäß vom Gesimse nahm, da wurde sie scheinbar ganz ruhig und betete laut: »Jesus, Maria, steht ihm bei! Ihr Heiligen Gottes, steht ihm bei in der höchsten Not, lasst seine Seele nicht verloren sein! Jesus, ich bete zu deinem allerheiligsten Leiden! Maria, ich rufe deine heiligen sieben Schmerzen an! Du, sein heiliger Schutzengel, wenn seine Seel' vom Leib muss scheiden, führ' sie ein zu den himmlischen Freuden!«

Und sie betete lange. Sie schluchzte und weinte nicht; nicht eine einzige Träne stand in ihrem Auge, sie war ganz die ergebene Beterin, die Fürbitterin.

Endlich schwieg sie, beugte sich über das Haupt des Gatten, beobachtete sein schwaches Atemholen und hauchte: »So behüt' dich Gott, Seppel, tu' mir meine Eltern und unsere ganze Freundschaft (Verwandtschaft) grüßen in der Ewigkeit. Behüt' dich Gott, mein lieber Mann! Die heiligen Engel geben dir das Geleit', und der Herr Jesus mit seiner Gnad' wartet schon deiner bei der himmlischen Tür.«

Er hörte es vielleicht nicht mehr. Seine blassen, halb offenen Lippen gaben gar keine Antwort. Seine Augen sahen starr zur Stubendecke empor. Und aus den gefalteten Händen aufragend brannte die Wachskerze; sie flackerte nicht, still und geruhsam und hell, wie eine schneeweiße Blütenknospe stand die Flamme empor – sein Atemzug bewegte sie nicht mehr.

»– Jetzt ist's gar, jetzt ist er mir gestorben!«, rief das Weib aus, schrill und herzdurchdringend, dann sank sie wieder auf einen Schemel und begann bitterlich zu weinen.

Die wieder erwachenden Kinder weinten auch; nur das Kleinste lächelte …

Die Stunde lag auf uns, wie ein schwerer Stein.

Endlich richtete sich die Häuslerin – die Witwe – auf, trocknete ihre Tränen und legte zwei Finger auf die Augen des Toten.

Die Wachskerze brannte, bis die Morgenröte aufging.

Durch den Wald war ein Bote gegangen. Dann kam ein Holzarbeiter. Der besprengte den Toten mit Weihwasser und murmelte: »So rücken sie ein, einer nach dem andern.«

Dann taten sie dem Meisen-Sepp festtägige Kleider an, trugen ihn hinaus in die Vorlauben und legten ihn auf das Brett.

– Das Buch ließ ich liegen auf dem Tisch, für die Leichenwachen der nächsten Nächte, zu denen ich der Häuslerin das Lesen zugesagt hatte. Als ich fortgehen wollte, kam sie mit einem grünen Hut, auf welchem ein weit ausgeborstener Gämsbart stak.

»Willst den Hut mitnehmen für deinen Vater?«, fragte sie, »der Seppel hat deinen Vater fortweg gern gehabt. Den Gamsbart magst zum Andenken selber behalten. Bet' einmal ein Vaterunser für ihn.«

Ich sagte meinen Dank, ich tat noch einen unsteten Blick gegen die Bahre hin; der Sepp lag lang gestreckt und hielt seine Hände über der Brust gefaltet. – Dann ging ich hinaus und abwärts durch den Wald. – Wie war's licht und taufrisch, voll Vogelsang, voll Blütenduft – voll Leben im Walde!

Und in der Hütte, auf dem Bahrbrett lag ein toter Mensch.

Ich kann die Nacht und den Morgen – das Sterben mitten in dem unendlichen Lebensquell des Waldes nimmermehr vergessen. Auch besitze ich heute noch den Gämsbart zum Andenken an den Meisen-Sepp.

Wenn mich die Gier anpackt nach den Freuden der Welt, oder wenn mich die Zweifel überkommen an der Menschheit Gottesgnadentum, oder wenn mich gar die Angst will quälen vor meinem vielleicht noch fernen, vielleicht schon nahen Hingang – so stecke ich den Gämsbart des Sepp auf den Hut.

Auf der Wacht

Mein Vater litt zu jener Zeit an einer langwierigen Krankheit. Es war selten wer um ihn, als sein ältestes Söhnlein. Auch der Jäger Wolf saß zuweilen daneben auf der Ofenbank und freute sich, wenn dem Kranken der gespendete Wildbraten recht mundete. Und der Wildbraten stellte meinen Vater richtig so weit wieder her, dass dieser eines Tages, es war im August um die Zeit des Maria-Himmelfahrts-Festes, zu mir sagte: »Bub', jetzt werd' ich doch endlich wieder was anfangen müssen. Was meinst, zum Korbflechten wär' ich wohl stark genug?«

Und am nächsten Tage gingen wir schon zur Morgenfrühe aus und gegen die so genannte Wildwiese hinauf, wo viele Weiden wuchsen. Die Wildwiese war oben in den hinteren Waldungen. Oft blieb mein Vater unterwegs stehen, stützte sich auf seinen Stock, schöpfte Luft, und dann fragte er mich immer, ob ich ein Schnittchen Brot beißen wolle.

Als wir über die Schafhalde hinaufgekommen waren, wo der junge Lärchenanwuchs noch im Morgentaue stand, sahen wir im Dickichte einen Mann dahinhuschen, der ein Stück Hochwild über den Achsel trug und etwas wie ein Schießgewehr hinter sich herschleppte. Er duckte sich so sehr, dass nur ein paar kohlschwarze Haarfetzen von seinem Haupte zu sehen waren.

Als diese Gestalt vorüber war, blieb mein Vater wieder stehen und sagte: »Hast geguckt? Das ist der schwarz' Toni gewesen.«

Der schwarz' Toni war ein Mann, vor dem sie überall die Türen verriegelten.

»Ja, Kind«, sagte der Vater, als wir uns auf den Stamm eines gefallenen Baumes gesetzt hatten, »ist hart für einen Menschen, dem's so geht, wie dem Toni. Der hat sein Lebtag nicht Vater und Mutter gesehen. Als Kind ist er aus dem Findelhause in unsere Gegend gebracht worden. Freilich nicht aus christlicher Barmherzigkeit, sondern des Geldes wegen, das für ihn ausgezahlt worden, hat ihn ein Köhlerweib an Kindes statt genommen. Halb erwachsen hat sich der Toni im Wald herumgetrieben, kein Mensch hat sich an ihn gekehrt; so ist er verwahrlost und verwildert. Wie das Köhlerweib sieht, der Ziehsohn bringe nur Schande, so hat sie gesagt: Toni, du Lump, bei mir bist nimmer daheim! – Wo denn? Hat sie drauf der Toni gefragt, aber überall, wo er angeklopft, ist ihm die Tür verschlossen gewesen. Mögen ihn die Menschen nicht, so gibt er sich mit den Tieren ab – verlegt sich aufs Wildern. Vor einem Jahr hat ihn der Jäger Wolf in das Zuchthaus gebracht; aber jetzt wieder frei, mag ihm kein Mensch gern begegnen, gleichwohl ich nicht glaub', dass er wem was zu Leide tät'. Schlecht, sag' ich, ist er nicht, aber verkommen durch und durch; und so, mein Büblein, wird oft ein Mensch hinausgestoßen auf die schiefe Straßen, und so rutscht er ab und kann sich nicht mehr halten.«

Nach diesen Worten schritten wir wieder langsam dahin, und nachdem wird durch viel Wald und schattendunkle Schluchten gegangen waren, kamen wir endlich zur Lichtung der Wildwiese. Teilweise lag sie noch im Schatten des Teufelssteinberges; die Bachweiden aber, die in einer langen Reihe hin standen und sich über ein still rieselndes Wässerlein wölbten, schimmerten in dem lichten Sonnentag, als ob sie alle silberne Blätter hätten. Die Wiese war bereits gemäht und das Heu fortgebracht; sehr still und verlassen lag die Matte. An den Rändern wuchsen blaue Enzianglocken, und es war schon die Zeitlose da.

Wir kamen um die Weidenruten, die am Bache standen. Wir gingen quer über die Wiese bis hin zum Rande, wo wieder die sehr hohen Fichten des Waldes begannen und wo ein rot angestrichenes Kreuz stand, dessen Dachbrettchen reichlich mit Moos bewachsen waren. Hier wollten wir vor der Arbeit uns ein wenig setzen, auf die Bäume hinausschauen und ein Stück Brot verzehren.

Aber noch ehe der Vater sich niederließ, sah er lange und unverwandt auf eine Stelle hin.

Am Fuße einer Weißtanne lag ein Mann. Ein Jägersmann mit einem Schießgewehr; die Locken gingen ihm über Stirn und Auge, man wusste nicht, ob er denn wirklich so fest schlafe, als es aussah.

Mein Vater trat endlich hinzu, schob aber mich mit der Hand hinter sich zurück. Dann sahen wir es: Der Mann lag in einer Blutlache; der aus einer Halswunde sprudelnde Quell war bereits gestockt.

Mein Vater legte die Hände ineinander und sagte ganz leise: »Jetzt haben sie da den Jäger Wolf erschlagen!«

Als ich hierauf zu weinen begann, hob mich mein Vater empor zu seiner Brust; und wie ruhig er auch scheinen wollte, ich hab' es doch wahrgenommen, wie sein Herz so heftig schlug.

Dann untersuchte er den Erschlagenen – die Augen waren gebrochen, die Lippen fahl wie trocken Erdreich –, das Leben war dahin.

»Mit dem Weidenschneiden ist es heute nichts«, sagte mein Vater, »jetzt muss einer von uns Leute holen, dass sie den Wolfgang wegtragen; und der andere wird dieweilen dableiben müssen. Einen Toten kann man nicht allein lassen, so lange er nicht im Grabe ruht. Es könnte auch leicht ein Tier über ihn kommen. Das Beste wird sein, ich holpere hinaus in den Brandgraben zu den Holzknechten, und du setzest dich schön still da unter das Kreuz.«

Mir gab's einen Stich im Herzen. Wie konnte mir mein Vater das antun, mich stundenlang allein lassen im Walde bei einem Toden! Aber ich wusste die Wege nicht und hätte die Holzknechte nicht gefunden

»Freilich, Büblein, ist das ein trauriges Warten da«, fuhr er fort, »aber wachen muss wer dahier, diese christliche Lieb' müssen wir dem Wolf schon erweisen.«

Ich starrte auf den Toten.

Mein Vater zog seine kleine Axt aus dem Gürtel, mit welcher er Weidenruten hauen wollte, und fällte nun Äste von den Bäumen und hüllte den Jägersmann mit Reisig ein. Dann kniete er nieder vor der grünen Bahre und betete still ein Vaterunser. Und als er sich wieder erhob, sagte er: »Und jetzt, mein Knabe, tu' unserem Mitbruder den Liebesdienst, und wache. Die Axt lass ich dir da, die halt' fest. Fuchsen und Raben können leicht kommen; andere Raubtiere weiß ich in der Gegend nicht. Bis zu den Weiden dort magst hingehen, aber weiter weg nicht. Ich will recht eilen; bis die Schatten anheben zu wachsen, wird schon wer kommen!«

Dann legte er für mich noch Brot unter ein Bäumchen, und dann ging er davon. Er ging hin quer über die Wiese, wie wir hergegangen waren, und er verschwand in dem Dunkel des Waldes.

Nun war ich allein auf der unbewaldeten Wiese, und das milde Sonnenlicht war ausgegossen über die einsame Matte, über die glitzernden Weiden und über den stillen Reiserhügel am Waldrande. Ich wollte nicht hinblicken auf die seltsame Bahre; ich schritt gegen das Weidengebüsche, aber mein Auge wendetet sich immer wieder zurück zum roten Kreuze und zu dem, was daneben lag.

Der arme Jäger Wolf! Ich wusste es noch recht gut, wie er vor wenigen Jahren mit seiner Braut und seinem Hochzeitszuge an unserem Hause vorübergegangen war. Die Waldhörner und die Böller schallten, dass die Fenster unseres Hauses klirrten. Der Wolf war ein hübscher Bursche gewesen; einen großen Strauß trug er auf dem Hut, und ein rotes Band ging nieder über seinen Nacken, wo jetzt die Blutstrieme war. –

Ich ging den Weidenbüschen entlang. Manches Zweiglein regte sich und zitterte fort und fort. Hie und da schnellte ein Heupferdchen. Ich bog die Äste auseinander und blickte in das Wässerlein; das stand still unter dem dichten Flechtwerke und glitzerte kaum. Ein groß gefleckter Molch kroch hervor und nahm seine Richtung gegen mich; da floh ich entsetzt davon.

Dann begann ich mit meinen kurzen Schritten die Schatten der Bäume zu messen – bis diese zu wachsen anheben, kommen die Leute. – Noch aber wurden sie kürzer und kürzer. Die Sonne stand hoch über dem Teufelsstein, und über dem Talgrunde lag ein bläulicher Duft.

Ich kehrte wieder zum Kreuze zurück und setzte mich auf den Stein, auf welchem sonst andächtige Waldwanderer knien. Das Kreuz war hoch und hatte keinen Heiland. Weit streckte es seine Arme aus, als wollte es den Wald umfangen.

Ich wendete mich von dem Pfahle und von dem Bahrhügel und sah hin gegen den Bergrücken des Teufelssteins. Die Himmelsglocke lag in mattem Blau, kein Vogel und kaum eine Mücke war vernehmbar. Es war ein fast traumhafter Frühherbstmittag, durchklungen von einer ewigen Stille. –

Wildschützen haben ihn erschossen. Ich ging über die Wiese und sagte mir, wenn ich zehn Mal über die Wiese gegangen sein würde, dann wollte ich wieder den Schatten messen. Aber der Schatten duckte sich noch mehr unter die Bäume als früher.

Dann ging ich hin zu der verhüllten Leiche des Weidmannes und stand lange vor derselben; ich fühlte kaum ein Schauern mehr. Dann setzte ich mich wieder unter das Kreuz und aß ein Schnittchen Brot. Da hörte ich plötzlich ein Knistern; ein Reh stand und guckte durch das Gestämme.

Zuletzt kam das Tier gar zu dem Reisighügel heran und schnupperte; vor diesem Jägersmanne fürchtete es sich nicht mehr. Erst als es den Pulvergeruch des Gewehrlaufes gewahrt haben mochte, wendete es sich mit großen Sätzen dem Dickichte zu.

Endlich, als ich wieder den Schatten maß, hatte er sich um ein Weniges gedehnt. Ich musste ja doch schon viele Stunden auf der Wildwiese geweilt haben.

Wie immer, so hatte mein Vater auch diesmal Recht. Ich hörte einen getragenen Schall und Widerhall im Walde. Es nahten Menschen. Doch nicht die Holzknechte waren es, die um den Wolfgang kommen sollten, sondern quer über die Wiese her kam ein junges Weib, das trug einen Korb am Rücken und führte ein etwa dreijähriges Kind am Arm. Sie sangen ein lustiges Kinderlied, und das kleine Mädchen lachte dabei und hüpfte flink über das weiche Gras.

Ich erkannte die Nahenden bald, es war das Weib und das Kind des erschlagenen Jägers Wolf.

Sie kamen heran, und als sie mich sahen, sagte die Jägerin zum Mädchen: »Schau, Agatha, da beim Kreuz sitzt ein Bub', der betet ein Vaterunser; das ist gar ein braver Bub'.«

Dann kniete sie hin auf den Stein, legte die Hände zusammen und betete auch. Das Kind tat desgleichen und war gar ernsthaft dabei.

Mir war unbeschreiblich weh. Wie hätte ich sagen können, was unter dem Reisig lag? Ich ging abseits gegen die Weiden.

»So mein Herz«, sagte das Weib hierauf zur Kleinen, »jetzt geh' ich Enziankraut schneiden, du setz' dich dieweilen auf das G'reisigbett und brocke dir Zäpfchen ab. Hernach kommt der Vater vom Teufelsstein herab, und hernach setzen wir uns zusammen und essen den Schottenkäs, den ich im Korb hab', und hernach hopsen wir lustig miteinander heimzu.«

Und sie setzte das Kind auf den Reisighaufen – auf die Bahrstätte des Vaters. Dann ging sie mit dem Korb gegen den Wiesenrain, wo Gebüsche von Enzian standen. Von dort aus rief sie mich an, was ich denn so allein mache auf der Wildwiese, ob ich mich verirrt hätte oder etwa Ziegen suchte?

Ich wusste keine Antwort, deutete auf einen großen schneeweißen Schmetterling und sagte: »Jetzt schau das Tier an, wie's herumfliegt; schau, wie's fliegt!«

»Bist ein rechter Närrisch, du!«, versetzte die Jägerin lachend und ging an ihre Arbeit.

Die kleine Agatha spielt auf dem Reisighügel, sie zupfte an den Zweigen und wühlte in denselben und nestelte etwas hervor. Endlich wurde ihr bang, und sie hub an nach der Mutter zu rufen.

Nach einer Weile kam das Weib heran, da hielt ihm das Kind einen Ring entgegen und sagte:

»Schau, das hab' ich gefunden, das ist des Vaters!«

Die Jägerin tat einen hellen Ruf: »Kind, wie kommst du zu diesem Ring?«

Die Kleine lachte vergnügt.

Das Weib hub das Kind auf die Erde, warf einen Blick auf das Gezweige und stieß einen gellenden Schrei aus. Sie sah durch das Reisig eine Menschenhand.

Wie wütend stürzte sie hin auf die Schichtung und raffte die grünen Zweige auseinander – mit Hast und heißer Angst –, dann sank sie zurück und schlug sich die flachen Hände in das Antlitz. Vor ihr lag im Blute erstarrt ihr gemordeter Gatte. –

Zur selben Stunde gingen zwei Holzhauer über die Wiese und brachten eine Tragbahre mit. Zuerst knieten sie vor dem Toten und beteten still, dann hoben sie ihn auf die Bahre, legten das Gewehr an seine Seite und trugen ihn davon.

Der Korb blieb stehen bei dem Enziangebüsche, das Weib folgte der Bahre, es sagte kein Wort, es vergoss keine Träne, es trug das spielende Mädchen auf dem Arm. Das blasse, starre Angesicht der Gattin, das rotwangige, helläugige Lockenköpfchen des Kindes hinter der Bahre her – das mag ich nimmermehr vergessen.

Ich bin auch hinten drein gegangen. Die Weiden standen in ihrem wässerigen Schimmer; die Schatten der Tannen lagen hingestreckt über die ganze Wiese. Das rote Kreuz ragte regungslos im Dunkel des Waldrandes.

Die Bahre schwankte dem entfernten Jägerhause zu. Ich ging gegen unser Gehöfte. Als ich zu demselben hinabkam, führten handfeste Burschen einen wüst aussehenden Mann herbei. Es war der schwarz' Toni. Da wir ihn am Morgen im Lärchenanwuchs gesehen, so hatte mein Vater auf seine Spur gewiesen. Der Richter kam, und unter der großen Esche, die vor unserem Hause stand, wurde das Verhör gehalten. Der Toni war geständig, den Jäger Wolfgang aus Rache erschossen zu haben. Hierauf wurde der Bursche in Ketten gegen die Stadt geführt, aus der er einst als Wickelkind gekommen war.

Als ich in die Stube kam, saß mein Vater an seinem Bette. Er war sehr bewegt, hub mich zu sich auf das Knie und sagte: »Bübel, das ist ein böser Tag gewesen. Deinetwegen ist mir ein Stein auf dem Herzen gelegen.«

Wir gingen in jenem Jahre nicht mehr hinauf zur Wildwiese. Seither aber bin ich wohl mehrmals auf derselben gewesen. Die Weiden glitzern, die hohen Fichten stehen noch heute – und ihr Schatten schwindet und wächst, wie das trübe Erdengeschick, und ihr Schatten wächst und schwindet, wie das menschliche Leben.

Wie ich dem lieben Herrgott mein Sonntagsjöppel schenkte

In der Kirche zu Ratten steht links am Hochaltare eine fast lebensgroße Reiterstatue. Der Reiter auf dem Pferde ist ein stolzer Kriegsmann mit Helm und Busch und einem kohlschwarzen Schnurrbärtchen. Er hat das breite, funkelnde Schwert gezogen und schneidet mit demselben seinen Mantel entzwei. Zu Füßen des sich bäumenden Rosses kauert eine Bettlergestalt in Lumpen.

Als ich noch so ein richtiger Knirps war, wie er einem ordentlichen Menschen kaum zum Hosensack emporgeht, führte mich meine Mutter gern in diese Kirche. In der Nähe der Kirche steht eine Marienkapelle, die sehr gnadenvoll ist und in welcher meine Mutter gern betete. Als oft kein Mensch sonst mehr in der Kapelle war und vom Turme schon die Mittagsglocke in den heißen Sommersonntag hinausklang, kniete die Mutter immer noch in einem der Stühle und klagte Marien ihr Anliegen. Die »liebe Frauen« saß auf dem Altare, legte die Hand in den Schoß und bewegte weder den Kopf, noch die Augen, noch die Hände, was sie wollte.

Ich hielt mich lieber in der großen Kirche auf und sah den schönen Reiter an.

Und einmal, als wir auf dem Wege nach Hause waren und mich die Mutter an der Hand führte und ich immer drei Schritte machen musste, sooft sie einen tat, warf ich meinen kleinen Kopf auf zu ihrem guten Angesichte und fragte: »Zuweg steht denn der Reiter allfort auf der Wand oben, und zuweg reitet er nicht zum Fenster hinaus auf die Gasse?«

Da antwortete die Mutter: »Weil du so kindische Fragen tust und weil es nur ein Bildnis ist, das Bildnis des heiligen Martin, der, ein Soldat, ein sehr guttätiger, frommer Mann gewesen und jetzt im Himmel ist.«

»Und ist das Ross auch im Himmel?«, fragte ich.

»Sobald wir zu einem rechten Platz kommen, wo wir rasten können, so will ich dir vom heiligen Martin was erzählen«, sagte die Mutter und leitete mich weiter, und ich hüpfte neben ihr her. Da wartete ich schon sehr schwer auf das Rasten, und in einem fort rief ich: »Mutter, da ist ein rechter Platz!«

Erst als wir in den schattigen Wald hineinkamen, wo ein platter, moosiger Stein lag, fand sie's gut genug, da setzten wir uns nieder. Die Mutter band das Kopftuch fester und war still, als habe sie vergessen, was sie versprochen. Ich starrte ihr fort und fort auf den Mund, dann guckte ich wieder zwischen den Bäumen hin, und mir war ein paar Mal, als hätte ich durch das Gehölz den schönen Reitersmann reiten gesehen.

»Ja, 'leicht wohl, mein Bübel«, begann meine Mutter plötzlich, »allzeit soll man den Armen Hilfe reichen um Gottes willen. Aber so, wie der Martin gewesen, traben heutzutag nicht viel Herrenleut' herum auf hohem Ross. – Dass im Spätherbst der eiskalte Wind über unsere Schafheide streicht, das weißt wohl, hast dir ja selber drauf im vorig' Jahr schier die Tatzelein erfroren. Siehst du, völlig eine solche Heide ist's auch gewesen, über die der Reitersmann Martinus einmal geritten an einem späten Herbstabend. Steinhart ist der Boden gefroren, und das klingt ordentlich, sooft das Ross seinen Huf in die Erden setzt. Die Schneeflöcklein tänzeln umher, kein einziges vergeht. Schon will die Nacht anbrechen, und das Ross trabt über die Heide, und der Reitersmann zieht seinen weiten Mantel zusammen, so eng es halt hat gehen mögen. Bübel, und wie er so hinfährt, da sieht er auf einmal ein Bettelmännlein kauern an einem Stein; das hat nur ein zerrissenes Jöpplein an und zittert vor Kälte und hebt sein betrübtes Auge auf zum hohen Ross. Hu, und wie das der Reiter sieht, hält er sein Tier an und ruft zum Bettler nieder: Ja, du lieber armer Mann, was soll ich dir reichen? Gold und Silber hab' ich nicht, und mein Schwert kannst du nimmer brauchen. Wie soll ich dir helfen? – Da senkt der Bettelmann sein weißes Haupt nieder gegen die halb entblößte Brust und tut einen Seufzer. Der Reiter aber zieht sein Schwert, zieht seinen Mantel von den Schultern und schneidet ihn mitten auseinander. Den einen Teil des Kleidungsstückes lässt er hinabfallen zu dem armen, zitternden Greise: Hab' vorlieb damit, mein Not leidender Bruder! – Den andern Teil des Mantels schlingt er, so gut es geht, um seinen eigenen Leib und reitet davon.«

So hatte meine Mutter erzählt und dabei mit ihrem eiskalten Herbstabende den schönen Hochsommertag so frostig gemacht, dass ich mich fast schauernd an ihr lindes Busentuch schmiegte.

»'s ist aber noch nicht ganz aus, mein Kind«, fuhr die Mutter fort, »wenn du es nun gleichwohl weißt, was der Reiter mit dem Bettler in der Kirche bedeutet, so weißt du's noch nicht, was weiter geschehen ist. Wie der Reitersmann nachher in der Nacht daheim auf seinem harten Polster ruhsam schläft, kommt derselbige Bettler von der Heide zu seinem Bett, zeigt ihm lächelnd den Mantelteil, zeigt ihm die Nägelwunden an den Händen und zeigt ihm sein Angesicht, das nicht mehr alt und kummervoll ist, das strahlet wie die Sonnen. Derselbe Bettelmann auf der Heid' ist der lieb' Herrgott gewesen. – So, Bübel, und jetzt werden wir wieder anrucken.«

Da erhoben wir uns und stiegen den Bergwald hinan.

Bis wir heim kamen, waren uns zwei Bettelleute begegnet; ich guckte jedem sehr genau in das Gesicht; ich hab' gemeint, es dürft' doch der liebe Herrgott dahinter stecken.

Gegen Abend desselben Tages, als ich mein Sonntagskleidchen des sparsamen Vaters wegen schon hatte ablegen müssen und nun wieder in dem vielfarbigen Werktagshöslein herumlief und hüpfte und nur noch das völlig neue graue Jöppel trug, das ich nicht ablegen wollen und mir noch für den Tagesrest erbeten hatte, und als die Mutter auch schon lange wieder bei ihrer häuslichen Arbeit war, eilte ich gegen die Schafheide hinauf. Ich musste die Schäflein, worunter auch ein weißes Lämmchen als mein Eigentum war, heim in den Stall führen.

Wie ich aber so hinhüpfe und Steinchen schleudere und damit die goldenen Abendwolken treffen will, sehe ich plötzlich, dass dort am Fels ein alter, weißkopfiger, sehr arm gekleideter Mann kauert. Da stehe ich erschrocken still, getraue mir keinen Schritt mehr zu tun und denke bei mir: Jetzt, das ist aber doch ganz gewiss der lieb' Herrgott.

Ich habe gezittert vor Furcht und Freude, ich habe mir gar nicht zu helfen gewusst.

Wenn es doch der lieb' Herrgott ist, ja, da muss eins ihm wohl was geben. Wenn ich jetzt heimlauf', dass die Mutter komme und gucke und mir sage, wie ich dran bin, so geht er mir zuletzt gar dieweilen davon, und es wär' doch eine Schand' und ein Spott. Ich denk', sein wird er's gewiss, just so hat derselb' ja auch ausgeschaut, den der Reitersmann gesehen.

Ich schlich einige Schritte nach rückwärts und hub an meinem grauen Jöppel zu zerren an. Es ging nicht leicht, es war so fest über dem grobleinenen Hemde oben, und ich wollte das Schnaufen verhalten, ich meinte, der Bettelmann sollte mich früher nicht bemerken.

Einen gelb angestrichenen Taschenfeitel hatte ich, nagelneu und just scharf geschliffen. Diesen zog ich aus der Tasche, das Röcklein nahm ich unters Knie und begann es nun mitten auseinander zu trennen.

War bald fertig, schlich zum Bettelmann, der halb zu schlummern schien, und legte ihm seinen Teil von meinem Rock zu Häupten. – Hab' vorlieb damit, mein Not leidender Bruder! Das habe ich ihm still im Gedanken gesagt. Dann nahm ich meinen Teil vom Rocke unter den Arm, lugte noch eine Weile dem lieben Gott zu und jagte dann die Schäflein von der Heide.

In der Nacht wird er wohl kommen, dachte ich, und da werden ihn Vater und Mutter sehen, und wir können ihm, wenn er bei uns bleiben will, gleich das hintere Stübel und das Hausaltarl herrichten.

Ich lag im Schiebbettlein neben Vater und Mutter, und ich konnte nicht schlafen. Die Nacht verging, und der, den ich gemeint hatte, kam nicht.

Am frühen Morgen aber, als der Haushahn die Knechte und Mägde aus ihren Nestern hervorgekräht hatte, und als draußen im Hofe schon der laute Werktag anhub, kam ein alter Mann (sie hießen ihn den Schwamm-Veitel) zu meinem Vater, brachte ihm den verschenkten Teil von meinem Rock und erzählte, ich hätte denselben abends zuvor in meinem Mutwillen zerschnitten und ihm das eine Stück an den Kopf geworfen, wie er so ein wenig vom Schwammsuchen ausgeruht habe auf der Schafheide.

Darauf kam der Vater, eine Hand hinter dem Rücken, ganz leicht an mein Bett geschlichen: »Geh', tu' mir's sagen, Bub', wo hast denn du dein neues Sonntagsjöppel?«

Das leise Schleichen und die Hand hinter dem

Rücken war mir sogleich verdächtig vorgekommen, und jetzt ging mir schon das Gesicht auseinander, und weinend rief ich: »Ja, Vater, ich hab' gemeint, dem lieben Herrgott hätt' ich es geben.«

»Jesses, Bub', du bist aber so ein Trottel, so ein Halbnarr!«, schrie mein Vater, »für die Welt bist du viel zu dalkert, zum Sterben bist du gar zu dumm. Dir muss man mit einem rechten Besen die Seel' aus der Haut schlagen!«

Wie nun die Hand mit der gewundenen Birkenrute zum Vorschein kam, erhob ich ein Zetergeschrei.

Eilte sogleich die Mutter herbei. Sie tat sonst selten Einsprache, wenn der Vater mit mir Gericht hielt, heute aber fasste sie ihm die Hand und sagte: »'s Röckel flick' ich 'leicht wieder zusammen, Alter. Geh' jetzt mit, ich muss dir was sagen.«

Sie gingen beide hinaus in die Küche; ich denke, dort haben sie über die Martinigeschichte gesprochen. Sie kamen nach einer Weile wieder in die Stube.

Der Vater sagte mit fast dumpfer Stimme: »Sei nur still, es geschieht dir nichts.«

Und die Mutter flüsterte mir zu: »Ist schon Recht, wenn du das Röckel dem lieben Herrgott hast wollen geben, aber besser ist's noch, wir geben es dem armen Talmichelbuben. In jedem Armen steckt der liebe Gott. Schau, der heilige Martinus hat's auch schon gewusst. So und jetzt, mein Bübel, hupf' auf und schlüpf' ins Höslein; der Vater ist noch nicht allzu weit mit der birkenen Liesel.«

Wie das Zicklein starb

Ein andermal drohte die birkene Liesel wieder.

Mein Vater hatte ein schneeweißes Zicklein, mein Vetter Jok hatte einen schneeweißen Kopf. Das Zicklein kaute gern an Halmen oder Erlzweigen; mein Vetter gern an einem kurzen Pfeifchen. Das Zicklein hatten wir, ich und meine noch jüngeren Geschwister, unsäglich lieb; den Vetter Jok auch. So kamen wir auf den Gedanken: Wir sollten das Zicklein und den Vetter zusammentun.

Da war's im Heumonat, dass ich eines sonnenfreudigen Tages all' meine Geschwister hinauslockte auf den Krautacker und daselbst die Frage an sie tat: »Wer von euch hat einen Hut, der kein Loch hat?«

Sie untersuchten ihre Hüte und Hauben, aber durch alle schien die Sonne und machte im Schatten auf dem Erdboden einen, oder ein paar lichte Punkte. Nur Jakoberles Hut war ohne Arg; den nahm ich also in die Hand und sagte: »Der Vetter heißt Jok, und morgen ist der Jakobitag, und jetzt, was geben wir ihm zum Bindband (Angebinde)? Das weiße Zicklein.«

»Das weiße Zicklein gehört dem Vater«, rief das kleine Schwesterchen Plonele, empört über ein so eigenmächtiges Vorhaben.

»Desweg' ist es ja, dass ich euch den Hut hinhalte«, sagte ich.

»Du, Jakoberle, hast gestern dem Knierutscher-Sepp dein Kinigl (Kaninchen) verkauft; du, Plonele, hast von deinem Göden drei Groschen zum Taufpfennig gekriegt; dir, Mirzerle, hat vor zwei Tagen der Vater ein Haltergelt geschenkt. Schaut, ich leg' meine ersparten fünf Kreuzer hinein, und wir müssen zusammentun, dass wir dem Vater das Zicklein abkaufen mögen; und das schenken wir morgen dem Vetter. Nu, jetzt halt' ich schon her!«

Sie guckten eine Weile so drein, dann huben sie in ihren Taschen zu suchen an. Da sagte das Plonele: »Mein Geld hat die Mutter!«, und das Mirzerle rief erschrocken: »Das meine weiß ich nicht!«, und das Jakoberle starrte auf den Boden und murmelte: »Mein Sack hat ein Loch.«

So war mein Unternehmen gescheitert.

Nichtsdestoweniger haben wir das schneeweiße Zicklein geherzt. Es stieg mit den Vorderfüßchen an unsere Knie empor und guckte uns mit seinen großen, schier viereckigen Augen schelmisch an, als wollte es uns recht spotten, dass wir all mitsammen nicht so viel an Vermögen hatten, um es kaufen zu können. Es kicherte und blökte uns ordentlich aus, und dabei sahen wir die schneeweißen Zähnchen. Es war kaum drei Monate alt und hatte schon einen Bart; und ich und das Jakoberle waren über sieben Jahre hinaus, und mussten uns aus grauen Baumflechten einen Bart ankleben, wenn wir einen haben wollten. Und selbst den fraß uns das Zicklein vom Gesichte herab.

Trotzdem hatten wir jedes das Vierfüßchen viel lieber als uns untereinander. Und ich sann auf weitere Mittel, mit dem Tiere den Vetter zu beglücken.

Als aber mittags darauf der Vater vom Felde heimfuhr, umschwärmten wir ihn alle und zupften an seinen Kleidern.

»Vater«, sagte ich, »ist es wahr, dass die Morgenstunde Gold im Munde hat?«

Das war ja sein eigen Sprichwort, und so antwortete er rasch: »Freilich ist das wahr.«

»Vater!«, riefen wir nun alle vier zugleich, »wie früh müssen wir all' Tag aufstehen, dass Ihr uns das weiße Zicklein gebt?«

Auf diese geschäftliche Wendung schien der Vater nicht gefasst gewesen zu sein. Da er aber von unserem Vorhaben, dem Vetter Jok das Zicklein zuzueignen, hörte, da bedingte er, ein halb Stündlein früher aufzustehen jeden Tag, und trat uns das liebe Tierchen ab.

Das Zicklein gehörte uns. Wir beschlossen einstimmig, schon am nächsten Morgen noch vor des Vetters Aufstehzeit – und das war viel gesagt – aus dem Neste zu kriechen, das Zicklein mit einem roten Halsband zu versehen und es ans Bett des alten Jok zu führen, ehe dieser noch seinen langen, grauen Pelz, den er Winter und Sommer trug, auf den Leib brachte.

So unser heilig Vorhaben.

Aber am anderen Tage, als uns die Mutter weckte und wir die Lider aufschlugen, schien uns die Sonne mit solcher Gewalt in die Augen, dass wir dieselben sogleich wieder schließen mussten, bis die Mutter mit ihrem Kopftuch das Fenster verhüllte.

Nun gab es keine Ausflucht mehr. Aber der Vetter war längst schon davon mitsamt dem Pelz. Er hatte die Schafe und die Ziegen auf die Talweide getrieben, wo er sie stets hütete und den ganzen Tag schmunzelnd an seinem Pfeifchen kaute. Und die Tierchen schnappten so emsig an den betauten Gräsern und Sträuchern und hüpften und scherzten so lustig auf der sonnigen Weide.

Es war auch das Zicklein dabei. Und hat's dem Jok denn niemand gesagt, dass heute sein Namenstag ist? –

Zu jener Zeit, von der ich rede, sind die Feuer speienden Streichhölzer noch nicht erfunden gewesen; dazumal war das liebe Feuer ein rares Ding. Man konnte es nicht so bequem mit im Sacke tragen, wie heute, ohne sich das Beinkleid zu verbrennen. Es musste mit harten Schlägen aus Steinen herausgetrieben werden; es musste, kaum geboren, mit Zunder gefüttert werden, und bedurfte langer Zeit, bis es sich in demselben so weit kräftigte, dass es ein gröberes Köder anbiss und flügge wurde. Das Feuer musste zum Dienste des Menschen jedes Mal förmlich erzogen werden.

Es war ein mühsam und heikel Stück Arbeit; beim Feuermachen konnte meine sonst so milde Mutter unwirsch werden.

Die Glut, des Abends noch so sorgsam in der Herdgrube verwahrt, war des Morgens zumeist erloschen. Was sich die Mutter auch mühte, den Funken in der Asche wieder anzublasen – all vergebens, das Feuer war gestorben über Nacht. Nun ging die Schlägerei mit Stein und Stahl an; und wir Kinder waren oft schon recht hungrig, ehvor die Mutter das Feuer zuweg brachte, welches uns die Morgensuppe kochen sollte.

So auch am Morgen von des Vetters Namenstag. Wir hatten draußen in der Küche wohl eine Weile das Pfauchen und Feuerschlagen gehört, dann aber rief die Mutter plötzlich aus: »'s ist gar umsonst! 's ist, wie wenn der bös' Feind in die Herdgruben hätt' gespuckt. Und der Stein hat keinen Funken Feuer mehr in sich, und der Schwamm ist feucht, und die Leut' warten auf die Suppen!« Dann kam sie in die Stube und sagte: »Geh, Peterle, ruck, und lauf geschwind zu der Knierutscherin hinüber: Ich tät sie gar schön von Herzen bitten, sie wollt' mir ein Haferl Glut schicken von ihrem Herd. Und trag' ihr dafür da den Brotlaib mit. Geh, Peterle, ruck, dass wir nachher eine Suppen kriegen!«

Ich hatte mein weißes Linnenhöselein gleich an, und wie ich war – barfuß, barhaupt, nahm ich den runden, gewichtigen Brotlaib unter den Arm und lief gegen das Knierutscherhaus.

»Du Sonnenschein«, sagte ich unterwegs, »schäm' dich, du kannst nicht einmal ein Süpplein wärmen. Jetzt muss ich zu der Knierutscherin um Feuer gehen. Aber wart' nur, wird bald lustig sein auf unserem Herd; die Flammen werden aufhüpfen über das Holz, die Mauer wird rot leuchten, die Töpfe werden brodeln, der Rauch wird unter den Feuerhut hinauswirbeln und den Rauchfang hinauf und wird dich verdecken. Recht hat er, wenn er dich verdeckt, dann essen wir die Suppen und den Sterz im Schatten, und den Eierkuchen auch, der heut' für den Vetter Jok gebacken wird, und du sollst von allem nichts sehen.«

Als ich nach solchem Gespräche mit der Sonne über die Lehne ging, da stach mich ein wenig der Vorwitz. Mein Brotlaib war so kugelrund und fest, als wäre er aus Lärchenholz gedrechselt worden. Man lässt bei mir daheim das Brot gern altgebacken werden, es langt auf diese Weise doppelt aus, gleichwohl es zur Essenszeit zuweilen mit Eisenschlägeln zertrümmert werden muss.

Aber weil denn mein Laib gar so kugelrund war, wie nicht leicht etwas Runderes mehr zu finden ist, so ließ ich ihn los über die Lehne, lief ihm behände vor und fing ihn wieder auf.

War ein herzlich lustiges Spiel das, und ich hätte mögen all' meine Geschwister herbeirufen, dass sie es sehen und mitmachen könnten. – Wie ich nun aber so in meiner Freude die Lehne auf und ab hüpfe, spielt mir mein Brotlaib jählings den Streich, und huscht mir wie der Wind zwischen den Beinen durch und davon. Er eilt und hüpft hinab, viel schneller wie ein Reh vor dem Jagdhunde – er fährt über den Hang, setzt hoch über den Rain in die Talweide hinab, wo er meinen Augen entschwindet.

Bin dagestanden wie ein Klotz und hab' gemeint, ich müsst umfallen vor Schreck und auch hinabkugeln gegen das Tal. Ich ging eine Weile hin und her, auf und ab, und da ich den Laib nirgends fand, schlich ich kopfhängerisch davon und ins Haus der Knierutscherin.

Da brannte freilich ein schönes großes Feuer auf dem Herde.

»Was willst denn, Peterle?«, fragte die Knierutscherin freundlich.

»Bei uns«, stotterte ich, »ist das Feuer ausgangen, wir mögen uns nichts kochen, und so lässt meine Mutter schön bitten um ein Haferl Glut, und sie tät es schon fleißig wieder zurückstellen.«

»Ihr Närrlein, ihr, wer wird denn so ein paar Kohlen zurückstellen!«, rief die Knierutscherin und schürte mit der Feuerzange Glut in einen alten Topf; »da sieh', ich lass deiner Mutter sagen, sie soll nur schön anheizen und dir einen recht guten Sterz kochen. Aber schau, Peterle, dass dir der Wind nicht hineinbläst, sonst trägt er die Funken auf das Dach hinauf. So, jetzt geh' nur in Gottes Namen!«

So gütig war sie mit mir, und ich hatte ihr den Brotlaib verscherzt. Des' drückt mich das Gewissen heute noch hart.

Als ich endlich mit dem Feuertopfe zurück gegen unser Haus kam, war ich höchlich überrascht, denn da sah ich aus dem Rauchfange bereits einen blauen Dunst hervorsteigen.

»Dich soll man um den Tod schicken und nicht um Feuer!«, rief die Mutter, als ich eintrat; dabei wirtete sie um das lustige Herdfeuer herum und sah mich gar nicht an. Meine kaum mehr knisternden Kohlen waren so armselig gegen dieses Feuer; ich stellte den Topf betrübt in einen Winkel des Herdes und schlich davon. Ich war viel zu lange aus gewesen; da war zum Glück der Vetter Jok von der Talweide heimgekommen, und der hatte ein

Brennglas, das er in der Sonne über einen Zunder hielt, bis dieser glimmte. Und jetzt war mir die verlästerte Sonne doch noch zuvorgekommen mit dem Suppenfeuer. Ich war sehr beschämt und vermag es heute noch nicht, der Wohltäterin offen in das Angesicht zu blicken.

Ich schlich auf den Hausanger. Dort sah ich den Vetter kauern in seinem langen, grauen, rot verblümten Pelz und mit seinem weißen Haupt. Und als ich näher kam, da sah ich, warum er hier so kauerte. Das schneeweiße Zicklein lag vor ihm und streckte seinen Kopf und seine Füße von sich, und der Vetter Jok zog ihm die Haut ab.

Sogleich hub ich laut zu weinen an. Der Vetter erhob sich, nahm mich bei der Hand und sagte:

»Da liegt es und schaut dich an!«

Und das Zicklein starrte mir mit seinen verglasten Augen wirklich schnurgerade in das Gesicht. Und doch war es tot.

»Peterle«, lispelte der Vetter ernsthaft, »die Mutter hat der Knierutscherin einen Brotlaib geschickt.«

»Ja«, schluchzte ich, »und der ist mir davongegangen, hinab über die Lehnten.«

»Weil du's eingestehst, Bübel«, sagte der Vetter Jok, »so will ich die Sach' schon machen, dass dir nichts geschieht. Ich hab' zu der Mutter gesagt, ein Stein oder so was wär' herabgefahren und hätt' das Zicklein erschlagen. Hab' mir's im Geheim' gleich gedacht: Das Peterle steckt dahinter. Dein Brotlaib ist schier in den Lüften dahergekommen nieder über den hohen Rain, an mir vorbei, dem Zicklein zu, hat es just am Kopf getroffen – ist das Dingelchen hingetorkelt und gleich maustot gewesen. – Aber – fürcht' dich nicht, es bleibt beim Stein. Mit der Knierutscherin werd' ich's auch abmachen, und jetzt sei still, Bübel, und zerr' mir das Gesicht nicht so garstig auseinander. Auf die Nacht essen wir das Tierlein, und die Mutter kocht uns eine Krennsuppe dazu.«

– So ist das Zicklein gestorben. Meine Geschwister erzählten mir, ein böser, böser Stein habe es erschlagen.

Die Mutter hatte mir zuliebe meine Kohlen zum Herdfeuer geschüttet, und bei diesem Feuer wurde das Zicklein gebraten.

Dem Vetter Jok war es vermeint gewesen; nun sollte er davon den Braten haben. Aber er rief uns alle zu Tisch und legte uns die besten Bissen vor. Mir hat der meine nicht gemundet.

Am anderen Morgen bewaffnete sich das Jakoberle mit einem Knittel, ging damit dem Vetter nach auf die Talweide und wollte den Stein sehen, der das Zicklein erschlug.

»Kind«, sagte der Vetter Jok und kaute angelegentlich am Pfeifchen, »der ist weiter gekugelt, über den rinnt das Wasser, der liegt in der Schlucht.«

Der gute, alte Mann! Mir auf dem Herzen lag der Stein, »der das Zicklein erschlagen«. –

Dreihundertvierundsechzig und eine Nacht

Das Zicklein war dahin.

Aber mein Vater hatte noch vier große Ziegen im Stalle stehen, so wie er vier Kinder hatte, welche zu den Ersteren stets in enger Beziehung standen. Jede der Ziegen hatte ihren kleinen Futterbarren, aus dem sie Heu oder Klee fraß, während wir sie molken. Keine einzige gab die Milch am leeren Barren. Die Ziegen heißen Zitzerl, Zutzerl, Zeitzerl und Heitzerl und waren, eben auch einer schönen Schenkung zufolge, das Eigentum von uns Kindern. Das Zitzerl und das Zutzerl gehörten meinen zwei Schwesterchen; das Zeitzerl meinem achtjährigen Bruder Jakoberle, das Heitzerl war mein!

Jedes von uns pflegte und hütete sein ihm zugeteiltes Gespons in Treue; die Milch aber taten wir zusammen in einen Topf, die Mutter kochte sie, der Vater schenkte uns dazu die Brotschnitten – und Gott der Herr hat uns den Löffel Suppe besegnet.

Und wenn wir so mit den breiten Holzlöffeln, die unser Oheim geschnitzt hatte, und die ihrer Ausdehnung wegen fürs Erste kaum in den Mund hinein, fürs zweite kaum aus demselben herauszubringen waren, unser Nachtmahl ausgeschaufelt hatten, so nahmen wir jedes unseren Rosshaarkotzen und legten uns, eins wie's andere, in den Futterbarren der Ziegen. Das waren unsere Betten, und die lieben Tiere befächelten uns mit ihren weichen Bärten die Wangen und beleckten uns die Näschen.

Aber, wie wir Kindlein auch in der Krippe lagen, so kam das Einschlafen auch nicht just immer nach dem ersten Lecken. Ich hatte von unserer Ahne eine Menge wundersamer Geschichten und Märchen im Kopfe. Die erzählte ich nun in solchen Abendstunden, und meine Geschwister waren darüber glückselig, und die Ziegen hörten auch nicht ungern zu; nur dass diese dann und wann, wenn ihnen das Ding gar zu unglaublich vorkam, so ein wenig vor sich hinmeckerten oder mit den Hörnern ungeduldig an den Barren pufften. Einmal, als ich von der Habergais erzählte, die, wenn sie um Mitternacht auf dem Felde schreit, den Haber (Hafer) schwarz macht, und die nichts frisst als die grauen Bärte alter Kohlenbrenner, da begann mein Heitzerl dermaßen zu meckern, dass die anderen drei auch mit einstimmten, bis meine Geschwister schließlich in ein fürchterliches Gelächter ausbrachen und ich wie ein überwiesener Aufschneider erbärmlich schweigen musste.

Von derselben Zeit an erzählte ich meinen Schlafgenossen lange keine Geschichten, und ich nahm mir vor, mit dem Heitzerl mein Lebtag kein Wort mehr zu reden.

Da kam der Sonnwendtag. An diesem Tage kochte uns die Mutter den üblichen Eierkuchen, mein liebstes Essen auf der Welt. In diesem Jahre aber hatte uns der Geier die beste Leghenne geholt, so wollte sich das Eierkörblein nicht mehr füllen, und als am Sonnenwendtag der Kuchen kam, war er ein gar kleinwinzig Laibchen. Wehmütig lugte ich hin auf den Holzteller.

Mein fünfjährig Schwesterchen guckte mich an, und wie wenn es meine Sehnsucht wahrgenommen hätte, rief es plötzlich: »Du, Peterl, du! Wenn du uns ein ganzes Jahr in jeder Nacht eine Geschichte erzählen magst, so schenk' ich dir meinen Teil von dem Kuchen!«

Dieser hochherzigen Entäußerung der Kleinen stimmten sofort auch die anderen bei, und sie patschten in die Händen, und – ich ging die Bedingung ein. So stand ich denn plötzlich am Ziele meiner Wünsche.

Ich nahm meinen Kuchen unter die Jacke hinein und ging damit in die Milchkammer, wo mich niemand sehen und stören konnte. Dort verriegelte ich die Tür, setzte mich auf einen umgestülpten Zuber und ließ meine zehn Finger und das wohl geordnete Heer meiner Zähne über den armen Kuchen los.

Aber nun kamen die Sorgen; dass meine Geschwister strenge auf ihrer Forderung bestehen würden, darüber konnte kein Zweifel obwalten. Ich ging auf meinen Hirtenzügen jeden Pecher, Kohlenbrenner, Halter und jedes wohl erfahrne Weiblein, wie ich's im Wald und auf der Heide traf, um eine Geschichte an. Es waren ergiebige Quellen, und ich war jeden Abend in der Lage, meiner Schuldigkeit nachzukommen. Mitunter allerdings war's ein Elend, bis ich was Neues auftrieb, und nach einer Zeit geschah es nicht selten, dass das Schwesterlein mich unterbrechend von seinem Barren herüberrief: »Du! Die wissen wir, die hast uns schon erzählt!«

Ich sah wohl, dass ich auf neue Wege sinnen musste, und war daher bemüht, das Lesen zu lernen, um aus manchen Geschichtenbüchern, wie sie in den Waldhütten nutzlos auf den rußigen Wandstellen herumlagen, Schätze zu ziehen. Nun hatte ich neue Quellen: die Geschichte von der Pfalzgräfin (das Jakoberle sagte immer Schmalzgräfin) Genovefa; die vier Heimonskinder; die schöne Melusina; Wendelin von Höllenstein – ganz wunderbare Dinge zu Dutzenden. Da sagte mein Bruder wohl oft aus seiner Krippe heraus: »Mein Kuchen reut mich gar nicht! Das ist wohl so viel unmöglich schön. Gelt, Zeitzerl?«

Nun wurden die Abende zu kurz, und ich musste eine solche Geschichte in Fortsetzungen geben, womit aber klein Schwesterchen schier nicht einverstanden sein wollte, denn es behauptete, in jeder Nacht eine ganze Geschichte! So sei es ausgemacht.

So verging das Jahr. Ich erwarb mir nach und nach eine gewisse Fertigkeit im Erzählen und tat es sogar hoch deutlich, wie es in den Büchern stand! Oft geschah es auch, dass sich während des Erzählens meine Zuhörer tief in die Kotzen vergruben und vor Schauer über die Räuber- und Geistergeschichten zu stöhnen anhuben; aber aufhören durfte ich doch nicht.

Es war schon wieder der Sonnwendtag nahe und

mit ihm die Lösung meines Vertrages. Doch – ein eigen Geschick! – noch vor dem letzten Abend ging mir gänzlich der Faden aus. Alle meine Erinnerungen, alle Bücher, deren ich habhaft werden konnte, alle Männlein und Weiblein, denen ich begegnete, waren erschöpft – alles ausgepumpt – alles hoffnungslose Dürre. Bat ich meine Geschwister: »Morgen ist der letzte Abend – schenkt ihn mir!« War ein Geschrei: »Nein, nein, nichts schenken! Du hast deinen Sonnwendkuchen kriegt!« Gar die Ziegen meckerten mit.

Am nächsten Tage ging ich herum wie ein verlorenes Schaf. Da kam mir plötzlich der Gedanke: Betrüge sie! Dichte was zusammen! Aber allsogleich schrie das Gewissen drein: Was du erzählst, das muss wahrhaftig sein! Du hast den Kuchen wahrhaftig bekommen!

Doch geschah im Laufe dieses Tages ein Ereignis, von dem ich hoffte, dass es im Drange der Aufregung mich meiner Pflicht entbinden würde.

Mein Bruder Jakoberle verlor sein Zeitzerl. Er ging in Kreuz und Krumm über die Heide, er ging in den Wald und suchte weinend und rufend die Ziege. Aber endlich spät am Abend brachte er sie heim. Ruhig aßen wir unsere Suppe, gingen in unsere Krippen, und von mir wurde die Geschichte verlangt.

Es war still. Die Zuhörer harrten in Erwartung. Die Ziegen scharrten im Wiederkäuen mit den Zähnen.

Nun denn, so sollen sie die Geschichte haben.

Ich sann – – ich begann:

»Es war einmal ein großer, großer Wald gewesen. Und in dem Wald war es allweg finster gewesen. Keine Vöglein haben gesungen; nur der Totenvogel hat geschrien. Wenn aber doch die andern Vögel auch gesungen, da haben auf den Bäumen alle Äste und alle Blätter vieltausend Tränen geweint. Mitten in diesem Wald ist eine Heide, wie der Totenacker so still, und wer über dieselbe hingeht und nicht umkehrt, der kommt nicht mehr zurück. Über diese Heide sind einmal zwei blutige Knie gegangen.«

»Jesses Ma–!«, rief mein älteres Schwesterlein aus, und alle drei krochen unter die Kotzen.

»Ja, zwei blutige Knie«, fuhr ich fort, »und die sind über die Heide dahin geschwebt gegen den finsteren Wald, wie eine verlorne Seele. Aber auf einmal sind die zwei blutigen Knie –«

»Ich schenk' dir mein blaues Hosenband, wenn du still bist!«, wimmerte mein Bruder angstvoll und verbarg sich noch tiefer in die Decke.

»– sind die zwei blutigen Knie stillgestanden«, fuhr ich fort, »und auf dem Boden ist ein Stein gelegen, so weiß wie ein Leichentuch. Dann sind zwei funkelnde Lichtlein gewesen zwischen den Bäumen, und darauf sind vier andere blutige Knie dahergeschwebt.« –

»Mein neues Paar Schuh' schenk' ich dir, wenn du aufhörst!« ächzte das Jakoberle in seinem Trog und zog aus lauter Furcht das Zeitzerl am Barte zu sich.

»Und so sind alle sechs zusammen gegangen durch den finsteren Wald und heraus auf die Heide und über das Haferfeld herab zu unserem Hause – und herein in den Stall –«

Jetzt kreischten alle drei auf, und sie wimmerten und wussten ihrer Angst kein Ende, und klein Schwesterlein versprach mir mit Zagen seinen Teil von dem auch heuer wieder zu erwartenden, morgigen Sonnwendkuchen, wenn ich aufhöre. Ich aber fuhr fort:

»Jetzt – na, jetzt hab' ich zum Anfang zu sagen vergessen, dass die zwei ersten blutigen Knie unserem Jakoberle und die vier letzten seinem Zeitzerl gehört haben – wie sie heut' im Wald herumgegangen sind.«

Brach auf einmal das Gelächter los. »Jeder Mensch hat zwei blutige Knie!«, rief Schwesterlein, und die Ziegen meckerten, dass es ein Jubel war.

Ich hatte meine Rolle ausgespielt. Dreihundertvierundsechzig Nächte lang hatte ich geglänzt als weiser, wahrhaftiger Geschichtenmann; die dreihundertfünfundsechzigste hatte mich entlarvt als argen Schwätzer.

Das Versprechen in Betreff des zweiten Sonnwendkuchens wurde rückgängig gemacht; Schwesterlein erklärte, die Zusage sei nichts als Notwehr gewesen.

Und die Gläubigkeit meines Publikums hatte ich mir verdorben ganz und gar, und wenn es in Zukunft an irgendeinem Erzählten seinen Zweifel ausdrücken wollte, so rief es einstimmig: »Aha, das ist wieder ein blutiges Knie!«

Geschichten vom lieben Mond

Eine sommerliche Mondnacht im Waldlande! Was kann es auf dieser Erde Lieblicheres geben!

Das Haus steht einsam auf der tannenumgrenzten Au. Alles ruht; nur der Kettenhund bekundet durch zeitweiliges Rasseln seine Wachsamkeit. Der Brunnen aber sprudelt seine ewige Kette, wie solche Luft und Erdreich innigst mitsammen verbindet. Diese rieselnde Kette hebt in der Dunkelheit nun auf einmal an zu glühen und zu funkeln. Dort über den scharf geschnittenen Zacken des Tannenwaldes steigt still und klar der Mond herauf, als hebe er sich empor mitten aus einem unendlichen, geheimnisvollen Urwalde, in dem die wunderbaren Märchen spielen. Der höchste Wipfel eines alten Baumes steht noch wie ein schwarzer Spieß in dem mild leuchtenden Rund. Aber bald löst sich dieses los von den dunkeln Massen des Waldberges und steht frei auf tiefem Himmelsgrund und wird immer reiner und glänzender; und die Schattengestalten auf der Au heben sich scharf ab vom blassen Boden, und über den Wäldern liegt der strahlendurchwirkte, bläuliche Duft.

Heute noch träume ich in solchen Mondnächten den glückseligen Traum vom Reiche Gottes auf Erden. Und vollends, als ich noch ein Knabe, nicht allein den Glauben an Gott, sondern auch noch den an die Weltheit hegte, da lebte ich in solch ahnungsvollen Stunden eine große Seligkeit. Ich war in solchen Mondnächten kaum ins Bette zu bringen. Da stand ich an der Tür vor dem Hause, sah den Mond an und dachte an – das Paradies.

Der Mond – er kam ja vom Paradiese her, sah man doch, wie er mit den Augen zwinkerte und viel sagend lächelte, als wisse er so manches, was er den Menschen wohl leise andeuten, aber nicht erzählen dürfe. Gott hat's verboten. Und so blieb er, der gute Mond, stumm bis auf den heutigen Tag und lächelt uns nur von weitem so an, und die Himmelsgelehrten sagen, eines Tages würde der tanzende Alte schwindelig werden, würde einen Sprung machen nieder auf die Erde.

Ob wir dann wohl Näheres erfahren werden? –

Meine Ahne, welche zu jener Zeit, die ich meine, noch immer um mich war, deutete oft mit dem Finger nach dem Mond und rief:

»Du schau, Bübel, schau, der Mann-Ähndl!«

Mann-Ähndl, so heißen die Kinder bei mir daheim den Mond.

Dann setzte die Ahne noch dazu:

»Lug' aber recht, Bübel, dort drin im Mann-Ähndl sitzen Adam und Eva!«

Ja richtig, da sah ich wohl auch selbst die zwei dunkeln Gestalten, unsere ersten Voreltern im Monde sitzen. Sie dürfen des Sündenfalles wegen nicht in den Himmel hinein, sie müssen zur Strafe im Monde verbleiben und niedersehen auf das Elend, das sie in die Welt gebracht haben.

Recht lieb haben mögen sich die Zwei noch immer, dennoch aber müsst' ihnen schauderlich langweilig werden bei ihrem Sitzen im Monde, täten sie nicht doch zuweilen hiernieden auch was anderes sehen als Elend.

Es gehört dieses nicht ganz in die jungen Jahre des Waldbauernbuben hinein, aber zu leugnen ist's eben nicht: Der Weidknecht liegt auf seinem öden, einsamen Heu und kann nicht schlafen. Ein übermütiger Heuschreck hüpft fortweg über seine Knie und schließlich gar auf sein Gesicht. Der Mond guckt durch das Dachfensterchen herein und blinzelt. Hol' der Kuckuck so ein Liegen da!, denkt sich der Bursche und steht auf und geht hinaus in die schöne, wohlige Nacht. Wohin? Zu wem?

Der Mond guck ihm nach – verrät aber nichts.

Ich auch nicht.

Ich war schon ziemlich erwachsen, als ich merkte, wo Barthel den Most holt. Dann freilich ging ich sofort auch mit meinem Kruge aus. Der Mond hat es gesehen, wie mir's dabei erging. Ich wusste, in der hinteren Zimmerung des Nachbarhofes schlief sie mit dem gelben Haar. Ich krümmte den Zeigefinger und klopfte und flüsterte: »Du!« Da hörte ich, wie sich's drin rührte, pusterte und mit den Zähnen scharrte; endlich hub es an zu meckern. Ich war an den Ziegenstall gekommen.

Sofort versuchte ich es bei dem nächsten Fenster.

»Närrisch, du!«, sagte sie in der Kammer, »was willst denn jetzt um Mitternacht? Ist ja die Geisterstund'!«

»Ja«, sagte ich, »desweg' fürchte ich mich und möcht' gern zu zweien sein.«

»Schau«, entgegnete sie, »bei mir ist das gerade umgekehrt. Ich schlaf' zu einzeln gut und tät mich zu zweien fürchten.«

»Aber du wirst einsehen, Julerl, es ist eine kalte Nacht –«

»Bigott, Bübel!«, sagte das Mädchen mit dem gelben Haar, »verfrieren darfst du mir nicht; das litte ich auf keine Weis'. Und desweg' ist es, dass ich dir treuherzig sag': Geh' heim in dein warmes Bett!«

Es war das erste und letzte Mal. – Ich denke über diese so viel närrische Zeit hinweg lieber wieder an die Kindschaft zurück.

Gingen ich und meine Mutter einmal mitten in der Nacht durch den Wald. Es war ein Kohlenbrennermädchen gestorben, und nun gingen wir zur Bahre, um zu beten und den Eltern der Verstorbenen die Leichenwache halten zu helfen. Wir schritten langsam über das Moos dahin, der Wald war finster. Hoch über den Wipfeln aber stand der Vollmond und legte, wo er durch das dichte Geäste dringen konnte, vereinzelte milchweiße Sternchen und Täfelchen vor uns auf den Boden.

Als wir in eine kleine Lichtung kamen, stand meine Mutter still, wendete ihr Gesicht empor, hielt eine Hand über die Augen und sagte:

»Jetzt, da kann man es einmal schön sehen, das Spinnrad unserer lieben Frau.«

Sie meinte den Mond, der ja so milde, zarte Fäden spann hernieder zwischen den Wipfeln und Ästen.

Dann wendete sich die Mutter zu mir:

»Du hast gute Augen, Bub'. Lug' aber gleich in den Mann-Ähndl hinein, dort drin sitzt unsere liebe Frau und tut spinnen. Sie spinnt ein himmlisches Kleid für das Mägdelein, das heute auf der Bahr' liegt. Und guck' noch ein wenig, deine Urahne sitzt auch daneben!«

Wahrhaftig, da sah ich's, dort im Monde saßen zwei wunderbare Frauen beim Rocken.

Dann gingen wir wieder, und der Mond oben ging mit uns den gleichen Schritt und spann seine himmlischen Seiden nieder in unseren weiten Wald.

Als wir zum Hause kamen, in welchem das Kohlenbrennermädchen lag, stand die Tür weitmächtig offen, und der Mond schien hinein auf die Leiche, und das Angesicht des Mädchens war zart und lieb und mild, wie milchweißes Wachs.

»Es ist uns das Öl ausgegangen«, sagte der Kohlenbrenner, »wir können keine Lampe herstellen, und so haben wir die Tür aufgemacht, dass der Mondenschein das Totenlicht sollt' sein!«

Da dachte ich wohl gleich an unsere liebe Frau; sie spinnt' für das Mägdlein ein himmlisches Kleid.

Wir wachten so lange bei der Leiche, bis das Morgenrot auf den Waldwipfeln begann zu schimmern und der Mond blass und fast glanzlos niedersank hinter den fernen Felsen des hohen Schwab.

Dann huben sie das liebe Kind auf und trugen es davon. Und als der Mond wieder kam, fand er auf dem Kirchhof einen neuen Hügel und ein hölzernes Kreuzlein darauf, und darüber senkte er süß und still seinen Strahlenschimmer.

Ein anders Mal war wieder Leichenwache.

Des Waldjosel kleiner Franz war gestorben, und ich, ein Knabe mit neun Jahren, nahm mein Erbauungsbuch und mein Fernrohr, das ich einem alten Hausierer abgeschachert hatte, und ging zur nächtlichen Leichenfeier.

Wir besaßen im Hause einen Hundertjährigen Kalender, der hatte schon vor vielen Jahren für die heutige Nacht eine Mondesfinsternis prophezeit, ohne dass er gewusst haben mochte, dass ich, der Waldbauernbub, um diese Zeit wirklich mit einem Fernrohr gerüstet war, und mir daher die Mondfinsternis erwünscht kam. Ich wollte doch gar zu gern sehen, wie das schwarze Ungetüm, das kein Mensch kannte und das auch der Hundertjährige nicht zu beschreiben wusste, den lieben Mond anpacken und sich in denselben hineinfressen würde.

Als ich über die Felder ging, stieg der Mond gerade über die Teufelssteinwälder herauf, so vollwangig und so freundlich lächelnd. Er hatte wohl keine Ahnung, was nach dem Hundertjährigen ihm heute bevorstand. Mein Instrument hielt ich in der inneren Rocktasche verborgen, und so kam ich zum Hause, wo der tote Franzel lag. Er lag in der Wohnstube aufgebahrt, und daneben stand ein Tisch, um welchen schon mehrere Leute saßen, die Tabak rauchten, dabei über Wirtschaftsdinge sprachen und auf mein Vorlesen warteten. Glaubensgrübler waren dabei, so die alte Riegelbergerin, so der Holzschlager Thomerl; und das war mir gerade recht, denn ich hatte in meinem Buche ein prächtiges Kapitel über den Weltuntergang vorbereitet.

Zuerst, als sich die Weiber herangezogen hatten, wurde ein geistliches Lied gesungen:

»Hört, liebe Kinder insgemein,
All' Reiche, Arme, Groß und Klein,
Höret zu mit Traurigkeit,
Der Jüngste Tag ist nimmer weit.

An einem so erschrecklichen Tag,
Da fallen die Sterne vom Himmel herab;
Sonn' und Mond verfinstern sich,
Die Allmacht Gottes kündet sich.«

Und weiter war im Liede die Rede vom Tale Josaphat, von Posaunengetön, von der Auferstehung der Toten und vom Gerichte.

Somit war das Volk in die rechte Stimmung versetzt. Ich schlug mein Buch auf, um mit den drastischen Vorhersagungen eines theologischen Schriftstellers und mit nachdrücklicher Stimme die Wahrheit des Liedes zu beweisen. Die prächtigsten Zeichen und Wunder predigte ich zusammen, die Sterne purzelten vom Himmel wie Hagelkörner, und Sonne und Mond verfinsterten sich derart, dass ein alter Bauer, der Brunnmichel, es für nötig hielt, mit den Fingern das Kerzenlicht zu putzen. »Au weh!«, sagte er dabei, »auch beim Waldjosel ist das Feuer heiß.«

»Ja, das magst dir wohl merken«, meinte die alte

Riegelbergerin, »und kein solcher Übermut sein, du alter Tatel. Bedenkt's nur, wenn schon das Feuer beim Waldjosel so heiß ist, wie wird's erst in der Höllen brennen!«

»Bedank' mich sauber für deine Christenlehr'«, antwortete der Brunnmichel, »du meinst, weil ich, der siebzig Jahr alte Schippel, aufs Steirischtanzen noch was halt'. Weißt, Riegelbergerin, ich denk' mir halt so:

Seid's lustig, seid's lustig,
Tut's singen und hupfen,
So kann Euch der Teuxel
Kein Haar'l ausrupfen!«

»Aber du mein Gott!«, rief der Holzschlager Thomerl entrüstet, »jetzt hebt er mit seinen Schelmenliedern an, und neben uns liegt ein Totes!«

»Jesus, Maria und Josef!«, kreischte ein Weib und riss ihren Kopf vom Fenster zurück, »schaut's hinaus, Leut', der Jüngste Tag! Den Mond schaut's an, ein großmächtiges Stuck ist weg'brochen!«

Alles stürzte zu den Fenstern, zur Tür.

»Ja, wahrlich!«

»Es ist vollscheinig (Vollmond) heut'!«

»Das ist gewiss, aber der höllisch' Drach' frisst den Mond auf!«

»Und kehr' die Hand um, wird er auch die Sonn' im Rachen haben, nachher, behüt dich Gott, Taglichten, nachher mögen wir in der Finsternis den Hafer schneiden.«

»Ja, wenn einer wachst!«

»Ja, wenn einer anbaut wird! Ich denk', nach dem Haferfeld werden wir nicht viel fragen. Werden bald die Posaunen zu hören kriegen!«

»Wer hätt's gemeint, dass wir das noch sollten erleben!«

»Und von den Toten auferstehen sollten, ehvor wir gestorben sind«, sagte der alte Michel, »aber ich fürcht', es ist nur eine Mondesfinsternis.«

In der Erregung war das Licht ausgelöscht; die Ampel an der Leiche glimmte kaum; der Mond schien mit mattem Lichte auf den Fußboden der Stube herein. Ich tat mein Fernrohr hervor, zog es auseinander und hockte unter den Tisch hinab, damit ich durch das kleine Fenster mit meinem Instrumente dem schon hoch stehenden Mond beikommen konnte.

Ich erschrak selber. Der ganze untere Teil, wo sonst Adam und Eva saßen, war weg, und der andere, der noch da war, zitterte, wie das zusammengebrochene Lamm vor dem Wolfe.

Mehrere Weiber waren, wie es bei Finsternissen gebräuchlich, mit Hafendeckeln, Pfannen und Töpfen ins Freie geeilt und huben an zu schellen und zu klirren: Vielleicht geläng' es doch noch, dem Ungeheuer die Beute abzujagen.

Mittlerweile war die leuchtende Scheibe schier zu einem Kipfel zusammengeschwunden, und ich begann nun zu meinem Erstaunen auch jenen Teil wieder zu sehen, der gar nicht da war. Es stand wahrhaftig noch der ganze Mond am Himmel, nur war er matt und schwarz geworden, wie im Herbst die kranken Erdäpfel schwarz werden. Und nun dachte ich bei mir: Es sieht nicht aus, als ob ein Ungeheuer den Mond im Rachen hätte, es weist sich vielmehr, als wie eine Krankheit, die den lieben Mond überfällt, daher auch das Fieber, das Zittern, wie ich es durch mein unruhiges Fernrohr beobachten konnte.

Ich war mitten in meinen Forschungen, da rief plötzlich einer: »Was macht denn der da unter dem Tisch? Hat er was Heimliches?«

»Das werden wir gleich sehen. Herauf mit dem Waldbauernbuben!«

Und sie zogen mich hervor, und jetzt sahen sie mein Instrument, womit ich den Mond betrachtet hatte.

Das war Unheil. Zuerst fuhr die Riegelbergerin auf mich los. Sie hieß mich den Unchrist, der selber nicht glaubt, was er gerade erst aus dem heiligen Buch gelesen hat, der wie die Heiden mit Röhren und Gläsern den Himmel ergründen will, mit Teufelswerkzeugen dem Herrgott gleichsam ins Auge schaut und in den Magen hinein!

Der Holzschlager Thomerl riss mir das Fernrohr aus der Hand und stürzte damit zum Ofen: »Da gehört's hinein!«

Alles war aus Rand und Band und wollte mir böse. Da flüsterte mir der Michel ins Ohr: »Bub', lüg' ihnen geschwind was vor, sonst kratzen sie dir die Augen aus.«

Da rief ich den Leuten zu: »Seid's froh, dass ich mit dem Fernrohr hinaufgeschaut hab', dass ich's euch erzählen kann, wie's jetzt zugeht da oben!«

»Wir wollen's nicht wissen!«, schrien einige.

»Ist alles Verblendung!«

»Na!«, sagten ein paar Weiber, »wenn du schon so gescheit bist, so erzähl's halt, was du hast gesehen.«

»So viel ich hab' sehen können«, versetzte ich, »hält der Mond sein Sacktuch vor's Gesicht und weint.«

»Über was könnt' er denn weinen«, rief die Riegelbergerin aufgeregt, »als über die Schlechtigkeit der ganzen Welt!«

»Oder über die Dummheit der Leute«, ergänzte der Michel.

Ich sah, dass es schief ging, und meinte gleichwohl mit etwas Schalkheit, ich wäre in meiner Beobachtung nur zu früh gestört worden und hätt' es nicht so genau gesehen, möglicherweise – und mir habe es fast so geschienen – hätte der Mond vor lauter Lachen sein Taschentusch vor's Gesicht gehalten.

»So hat er wen ausgelacht!«, sagte der alte Michel und schielte auf die Riegelbergerin hinüber.

»Weißt du was, Bub'!«, fuhr mich diese an, »du bist ein Fabelhans, und du gehst hinaus! – Aber gleich gehst hinaus!« – Sie hob gegen mich ihre zwei mageren Fäuste.

»Oho!«, rief der Michel und stellte sich dazwischen, »ist das eine Mode! Beim Leichenwachen! Dem Bübel geschieht nichts! Und jetzt, Weiberleut', singt's wieder eins, wisst's kein lustiges, so tut's ein trauriges, aber fein nach dem Takt, dass einer dabei tanzen kann …«

»Die Finsternis ist schon vorbei«, berichtete der Hausvater, der zur Tür hereinkam. Und siehe, der

Mond war wieder licht und rund, er weinte nicht und lachte nicht – in stiller Freundlichkeit blickte er nieder auf den Zimmermann, der über den Anger schritt und auf der Achsel den kleinen weißen Sarg herantrug.

Neben diesem glitt ein schwarzes Ungeheuer daher. Es war der Schatten vom Zimmermann und dem Sarge.

Einmal zur Herbstzeit war ich mit Markus, unserem alten Knechte, spät abends noch auf dem Felde. Wir lehnten Hafergarben aneinander; ich hielt die Garben zusammen, und Markus bog die Hüte darauf.

Ich blickte dabei den aufgehenden Mond an und konnte mein Auge gar nicht wenden, bis Markus plötzlich rief:

»Jesus, Maria, das ist ein Unglück! Jetzt ist mir der Bub mondsichtig geworden!«

Ich erschrak.

Ich kannte einen Mondsüchtigen, der schlafend auf allen Dächern herumstieg und dabei ein Gesicht hatte, so blass wie der Mond selber.

Der Markus lachte über meinen Schreck, und ich wendete mein Auge von der Mondscheibe ab.

»Ja, ja, magst schon gucken«, sagte der alte Knecht, »jetzt aber werd' ich dir's deuten, wie der Mond da oben aufgekommen ist.«

Das war mir gleich recht, obwohl, wenn der Markus was erzählte, man nie wusste, ob er zum Ernste oder zum Spaße rede; sein Gesicht freilich, das war dabei ernsthaft genug, und diesem nach meinte man immer, seine Worte seien der dreizehnte Glaubensartikel ein für alle Mal. Aber ein paar Mal waren doch Reden von ihm ertappt worden, die keinen Reisepass durch das Land der Wahrheit mit sich getragen hatten.

»Wie der Mond aufgekommen ist?«, fragte ich erstaunt.

»Wie der Mond aufgekommen ist«, versetzte der alte Knecht.

»Spitz' die Ohren, Kleiner, aber fürcht' dich nicht, dass ich dich dran fasse; höre, gewesen ist es so: Wie Sankt Michael Adam und Eva aus dem Paradiese vertrieben gehabt hat, kehrt er zurück in den Himmel. – Nu, hast sie ausgejagt, diese Herrgottssakramenter?, frägt der Gottvater. – Hätt' der Herr auch einen andern schicken mögen!, brummt Sankt Michael in seinen Bart; – nein, du, Bart wird er keinen gehabt haben. Ich hab' mir, sagt er, in dieser Höllenfinsternis da unten das Knie angestoßen, dass schon all des Teufels! Beim Tag geht's noch an, da schupfen die Engel den Sonnenball hin und wider; aber in der Nacht ist das schon eine stockfinstere Welt übereinand! Kann's der Eva gar nicht für übel halten, wenn sie in der rabenschwarzen Nacht einen unrechten Apfel erwischt hat; wird schon noch öfters so was passieren. Die Leut' müssen einen Mond haben! – Ja, sagt der Gottvater, nun so steh' ein wenig beiseite, Sankt Michael, ich erschaff' jetzt den Mond! – Richtig, hat's getan! Aber, sagt der Gottvater, auf dass die Leute wissen, dass es nur ein guter Wille ist von mir, und dass sie sich nicht eine Rechtssache daraus machen, so lasse ich den Mond im

Monat alle Mal vierzehn Nächte scheinen, die übrigen vierzehn Nächte lass' ich's finster sein. – Und deswegen«, setzte der Knecht bei, »haben wir den zunehmenden und den abnehmenden Mond.«

»Ja, so, deswegen«, sagte ich sehr zufrieden; nun wusste ich schon mehr als der Pfarrer, der an die Offenbarungen unseres alten Evangelisten Markus nicht immer glauben wollte.

So ging es eine Weile fort, da kam endlich für mich und den guten Mond eine andere Zeit. Ich hatte in Kindberg einen Vetter, der ein gelehrter Mann war. Den besuchte ich einmal und fand ihn desselben abends spät auf dem Dache seines Hauses, wo er vor einer erschreckend großen Kanone stand. Die Kanone war schnurgerade auf den armen Mond gerichtet, der über den Giebeln des Ortes mit weinendem Vollgesichte stand und herniederschaute. Der Vetter guckte durch das gewaltige Rohr so hinaus und sagte dann zu mir:

»Jetzt komm, Bursche, stell' dich da her und gucke auch einmal!«

So guckte ich denn auch einmal. – Josef und Jerum, hab' ich aber jetzt meinen Kopf zurückgeworfen! – Was habe ich gesehen? Da drin in der Kanone ist ein mächtig großes, helles Schneefeld gewesen; und wie ich länger geschaut, hab' ich Berg und Tal gesehen und ein ganzes Alpenland – und alles wie von purem Eis und Schnee. Ich habe mit meinen Augen alle Höhen und alle Täler und Schluchten abgesucht – aber ich habe Adam und Eva nicht gefunden, und ich habe unsere liebe Frau mit dem Spinnrocken nicht gefunden –

»Ist ein schöner, lieblicher Glaube gewesen«, sagte der Vetter, »und wenn du dabei bleiben willst, gut, so gehen wir jetzt schlafen.«

»Nein«, rief ich, »wenn etwas dahinter steckt, so will ich's wissen.«

Dann hat mir der Vetter die Naturgeschichte des Mondes erzählt. – Was hab' ich jetzt? Einen starren, toten, ausgebrannten Himmelskörper ohne Wärme, ohne Lächeln – selbst das Licht ist nicht sein Eigentum.

Und du, lieber, alter, paradiesisch heiterer Mann-Ähndl, wo bist du mit deinem Adam und Eva und mit unserer lieben Frau, die uns spinnt das himmlische Kleid?

Kindeszeit und Kindesmondschein kehrt nicht wieder.

Auf bösen Wegen

In unserer Stube, an der mit grauem Lehm übertünchten Ofenmauer, stand jahraus, jahrein ein Schemel aus Eichenholz. Er war immer glatt und rein gescheuert, denn er wurde, wie die anderen Stubengeräte, jeden Samstag mit feinem Bachsande und einem Strohwisch abgerieben. In der Zeit des Frühlings, des Sommers und des Herbstes stand dieser Schemel leer und einsam in seinem Winkel, nur an jedem Tag zur Abendzeit zog ihn die Ahne etwas weiter hervor, kniete auf denselben hin und verrichtete ihr Abendgebet. Auch an den Samstagen, wenn der Vater an dem Tisch die Feierabendandacht vorbetete, kniete die Ahne auf dem Schemel.

Als aber der Spätherbst kam mit den langen Abenden, an welchen die Knechte in der Stube aus Kienscheitern Leuchtspäne schnitzen und die Mägde sowie auch meine Mutter und Ahne Wolle und Flachs spannen, und als die Adventszeit kam, in welcher an solchen Span- und Spinnabenden alte Märchen erzählt und geistliche Lieder gesungen wurden, da saß ich beständig auf dem Schemel am Ofen.

Ich hörte von da aus den Geschichten und Gesängen zu, und wenn solche schauerlich wurden und sich meine kleine Seele aufzuregen und zu fürchten begann, rückte ich den Schemel näher der Mutter und begann mich ängstlich an ihr Kleid zu halten, und ich konnte gar nicht mehr begreifen, wie die andern über mich oder über ihre schrecklichen Geschichten noch zu lachen vermochten. Zuletzt, als es zum Schlafengehen kam und mir die Mutter mein Ladbettchen hervorzog, wollte ich schon gar nicht mehr allein in das Bett gehen, und es musste die Ahne neben mir liegen, bis die fürchterlichen Bilder in mir vergingen und ich einschlief.

Aber die langen Adventsnächte waren bei uns immer sehr kurz. Bald nach zwei Uhr begann es im Hause unruhig zu werden. Oben auf dem Dachboden hörte man die Knechte, wie sie sich ankleideten und umhergingen, und in der Küche brachen die Mägde Späne ab und schürten am Herde. Dann gingen sie alle auf die Tenne zum Dreschen.

Auch die Mutter war aufgestanden und hatte in der Stube Licht gemacht; bald darauf erhob sich der Vater, und sie zogen Kleider an, die nicht ganz für den Werktag und auch nicht ganz für den Feiertag waren. Dann sprach die Mutter zur Ahne, die im Bette lag, einige Worte, und wenn ich, erweckt durch die Unruhe, auch irgendeine Bemerkung tat, so gab sie mir bloß zur Antwort: »Sei du nur schön still und schlaf!« – Dann zündeten meine Eltern eine Laterne an, löschten das Licht in der Stube aus und gingen aus dem Hause. Ich hörte noch die äußere Tür gehen, und ich sah an den Fenstern den Lichtschimmer vorüberflimmern, und ich hörte das Ächzen der Tritte im Schnee und ich hörte noch das Rasseln des Kettenhundes. – Dann wurde es wieder ruhig, nur war das dumpfe, gleichmäßige Pochen der Drescher zu vernehmen, dann schlief ich wieder ein.

Der Vater und die Mutter gingen in die fast drei Stunden entfernte Pfarrkirche zur Rorate. Ich träumte ihnen nach, ich hörte die Kirchenglocken, ich hörte den Ton der Orgel und das Adventslied: Maria sei gegrüßet, du lichter Morgenstern! Und ich sah die Lichter am Hochaltare, und die Engelein, die über demselben standen, breiteten ihre goldenen Flügel aus und flogen in der Kirche umher, und einer, der mit der Posaune über dem Predigtstuhl stand, zog hinaus in die Heiden und in die Wälder und blies es durch die ganze Welt, dass die Ankunft des Heilandes nahe sei.

Als ich erwachte, strahlte die Sonne schon lange zu den Fenstern herein, und draußen glitzerte und flimmerte der Schnee, und die Mutter ging wieder in der Stube umher und war in Werktagskleidern und tat häusliche Arbeiten. Das Bett der Ahne neben dem meinigen war auch schon geschichtet, und die Ahne kam nun von der Küche herein und half mir die Höschen anziehen und wusch mein Gesicht mit kaltem Wasser, dass ich aus Empfindsamkeit zugleich weinte und lachte. Als dieses geschehen war, kniete ich auf meinen Schemel hin und betete mit der Ahne den Morgensegen:

In Gottes Namen aufstehen,
Gegen Gott gehen,
Gegen Gott treten,

Zum himmlischen Vater beten,
Dass er uns verleih'
Lieb' Englein drei:
Der erste, der uns weist,
Der zweite, der uns speist,
Der dritt, der uns behüt' und bewahrt,
Dass uns an Leib und Seel' nichts widerfahrt.

Nach dieser Andacht erhielt ich meine Morgensuppe, und nach derselben kam die Ahne mit einem Kübel Rüben, die wir nun zusammen zu schälen hatten. Ich saß dabei auf meinem Schemel. Aber bei dem Schälen der Rüben konnte ich die Ahne nie vollkommen befriedigen; ich schnitt stets eine zu dicke Schale, ließ sie aber stellenweise doch wieder ganz auf der Rübe. Wenn ich mich dabei gar in den Finger schnitt und sofort zu weinen begann, so sagte die Ahne immer sehr unwirsch: »Mit dir ist wohl ein rechtes Kreuz, man soll dich frei hinauswerfen in den Schnee!« Dabei verband sie mir die Wunde mit unsäglicher Sorgfalt und Liebe.

So vergingen die Tage des Advents, und ich und die Ahne sprachen immer häufiger und häufiger von dem Weihnachtsfeste und von dem Christkinde, das nun bald kommen werde zu den Menschen.

Je mehr wir dem Feste nahten, umso unruhiger wurde es im Hause. Die Knechte trieben das Vieh aus dem Stalle und gaben frische Streu hinein und stellten die Barren und Krippen zurecht; der Halterbub striegelte die Ochsen, dass sie ein glattes Aussehen bekamen; der Futterbub mischte mehr

Heu in das Stroh als gewöhnlich und bereitete davon einen ganzen Stoß in der Futterkammer. Die Kuhmagd tat das Gleiche. Das Dreschen hatte schon einige Tage früher aufgehört, weil man durch den Lärm die nahen Feiertage zu entheiligen geglaubt hätte.

Im ganzen Hause wurden gewaschen und gescheuert, selbst in die Stube kamen die Mägde mit ihren Wasserkübeln und Strohwischen und Besen hinein. Ich freute mich immer sehr auf dieses Waschen, weil ich es gern hatte, wie alles drunter und drüber gekehrt wurde, und weil die Glasbilder im Tischwinkel, die braune Schwarzwälderuhr mit ihrer Metallschelle und andere Dinge, die ich sonst immer nur von der Höhe zu sehen bekam, herabgenommen und mir näher gebracht wurden, sodass ich alles viel genauer und von verschiedenen Seiten betrachten konnte. Freilich war mir nicht erlaubt, dergleichen Dinge anzurühren, weil ich noch zu ungeschickt und unbesonnen dafür wäre und die Gegenstände leicht beschädigen könne. Aber es gab doch Augenblicke, in welchen man im eifrigen Waschen und Scheuern nicht auf mich achtete.

In einem solchen Augenblick kletterte ich einmal über den Schemel auf die Bank und von der Bank auf den Tisch, der aus seiner gewöhnlichen Stellung gerückt war und auf dem die Schwarzwälderuhr lag. Ich machte mich an die Uhr, von der die Gewichte über den Tisch hingen, sah durch ein offenes Seitentürchen in das messingene, sehr bestaubte Räderwerk hinein, tupfte einige Male an die kleinen Blätter des Windrädchens und legte die

Finger endlich selbst an das Rädchen, ob es denn nicht gehe; aber es ging nicht. Zuletzt rückte ich auch ein wenig an einem Holzstäbchen, und als ich das tat, begann es im Werk fürchterlich zu rasseln. Einige Räder gingen langsam, andere schneller, und das Windrädchen flog, dass man es kaum sehen konnte. Ich war unbeschreiblich erschrocken, ich kollerte vom Tisch über Bank und Schemel auf den nassen, schmutzigen Boden hinab; da fasste mich schon die Mutter am Röcklein, und die »birkene Liesel« war da. Das Rasseln in der Uhr wollte gar nicht aufhören, und zuletzt nahm mich die Mutter mit beiden Händen und trug mich in das Vorhaus und schob mich durch die Tür hinaus in den Schnee und schlug die Tür hinter mir zu. Ich stand wie vernichtet da, ich hörte von innen noch das Greinen der Mutter, die ich sehr beleidigt haben musste, und ich hörte das Scheuern und Lachen der Mägde, und ich hörte noch immer das Rasseln der Uhr.

Als ich eine Weile dagestanden und geschluchzt hatte, und als gar niemand gekommen war, der mich wieder in das Haus gerufen hätte, ging ich fort nach dem Pfade, der in den Schnee getreten war, und ich ging über Hausanger und über das Feld dem Walde zu. Ich wusste nicht, wohin ich wollte, ich bildete mir nur ein, dass mir ein großes Unrecht geschehen sei und dass ich nun nicht mehr in das Haus zurückkehren könne.

Aber ich war noch nicht zu dem Walde gekommen, als ich hinter mir ein grelles Pfeifen hörte. Das war das Pfeifen der Ahne, wie sie es machte, wenn sie zwei Finger in den Mund nahm und die Zunge spitzte und blies. »Wo willst du denn hin, du dummes Kind«, rief sie, »wart, wenn du so im Wald herumlaufen willst, so wird dich schon die Mooswaberl abfangen, wart' nur!«

Auf dieses Wort kehrte ich augenblicklich um, denn die Mooswaberl fürchtete ich unsäglich.

Ich ging aber immer noch nicht in das Haus, ich blieb im Hofe stehen, wo der Vater und zwei Knechte gerade ein Schwein aus dem Stalle zogen, um es abzustechen. Über das ohrenzerreißende Schreien des Tieres und über das Blut, das ich nun sah, und das eine Magd in einem Topf auffing, vergaß ich das Vorgefallene, und als der Vater im Vorhause das Schwein abhäutete, stand ich schon wieder dabei und hielt die Hautzipfel, die er mit einem großen Messer von dem speckigen Fleisch immer mehr und mehr lostrennte. Als später die Eingeweide herausgenommen waren und die Mutter Wasser in das Becken goss, sagte sie zu mir: »Geh' weg da, sonst wirst du ganz angespritzt!«

Aus diesen Worten entnahm ich, dass die Mutter mit mir wieder versöhnt sei, und nun war alles gut, und als ich wieder in die Stube kam, um mich ein wenig zu erwärmen, stand da alles an seinem gewöhnlichen Platz. Boden und Wände waren noch feucht, aber rein gescheuert, und die Schwarzwälderuhr hing wieder an der Wand und tickte. Und sie tickte lauter und heller durch die neu hergestellte Stube als früher.

Endlich nahm das Waschen und Scheuern und Glätten ein Ende, im Hause wurde es ruhiger, fast still, und der Heilige Abend war da. Das Mittagsmahl am Heiligen Abend wurde nicht in der Stube eingenommen, sondern in der Küche, wo man das Nudelbrett als Tisch eignete und sich um dasselbe herum setzte und das einfache Fastengericht still, aber mit gehobener Stimmung verzehrte.

Der Tisch in der Stube war mit einem schneeweißen Tuche bedeckt, und vor dem Tische stand mein Schemel, auf welchen sich zum Abend, als die Dämmerung einbrach, die Ahne hinkniete und still betete.

Mägde gingen leise durch das Haus und bereiteten ihre Festtagskleider vor, und die Mutter tat in einen großen Topf Fleischstücke, goss Wasser daran und stellte sie zum Herdfeuer. Ich schlich in der Stube auf den Zehenspitzen herum und hörte nichts als das lustige Prasseln des Feuers in der Küche. Ich blickte auf meine Sonntagshöschen und auf das Jöppel und auf das schwarze Filzhütlein, das schon an einem Nagel der Wand hing, und dann blickte ich durch das Fenster in die hereinbrechende Dunkelheit hinaus. Wenn kein ungestümes Wetter eintrat, so durfte ich in der Nacht mit dem Großknecht in die Kirche gehen. Und das Wetter war ruhig, und es würde auch, wie der Vater sagte, nicht allzu kalt werden, weil auf den Bergen Nebel lag.

Unmittelbar vor dem »Rauchengehen«, in welchem Haus und Hof nach alter Sitte mit Weihwasser und Weihrauch besegnet wird, hatten der Vater und die Mutter einen kleinen Streit. Die Mooswaberl war da gewesen, hatte glückselige Feiertage gewünscht, und die Mutter hatte ihr für den Festtag ein Stück Fleisch geschenkt. Darüber war der Vater etwas ungehalten; er war sonst ein Freund der Armen und gab ihnen nicht selten mehr, als unsere Verhältnisse erlauben wollten, aber der Mooswaberl sollte man seiner Meinung nach kein Almosen reichen. Die Mooswaberl war ein Weib, welches gar nicht in die Gegend gehörte, welches unbefugt in den Wäldern umherstrich, Moos und Wurzeln sammelte, in halb verfallenen Köhlerhütten Feuer machte und schlief. Daneben zog sie bettelnd zu den Bauernhöfen, wollte Moos verkaufen, und da sie keine Geschäfte machte, weinte sie und verfluchte das Leben. Kinder, die sie ansah, fürchteten sich entsetzlich vor ihr, und viele wurden gar krank; Kühen tat sie an, dass sie rote Milch gaben.

Wer ihr eine Wohltat erwies, den verfolgte sie einige Minuten und sagte ihm: »Tausend und tausend Vergelt's Gott bis in den Himmel hinauf.«

Wer sie aber verspottete und sonst auf irgendeine Art beleidigte, zu dem sagte sie: »Ich bete dich hinab in die unterste Hölle!«

Die Mooswaberl kam oft zu unserem Hause und saß gern vor demselben auf dem grünen Rasen oder auf dem Querbrett der Zaunstiegel, trotz des heftigen Bellens und Rasselns unseres Kettenhundes, der sich gegen dieses Weib besonders unbändig zeigte. Aber die Mooswaberl saß so lange vor dem Hause, bis die Mutter ihr eine Schale Milch oder ein Stück Brot, oder beides, hinaustrug. Meine Mutter hatte es gern, wenn das Weib sie durch ein tausendfaches Vergelt's Gott bis in den Himmel hinauf wünschte. Der Vater legte dem Wunsche dieser Person keinen Wert bei, war er ein Segensspruch oder ein Fluch.

Als man draußen im Dorfe vor Jahren das Schulhaus gebaut, war dieses Weib mit dem Manne in die Gegend gekommen und hatte dabei geholfen, bis einst der Mann bei einer Steinsprengung getötet wurde. Seit dieser Zeit arbeitete sie nicht mehr, und sie zog auch nicht fort, sondern trieb sich herum, ohne dass man wusste, was sie tat und was sie wollte. Zum Arbeiten war sie nicht mehr zu bringen; sie schien geisteskrank zu sein.

Der Richter hatte die Mooswaberl schon mehrmals aus der Gemeinde gewiesen, aber sie war immer wieder zurückgekommen. »Sie würde nicht immer zurückgekommen sein«, sagte mein Vater, »wenn sie in dieser Gegend nichts gebettelt bekäme. So wird sie hier verbleiben, und wenn sie alt und krank ist, müssen wir sie auch hegen und pflegen; das ist ein Kreuz, welches wir uns selbst an den Hals gebunden haben.«

Die Mutter sagte nichts zu solchen Worten, sondern sie gab der Mooswaberl, wenn sie kam, immer das gewohnte Almosen, und heute noch etwas mehr, zu Ehren des hohen Festes.

Darum also war der kleine Streit zwischen Vater und Mutter, der aber allsogleich verstummte, als zwei Knechte mit dem Rauch- und Weihwassergefäß in das Haus kamen.

Nach dem Rauchen stellte der Vater ein Kerzenlicht auf den Tisch, Späne durften heute nur in der Küche gebrannt werden. Das Nachtmahl wurde schon wieder in der Stube eingenommen. Der

Großknecht erzählte während desselben wundersame Geschichten.

Nach dem Abendmahle sang die Mutter ein Hirtenlied. So wonnevoll ich sonst diesen Liedern lauschte, aber heute dachte ich nur immer an den Kirchgang, und ich wollte durchaus schon das Sonntagskleidchen anziehen. Man sagte, es sei noch später Zeit dazu, aber endlich gab die Ahne meinem Drängen doch nach und zog mich an. Der Stallknecht kleidete sich sehr sorgsam in seinen Festtagsstaat, weil er nach dem Mitternachtsgottesdienst nicht nach Hause gehen, sondern im Dorfe den Morgen abwarten wollte. Gegen neun Uhr waren auch die anderen Knechte und Mägde bereit und zündeten am Kerzenlicht eine Spanlunte an. Ich hielt mich an den Großknecht, und meine Eltern und meine Großmutter, welche daheim blieben, um das Haus zu hüten, besprengten mich mit Weihwasser und sagten, dass ich nicht fallen und nicht erfrieren möge.

Dann gingen wir.

Es war sehr finster, und die Lunte, welcher der Stallknecht vorantrug, warf ihr rotes Licht in einer großen Scheibe auf den Schnee und auf den Zaun und auf die Steinhaufen und Bäume, an denen wir vorüberkamen. Mir kam dieses rote Leuchten, das zudem noch durch die großen Schatten unserer Körper unterbrochen war, grauenhaft vor, und ich hielt mich sehr ängstlich an den Großknecht, sodass dieser einmal sagte: »Aber hörst, meine Joppe musst du mir lassen, was tät' ich denn, wenn du mir sie abrissest?«

Der Pfad war eine Zeit lang sehr schmal, sodass wir hintereinander gehen mussten, wobei ich nur froh war, dass ich nicht der Letzte war, denn ich bildete mir ein, dass dieser unendlichen Gefahren wegen der Gespenster ausgesetzt sein müsse.

Eine schneidende Luft ging, und die glimmenden Splitter der Lunte flogen weithin, und selbst als sie auf die harte Schneekruste niederfielen, glimmten sie noch eine Weile fort.

Wir waren bisher über Blößen und durch Gesträuche und Wälder abwärts gegangen; jetzt kamen wir zu einem Bache, den ich sehr gut kannte, er floss durch die Wiese, auf welcher wir im Sommer das Heu machten. Im Sommer rauschte dieser Bach sehr, aber heute hörte man ihn nur murmeln und gurgeln, weil er überfroren war. Auch an einer Mühle kamen wir vorüber, an welcher ich gar heftig erschrak, weil einige Funken auf das Dach flogen; aber auf dem Dache lag Schnee, und die Funken erloschen. Als wir eine Weile durch das Tal gegangen waren, verließen wir den Bach, und der Weg führte aufwärts durch einen finsteren Wald, in welchem der Schnee sehr leicht lag, aber auch keine so feste Kruste hatte als auf den Blößen.

Endlich kamen wir zu einer breiten Straße, wo wir nebeneinander gehen konnten und wo wir dann und wann ein Schlittengeschelle hörten. Dem Stallknecht war die Lunte bereits bis zu der Hand herabgebrannt, und er zündete nun eine neue an, die er vorrätig hatte. Auf der Straße sah man nun auch mehrere andere Lichter, große rote Fackeln, die heranloderten, als schwämmen sie in der schwarzen Luft, und hinter denen nach und nach ein Gesicht und mehrere Gesichter auftauchten, von Kirchengehern, die sich nun auch zu uns gesellten. Und wir sahen Lichter von anderen Bergen und Höhen, die noch so weit entfernt waren, dass wir nicht erkennen konnten, ob sie standen oder sich bewegten.

So gingen wir weiter. Der Schnee knirschte unter unseren Füßen, und wo ihn der Wind weggetragen hatte, da war der schwarze Fleck des nackten Bodens so hart, dass unsere Schuhe an ihm klangen. Die Leute sprachen und lachten viel, aber mir war, als sei das in der heiligen Christnacht gar nicht recht; ich dachte nur immer schon an die Kirche und wie das doch sein werde, wenn mitten in der Nacht Musik und ein Hochamt ist.

Als wir eine lange Weile auf der Straße fortgegangen und an einzelnen Bäumen und Häusern vorüber und dann wieder über Felder und durch einen Wald gekommen waren, hörte ich auf den Baumwipfeln plötzlich ein leises Klingen. Als ich horchen wollte, hörte ich es nicht, aber bald darauf hörte ich es wieder und deutlicher als das erste Mal. Es war der Ton des kleinen Glöckleins vom Turme der Kirche. Die Lichter, die wir auf den Bergen und im Tale sahen, wurden immer häufiger, und nun merkten wir es auch, dass sie alle der Kirche zueilten. Auch die kleinen, ruhigen Sterne der Laternen schweben heran, und auf der Straße wurde es immer lebhafter. Das kleine Glöcklein wurde durch ein größeres abgelöst, und das läutete so lange, bis wir fast nahe zur Kirche kamen. – Also war es doch wahr, wie die Ahne gesagt hatte: Um Mitternacht fangen die Glocken zu läuten an und läuten so lange, bis aus den fernen Tälern der letzte Bewohner der Hütten zur Kirche kommt.

Die Kirche steht auf einem mit Birken und Tannen bewachsenen Hügel, und um sie liegt der kleine Friedhof, welcher mit einer niederen Mauer umgeben ist. Die wenigen Häuser stehen im Tale.

Als die Leute an die Kirche gekommen waren, steckten sie ihre Lunten umgekehrt in den Schnee, dass sie erloschen, nur eine wurde zwischen zwei Steine der Friedhofmauer geklemmt und brennen gelassen.

Jetzt klang auf dem Turme in langsamem, gleichmäßigem Wiegen schon die große Glocke. Aus den schmalen, hohen Kirchenfenstern fiel heller Schein. Ich wollte in die Kirche, aber der Großknecht sagte, es habe noch Zeit, und blieb stehen und sprach und lachte mit anderen Burschen und stopfte sich eine Pfeife an.

Endlich klangen alle Glocken zusammen, in der Kirche begann die Orgel zu tönen, und nun gingen wir hinein.

Das sah ganz anders aus wie an den Sonntagen. Die Lichter, die auf dem Altare brannten, waren hellweiße, funkelnde Sterne, und der vergoldete Tabernakel strahlte gar herrlich zurück. Die Ampel des ewigen Lichtes war rot. Der obere Raum der Kirche war so dunkel, dass man die schönen Verzierungen des Schiffes nicht sehen konnte. Die dunklen Gestalten der Menschen saßen in den Stühlen oder standen neben denselben; die Weiber waren sehr in Tücher eingeschlagen und husteten. Viele hatten Kerzen vor sich brennen und sangen aus ihren Büchern mit, als auf dem Chore das Tedeum ertönte. Der Großknecht führte mich durch die zwei Reihen der Stühle gegen einen Nebenaltar, wo schon mehrere Leute standen. Dort hob er mich auf einen Schemel zu einem Glaskasten empor, der von zwei Kerzen beleuchtet zwischen zwei aufgesteckten Tannenwipfeln stand und den ich früher, wenn ich mit den Eltern in die Kirche kam, nie gesehen hatte. Als mich der Großknecht auf den Schemel gehoben hatte, sagte er mir leise ins Ohr: »So, jetzt kannst das Krippel anschauen.« Dann ließ er mich stehen, und ich schaute durch das Glas. Da kam ein Weiblein zu mir herbei und sagte leise: »Ja, Kind, wenn du das anschauen willst, so muss dir's auch jemand auslegen.« Und sie erklärte mir die kleinen Gestalten.

Ich sah die Dinge an. Außer der Mutter Maria, welche über den Kopf ein blaues Tuch geschlagen hatte, das bis zu den Füßen hinabging, waren alle Gestalten, welche Menschen vorstellen sollten, so gekleidet wie unsere Knechte oder wie ältere Bauern. Der heilige Josef selbst trug grüne Strümpfe und eine kurze Gämslederhose.

Als das Tedeum zu Ende war, kam der Großknecht wieder, hob mich von dem Schemel, und wir setzten uns in einen Stuhl. Dann ging der Kirchenmann herum und zündete alle Kerzen an, die in der Kirche waren, und jeder Mensch, auch der Großknecht, zog nun ein Kerzlein aus dem Sack und zündete es an und klebte es vor sich auf das

Pult. Jetzt war es so hell in der Kirche, dass man auch die Verzierungen an der Decke genau sehen konnte.

Auf dem Chore stimmte man Geigen und Trompeten und Pauken, und als an der Sakristeitür das Glöcklein klang und der Pfarrer in funkelndem Messkleide, begleitet von Ministranten und rot bemäntelten Windlichtträgern, über den purpurroten Fußteppich zum Altar ging, da rauschte die Orgel in ihrem ganzen Vollklang, da wirbelten die Pauken und schmetterten die Trompeten.

Weihrauch stieg auf und hüllte den ganzen lichterstrahlenden Hochaltar in einen Schleier. – So begann das Hochamt, und so strahlte und tönte und klang es um Mitternacht. Beim Offertorium waren alle Instrumente still, nur zwei helle Stimmen sangen ein liebliches Hirtenlied, und während des Benediktus jodelten eine Klarinette und zwei Flügelhörner langsam und leise den Wiegengesang. Während des Evangeliums und der Wandlung hörte man auf dem Chore den Kuckuck und die Nachtigall, wie mitten im sonnigen Frühling.

Tief nahm ich sie auf in meine Seele, die wunderbare Herrlichkeit der Christnacht, aber ich jauchzte nicht auf vor Entzücken, ich blieb ernst, ruhig, ich fühlte die Weihe.

Aber während die Musik tönte, dachte ich an Vater und Mutter und Großmutter daheim. Die knien jetzt um den Tisch bei dem einzigen Kerzenlichtlein und beten, oder sie schlafen gar, und es ist finster in der Stube, und nur die Uhr geht, sonst ist es still, und es liegt eine tiefe Ruhe über den waldigen Bergen, und die Christnacht ist ausgebreitet über die ganze Welt.

Als endlich das Amt seinem Ende nahte, erloschen nach und nach die Kerzen in den Stühlen, und der Kirchenmann ging wieder herum und dämpfte mit seinem Blechkäppchen an den Wänden und Bildern und Altären die Lichter aus. Die am Hochaltare brannten noch, als auf dem Chore der letzte freudenreiche Festmarsch erscholl und sich die Leute aus der weihrauchduftenden Kirche drängten.

Als wir in das Freie kamen, war es trotz des dichten Nebels, der sich von den Bergen niedergesenkt hatte, nicht mehr ganz so finster wie vor Mitternacht. Es musste der Mond aufgegangen sein; man zündete keine Fackeln mehr an. Es schlug ein Uhr, aber der Schulmeister läutete schon die Betglocke zum Christmorgen.

Ich warf noch einen Blick auf die Kirchenfenster; aller Festglanz war erloschen, ich sah nur mehr den matten, rötlichen Schimmer des ewigen Lichtes.

Als ich mich dann wieder an den Rock des Großknechtes halten wollte, war dieser nicht mehr da, einige fremde Leute waren um mich, die miteinander sprachen und sich sofort auf den Heimweg machten. Mein Begleiter musste schon voraus sein; ich eilte ihm nach, lief schnell und an mehreren Leuten vorüber, auf dass ich ihn bald einhole. Ich lief, so sehr es meine kleinen Füße konnten, ich kam durch den finsteren Wald, und ich kam über Felder, über welche scharfer Wind blies, sodass ich, so warm mir sonst war, von Nase und Ohren fast nichts mehr fühlte. Ich kam an Häusern und Baumgruppen vorüber, die Leute, die früher noch auf der Straße waren, verloren sich nach und nach, und ich war allein, und den Großknecht hatte ich noch immer nicht erreicht. Ich dachte, dass er auch hinter mir sein könne, ich beschloss, geradewegs nach Hause zu eilen. Auf der Straße lagen hie und da schwarze Punkte, die Kohlen der Spanfackeln, welche die Leute auf dem Kirchwege abgeschüttelt. Die Gesträuche und Bäumchen, die neben am Wege standen und unheimlich aus dem Nebel emportauchten, beschloss ich gar nicht anzusehen, ich fürchtete mich davor. Besonders in Angst war ich, sooft ein Pfad quer über die Straße ging, weil das ein Kreuzgang war, an dem in der Christnacht gern der Böse steht und klingende Schätze bei sich hat, um arme Menschenkinder dadurch mit sich zu locken. Der Stallknecht hatte zwar gesagt, er glaube nicht daran, aber geben musste es denn doch dergleichen Dinge, sonst könnten die Leute nicht so viel davon sprechen. – Ich war aufgeregt, ich wendete meine Augen nach allen Seiten, ob nicht irgendwo ein Gespenst auf mich zukomme. Endlich nahm ich mir vor, gar nicht mehr an solches Zeug zu denken, aber je fester ich das beschloss, desto mehr dachte ich daran.

Nun war ich zum Pfad gekommen, der mich von der Straße abwärts durch den Wald und in das Tal führen sollte. Ich bog ab und eilte unter den langästigen Bäumen dahin. Die Wipfel rauschten stark, und dann und wann fiel ein Schneeklumpen neben mir nieder. Stellenweise war es auch so finster, dass ich kaum die Stämme sah, wenn ich nicht an dieselben stieß, und dass ich den Pfad verlor. Letzteres war mir ziemlich gleichgültig, denn der Schnee war sehr leicht, auch war anfangs der Boden hübsch glatt; aber allmählich begann er steil und steiler zu werden, und unter dem Schnee war viel Gestrüpp und hohes Heidekraut. Die Baumstämme standen nicht mehr so regelmäßig, sondern zerstreut, manche schief hängend, manche mit aufgerissenen Wurzeln an anderen lehnend, manche mit wild und wirr aufragenden Ästen am Boden liegend. Das hatte ich nicht gesehen, als wir aufwärts gingen. Ich konnte oft kaum weiter, ich musste mich durch das Gesträuche und Geäste durchwinden. Oft brach der Schnee ein, das steife Heidekraut reichte mir bis zur Brust heran. Ich sah ein, dass ich den rechten Weg verloren hatte, aber war ich nur erst im Tale und bei dem Bache, dann ging ich diesem entlang aufwärts, und da musste ich endlich doch zur Mühle und zu unserer Wiese kommen.

Schneeschollen fielen mir in das Rocksäcklein, Schnee legte sich an die Höschen und Strümpfe, und das Wasser rann mir in die Schuhe hinab. Zuerst war ich durch das Klettern über das Gefälle und das Kriechen in dem Gesträuch müde geworden, aber nun war auch die Müdigkeit verschwunden; ich achtete nicht den Schnee, und ich achtete nicht das Heidekraut und Gesträuche, das mir oft rau über das Gesicht fuhr, sondern ich eilte weiter. Oft fiel ich zu Boden, aber ich raffte mich schnell auf. Auch alle Gespensterfurcht war weg; ich dachte an nichts als an das Tal und an unser Haus. Ich wusste nicht, wie lange ich mich so durch die Wildnis fortwand, aber ich fühlte mich kräftig und behändig, die Angst trieb mich vorwärts.

Plötzlich stand ich vor einem Abgrund. In dem Abgrunde lag grauer Nebel, aus welchem einzelne Baumwipfel emportauchten. Um mich hatte sich der Wald gelichtet, über mir war es heiter, und am Himmel stand der Halbmond. Mir gegenüber und weiter im Hintergrunde war nichts als seltsame, kegelförmige, waldige Berge.

Unten in der Tiefe musste das Tal mit der Mühle sein; mir war, als hörte ich das Tosen des Baches, aber es war das Rauschen des Windes in den jenseitigen Wäldern. Ich ging rechts und links und suchte einen Fußsteig, der mich abwärts führte, und ich fand eine Stelle, an welcher ich mich durch Gerölle, welches vom Schnee befreit dalag, und durch Wacholdergesträuche hinablassen zu können vermeinte. Das gelang mir auch eine Strecke, doch noch zu rechter Zeit hielt ich mich an eine Wurzel, fast wäre ich über eine senkrechte Wand gestürzt. Nun konnte ich nicht mehr vorwärts. Ich ließ mich aus Mattigkeit zu Boden. In der Tiefe lag der Nebel mit den schwarzen Baumwipfeln. Außer dem Rauschen des Windes in den Wäldern hörte ich nichts. Ich wusste nicht, wo ich war. – Wenn jetzt ein Reh käme, ich würde es fragen nach dem Weg, vielleicht könnte es ihn mir weisen, in der Christnacht reden ja Tiere die menschliche Sprache! –

Ich erhob mich, um wieder aufwärts zu klettern; ich machte das Gerölle locker und kam nicht vorwärts. Mich schmerzten Hände und Füße. Nun stand ich still und rief so laut ich konnte nach dem Großknecht. Meine Stimme fiel von den Wäldern und Wänden lang gezogen und undeutlich zurück.

Dann hörte ich wieder nichts als das Rauschen des Windes.

Der Frost schnitt mir in die Glieder.

Nochmals rief ich mit aller Macht den Namen des Großknechtes. Wieder nichts als der lang gezogene Widerhall. Nun überkam mich eine fürchterliche Angst. Ich rief schnell hintereinander meine Eltern, meine Ahne, alle Knechte und Mägde unseres Hauses. Es war vergebens.

Nun begann ich kläglich zu weinen.

Bebend stand ich da, und mein Körper warf einen langen Schatten schräg abwärts über das nackte Gestein. Ich ging an der Wand hin und her, um mich etwas zu erwärmen, ich betete laut zum heiligen Christkind, dass es mich erlöse.

Der Mond stand hoch am dunklen Himmel.

Ich konnte nicht mehr weinen und beten, ich konnte mich auch kaum mehr bewegen, ich kauerte mich zitternd an einen Stein und dachte: Nun will ich schlafen, das ist alles nur ein Traum, und wenn ich erwache, bin ich daheim oder im Himmel.

Da hörte ich plötzlich ein Knistern über mir im Wacholdergesträuche, und bald darauf fühlte ich, wie mich etwas berührte und emporhob. Ich wollte schreien, aber ich konnte nicht, die Stimme war wie eingefroren. Aus Furcht und Angst hielt ich die Augen fest geschlossen. Auch Hände und Füße waren mir wie gelähmt, ich konnte sie nicht bewegen. Mir war warm, und mir kam vor, als ob sich das ganze Gebirge mit mir wiegte. – –

Als ich zu mir kam und erwachte, war noch Nacht, aber ich stand an der Tür meines Vaterhauses, und der Kettenhund bellte heftig. Eine Gestalt hatte mich auf den festgetretenen Schnee gleiten lassen, pochte dann mit dem Ellbogen gewaltig an die Tür und eilte davon.

Ich hatte diese Gestalt erkannt – es war die Mooswaberl gewesen.

Die Tür ging auf, und die Ahne stürzte mit den Worten auf mich zu: »Jesus Christus, da ist er ja!«

Sie trug mich in die warme Stube, aber von dieser schnell wieder zurück in das Vorhaus; dort setzte sie mich auf einen Trog, eilte dann hinaus vor die Tür und machte durchdringliche Pfiffe.

Sie war ganz allein zu Hause. Als der Großknecht von der Kirche zurückgekommen war und mich daheim nicht gefunden hatte, und als auch die anderen Leute kamen und ich bei keinem war, gingen sie alle hinab in den Wald und in das Tal und jenseits hinauf zur Straße und nach allen Richtungen. Selbst die Mutter war mitgegangen und hatte überall, wo sie ging und stand, meinen Namen gerufen. –

Nachdem die Ahne glaubte, dass es mir nicht mehr schädlich sein konnte, trug sie mich wieder in die warme Stube, und als sie mir die Schuhe und Strümpfe auszog, waren diese ganz zusammen und fast an die Füße gefroren. Hierauf eilte sie nochmals in das Freie und machte wieder ein paar Pfiffe und brachte dann in einem Kübel Schnee herein und stellte mich mit bloßen Füßen in diesen Schnee. Als ich in dem Schnee stand, fühlte ich in den Zehen einen so heftigen Schmerz, dass ich stöhnte, aber die Ahne sagte: »Das ist schon gut, wenn du Schmerz hast, dann sind dir die Füße nicht erfroren.«

Bald darauf strahlte die Morgenröte durch das Fenster, und nun kamen nach und nach die Leute nach Hause, zuletzt aber der Vater, und zu allerletzt, als schon die rote Sonnenscheibe über der Wechselalpe aufging und als die Ahne unzählige Mal gepfiffen hatte, kam die Mutter. Sie ging an mein Bettlein, in welches ich gebracht worden war und an welchem der Vater saß. Sie war ganz heiser.

Sie sagte, dass ich nun schlafen sollte, und verdeckte das Fenster mit einem Tuche, auf dass mir die Sonne nicht in das Gesicht scheine. Aber der Vater meinte, ich solle noch nicht schlafen, er wolle wissen, wie ich mich von dem Knechte entfernt, ohne dass er es merkte, und wo ich herumgelaufen sei? Ich erzählte sofort, wie ich den Pfad verloren hatte, wie ich in die Wildnis kam, und als ich von dem Monde und von den schwarzen Wäldern und von dem Windrauschen und von dem Felsenabgrund erzählte, da sagte der Vater halblaut zu meiner Mutter: »Weib, sagen wir Gott Lob und Dank, dass er da ist, er ist auf der Trollwand gewesen!«

Nach diesen Worten gab mir die Mutter einen Kuss auf die Wange, wie sie nur selten tat, und dann hielt sie ihre Schürze vor das Gesicht und ging davon.

»Ja, du Donnersbub, und wie bist denn heim kommen?«, fragte mich der Vater. Darauf sagte ich, dass ich das nicht wisse, dass ich nach langem Schlafen und Wiegen auf einmal vor der Haustür gewesen und dass die Mooswaberl neben mir gestanden. Der Vater fragte mich noch einmal über diesen Umstand, aber ich antwortete, dass ich nichts Genaueres darüber sagen könne.

Nun sagte der Vater, dass er in die Kirche zum Hochgottesdienst gehe, weil heute der Christtag sei, und dass ich schlafen solle.

Ich musste darauf viele Stunden geschlafen haben, denn als ich erwachte, war draußen Dämmerung, und in der Stube war es fast finster. Neben meinem Bette saß die Ahne und nickte, von der Küche herein hörte ich das Prasseln des Herdfeuers.

Später, als die Leute beim Abendmahle saßen, war auch die Mooswaberl am Tisch.

Auf dem Kirchhofe, über dem Grabhügel ihres Mannes war sie während des Vormittagsgottesdienstes gekauert, da trat nach dem Hochamte mein Vater zu ihr hin und nahm sie mit in unser Haus.

Über die nächtliche Begebenheit brachte man nicht mehr von ihr heraus, als dass sie im Walde das Christkind gesucht habe; dann ging sie einmal zu meinem Bette und sah mich an, und ich fürchtete mich vor ihren Blicken. –

In dem hinteren Geschosse unseres Hauses war eine Kammer, in welcher nur altes, unbrauchbares Geräte und viel Spinnengewebe war.

Diese Kammer gab mein Vater der Mooswaberl zur Wohnung und stellte ihr einen Ofen und ein Bett und einen Tisch hinein.

Und sie blieb bei uns. Oft strich sie noch in den Wäldern umher und brachte Moos heim, dann ging sie wieder hinaus zur Kirche und saß stundenlang auf dem Grabhügel ihres Mannes, von dem sie nicht mehr fortzuziehen vermochte in ihre ferne Gegend, in der sie wohl auch einsam und heimatlos gewesen wäre, wie überall. Über ihre Verhältnisse war nichts Näheres zu erfahren, wir vermuteten, dass das Weib einst glücklich und sicher bei voller Vernunft gewesen war und dass der Schmerz über den Verlust des Gatten ihr den Verstand geraubt hatte.

Wir hatten sie alle lieb, weil sie ruhig und mit allem zufrieden lebte und niemandem das geringste Leid zufügte. Nur der Kettenhund wollte sie immer noch nicht sichern, der bellte und zerrte überaus heftig an der Kette, sooft sie über den Anger ging. Aber das war anders von dem Tiere gemeint; als einmal die Kette riss, stürzte der Hund auf das Weib zu, sprang ihm winselnd an die Brust und leckte ihm die Wangen.

Da kam einmal in den Spätherbsttagen, an welchen die Mooswaberl fast ununterbrochen auf dem Grabhügel saß, eine Zeit, in welcher unser Kettenhund, statt lustig zu bellen stundenlang heule, sodass meine Ahne, die indes schon mühselig geworden war, sagte: »Schau, jetzt wird in unserer Gegend herum bald einmal wer sterben, weil der Hund gar so heent; tröste ihn Gott!«

Und nach kurzer Zeit wurde die Mooswaberl krank, und als die Winterszeit gekommen war, starb sie.

In ihren letzten Augenblicken hielt sie noch meinen Vater und meine Mutter an der Hand und sprach die Worte: »Vergelt's Euch Gott zu tausend und zu tausend Mal, bis in den Himmel hinauf!«

Am Tage, da die Ahne fort war

Wenn Jammer ist und es scheint die Sonne drein! Traurigeres weiß ich nicht zu denken.

Die Großen waren alle fort in die Kirche gegangen. Die gute Ahne, die sonst bei uns gewesen, hatten sie fortgetragen. Mir ist davon sonst nichts mehr recht in Erinnerung, als dass wir Kleinen des allzu weiten Weges halber daheim bleiben mussten und so den angstvollen Tag verlebten. Wir hatten uns eingeschlossen ins Haus, schlichen auf den Zehenspitzen umher und fürchteten uns vor Räubern und Mördern. Zu den vergitterten Fenstern blaute der Wald herein, und über allem lag das stille Licht der heiligen Pfingstsonne. Da eine ganze Stunde der Einsamkeit vergangen war, ohne dass etwas Unerhörtes geschah, so wurden wir etwas dreister, und allmählich kam sogar das Verlangen zur Vormittagsjause, welche uns die Schwester Plonele zu kochen den Auftrag hatte. Da war plötzlich draußen in der Vorlauben ein Gepolter. Wie zum Tode getroffen schraken wir zusammen und krochen zu einem Knäuel ineinander.

»Meine Mutter Gottes steh' mir bei«, betete die Plonele, »ein Schelm (Dieb) ist im Haus!«

Wir hörten ein Winseln und Kreischen. Da sprang der Halterbub, der Hansel, auf, ein kecker

Junge, armer Leute Sohn, den unser Vater erst vor wenigen Tagen zum Viehhüten ins Haus genommen hatte, er trug schon die Brottasche umgehangen, weil er eben das Vieh auf die Weide treiben wollte. Der sprang auf, erfasste das spitze Brotmesser und wollte in die Vorlauben. Unsere Schwester hielt ihn zurück, er solle doch um Gottes willen nicht mit dem Messer hinaus, das koste uns allen das Leben.

»Wenn's ein Rauber ist, so steche ich ihn ab!«, knirschte der Hansel, riss sich los und sprang ins Vorhaus.

Da draußen ging's grauenhaft zu, ein paar Spatzen schossen kreischend umher, und mitten in der Lauben auf der Erde lag ein zerrissenes Vogelnest. Die Katze war eben daran, mit Vorderpfoten und Schnauze ein Junges aus dem Halmgewebe zu fangen, als der Hansel hinzukam und ihr mit dem Messerstiel einen Schlag versetzte.

Nun waren wir alle dabei. Wir kosten und herzten das hilflose Tierchen; es gibt nichts Armseligeres auf der Welt als einen Vogel ohne Federn. Den Schnabel tat es auf, da brachte die Plonele schon eine Hand voll Sterz von der Vormittagsjause, und der Hansel nahm das Spätzlein geschickt in seine Hand und begann es zu atzen. Es war eine helle Freude. Mittlerweile stand ich schon mit dem alten Vogelbauer daneben, auf dass wir das Ding hineintäten und so auf einmal eine ungeahnte Bereicherung unserer Güter hätten. Aber der Halterbub rief: »Bist ein dummer Bub! Glaubst, es bliebe lebig? Sollst's nur du probieren, wenn du nicht essen und trinken kannst, und sie sperren dich von deiner Mutter weg in eine Vogelsteigen! Wird dir nicht taugen. Das Junge gehört zu den Alten.«

Aber das Nest war von der Katze ganz und gar zerstört worden. So lief ich – das Wort des Hansel tief im Herzen – mit dem Vogelbauer wieder davon und kam mit meinem Kopfkissen zurück. Dieses taten wir in eine Mauernische, legten das arme Vöglein drauf; der Schnabel ging stetig auf und zu, und doch wollte es kein Krümchen Sterz mehr schlucken, die kleine Brust wogte arg auf und nieder, und das Wesen war schier zu schwach zum Piepsen. So lag es auf dem Kissen, im Grübchen, das ihm die Plonele mit den Fingern gedrückt hatte. Wir ließen es auf Anordnung des Hansel in Ruhe und hofften, dass nun die Alten kommen und ihr Kleines hegen und pflegen würden.

Aber die Alten flatterten in Angst draußen um die Dachgiebel herum; der tatkräftige Hansel strich mit dem Messer durch Stall und Scheunen. Er suchte die Katze.

Was ich an demselben Vormittag ausgestanden habe! Ich lauerte ruhelos in der Vorlauben herum, strengte meine Zehen an und meinen langen Hals, aber all vergebens, ich war zu klein, um dem jungen Spatzen in sein Bettlein gucken zu können. Ich horchte vergebens, ob ich es nicht etwa piepsen oder Atem holen höre. Bruder Jackerl machte den Vorschlag, um den kleinen Vogel zu sehen, solle ich ihn, den Jackerl, auf meine Achsel steigen lassen. Er würde mir schon alles sagen, was er sehe. Wir versuchten es, aber das Gerüste war zu schwach, wir kollerten beide auf die Erde. Endlich um die Mittagszeit war's, als die Schwester mit trauriger Miene berichtete: »Jetzt ist das Vogerl schon hin!«

Es musste sich im Falle zu arg verletzt haben, oder der Schreck! Die Angst! »Jetzt kannst das Vogelhaus bringen«, befahl mir der Hansel. Und im Vogelhause haben wir den kleinen Leichnam aufgebahrt. Er lag auf einem Nestchen aus weißer Wolle, aus einem Stamm Rosmarin und Maßliebchen hatten wir ihm einen Kranz geflochten; ich schlug auch vor, dass man an dieser Bahre ein Öllämpchen anzünde, so wie es bei der Leiche der Ahne gewesen war, aber meine Schwester gab mir einen kleinen Stoß mit dem Ellbogen und meinte, so was wäre eine Frevelhaftigkeit, der Spatz hätte ja keine Seele gehabt.

Wie schaute ich das Vöglein so traurig an! – Du armes Geschöpf, jetzt hast du gar keine Seele gehabt. Bist unschuldigerweis' von der Katz umgebracht worden und kommst doch nicht in den Himmel. Wenn man dich ins Abendgebet einschließen täte, vielleicht wollt' der lieb' Herrgott mit dir eine Ausnahm' machen.

Am Abende, als es dunkel wurde, trugen wir das starre Vöglein hinaus an den Rain, wo die Hagebutten stehen; dort scharrte der Hansel eine Grube, und wir legten das Tierchen mitsamt seinem weißen Wollbettlein und seinem Kranze hinein. Und als wir mit unseren kleinen Händen das Gräblein zulegten, flatterte ein Spatz über unsren Häuptern hin und her. Das Herz hätte uns allen mögen brechen, als die Plonele sagte: »Das ist gewiss vom Vogerl die Mutter!«

Nach dem Begräbnisse schleppte der Hansel noch einen großen Stein herbei und legte ihn auf das Grab, denn die Katze – er hatte sie nicht erwischt.

Der Hansel lebt heute noch. Er hat Haus und Hof und was hineingehört, er ist ein ganzer Mann. Schwesterlein Plonele ist sein Weib geworden. Gegenwärtig atzen sie wieder ein Junges, aber mit mehr Glück als dazumal.

Als ich Bettelbub gewesen

Die schmale Straße, die durch den Wald ging, hatte weißen Sand und braunes Moos, war zur sonnigen Zeit nicht staubig und in Regentagen nicht lehmig. Sie zog nicht in der Schlucht, sie zog auf der sanften Bergeshöhe hin, wo das kurze, grüne Heidekraut und in dünner Anzahl die alten, verknorpelten Fichtenbäumchen standen. Stellenweise ging der Weg über eitel grünen Rasen, und kein Wagengeleise war gedrückt; behändige Ameisenvölker trieben auf dieser Straße ihren Handel und Wandel.

Und doch erstreckte sich der Weg aus weitem her und war von Menschen getreten. Hie und da stand etwas, wie ein Wegzeiger, eine hölzerne, wettergraue Hand wies geradeaus oder seitab und sagte nicht, wohin. An anderen Stellen wieder, wo ein alter, flechtenbewachsener Baumstamm hart am Wege ragte, prangte daran ein rot angestrichenes Holzkästchen mit einem Liebfrauenbildnis oder mit einem »Martertaferl«, erzählend von einem Unglücksfalle, der sich an der Stelle zugetragen, bittend um ein christlich Gebetlein. Oder es starrte aus dem Sand- und braunen Moosboden ein Kruzifix auf.

Ich habe in der weiten Welt keinen Weg mehr gefunden, der mir so grauenhaft heilig erschienen wäre, als diese Straße, die durch unseren Wald strich und von der wir nicht wussten, woher sie kam und wohin sie ging. Denn doch! Erfahrene Leute sagten es ja, sie kam aus dem fernen Ungarlande und führte nach Mariazell. 's ist ein ewiges Wandern von Sonnenaufgang her. Auch die wilden Türken vor drei- und mehr hundert Jahren sollen diesen stillen Weg herangewütet haben; auch kleine Zigeunerbanden trippelten zuweilen auf demselben daher, und dann einmal ein Handwerksbursche oder ein Bettelmann oder ein Schwärzer kam des Weges und verneigte sich vor den Bildnissen und küsste sich vom Kruzifix etliche hundert Tage Ablass herab.

Im Ganzen jedoch war der Weg unsagbar einsam, und die wenigen Häuser standen fernab im Tale oder auf entlegenen Hügeln.

Doch war es alle Jahre einmal, zur Zeit der Bitttage, in jener Maienwoche, in welcher unsere Religion das Fest der Himmelfahrt des Herrn feiert, dass auf diesem Waldwege eine förmliche Völkerwanderung ausbrach. Fremdartige Menschen in fremden Kleidern mit seltsamer Gebärde und Sprache wallten scharenweise heran. Sie hatten braune Gesichter, knochige Glieder und struppige Haare. Sie hatten scharfe, glühende Augen, weiße Zähne, lange, tief gebogene oder kühn aufgeworfene Nasen und fremdartige Züge um die Mundwinkel. Die Männer trugen weiße, flatternde, unten befranste Linnenhosen, die so weit waren, dass sie aussahen wie Kittel, und dunkelblaue Übermäntel mit breit zurückgeschlagenen Krägen und kleine

Filzhütchen mit schmalen, aufgeringelten Krempen. Auch hatten sie blaue Westen an, besetzt mit einer Reihe von großen Silberknöpfen. Andere trugen wieder so enge weiße Beinkleider, als wären sie über und über an die Glieder gewachsen, und anstatt mit Stiefeln hatten sie die Waden und den Fuß in Kreuz und Krumm mit Binden umwunden. Auch hatten dieselben Männer schwere Übermäntel aus weißem Filze an ihren Achseln hängen, und diese Mäntel sowie auch die Beinkleider waren ausgeziert mir roten oder blauen Rändern, und allerlei Geschnüre schnörkelte sich um die Wämser.

Die Weiber trugen blauschwarze oder weiße Kittelchen, die kaum ein bisschen übers Knie hinabgingen und bei jedem Schritt keck hin und her schlugen. Bei anderen wieder waren die Kittel so eng und die schwarzen, faltenlosen Schürzen so breit, dass bei jedem Schritte die Rundungen der Gestalt deutlich hervortraten. Ferner trugen sie hohe und schwere Stiefel, dass unter denselben der Sand knarrte, oder sie gingen gar barfuß und hatten Staubkrusten an den Zehen. Weiters staken die Weiber in kurzen schwarzen Spenserchen oder sie hatten gar nur ein weites Hemd über Arm und Busen flattern. Die Köpfe hatten sie turbanartig mit einem Tuche umschlungen, unter dem die schwarzen Lockensträhnen hervorquollen.

So wogten sie lärmend und heulend heran, und jede Gestalt hatte ein weißes Bündel auf den Rücken gebunden und trug in der Hand einen weißen, glatt geschälten Stock. Diese Stöcke waren meist frisch in unseren Wäldern geschnitten, es waren Lärchenstäbe; auch an den Hüten trugen die Männer frisch geschnittene Lärchenzweige und Lärchenkränze; dieser herrliche Baum mit seinem weichen Genadel, wie er mit dem vielgestaltigen Hochrelief der Rinde seines Schaftes in der Form einer hellgrünen Pyramide unsere Alpenwälder schmückt, ist in jenen fernen, flachen Gegenden, aus denen die Scharen kamen, nimmer zu finden.

Die fremden Gestalten, welche in kleineren Rotten und großen Haufen einen ganzen Nachmittag lang heranströmten, kamen aus dem Ungarlande und waren Magyaren und Slowaken. Es waren die bigotten Massen, die alljährlich einmal aus ihren Heimatsgemeinden davonwandern, um den weiten Weg von sechs bis acht Tagen bis zu dem weltberühmten Wallfahrtsorte Mariazell zu wallen. Ungarische Herren und slawische Fürsten hatten einst viel zum Ruhme und zur Verherrlichung der Gnadenstätte zu Zell getan, und so wogt heute noch der Strom jener Völker dem berufenen Alpentale zu und macht einen Hauptteil der gesamten Wallfahrer aus, die alljährlich in Zell erscheinen.

Es waren also fromme Wallfahrerscharen, die betend und singend unseren stillen Wald durchzogen. Jedes Häuflein trug eine lange rote Stange mit sich, auf welcher ein Kreuz mit bunten Bändern oder ein wallendes Fähnlein war. Vor jedem Kruzifix oder anderen Bildnissen, wie sie am Wege standen, verneigten sie tief diese Stange; und wenn sie zu jener Höhung herangestiegen waren, auf welcher dem Wanderer das erste Mal die zackige Hochkette des Schwaben und der gewaltige Felskoloss der hohen

Veitsch sichtbar wird, standen sie still und senkten drei Mal fast bis zur Erde ihren Fahnenstab. Begrüßten die Menschen aus dem Flachland die wilderhabene Alpennatur? Nein. In der Felsenkrone jener hohen Berge lag ihr heiliges Ziel, und das begrüßten sie mit Herz und Gebärden.

An diesem Punkte waren sie nur noch eine Tagereise entfernt von Zell; manche empfanden in solchem Gedanken zum Wandern neue Kraft, anderen sank der Mut im Anblicke der blauenden Alpenwände, die zu übersteigen waren. Bisweilen schleppten die Fremdlinge einen Genossen mit sich, der unterwegs erkrankt war. Einmal trugen sie auf frischer Lärchbaumtrage die Leiche eines auf der Straße verstorbenen Mitgliedes, um sie im nächsten Friedhofe zu bestatten.

So hallten am ersten Tage der Bittwoche die grellstimmigen Gebete der Ungarn und die melancholischen Lieder der Slaven durch unsere Gegend. Die Leute traten aus den Häusern und horchten den seltsamen Stimmen; wir Kinder aber pflegten eine andere Sitte. Wir zogen unsere zerfahrensten Kleidchen an, und mit fliegenden Lumpen hüpften wir der Straße zu. Dort knieten wir nieder auf den Sand, aber so, dass wir auf unsere eigenen Fersen zu hocken kamen, und wenn eine der Kreuzscharen nahte, so rissen wir die Hauben vom Kopf, stellten dieselben als Gefäß vor uns hin und schlugen zuerst mit zagender, bald mit kecker Stimme zahlreiche Vaterunser los.

Die Früchte blieben nicht aus. Männer schossen Kreuzer in unsere Hauben, Weiber warfen uns

Brot und Kuchen zu, welche, wie die Spuren ihrer Zähne daran bewiesen, sie ihrem eigenen Mund entzogen hatten. Andere hielten gar an und öffneten ihre Bündel und kramten drin herum und reichten uns Backwerk, und manch' alt' Mütterlein, das unsertweg auf ein paar Minuten zurückgeblieben war, konnte die Schar wohl oft stundenlang nicht mehr erreichen.

Manchmal stellten die Fremden Worte an uns, die wir nur mit glotzenden Augen zu beantworten wussten. Je seltsamer ihr Wesen und ihre Sprache war, desto feiner und liebreicher zeigte sich die Gabe; vielleicht dachten die Geber an ihre Angehörigen in ferner Heimat, denen die Liebe galt, die uns fremden Kindern erwiesen wurde. Je brauner die Gesichter, desto weißer war das Brot – wir hatten die Erfahrung bald gemacht.

Bisweilen wurden wir auch in deutscher Sprache angeredet: wie wir hießen, wem wir zugehörten, wie viel unser Vater Ochsen hätte und ob wir auch Kornfelder besäßen. Des Grabenbergers Natzelein war unter uns, das gab stets die Antwort und log fürchterlich dabei: Wir gehörten armen Holzhauerleuten an, der Vater wäre vom Baum gefallen, und die Mutter läge krank schon seit Jahr und Tag; Ochsen hätten wir nicht, aber zwei Ziegen hätten wir gehabt, und die hätte der Wolf gefressen. Mit einem Kornacker wär's schon gar nichts, aber Pilze äßen wir, und die wären heuer noch nicht gewachsen. – Ich bohrte vor heimlicher Wut über derlei unwahre Darstellungen die Zehen hinter mir in die Erde hinein. Ja, das Natzelein verfing sich derart in das Lügen, dass es schließlich selbst unsere ehrenhaften Taufnamen falsch angab.

Die guten Ungarn schlugen hell die Hände zusammen über so arme Würmer, dann blickten sie in die Waldgegend hinaus und meinten, es wäre leicht zu glauben, es wäre eine arme Gegend; gar der Schnee lag noch hie und da in den Gruben, zu einer Zeit, da auf den weiten Ebenen draußen längst das Korn in Ähren stand. Sie griffen dann tief in den Sack.

Das Natzelein war mir seiner Aufschneidereien wegen eigentlich recht verleidet, aber ich getraute mich vor den Fremden kein Wort zu sagen; und wenn sie mich zuweilen doch dahin brachten, dass ich den Mund aufmachte, so ward das Wort so ängstlich und leise herausgemurmelt, dass sie es nicht verstanden. Die anderen, besonders das Natzelein, kriegten daher immer mehr in ihre Hauben als ich; nur dann und wann ein mildherziges Weiblein legte mir, dem »Hascherl«, was bei.

Einmal – ich und des Grabenberges Natzelein waren – allein – gerade vor dem Herannahen einer größeren Schar, nahm ich eine Stellung ein, die vorteilhafter war, als der Platz, auf welchem das Natzelein hockte. Das Natzelein war darüber erbost, und als die Gaben wirklich in größerer Menge mir zuflogen, rief er aus: »Der da ist eh reich, sein Vater hat vier Ochsen und einen großen Grund! Vater unser, der du bist, usw.«

Auf der Stelle wendete sich das Glück, und alles Brot und Geld wäre in den Hut des Natzelein geflogen, da erhob ein Mann, der mitten unter den

Wallfahrern stand, das Wort: »Schaut's einmal den neidischen Schlingel an! Ihr seid beide nicht so arm, als dass ihr ohne unser Brot verhungern müsstet, und auch nicht so reich, als dass wir euch die kleinen Gaben versagen wollten. Ihr seid Waldbauern-Kinder, aber ich gebe meinen Sechser diesmal dem da, dessen Vater vier Ochsen hat!«

Mein Lebtag vergess' ich's nimmer, wie jetzt die Batzen in mein Häublein klangen – hell zu Dutzenden, und ich konnte nachgerade nicht schnell genug die »Vergelts Gott« sagen, dass auf jeden eins kam. Und da dieser wundersame Hagel, wie ich ihn noch nie gesehen hatte, gar nicht wollte aufhören, konnte ich die Luft in meinem Herzen nimmer verhalten, in ein helles Wiehern und Lachen brach ich aus; das Natzelein aber schleuderte seine fast leer gebliebene Haube mitten in die Straße und schoss wütend in den Wald hinein.

Mit Gelächter zog die Kreuzschar ab. Und ich hub an, meine Schätze zu zählen; in der Kappe und um dieselbe, im Sand und auf dem Moos und im Heidekraut lagen die Kreuzer und Groschen und Sechser zerstreut. Und als ich sie alle versammelt hatte, wollte ich wohl verzichten auf alle weiteren Wallfahrerscharen, die heute noch kommen konnten, wollte schnurstracks heim zu meinen Eltern laufen, um ihnen das unermessliche Glück zu verkünden. Da bin ich plötzlich angepackt von rückwärts, zu Boden geworfen, und auf meiner Brust reitet das Natzelein. Mit seinen strammen Händen presst es meine Arme tief in das Heidekraut hinein, und so grinst es mir ins Gesicht.

Stärker bin ich nicht, wie er, dachte ich bei mir, wenn ich auch gescheiter nicht bin, so ist's um mich gefehlt.

»Du!«, murmelte das Bürschlein zwischen den Zähnen hervor, »gib mir die Hälfte vom Geld!«

»Nein«, sage ich trocken.

»So nehm ich mir's selber.«

»Dann spring ich auf.«

»Aber ich lass dich nicht los!«

»Dann kannst du das Geld nicht nehmen.«

»Ich setz' dir meine Knie auf die Gurgel!«

»Ich lass mich umbringen.«

Zum Glück hallte jetzt der Gesang einer neuen Kreuzschar. Wir beide sprangen auf, stürzten zur Straße hin und lallten unser Gebet.

Das von den vielen Abenteuern an der Straße nur als einzig Stücklein.

Und wenn das Tagewerk vorbei, so versammelten wir Kinder uns auf der Au, wo die Schafe noch grasten, und tauschten unsere Gaben um, wie sie jedem eben entsprachen. Geld war stets der gesuchteste Artikel; nur die Kinder armer Kleinhäusler und Köhlersleute gaben feine Leckerbissen und Kreuzerchen für ein schwarzes Stück Brot, wenn es nur groß war.

Am fünften Tage kehrten die Scharen stets auf demselben Wege wieder zurück. Und jeder von den Wallfahrern hatte an seiner Brust einen oder mehrere Rosenkränze hängen oder Amulette, Frauenbildchen und funkelnde Kreuzlein und Herzen. Die Mädchen trugen rote und grüne Krönlein von Wachs auf ihrem Haupte. Die Bündel auf den Rücken hatten sich sehr bedeutend verkleinert, und die Brote, die wir bekamen, waren hart, und Geldstücke sprangen spärlich hervor aus den Taschen.

Doch lohnte es sich des Hockens immer noch, und die Erwartung der Gabe war mindestens so anziehend als die Gabe selbst.

Einmal, ich war schon an die zehn Jahre alt geworden, kniete ich ganz allein am Stamme eines Kruzifixes, und recht zungenfertig im Vaterunserhersagen, wie ich endlich geworden war, kehrte ich alle Vorteile des Absammlers heraus und hoffte reichlichen Gewinn. Da kam eine Kreuzschar; ein paar Brötchen wurden mir zugeworfen, und sie war vorüber. Nur ein schon betagter, gutmütig aussehender Mann war zurückgeblieben, schritt ganz nahe an mich heran, neigte ein wenig sein Haupt zu mir nieder und sagte »Bettelbub'!«. Dann ging er den anderen nach.

Mir war das halbe Vaterunser im Mund stecken geblieben. Ich glotzte eine Weile um mich, dann stand ich langsam auf und schlich von dannen.

Das war mein letztes Hocken gewesen an unserer Waldstraße.

– Bettelbub'! – Das Wort hat mich aufgeweckt. Ein junger, gesunder Bursche, der stolz ist, dass sein Vater Haus und Hof besitzt, ein solcher Bursche, der mit seinem neuen grünen Hut sonntags schon etliche Male gleich den Knechten ins Wirtshaus gegangen ist, der es demnächst mit dem Tabakrauchen probieren wird und der nicht allzu selten ins Fensterglas guckt, wie es mit dem Barte steht – ein solcher Bursche betteln!

Auch das Natzelein tut's nimmer. Das Natzelein ist ein reicher Bauer geworden, und er gibt, wenn man ihm glauben darf, jeden Tag erklecklich Almosen an wahrhaft dürftige Bettelleute.

Und die Magyaren und die Slowaken kommen noch heute jenen einsamen Waldweg gezogen, immer an Kinder, die am Wege kauern, Gaben spendend, in ihrem Beten und Flehen selbst Bettelleute vor der Gnadenmutter zu Zell.

Weg nach Maria Zell

Mein Vater hatte elf Saatfelder, die wir »Kornweiten« nannten und wovon wir alljährlich im Herbste ein neues für den Winterroggenbau eigneten, sodass binnen elf Jahren jeder Acker an die Reihe kam. Ein solcher Jahresbau lieferte beiläufig dreißig Metzen Roggen; für die nächsten drei Jahre wurde dann das Feld für Hafersaat benützt, und die sieben weiteren Jahre lag es brach, diente als Wiese oder Weide.

Unser vier – ich, mein Vater und die zwei Zugochsen – bestellten im Herbste das Roggenfeld. Hatten wir den Pflug, so führte mein Vater hinten die Pflug- und ich vorn die Ochsenhörner. Hatten wir die Egge mit ihren sechsunddreißig wühlenden Eisenzähnen, so leitete der Vater die Zugtiere und ich –

Ja, das war ein absonderlich Geschäft. Ich hockte mitten auf der Egge oben und ließ mich über den Acker hin und her vornehm spazieren fahren. Fuhr spazieren und verdiente dabei mein Brot. Der Acker hatte nämlich stellenweise so zähes und filziges Erdreich, dass die Egge nicht eingreifen wollte, sondern nur so ein wenig oben hin kratzte. Trotzdem durfte die Egge nicht zu schwer sein, schon um der Ochsen willen und auch nicht, weil an anderen Stellen doch wieder eine mürbe Erdschicht lag, in welcher tief gehende Zähne mehr geschadet als genützt hätten.

So musste denn stellenweise die Egge beschwert werden, und zwar durch ein lebendiges Gewicht, das zu rechter Zeit aufhocken und zu rechter Zeit abspringen konnte. Und dazu waren meine vierzig Pfunde mit den behändigen Füßlein gerade recht. Gefiel mir bass, wenn die Ochsen gut beim Zeug waren und die Egge hübsch emsig dahinkraute und auf und nieder hupfte, sodass mir der Vater zurief: »Halt' dich fest, Bub', sonst fliegst abi!«

Da hat sich eines Tages das große Glück zugetragen.

Es war morgens vorher mein zweiter Bruder geboren worden – ein Junge, dass es schon eine helle Freude war. Als wir hierauf das steile Schachenfeld umeggten, war mein Vater etwas übermütig und knallte stark mit der Peitsche. Fuhr- und Ackersleute, die keine Stimme haben zum Jauchzen, lassen die Peitsche knattern und schmettern, dass es hinhallt in das Gebäume und zu anderen Menschen, die sich mitfreuen und, wenn sie wollen und können, mitjauchzen mögen. Wir fuhren gerade an einem mit Büschen bewachsenen Steinhaufen vorüber, als meinem Vater – sicherlich des kleinen Jungen wegen – wieder die helle Lust aufschoss, die Peitsche schwang er und knallte eins herab. In demselben Augenblick rauschte erschreckt eine ganze Familie von Haselhühnern aus dem Gebüsche auf – davor machten unsere Ochsen einen gewaltigen Sprung und schossen wild mit der Egge und mit mir, der darauf saß, quer über das steile Feld hinab. Mein Vater war beiseite geschleudert worden und konnte nun nachsehen, was mit seinem Gespanne geschah. Die Rinder rasten dahin, die Egge hüpfte hoch empor, und im nächsten Augenblicke war ich unter den Zähnen derselben und wurde hingeschleift.

Mein Vater soll die Augen zugemacht und sich gedacht haben: Jesses, kaum ist der Kleine da, ist der Große schon hin. – Dann schlug er die Hände zusammen und rief es zu den Wolken empor: »Unser' liebe Frau Maria Zell!«

Mittlerweile waren Ochsen und Egge über den Feldrücken gerast und nicht mehr zu sehen. Dort unten aber auf dem braunen Streifen, den das Fahrwerk über den Acker hin gezogen hatte, lag ein Häuflein und bewegte sich nicht.

Mein Vater lief hinzu und riss es von der Erde empor – da hub es auch schon ketzermäßig an zu schreien. Der ganze Bub voll Erde über und über; ein Ärmel des Linnenröcklein war in Fetzen gerissen, über die linke Wade hinab rann Blut – sonst gar nichts geschehen. Hinter dem Feldsattel standen unversehrt auch die Ochsen. Mich nahm mein Vater jetzt auf den Arm. Ich hätte zehn Mal besser laufen können als er, aber er bildete sich ein, ich müsse getragen sein, aus Zärtlichkeit und Dankbarkeit, dass ich noch lebe, und aus Angst, ich möchte mich etwa gar jetzt erst verletzen. Als ich hörte, dass ich eigentlich in Todesgefahr gewesen war und von Rechts wegen jetzt in Stücke zerrissen nach Hause getragen werden sollte, hub ich erst recht an zu zetern. – Und so kamen wir heim, und wenn die alte Grabentrautel nicht vor der Tür die Antrittsteine sauber fest – weil die Godel kommen soll – und sie uns solchergestalt nicht den Eingang zur Wöchnerin verwehrt, so geschieht erst jetzt das Unglück: Die Mutter springt vor Schreck aus dem Bett, kriegt das Fieber und stirbt.

Auch das hat die liebe Frau Maria Zell verhindern müssen und hat es durch ihre Fürbitte erwirkt, dass es der Grabentrautel eingefallen ist, es wäre draußen der Antrittstein nicht ganz sauber, und die Godel könne leichtlich daran ein Ärgernis nehmen.

Später hat das mein Vater alles erwogen und ist hierauf zum Entschluss gekommen, mit mir zur Danksagung eine Wallfahrt nach Maria Zell zu machen.

Ich war glückselig, denn eine Kirchfahrt nach dem eine starke Tagereise von uns entfernten Wallfahrtsort war mein Verlangen gewesen, seit ich das ersten Mal die Zeller Bildchen im Gebetbuche meiner Mutter sah. Maria Zell schien mir damals nicht allein als der Mittelpunkt aller Herrlichkeit der Erde, sondern auch als der Mittelpunkt des Gnadenreiches unserer lieben Frau. Und sooft wir nun nach dem Gelöbnisse auf dem Felde oder im Walde arbeiteten, musste mir mein Vater all' das von Zell erzählen, was er wusste, und auch all' das, was er nicht wusste. Und so entstand in mir eine ideale Welt voll Sonnenglanz und goldener Zier, voll heiliger Bischöfe, Priester und Jungfrauen, voll musizierender Engel, und inmitten unter ewig lebendigen Rosen die Himmelskönigin Maria. Und diese Welt nannte ich – Maria Zell, sie steht heute noch voll zauberhafter Dämmerung in einem Abgrunde meines Herzens.

Und eines Tages denn, es war am Tage des heiligen Michael, haben wir vormittags um zehn Uhr Feierabend gemacht.

Wir zogen die Sonntagskleider an und rieben unsere Füße mit Unschlitt ein. Der Vater aß, was uns die Mutter vorgesetzt – ich hatte den Magen voll Freude. Ich ging ruhelos in der Stube auf und ab, so sehr man mir riet, ich sollte rasten, ich würde noch müde genug werden. Rasten und dann müde werden, das schien mir nicht gut gedacht.

Endlich luden wir unsere Reisekost auf und gingen davon, nachdem wir versprochen hatten, für alle daheim und für jedes insbesondere bei der »Zellermutter« zu beten.

Ich wüsste nicht, dass meine Füße den Erdboden berührt hätten, so wonnig war mir. Die Sonne hatte ihren Sonntagsschein, und es war doch mitten in der Woche. Mein Vater hatte einen Pilgerstock aus Haselholz, ich auch einen solchen; so wanderten wir aus unserem Alpel davon. Mein Vater trug außer den Nahrungsmitteln etwas in seinem rückwärtigen Rocksack, was, in graues Papier gewickelt, ich ihn zu Hause einstecken gesehen hatte. Er war damit gar heimlich verfahren, aber jetzt beschwerte es den Säckel derart, dass dieser bei jedem Schritte dem guten Vater eins auf den Rücken versetzte. Ich konnte mir nicht denken, was das für ein Ding sein mochte.

Wir kamen ins schöne Tal der Mürz und in das große Dorf Krieglach, wo einige Tage zuvor mitten im Orte einige Häuser niedergebrannt waren. Ich hatte in meinem Leben noch keine Brandstätte gesehen. Ich schloss die Augen und ließ es noch einmal nach Herzenslust brennen, sodass mich mein Vater gar nicht von der Stelle brachte.

Eine Frau sah uns zu und sagte endlich: »Mein, 's ist halt armselig mit so einem Kind – wenn es ein Hascher ist.«

Ich erschrak. Sie hatte mich gemeint, und ich kannte die Ausdrucksweise der Leute gut genug, um zu verstehen, dass sie mich – wie ich so dastand mit offenem Mund und geschlossenen Augen – für ein Trottelchen hielt.

Ich war daher froh, als wir weiterkamen. Nun gingen wir schon fremde Wege. Hinter dem Orte Krieglach steht ein Kreuz mit einem Marienbilde und mit einer hölzernen Hand, auf welcher die Worte sind: »Weg nach Maria Zell«.

Wir knieten vor dem Kreuze nieder, beteten ein Vaterunser um Schutz und Schirm für unsere Wanderschaft. »Das greift mich frei an«, sagte mein Vater plötzlich und richtete sein feuchtes Auge auf das Bild, »sie schaut so viel freundlich auf uns herab.« Dann küsste er den Stamm des Kreuzes, und ich tat's auch, und dann gingen wir weiter.

Als wir in das Engtal der Veitsch einbogen, begann es schon zu dunkeln. Rechts hatten wir den finsteren Bergwald, links rauschte der Bach, und ich fühlte ein Grauen vor der Majestät und Heiligkeit dieses Zeller Weges. Wir kamen zu einem einschichtigen Wirtshaus, wie solche in den Wäldern der Räubermärchen stehen – doch über der Tür war trotz der Dämmerung noch der Spruch zu lesen: »Herr, bleib' bei uns, denn es will Abend werden!« – Aber wir gingen vorüber.

Endlich sahen wir vor uns im Tale mehrere Lichter. »Dort ist schon die Veitsch«, sagte mein Vater, aber wir gingen nicht so weit, sondern bogen links ab und den Bauernhäusern zu, bei welchen es in den Niederaigen heißt. Und wir schritten in eines dieser Häuser, und mein Vater sagte zur Bäuerin:

»Gelobt sei Jesu Christi, und wir Zwei täten halt von Herzen schön bitten um eine Nachtherberg; mit einem Löffel warmer Suppe sind wir rechtschaffen zufrieden, und schlafen täten wir schon auf dem Heu.«

Ich hatte gar nicht gewusst, dass mein Vater so schön betteln konnte. Aber ich hatte auch nicht gewusst, dass er auf Wallfahrtswegen nur ungern in ein Wirtshaus einkehrte, sondern sich Gott zur Ehr' freiwillig zum Bettelmann erniedrigte. Das war ein gutes Werk und schonte den Geldbeutel.

Die Leute behielten uns willig und luden uns zu Tische, dass wir aßen von allem, was sie selber hatten. Dann fragte uns der Bauer, ob wir Feuerzeug bei uns hätten, und als mein Vater versicherte, er wäre kein Raucher, und er hätte sein Lebtag keine Pfeife im Munde gehabt, führten sie uns in den Stadl hinaus auf frisches Stroh.

Wir lagen gut, und draußen rauschte das Wasser. Das mutete seltsam an, denn daheim auf dem Berge hörten wir kein Wasser rauschen.

»In Gottes Namen«, seufzte mein Vater auf, »morgen um solch' Zeit sind wir in Maria Zell.« Dann war er eingeschlafen.

Am anderen Morgen, als wir aufstanden, leuchtete auf den Bergen schon die Sonne, aber im Schatten des Tales lag der Reif. Von der Veitscher Kirche nahmen wir eine Stille Messe mit; und als wir durch das lange Engtal hineinwanderten, an Wiesen und Waldhängen, Sträuchern und Eschenbäumen hin, über Brücken und Stege, an Wegkreuzen und Bauernhäusern, Mühlen, Brettersägen und Zeugschmieden vorbei, trugen wir jeder den Hut und die Rosenkranzschnur in der Hand und beteten laut einen Psalter. Des schämte ich mich anfangs vor den Vorübergehenden, aber sie lachten uns nicht aus; an den Zeller Straßen ist's nichts Neues, dass laut betende Leute daherwandern. Mein Vater betete überhaupt gern mit mir; er wird gewiss immer sehr andächtig dabei gewesen sein, aber mir kamen im Gebete stets so verschiedene und absonderliche Gedanken, die mir sonst sicherlich nicht eingefallen wären. War ich im Beten, so interessierte ich mich für alles, woran wir vorüberkamen, und wenn sonst schon gar nichts da war, so zählte ich die Zaunstecken oder die Wegplanken.

Heute gab mir vor allem das Ding zu sinnen, das mein Vater in seinem Sacke hatte und das im Rockschoß gerade so hin und her schlug wie gestern. – Für einen Wecken ist's viel zu schwer. Für eine Wurst ist's zu groß. –

Ich war noch in meinen Erwägungen, da blieb

mein Vater jählings stehen, und das Gebet unterbrechend rief er aus: »Du verhöllte Sau!«

Ich erschrak, denn das war meines Vaters Leibfluch. Er hatte sich ihn selbst erdichtet, weil die anderen ja alle sündhaft sind. »Jetzt kann ich schnurgerade zurückgehen auf die Niederaigen«, sagte er.

»Habt ihr denn was vergessen?«

»Das wär' mir ein sauberes Kirchfahrtengehen«, fuhr er fort, »wenn man unterwegs die Leut' anlugt! – Hast es ja gehört, wie ich gestern erzählt hab', ich hätt' mein Lebtag keine Pfeifen im Maul g'habt. Jetzt beim Beten ist's mir eingefallen, wie ich dort den Holzapfelbaum sah, dass wir daheim auch einen alten Holzapfelbaum gehabt haben und dass ich unter dem Holzapfelbaum einmal 'glaubt hab', 's ist mein letztes End'. Totenübel ist mir gewesen, weil ich mit dem Riegelberger Peter das Tabakrauchen hab' wollen lernen. – Das ist mir gestern nicht eingefallen, und so hab' ich unserem Herbergvater eine breit Lug' geschenkt, und desweg will ich jetzt frei wieder zurückgehen und die Sach' in Richtigkeit bringen.«

»Nein, zurückgehen tun wir nicht«, sagte ich, und in meinen Augen wird Wasser zu sehen gewesen sein.

»Ja«, rief der Vater, »was wirst denn sagen, wenn du unsere liebe Frau bist und einer kommt weit her zu dir, dass er dich verehren möcht', und bringt dir eine großmächtige Lug' mit?!«

»Gar so groß wird sie wohl nicht sein«, meinte ich und sann auf Mittel, das Gewissen meines Vaters zu beruhigen. Da fiel mir was ein, und ich sagte Folgendes: »Ihr habt nur erzählt, dass ihr euer Lebtag' keine Pfeife im Mund gehabt hättet. Das kann ja wohl wahr sein. Ihr habt bloß das Rohr und von dem nur die Spitz' im Mund gehabt.«

Darauf schwieg er eine Zeit lang, und dann sagte er: »Du bist ein verdankt hinterlistiger Kampel. Aber verstehst, das Redenverdrehen lass' ich dir nicht gelten, und auf dem Kirchfahrtweg schon gar nicht. Ich hab's so gemeint, wie ich's gesagt hab', und der Bauer hat's so verstanden.«

»So müsset es halt gleich beichten, wenn wir nach Zell kommen«, riet ich – darauf ging er ein, und wir zogen und beteten weiter.

Beim Radwirt hielten wir an, mussten uns stärken. Wir hatten nun die Radsohl zu übersteigen, den Sattel der Veitschalpe, die mit ihren Wänden schon lange auf uns hergestarrt hatte. Die Wirtin schlug die Hände zusammen, als sie den kleinwinzigen Wallfahrer vor sich sah, und meinte, der Vater werde mich wohl müssen auf den Buckel fassen und über den Berg tragen, wenn ich nicht brav Wein trinke und Semmeln esse.

Hinter dem Wirtshause zeigte eine Hand schnurgerade den steilen Berg hinan: »Weg nach Maria Zell«. Aber ein paar Hundert Schritte weiter oben im Waldschachen stand ein Kruzifix mit der Inschrift: »Hundert Tag Ablass, wer das Kruzifix mit Andacht küsset, und fünfhundert Tag vollkommen Ablass, wer Gelobt sei Jesus Christus sagt.«

Auf der Stelle erwarben wir uns sechshundert Tage Ablass.

Dann gingen wir weiter, durch Wald, über Blößen und Geschläge, bald auf Fahrtwegen, bald auf Fußsteigen, und nach einer Stunde waren wir oben.

Wir setzten uns auf den weichen Rasen und blickten zurück in das weite Waldland, über die grünen Berge hin bis in die fernen blauen. Und zwischen den blauen heraus erkannte mein Vater jenen, auf welchem unser Haus stand. Dort ist die Mutter mit dem kleinen Brüderlein, dort sind sie alle, die uns nachdenken nach Zell. Wie müssen die Leute jetzt winzig sein, wenn schon der Berg so klein ist wie ein Ameisenhaufen! –

Es war die Mittagsstunde. Wir vermeinten vom Veitschtale heraus das Klingen der Glocke zu hören.

»Ja«, sagte dann mein Vater, »wenn man's betrachtet, die Leut' sind wohl recht klein gegen die große Welt. Aber schau, mein Bübel, wenn schon die Welt da so groß und schön ist, wie muss es erst im Himmel sein?«

Ich habe die Frage nicht beantwortet.

Wir erhoben uns und gingen den ebenen Weg, der hoch auf dem Berge dahinführt, und ich sah schaudernd zum schroffen Gewände der Veitsch empor, das schier drohend, als wollte es niederstürzen, auf uns herabstarrte. Endlich standen wir vor einem gemauerten Kreuze, in dessen vergitterter Nische ein lieber, guter Bekannter war. Der heilige Nikolaus, der alljährlich zu seinem Namenstage mich mit Nüssen, Äpfeln und Lebzelten beschenkte, anstatt dass ich ihm es tat. Und von diesem Kreuze sahen wir hinab auf die Zeller Seite. Doch wir sahen noch lange nicht Zell; wohl aber ein so wildes, steinernes Gebirge, wie ich es früher meiner Tage nicht gesehen hatte. Ein Gebet bei Nikolo, und wir stiegen hinab in die fremde, schauerliche Gegend.

Wir kamen durch einen finsteren Wald, der so hoch und dicht war, dass kein Gräslein wuchs zwischen seinen Stämmen. Mein Vater erzählte mir Raub- und Mordgeschichten, welche sich hier zugetragen haben sollen, und ein paar Tafeln an den Bäumen bestätigten die Erzählungen. Ich war daher recht froh, als wir in das Tal kamen, wo wieder Wiesen und Felder waren und an der Straße wieder Häuser standen.

Wir waren bald in der Wegscheibe, wo sich drei Wege teilen, der eine geht nach Veitsch und auch nach Neuberg, der andere nach Seewiesen, und den dritten weist eine Hand: »Weg nach Maria Zell«.

»Wenn du nach Zell gehst, so wirst du die größte Kirche und die kleinste Kirche sehen«, sagte mein Vater, »die größte finden wir heut' auf den Abend, zur kleinsten kommen wir jetzt. Schau, dort unter der Steinwand ist schon das rote Türmlein.«

Das Wirtshaus war freilich viel größer als die Kirche; in demselben stärkten wir uns für den noch dreistündigen Marsch, der vor uns lag.

Dann kamen wir an der gezackten Felswand vorüber, die hoch oben am Berge steht und »die Spieler« genannt wird. Drei Männlein sitzen dort oben, die einst in der Christnacht hinaufgestiegen waren, um Karten zu spielen. Zur Strafe sind sie in Sein verwandelt worden, und sie spielen heute noch.

Die Straße ist hin und hin besäet mit Wegkreuzen und Marienbildern; wir verrichteten vor jedem unsere Andacht, und dann schritten wir wieder vorwärts, wohl etwas schwerfälliger als gestern, und im Rockschoße meines Vaters schlug fort und fort das unbekannte Ding hin und her.

Neben uns rauschte ein großer Bach, der aus verschiedenen Schluchten, zwischen hohen Bergen hervorgekommen war. Die Berge waren hier gar erschrecklich hoch und hatten auch Gämsen.

»Jetzt rinnt das Wasser noch mit uns hinaus«, sagte mein Vater, »pass auf, wenn es *gegen* uns rinnt, nachher haben wir nicht mehr weit nach Zell.«

Wir kamen nach Gußwerk. Das hatte wunderprächtige Häuser, die waren schön ausgemeißelt um Türen und Fenster herum, als ob sich die Steine schnitzen ließen wie Lindenholz. – Und da waren ungeheure Schmieden, aus deren finsterem Innern viel Lärm und Feuerschein herausdrang. Wir eilten hastig vorbei, und nur bei der damals neuen Kirche kehrten wir zu. Das war wunderlich mit dieser Kirche – nur ein einzig Christusbild war drin und sonst gar nichts, nicht einmal unsere liebe Frau. Und so nahe bei Maria Zell! Die Lutherischen sollen es gerade so haben. – Wir gingen bald davon.

Und als wir hinter dem letzten Hammerwerk hinaus waren und sich die Waldschlucht engte, dass kaum Straße und Wasser nebeneinander laufen konnten – siehe, da war das Wasser so klar und still, dass man in der Tiefe die braunen Kieselsteine sah und die Forellen – und das Wasser rann gegen uns.

»Jetzt, mein Bübel, jetzt werden wir bald beim Urlaubkreuz sein«, sagte der Vater, »bei demselben siehst den zellerischen Turm.«

Wir beschleunigten unsere Schritte. Wir sahen die Kapelle, die gerade vor uns auf dem Berge stand, und die Sigmundskirche heißt. Da oben hat vor noch nicht lange ein Einsiedler gelebt, der sich nicht für würdig gehalten, bei der Mutter Gottes in Zell zu sein, und der doch ihr heiliges Haus hat sehen wollen jede Stund'. – Ein Vöglein hätte ich mögen sein, dass ich hätte hinauf fliegen können zum Kirchlein und von dort aus Zell etliche Minuten früher schauen, als von der Straße aus.

An der Wegbiegung sah ich an einem Baumstamm ein Heiligenbild.

»Ist das schon das Urlaubkreuz?«

»Das kleine«, sagte mein Vater, »das ist erst vom Urlaubkreuz das Urlaubkreuz. Schau, dort steht das große.«

Auf einem roten Pfahl ragte ein roter Kasten, der hatte ein grün angestrichenes Eisengitter, hinter welchem ein Bildnis war. Wir eilten ihm zu; ich hätte laufen mögen, aber mein Vater war ernsthaft. Als wir vor dem roten Kreuze standen, zog er seinen Hut vom Kopfe, sah aber nicht auf das Bild hin, sondern in das neu hervorgetretene Tal hinaus und sagte mit halblauter Stimme: »Gott grüß' dich, Maria!«

Ich folgte seinem Auge und sah nun durch die Talenge her und durch die Scharte einiger Bäume eine schwarz glänzende Nadel aufragen, an welcher kleine Zacken und ein goldener Knauf funkelten.

»Das ist der zellerische Turm.«

Ein klein wenig haben wir all' beide geschluckt. Dann gingen wir wieder – einen Schritt vorgetreten, und wir haben den Turm nicht mehr gesehen. Wir sollten ja bald an seinem Fuße sein …

Wir stiegen die letzte Höhe hinan und hatten nun auf einmal den großen Markt vor uns liegen, und inmitten, hoch über alles ragend und von der abendlichen Sonne beschienen, die Wallfahrtskirche.

Die Stimmung, welche zu jener Stunde in meiner Kindesseele lag, könnte ich nicht schildern. So wie mir damals muss den Auserwählten zu Mute sein, wenn sie in Zion eingehen.

Wir taten, wie alle anderen auch – auf den Knien rutschten wir zum Gnadenbilde hin, und ich wunderte mich nur darüber, dass der Mensch auf den Knien so gut gehen kann, ohne dass er es gelernt hat.

Wir besahen an demselben Abende noch die Kirche und auch die Schatzkammer. An den gold- und silberstrotzenden Schreinen hatte ich lange nicht die Freude wie an den unzähligen Opferbildern, welche draußen in den langen Gängen hingen. Da gab es Feuersbrünste, Überschwemmungen, Blitzschläge, Türkenmetzeleien, dass es ein Schreck war. Es ist kaum eine Not, ein menschliches Unglück denkbar, das in der Zellerkirche nicht zur bildlichen Darstellung gekommen wäre. Wer hat diesen Volksbildersälen eine nähere Betrachtung gewidmet?

Wir stiegen auch auf den Turm; das war unerhört weit hinauf in den finsteren Mauern, und wie oft mochte der Rockschoß meines Vaters hin und her geschlagen haben, bis wir oben waren! Und endlich standen wir in einer großen Stube, in welcher zwischen schweren Holzgerüsten riesige Glocken hingen. Ich ging zu einem Fenster und blickte hinaus – was war das für ein Ungeheuer? Eine Kuppel der Nebentürme hatte ich vor Augen. Und du heiliger Josef! Wo waren die Hausdächer? Die lagen unten auf dem Erdboden. – Dort auf dem weißen Streifen krabbelte eine Kreuzschar heran. Als der Türmer dieselbe gewahrte, hub er und noch ein Zweiter an, den Riemen einer Glocke zu ziehen. Diese kam langsam in Bewegung, der Schwenkel desgleichen, und als derselbe den Reifen berührte, da gab es einen so gewaltigen Schall, dass ich meinte, mein Kopf springe mitten auseinander. Ich verbarg mich wimmernd unter meinen Vater hinein, der war so gut und hielt mir die Ohren zu, bis die Kreuzschar einzog und das Läuten zu Ende war. Nun sah ich, wie die beiden Männer vergeblich an den Riemen zurück hielten, um die Glocke zum Stillstand zu bringen; hilfebereit sprang ich herbei, um solches auch an einem dritten niederschlängelnden Riemen zu tun – da wurde ich schier bis zu dem Gebälke emporrissen.

»Festhalten, festhalten!«, rief mir der Türmer zu. Und endlich, als die Glocke in Ruhe und ich wieder auf dem Boden war, sagte er: »Kleiner, kannst wohl von Glück sagen, dass du nicht beim Fenster hinausgeflogen bist!«

»Ja«, meinte mein Vater, »kunnt denn da in der Zellerkirchen auch ein Unglück sein?«

Abends waren wir noch spät in der Kirche; und selbst als sich die meisten Wallfahrer schon verloren hatten und es auch an dem Gnadenaltare dunkel war bis auf die drei ewigen Ampeln, wollte mein Vater nicht weichen. Gar seltsam aber war's, wie er sich endlich von seinen Knien erhob und in die Gnadenkapelle hineinschlich. Dort griff er in seine Rocktasche, langte den von mir unerforschten Gegenstand hervor, wickelte das graue Papier ab und legte ihn mit zitternder Hand auf den Altar.

Jetzt sah ich, was es war – ein Eisenzahn von unserer Egge war es. –

Und am anderen Tage gegen Abend, als wir meinten, unsere Kirchfahrt so verrichtet zu haben, dass Maria und unser Gewissen zufrieden sein konnten, gingen wir wieder davon. Beim Urlaubkreuz blickten wir noch einmal zurück auf die schwarze, funkelnde Nadel, die zwischen zwei Bäumen hervorglänzte.

»Behüt' dich Gott, Maria Zell«, sagte mein Vater, »und wenn Gottes Will', so möchten wir noch einmal kommen, ehvor wir sterben.« –

Dann gingen wir bis Wegscheid', dort hielten wir nächtliche Rast. Und am nächsten Tage überstiegen wir wieder den Berg und durchwanderten das Veitschtal. Als wir zu den Bauernhäusern der Niederaigen kamen, sprach mein Vater dort zu, wo wir auf dem Hinweg zur Nacht geschlafen hatten, und überreichte der Bäuerin ein schön bemaltes Bildchen von Maria Zell.

Als wir am Abende desselben Tages heimgekommen waren und uns zur Suppe gesetzt hatten, soll ich, den Löffel in der Hand, eingeschlafen sein.

Als ich der Müller war

Etwa ein Jahr nach dieser Wallfahrt gab's ein merkwürdig Geschichtchen daheim.

Nicht gar weit vom Hause, zwischen und unterhalb von Feldrainen und Wiesenlehnen ist eine Schlucht. Sie ist voll dichten und hohen Erlen- und Haselnussgebüsches, zwischen welchen Germen, Schierling und Sauerampfer wuchern. Unter diesen Gewächsen rieselt ein Wasser, das seinerzeit zuweilen nur von einem durstigen Krötlein aufgesucht wurde, sonst aber, so klar und frisch es war, ganz unbeachtet blieb, bis unser Nachbar, der Thoma, dem die Schlucht gehört, eine Mühle in dieselbe baute. Die Mühle stand so versteckt im Gebüsche, dass ich, wenn ich bei meiner Rinderherde auf dem Wiesenraine stand, vergebens nach derselben gespäht hätte, wenn an ihr und hoch über den Gesträuchen nicht zwei Tannen emporgeragt haben würden. Auf diesen Tannen saß gern ein Habicht und pfiff zu mir und meinen Rindern herüber, dass ich vor Grauen im Gedanken oft ein heilig Vaterunser betete. Auch vor der Mühle fürchtete ich mich; sie kam mir mit ihren ewigen Schatten und traurigem Wasserrauschen schier so schauerlich vor, wie jene im Märchen meiner Mutter, in der die schöne einschichtige Müllerstochter zwölf Räuber mit der breiten Mühlhacke geköpft hat.

Da kam aber eine Zeit, in der ich näher mit der Mühle im Schierlinggraben Bekanntschaft machen sollte.

Unsere schöne Mühle im lichten Wiesentale, in der ich meinem Vater so oft das Korn mahlen half, war in einer Nacht niedergebrannt, bis auf die zahllosen Eisennägel und die zwei Mühlsteine, die ganz dunkelrot angelaufen und dann in mehrere Stücke auseinander gefallen waren. Das Wasserrad am halb verkohlten Gründel allein war stehen geblieben, und auf dasselbe schoss der Mühlbach nieder, und das Rad lief und tanzte in hastiger Eile wie närrisch: Verrückt war es geworden ob des Unglückes. Und erst als mein Vater den Mühlbach ab in den Fluss leitete, blieb das Rad stehen und stand viele Jahre lang hoch und kohlschwarz und unbeweglich über dem Schutt.

Ich und mein Vater hatten alle Eisennägel zusammengesucht auf der Brandstätte, aber der Schmied gab uns dafür nur fünfundzwanzig Groschen; und die Mühle konnten wir nicht mehr aufbauen.

Da ging mein Vater zum Nachbar Thoma und fragte an, was er Gegendienstes leisten müsse, wenn er die Mühle im Schierlinggraben an Tagen, da sie leer stehe, benützen dürfe.

Der Thoma legte meinem Vater einen Brotlaib vor: Er möge sich abschneiden, nur ein recht groß Stück, er, der Nachbar, habe gut Korn gebaut. Ja, und von wegen der Mühle, die könne er, mein Vater, schon haben; so einen, zwei Tage die Woche stehe sie ja leer; und eines Gegendienstes wegen könne keine Rede sein; er, mein Vater, sei mit dem Feuer unglücklich gewesen; ja, und das könne jedem geschehen. Solle sich nur noch Brot abschneiden, ein rechtschaffen Stück. Gesegne Gott! Gesegne Gott!

In unserem Hause ist mein Vater selbst der Mühlesel gewesen. Und so stieg er eines Tages, den Kornsack auf der Achsel, nieder in den Schierlinggraben. Ich, ein blöder Junge, war entweder hinter meinen Rindern oder hinter meinem Vater her; mein Vater war mir stets der unfehlbarste und erste Mensch auf Erden, und alle anderen Leute liefen nur so neben mit; nur der Pfarrer und der Amtmann ausgenommen: Die standen höher; der eine hielt's ganz mit Gott, der andere mit dem Kaiser – und mit uns hielt keiner von beiden.

So wand ich mich denn hinter meinem Vater durch das Erlen- und Haselnussgebüsch der Mühle zu. Und als wir vor derselben standen, zog mein Vater einen hölzernen Schlüssel aus dem Sack, sperrte die graue, niedrige Tür auf, und wir standen jetzt in der finsteren Mühle, in welcher nur der staubige Mehlkasten und über demselben das Steingehäus und die Aufschüttmulde uns matt entgegenblickten. Wir stiegen über sechs oder acht Stufen empor zum Schüttboden; an die braune, spinnwebige Wand desselben waren mehrere Heiligenbilder geklebt; eine Art Hausaltar, an dem auch ein grünes Weihbrunngefäßchen gängelte. Mein Vater besprengte sich damit; dann leerte er seinen Kornsack in die Schüttmulde und guckte zwischen den Fugen noch ein wenig durch ein Fensterchen auf das stetig rauschende Wasserfloß hinaus und in die Radstube hinab, aus welcher erst eine rechte Finsternis hervorglotzte. Und als er sah, dass alles in Ordnung, tauchte er mit beiden Händen eine aus der Wand stehende Stange nieder. Da wurde es lebendig. Zuerst hörte ich einen einzelnen Klapper, bald einen zweiten, dritten; der Boden hub sachte an zu dröhnen, zu schütteln; das Klappern wurde schneller und schneller und kam endlich in ein gleichmäßiges Rollen und Klirren und Schrillen. Es ging die Mühle.

Von dem zitternden Schnabel der Schüttmulde rieselte das braungelbe Brünnlein des Kornes in den Steinhals, an welchem seines raschen Laufes wegen weder ein Kern noch ein Maserchen zu erkennen war.

Mein Vater unterwies mich in den Dingen, auf dass auch ich das Müllern lernte, und machte endlich die Decke des Mehlkastens auf, in dem bereits der feine, weiße Staub des Mehles flog.

Erst spät abends – als es schon so finster war, dass ein zur Tür hereinsprühendes Johanniswürmchen mich ins Herz hinein erschreckte, weil ich im Augenblicke wähnte, es sei ein Feuerfunke und es hebe auch diese Mühle zu brennen an – drückte mein Vater wieder an der Wandstange; da wurde das Klirren und Klappern langsamer, noch dröhnte und ächzte das Räderwerk träg und träger, dann stockte es und war verstummt. – Mir klang es in den Ohren, und draußen rauschte wieder das Wasser.

Mein Vater besprengte Steingehäus und Mehlkasten mit dem Weihwasser, auf dass über Nacht kein Unglück komme; dann verschloss er die Tür mit dem hölzernen Schlüssel, und wir stiegen durch das wilde Gesträuche und über die Wiesen- und Feldlehnen hinan zu unserem Hause. Als wir über die Leinwandbleiche gingen, huschte ein Weibsbild an uns vorbei und hinüber den Anger, auf welchem die Eschen und die Kirschbäume standen.

»Ich denk' gar, das ist die kohlschwarze Stina gewesen«, sagte mein Vater vor sich hin, »wie närrisch lauft denn die herum in der Nacht!«

»Der wär' es sicher nicht uneben gewesen, wenn sie unsere Bleichleinwand noch gefunden hätt' auf dem Anger«, meinte meine Mutter daheim.

»Ei, das kannst nicht wissen«, sagte mein Vater ablehnend. »Sie macht sich ihr Brot bei der Kohlenbrennerei, und Schlechtes kann man ihr doch just gerade eben nicht gar recht viel nachsagen.«

»Gutes auch nicht«, versetzte die Mutter; dann war nicht weiter mehr davon die Rede.

Wir gingen zum Abendessen. Nach diesem setzte sich meine Mutter zum Spinnrad und sang ein Lied und erzählte ein Märchen. Das Märchen von der weißen Frau, wie sie um Mitternacht durch das Ritterschloss schwebt und mit dem blutigen Dolch eine Unglücksprophezeiung an die Wand schreibt – es ließ mir die ganze Nacht keine Ruhe, und ich kroch aus Angst und Furcht vor der weißen Frau dem alten Einleger-Jobst, bei dem ich schlief, schier hinters Hemd hinein.

Am anderen Morgen, als wir aufstanden, war die

Nachricht da, mein Vater müsse eilends roboten gehen. Zwar war es schon ein Stück Weile nach dem Jahre des Heiles Achtundvierzig, aber unser guter Verwalter hielt stets noch an der ehrwürdigen Sitte, die Bauern ins Joch zu spannen, und die Bauern bogen willig ihre sonst so steifen Nacken.

Mich aber traf's an diesem Morgen wie ein Donnerschlag; »Bub'«, sagte der Vater zu mir, »so musst heut' du der Müllner sein unten im Schierlinggraben.«

Noch ging er mit mir hinab, um die Tür aufzuschließen und die Mühle anzurichten.

Ersteres wäre nicht nötig gewesen; die Tür war kaum verriegelt, und mein Vater brummte: »So ein hölzern Schloss ist just für die Katz'; der erst' best' Bettelmann taucht mit dem Stock den Riegel in Scherben.«

Dann gab mir der Vater noch Verhaltungsmaßregeln; unterwies mich, wie man mittelst der Wandstange das Wasser vom Holzfloße leite, dass es seitwärts tief in das steinige Bett hinabstürze und die Mühle stehen bleibe. Ferner bereitete er mir einen Kübel Wassers auf dem Schüttboden, »im Falle, dass was sein sollte«. Er dachte ans Feuer. Dann ging er, und ich war allein in der dunkeln, klappernden Mühle.

Mir war, als obläge mir die Sorge über eine ganze wild wirbelnde Welt. Ich schlich und spähte herum, ob überall alles in Ordnung; ich guckte in die Ausschüttmulde; es rieselte immer aus ihr, aber sie wollte nicht leerer werden. Ich hub in Gedanken an zu zählen und dachte, bis ich fünftausend gezählt hätte, würde das Korn wohl zur Rüste sein; aber ich zählte bis zehntausend, zählte bis – da war mir plötzlich, als stiege aus dem Mehlkasten Rauch empor.

Ich stürzte zur Stange, bald stand das ganze Radwerk still, und ich sah, es war nicht Rauch, es war nur Mehlstaub gewesen.

Ich richtete die Mühle wieder an und wurde nun etwas zuversichtlicher. Aber in dieser ewigen Dunkelheit des alten Baues, in diesem fortwährenden Tosen und Klirren wurde ich anderartig aufgeregt … Ich spähte nach rechts und links und gegen die dunkelsten Winkel hin. Was gängelt doch das Weihbrunngefäß in einem fort?! – schon wieder wollte ich zur Wandstange eilen – da ist plötzlich ein Gepuster und Gepolter – siehe dort! – langsam und von sich selbst hebt sich der Deckel das Mehlkastens, eine Gestalt, eine Menschengestalt richtet sich auf im Kasten – bleich ist sie bis in die Augen, bis in den Mund hinein. Jesus und Heiland! Die weiße Frau! – Meine Augen wollen vergehen vor Schreck; aber sie sehen es noch, wie die Gestalt polternd aus dem Kasten steigt und hinaushuscht zur Tür.

Ich bin sehr erschrocken; aber der Schreck war verhältnismäßig kurz gewesen. Die Hast und Eile des Gespenstes kam mir verdächtig vor; ein ordentlicher Geist weiß sonst stets Würde und Anstand zu bewahren.

Wenn das ein Mensch gewesen wäre, ein schlechter Mensch, ein Mehldieb, den wir des Morgens in der Mühle überrascht und der sich in den Kasten verkrochen? – Noch immer wirbelte der weiße Staub aus dem Mehlkasten auf. Ich guckte zum Fensterchen hinaus. Ich sah, wie die weiße Gestalt durch das Gesträuche kroch. Zuweilen, wo das Gebüsch eben recht dicht war, blieb sie ein wenig kauern und lauerte; sie meinte wohl, von der Tür aus müsse sie verfolgt werden, aber ich beobachtete sie durchs Fensterchen. Sie strich ängstlich hin und her, kroch endlich durch Erlen und hohe Germen und Sauerampfer in das steinige Bett des Baches, über welchen das Mühlfloß ging. Hier in dem tiefen Graben mochte sie sich sicher denken; mir aber kam ein verteufelter Gedanke. – Jetzt, bist du ein Geist oder nicht, dachte ich, frisch' Wasser ist eine Gottesgabe, das kann nicht schaden.

Sofort rückte ich die Wandstange, und in demselben Augenblicke kreischte ein greller Schrei draußen im Wassergraben, in welchem das ganze Mühlwasser niederschoss auf die weiße Gestalt.

Diese blieb sie aber nicht lange; kaum sie sich so weit aus den Fluten hervorgearbeitet hatte, dass ich sie wieder sehen konnte, war sie nicht mehr weiß, war fahlgrau, war braun, war die kohlschwarze Stina.

Sie hatte sich so sehr in ihre nassen Kleider und in das Gestrüppe verwickelt und verkettet, dass sie noch hübsch an Ort und Stelle war, als ich zu ihr hinauskam.

»Stina!«, sagte ich, »hast du uns wollen das Korn stehlen, oder das Mehl?«

Da wollte sie mit einem Steine nach mir werfen. Darüber erhob ich einen gewaltigen Lärm, und als auf denselben der Nachbar Thoma, der in der Schlucht Zaunstangen gehackt hatte, herbeikam, war die davonwatschelnde Stina noch zu sehen.

»Mach' dir nichts draus, dass dich mein Mühlwasser schwarz gewaschen hat«, rief er ihr nach, »in der Haftstuben wirst schon wieder trocken werden. Mein Weib freilich, die hängt die nassen Lumpen zum Trocknen an den Strick!«

Hierauf untersuchten wir den Mehlkasten; da drin war arg gewirtschaftet worden, und hätte der brave Mehlstaub die Diebin nicht noch rechtzeitig aus dem Schlupfwinkel getrieben, ich und mein Vater, wir hätten das Korn nicht für uns gemahlen.

Ich richtete die Mühle nicht mehr in den Gang; der Thoma fasste das Mehl in einen Sack und trug es hinauf in unser Haus.

Dann ging er und fing die Kohlschwarze ein.

Die Mühle im Schierlinggraben steht heute noch und ist versteckt unter den Büschen.

Das Mehl, das ich gemahlen, ist längst gebacken und gegessen; die kohlschwarze Stina längst trocken und vergessen.

Als ich zur Drachenbinderin ritt

Wenn mein Vater am Samstag beim Rasieren saß, da musste ich unter den Tisch kriechen, weil es über dem Tisch gefährlich war.

Wenn mein Vater beim Rasieren saß, wenn er seine Backen und Lippen dick und schneeweiß eingeseift hatte, dass er aussah wie der Stallbub, welcher der Kuhmagd über den Milchrahm gekommen; wenn er dann das glasglänzende Messer schliff an seinem braunledernen Hosenträger und hierauf langsam damit gegen die Backen fuhr, da hub er an, den Mund und die Wangen und die Nase und das ganze Antlitz derart zu verzerren, dass seine lieben guten Züge schier gar nicht mehr zu erkennen waren. Da zog er seine beiden Lippen tief in den Mund hinein, dass er aussah wie des Nachbars alter Veit, der keine Zähne mehr hatte; oder er dehnte den Mund nach links oder rechts in die Quere, wie die Köhler-Sani tat, wenn sie mit den Hühnern keifte; oder er drückte ein Auge zu und blies eine Wange voll, dass er war wie der Schneider Tinili, wenn ihn sein Weib gestreichelt hatte.

Die spaßhaftesten Gesichter der ganzen Nachbarschaft fielen mir ein, wenn der Vater beim Rasieren saß. Und da kam mir das Lachen.

Darauf hatte mein Vater stets liebevoll gesagt: »Gib Ruh', Bübel.« Aber kaum die Worte gesprochen waren, wuchs wieder ein so wunderliches Gesicht, dass ich erst recht herausplatzte. Er guckte in den kleinen Spiegel, und schon meinte ich, sein schiefes Antlitz werde in ein Lächeln auseinander fließen. Da rief er plötzlich: »Wenn du keine Ruh' gibst, Bub, so hau ich dir den Seifenpinsel hinüber!«

Kroch ich dann unter den Tisch, und das Kichern schüttelte mich heimlich zum Zerplatzen. Der Vater aber konnte sich ruhig rasieren und war nicht mehr in Gefahr, über seine und meine Grimassen selbst in ein unzeitiges Lachen auszubrechen.

So auch war's einmal an einem Winterabend, dass der Vater beim Seifenschüsselchen saß und ich unter dem Tisch, als sich draußen in der Vorlauben jemand den Schnee von den Schuhen stampfte. Gleich darauf ging die Tür auf, und ein großer Mann trat herein, dessen dichter roter Schnurrbart Eiszapfen trug, wie draußen unser Bretterdach. Er setzte sich gleich nieder auf eine Bank, zog eine bauchige Tabakspfeife aus dem Lodenmantel, fasste sie mit den Vorderzähnen, und während er Feuer schlug, sagte er: »Tust dich balbieren, Waldbauer?«

»Ja, ich tu' mich ein wenig balbieren«, antwortete mein Vater und kratzte mit dem Schermesser und schnitt ein wahrhaft gottverlassenes Gesicht.

»Na, ist recht«, sagte der fremde Mann.

Und später, als er schon von Wolken umhüllt war und die Eiszapfen bereits niedertröpfelten von seinem Barte, tat er folgende Rede: »Ich weiß nicht, Waldbauer, wirst mich kennen oder nicht? Ich bin vor fünf Jahren einmal an deinem Hause vorbeigegangen und hab' beim Brunnen einen Trunk Wasser genommen. Ich bin von der Stanz, bin der Drachenbinderin ihr Knecht. Ich bin da um deinen Buben.«

Mir unter dem Tisch schoss es bei diesen Worten hieß bis in die Zehen hinaus. Mein Vater hatte zur Zeit nur einen Buben, und der war ich. Ich duckte mich in den finstersten Winkel hinein.

»Um meinen Buben bist da?«, entgegnete mein Vater, »den magst wohl haben, den werden wir leicht entraten; halt ja, er ist gar so viel schlimm.«

Bauersleute reden gern so herum, um ihre vorwitzigen Kinder zu necken und einzuschüchtern. Allein der Fremde sagte: »Nicht so, Bauer, gescheiter Weis'! Die Drachenbinderin will was aufschreiben lassen, ein Testament oder so was, und sie weiß weit und breit keinen zu kriegen, der das Schreiben tät verstehen. Jetzt, da hat sie gehört, der Waldbauer im Vorderalpel hätt' so ein ausbündig Bübel, dem solch' Ding im kleinen Finger stecken tät; und so schickt sie mich her und lässt dich bitten, Bauer, du sollst die Freundschaft haben und ihr deinen Buben auf einen Tag hinüberleihen; sie wollt' ihn schon wieder fleißig zurückschicken und ihm was geben zum Lohn.«

Wie ich das gehört hatte, klopfte ich mit den Schuhspitzen schon ein wenig an den Tischschragen – das täte mir gleich nicht übel gefallen.

»Geh«, sagte mein Vater, da er auf einem Backen bereits glatt gekratzt war, »wie könnt' denn mein kleiner Bub' jetzt im tiefen Winter in die Stanz gehen, ist ja völlig vier Stunden hinüber!«

»Freilich wohl«, versetzte der große Mann, »deswegen bin ich da. Er steigt mir den Buckel hinauf, tut die Füß' auseinander, legt sie mir zu beiden Seiten an den Rippen nach vorn, wo ich sie anfass', und mit der Händen halst er mich wie eine Liebste, dass er nicht mag rückwärts hinabfallen.«

»Versteh's schon«, drauf mein Vater, »ist nicht nötig, dass du mir das Buckelkraxentragen so auslegst.«

»Nu, und nachher wird's wohl gehen, Waldbauer, und wenn der Sonntagabend kommt, trag' ich dir ihn wieder ins Haus.«

»Je nun, dasselb' weiß ich wohl, dass du mir ihn wieder redlich zurückstellst«, sagte mein Vater, »und wenn die Drachenbinderin was will schreiben lasssen und wenn du der Drachenbinderin ihr Knecht bist und wenn mein Bübel mit dir will – meinetwegen hat's keinen Anstand.«

Diese letzten Worte hatte er bereits mit glattem, verjüngtem Gesichte gesprochen. Eine kleine Weile nachher stak ich in meinem Sonntagsgewand; glückselig über die Bedeutung, die ich so plötzlich erlangt hatte, ging ich in der Stube auf und ab.

»Du ewiger Jud', du«, sagte mein Vater, »hast mehr kein Sitzfleisch?«

Aber mir ließ es keine Ruhe mehr. Am liebsten hätte ich mich sogleich auf das breite Genick des großen Mannes niedergelassen und wäre davongeritten. Da kam erst die Mutter mit dem Sterz und sagte: »Esset ihn, ihr zwei, ehe ihr fortgeht!«

Umsonst hatte sie es nicht gesagt; ich habe unseren breitesten hölzernen Löffel nie noch so hochgeschichtet gesehen als zur selbigen Stunde, da ihn der fremde große Mann von dem Sterztrog unter seinen Schnurrbart führte. Ich aber ging in der Stube auf und ab und dachte, wie ich nun der Drachenbinderin ihr Schreiber sein werde.

Als hierauf die Sache insoweit geschlichtet war, dass die Mutter den Sterztrog über den Herd stülpen konnte, ohne dass auch nur ein Brosamchen herausfiel, da hüpfte ich auf das Genick des Mannes, hielt mich am Barte fest und ritt denn in Gottes Namen davon.

Schon ging die Sonne unter; in den Tälern lagen bläuliche Schatten, die fernen Schneehöhen der Almen hatten einen mattroten Schein.

Als mein Gaul über die kahlen Weiden aufwärts trabte, da trug ihn der Schnee, aber als er in die Gegend des jungen Lärchenwuchses und des Fichtenwaldes kam, da wurde die Bodenkruste trügerisch und brach ein. Jedoch darauf war er vorgesehen. Als wir zu einem alten, hohlen Lärchenbaum kamen, der sein wildes Geäste recht keck in die Luft hinaus reckte, hielt er an, langte mit einer Hand in die schwarze Höhlung und zog ein Paar aus Weiden geflochtene Fußscheiben hervor, die er an die Schuhsohlen band. Mit diesen breiten Sohlen begann er die Wanderung von neuem; es ging langsam, denn er musste die Füße sehr weit auseinander biegen, dass er die Scheiben vermitteln konnte, aber mit solchen Entenfüßen brach er nicht mehr durch.

Auf einmal, es war schon recht finster, und die Sterne leuchteten klar, hub mein Gaul an, mir die Schuhe loszulösen, zog sie zuletzt gar von den Füßen und tat sie in seine aufgebundene Schürze. Dann sagte er: »Jetzt, Bübel, steck' deine Pfötelein da in meine Hosentaschen, dass die Zehen nicht herabfrieren.« Meine vorgereckten Hände nahm er in die seinen und hauchte sie mit dem warmem Atem an – was anstatt der Handschuhe war.

An meinen Wangen kratzte die Kälte, der Schnee winselte unter den Scheiben – so ritt ich einsam fort durch den Wald und über die Höhen. Ich ritt über den ganzen langen Grat des Hochbürstling, wo ich nicht einmal zur Sommerszeit noch gewesen war! Ich presste zuweilen, wenn es schon ganz langsam ging, meine Knie in die Weichen, und mein Gaul ertrug es willig und ging wie er konnte, und er wusste den Weg. Ich ritt an einem Pfahle vorbei, auf welchem Winter und Sommer der heilige Viehpatron Erhardi stand. Ich kannte den heiligen Erhardi von daheim; ich und er hatten zusammen die Aufsicht über meines Vaters Herden; er war immer viel angesehener als ich, ging ein Rind zu Grunde, so hatte ich, der Halterbub, die Schuld; gediehen die anderen recht, so hatte er das Lob. – Es tat mir wohl, dass er sah, wie ich es zum Rittersmann gebracht, während er die ewige Weil wie angenagelt auf dem Pfahle stand.

Endlich wendete sich der Lauf, ich ritt abwärts über Stock und Stein, einem Lichtlein zu, das unten in der Schlucht flimmerte. Und als so alle Bäume und Gegenden an mir vorübergegangen waren und ich vor mir den dunkeln Klumpen mit der kleinen Tafel des Lichtscheines hatte, stand mein guter Christof still und sagte: »Du liebes Waldbauernbübel! Da du mir fremdem Menschen so unbesonnen gefolgt bist – wohl könnte es sein, dass ich schon jahrelang einen Groll hätt' gegen deinen Vater, und dass ich dich jetzt in eine Räuberhöhle führte.«

Horchte ich einen Augenblick so hin.

Weil er zu seinen Worten nichts mehr beisetzte, so sagte ich in demselben Tone: »Da mein Vater mich der Drachenbinderin ihrem Knechte so anvertraut hat, und da ich so unbesonnen gefolgt bin, so wird der Drachenbinderin ihr Knecht keinen Groll haben können und mich nicht in eine Räuberhöhle führen.«

Der Mann hat nach diesen meinen Worten in seinen Bart gepustert. Bald darauf hub er mich auf einen Strunk und sagte: »Jetzt sind wir bei der Drachenbinderin ihrem Hause.« Er machte an dem dunkeln Klumpen eine Tür auf und ging hinein.

In der kleinen Stube war ein Herd, auf dem ein Häufchen Glut lag, ein Kienspan, der brannte, und ein Strohlager, auf dem ein Kind schlief. Daneben stand ein Weib, das schon sehr alt und gebückt war und das im Gesicht schier so blass und faltenreich aussah wie das große Nachtkleid, in das es gehüllt stand.

Dieses Weib stieß, als wir eintraten, einige jauchzende Töne aus, hub dann heftig zu lachen an und verbarg sich hinter dem Herde.

»Das ist die Drachenbinderin«, sagte mein Begleiter, »sie wird gleich zu dir reden, setze dich dieweilen auf den Schemel da neben dem Bett und tu' deine Schuh' wieder an.«

Ich tat es, und er setzte sich daneben auf einen Holzblock.

Als das Weib still geworden war, trippelte es am Herde herum, und bald brachte es uns in einer Tonschüssel eine graue, dampfende Mehlsuppe und zwei beinerne Löffel dazu. Mein Mann aß würdevoll und beharrlich, mir wollte es nicht recht munden. Zuletzt stand der Knecht auf und sagte leise zu mir: »Schlaf wohl, du Waldbauernbub'!«, und ging davon.

Und als ich in der schwülen Stube allein war mit dem schlummernden Kinde und dem alten Weibe, da hub es mir schon an, recht unheimlich zu werden. Doch, nun trat die Drachenbinderin heran, legte ihre leichte, hagere Hand an meine Wange und sagte: »Dank' dir Gott unser lieber Herr, dass du zu mir gekommen bist! – Es währet kein halbes Jährlein noch, seit mir meine Tochter ist gestorben. Das da« – sie deutete auf das Kind – »ist mein junger Zweig, ist ein gar lieber Wurm, wird mein Erbe sein. Und jetzt hör' ich schon wieder den Tod anklopfen an meiner Tür; ich bin alt schon an die achtzig Jahr. Mein Lebelang hab' ich gespart – mein Sargbett will ich mir wohl erbetteln von guter Leute Herzen. Mein Mann ist früh gestorben und hat mir das Drachenbinderhäusel, wie es genannt wird, zurückgelassen. Meine Krankheiten haben mir das Häusel wieder gekostet – sind's aber nicht wert gewesen. Was ich hinterlass', ist meinem Enkelkind zu Eigen. In sein Herz geht's heut noch nicht hinein, und in die Hand geben kann ich's keinem Menschen. So will ich's schreiben lassen, dass es bewahrt ist. Durch den Schulmeister in der Stanz will ich's nicht tun, und der Doktor kann's ohne Stempelgeld nicht machen. So haben die Leut' vom Waldbauernbuben erzählt, der wär' so hoch gelehrt, dass er auch ohne Stempel einen letzten Willen wüsst' zu schreiben. Und so hab' ich dich von weiten Wegen bringen lassen. Morgen tu mir die Lieb', und heute geh' zur friedsamen Ruh'.«

Sie geleitete mich mit dem brennenden Span in eine Nebenkammer; die war nur aus Brettern geschlagen. Ein Lager von Heu und eine Decke aus dem dicken Sonntagskleide des Weibes war da, und in einem Winkel stand ein kleiner brauner Kasten mit zwei Türmchen, in welchen Glöcklein schrillten, sooft wir auf den wankenden Fußboden traten. Die Drachenbinderin steckte den Span in ein Turmfenster, segnete mich mit einem Daumenkreuze, und bald darauf war ich allein in der Kammer.

Es war kalt, ich fröstelte vor dem Winter und vor dem Weibe, das meine Gastfrau war; aber noch ehe ich mich ins Nest verkroch, machte ich mit Neugierde die Tür des Kirchleins auf. Eine Maus huschte heraus, die hatte eben an dem goldpapierenen Altare und der pappenen Hand des heiligen Josef ihr Nachtmahl gehalten. Es waren Heilige und Englein da und bunte Fähnlein und Kränzlein – ein lieblich Spiel. Ich meinte, das sei gewiss der alten Drachenbinderin ihre Pfarrkirche, weil das Weiblein doch schon viel zu mühselig, um nach

Stanz zum Gottesdienst zu wandern. Ich betete vor dem Kirchlein mein Abendgebet, worin ich den lieben Herrgott bat, mich in dieser Nacht recht zu beschützen; dann löschte ich den Span aus, dass er nicht zu den Turmfenstern hineinbrennen konnte, und legte mich hernach in des lieben Gottes Namen auf das Heu. – Mir kam es vor, als wäre ich losgerissen von mir selber und ein gelehrter Schreiber in einem fernen kalten Hause, während der wahrhaftige Waldbauernbub gewiss daheim in dem warmen Nestlein schlummerte. Als ich endlich im Einschlafen war, hörte ich drinnen in der Stube wieder das kurz ausgestoßene Jauchzen und bald darauf das heftige Lachen.

Was ergötzt sie denn so sehr, und wen lacht sie aus? – Ich fürchtete mich und sann auf Flucht.

Ein Wandbrett wäre doch leicht ausgehoben – aber der Schnee!

Erst gegen Morgen schlief ich ein und träumte und träumte von einer roten Maus, die allen Heiligen der Kirche die rechte Hand abgebissen habe. Und zum Turmfenster sah mein Vater mit den eingeseiften schiefen Backen heraus, und er hielt einen brennenden Span im Mund; ich schluchzte und kicherte zugleich und hatte heiße Angst.

Als ich endlich erwachte, kam's mir vor, ich wäre in einem Käfig mit silbernen Spangen, so strahlte das weiße Tageslicht durch die aufrechten Bretterfugen. Und als ich hinausging vor die Tür des Hauses, da staunte ich, wie eng die Schlucht und wie fremd und hoch und winterlich die Berge waren.

Im Hause schrie das Kind und jauchzte wieder die Drachenbinderin.

Bei der Frühsuppe war auch mein Gaul wieder da; aber er sagte schier kein Wort, er sah nur auf sein Essen, und als dieses gar war, stand er auf, setzte seine großmächtigen Hut auf und ging gegen Stanz hinaus zur Kirche.

Als das Weib das Kind beruhigt, die Hühner gefüttert und andere Dinge des Hauses getan hatte, schob es den Holzriegel vor die äußere Tür, ging in die Kammer und hub mit den kleinen Glocken des Kirchleins zu läuten an.

Dann entzündete sie zwei Kerzen, die am Altare standen, und dann tat sie ein Gebet, wie ich meiner Tage kein ergreifenderes gehört habe.

Sie kniete vor dem Kirchlein, streckte die Hände aus und murmelte:

»Von wegen der Marterwunden deiner rechten Hand, du kreuzsterbender Heiland, tu' meine verstorbenen Eltern erretten, wenn sie noch in der Pein sind. Schon der Jahre ein halbes Hundert sind sie in der Erden, und heut noch hör' ich meinen Vater rufen um Hilf' mitten in der Nacht. – Von wegen der Marterwunden deiner linken Hand lass' dir empfohlen sein meiner Tochter Seel'. Sie hat kaum mögen die Welt anschauen, und wie sie dem lieben Gatten das Kindlein in die Hand will legen, da kommt der bittere Tod und tut sie uns begraben. – Von wegen der Marterwunden deines rechten Fußes will ich dich bitten wohl im Herzen für meinen Mann und für meine Blutsfreund' und Guttäter und dass du den Waldbauernbuben nicht wolltest vergessen. – Von wegen der Marterwunden deines linken Fußes, du kreuzsterbender Heiland, sei auch eingedenk in Lieb' und Gnaden all' meiner Feinde, die mich mit Händen haben geschlagen und mit Füßen haben getreten. Dich haben verblendete Menschen gekreuzigt bis zum Tode, und hast ihnen auch wohl vergeben. – Von wegen der Marterwunden deines heiligen Herzens sei zu tausend und tausend Mal angerufen: Du gekreuzigter Gott, schließe mein Enkelkind in dein göttliches Herz. Sein Vater ist bei den Soldaten in weitem Feld, ich hab' leicht kein langes Verbleiben, du musst dem Kind ein Vormund sein, ich bitte dich …!«

So hatte sie gebetet. Die roten Kerzen brannten so fromm. – Ich hab' gemeint zur selben Stund': Wenn ich der lieb' Herrgott wäre, ich stiege herab vom Himmel und tät das Kind nehmen in meine Händ' und tät' sagen: Auf dass du's siehst, Drachenbinderin, ich halt's an meinem Herzen warm und will sein Vormund sein! – Ich wollt' ihm wachsen lassen weiße Flügel, dass es könnt' fliegen in das schönste Land.

Aber ich bin der lieb' Herrgott nicht gewesen.

Nach einer Weile sagte das Weib: »Jetzt heben wir zu schreiben an.« – Aber wie wir wollten zu schreiben anheben, da war keine Tinte, keine Feder und kein Papier. All miteinander hatten wir darauf vergessen.

Die Alte stützte ihren Kopf auf die flache Hand und murmelte: »Das ist schon ein Elend!«

Ich hatte einmal das Geschichtchen gehört von

jenem Doktor, der in Ermangelung der Dinge sein Rezept an die Stubentür geschrieben. – 's war hier der Nachahmung wert; fand sich aber keine Kreide im Haus. Ich wusste mir keinen Rat, und ich schämte mich unsagbar, dass ich ein Schreiber ohne Feder war.

»Waldbauernbub«, sagte das Weib plötzlich, »leicht hast du's auch mit Kohlen gelernt?«

Ja, ja, mit Kohlen, wie sie auf dem Herde lagen, das war ein Mittel.

»Und das ist in Gottes Namen mein Papierblatt«, versetzte sie und hob die Decke eines alten Schrankes empor, der hinter dem Ofen stand. In dem Schranke waren Lodenschnitzel, ein Stück Linnen und ein rostiger Spaten. Als die Drachenbinderin bemerkte, dass ich auf den Spaten blicke, wurde sie völlig verlegen, deckte ihr altes Gesicht mit der braunen Schürze und murmelte: »'s ist doch eine Schande!«

Mir fuhr's ins Herz; ich hielt das für einen Vorwurf, dass ich kein Schreibzeug bei mir habe.

»Wirst mich rechtschaffen auslachen, Waldbauernbub!«, lispelte die Alte, »aber tu' ja nichts Schlechtes von mir denken; ich kann halt nicht mehr, ich *kann* nicht mehr, ich bin schon gar so viel ein mühseliger Mensch.«

Jetzt verstand ich vielleicht, das arme Weib schämte sich, dass es den Spaten nicht mehr handhaben konnte und dass dieser also rostig geworden.

Ich suchte mir am Herd ein mildes Stück Kohle – die Kiefer ist so gut und leiht mir die Feder, dass ich das Testament, oder was es sein wird, der alten Drachenbinderin vermag aufzuschreiben.

Als also der graufarbige Schrank offen stand und ich bereit war, auf die Worte des Weibes zu hören und sie zu verzeichnen, dass sie nach vielen Jahren dem Enkel eine Botschaft seien – da tat die Alte neben mir plötzlich ein helles Aufjauchzen. Eilig wendete sie sich seitab, jauchzte zwei oder drei Mal und brach zuletzt in ein heiseres Lachen aus.

Ich zerrieb in der Angst die Kohle zwischen meinen Fingern und schielte nach der Tür.

Als das Weib eine Weile gelacht hatte, war es still, tat einen tiefen Atemzug, trocknete sich den Schweiß, wendete sich zu mir und sagte: »So schreib. Hoch werden wir nicht zählen, fang' aber doch an in der oberen Eck'.«

Ich legte die Hand auf die oberste Ecke des Deckbrettes.

Hierauf sprach das Weib folgende Worte: »Eins und eins ist Gott allein. – Das, du Kind meines Kindes, ist dein Eigen.«

Ich schrieb die Worte auf das Holz.

»Zwei und zwei«, fuhr sie fort, »zwei und zwei ist Mann und Weib. Drei und drei das Kind dabei. Vier und fünf bis acht und neun, weil die Sorgen zahllos sein. – Bet', als wenn du keine Hand; arbeit', als wenn dir kein Gott bekannt. Trage Holz und denk' dabei: Kochen wird mir Gott den Brei.« –

Als ich diese Worte geschrieben hatte, senkte die Drachenbinderin den Deckel auf den Schrank, versperrte ihn sorgsam und sagte zu mir: »Jetzt hast du mir eine große Guttat erwiesen, jetzt ist mir ein schwermächtiger Stein vom Herzen Diese Truhe da ist das Vermächtnis für mein Enkelkind. – Und jetzt kannst du sagen, was ich dir geben soll für deinen Dienst.«

Ich schüttelte den Kopf, wollte nichts verlangen, gar nichts.

»So gut schreiben lernen und so weit herreisen und eine ganze Nacht harte Kälte leiden und zuletzt nichts dafür nehmen wollen, das wär' sauber!«, rief sie, »Waldbauernbub, das kunnt ich nicht angehen lassen.«

Ich blinzelte durch die offene Tür ein wenig in die Kammer hinein, wo das Kirchlein stand. Das wäre eine prächtige Heiligkeit für mein Bettlein daheim. – Da roch sie's gleich. »Mein Hausaltar liegt dir im Sinn«, sagte sie, »Gottes wegen, so magst du ihn haben. Man kann's nicht einsperren in die Truhe, das liebe Kirchel, und die Leut' täten mir's doch nur verschleppen, wenn ich nicht mehr bin. Bei dir ist's in Ehren und du denkst wohl an die alte Drachenbinderin zur heiligen Stund', wenn du betest.«

Das ganze Kirchlein hat sie mir geschenkt. Und das war jetzt die größte Seligkeit meiner ganzen Kindschaft.

Gleich wollte ich es auf die Achsel nehmen und forttragen über die Alpe zu meinem Hause. Aber das Weib sagte: »Du lieber Närrisch, das kunnt wohl auf alle Mittel und Weis nicht sein. Kommt erst der Knecht heim, der wird einen Rat schon wissen.«

Und als der Knecht heimgekommen war und mit uns das Mittagsbrot gegessen hatte, da wusste er einen Rat. Er band mir das Kirchlein mit einem Strick auf den Rücken, dann ließ er sich nieder vor dem Holzblock und sagte: »Jetzt, Bübel', reit' wieder auf!«

Saß ich denn das zweite Mal auf seinem Nacken, steckte die Füße in seine Hosentaschen und umschlang mit den Händen seinen Hals. Die Alte hielt mir das erwachende Kind noch vor, dass es mir das Händchen hinhalte, sagte noch Worte des Dankes, schoss hinter den Ofen und jauchzte.

Ich aber ritt davon, und an meinem Rücken klöpfelten die Heiligen in der Kirche, und in den Türmen schrillten bei jeder Bewegung die Glöcklein.

Als der Mann mit mir emporgestiegen war bis zu den Höhen des Bürstling und sich dort wieder die Schneescheiben festband, da fragte ich ihn, warum denn die Drachenbinderin allfort so jauchze und lache?

»Das ist kein Jauchzen und Lachen, liebes Waldbauernbüblein«, antwortete mir der Mann, »die Drachenbinderin hat eine böse Krankheit zu tragen. Sie hat jahrelang so ein Schlucksen gehabt, wie eins es bei Erkältungen oder sonst wie bekommen kann: sie hat nicht darauf geachtet, hat die Sach' übergehen lassen, und so ist nach und nach, wie der Bader sagt, das Krampfschreien daraus geworden. Jetzt ballt sich ihr Eingeweide zusammen, und wenn sie in der Erregung ist, so hat sie die starken Anfälle. Sie kann schier keine Speisen mehr vertragen und sieht den Tod vor Augen.«

Ich entgegnete kein Wort, blickte auf die schneeweißen Höhen, auf den dämmerigen Wald und sah, wie wir an dem reinen Sonntagsnachmittag sachte abwärts stiegen gegen mein Heimathaus. Ich dachte, wie man die Kirche, die ich zum Vermächtnis bekommen, nun aufstellen könne in der Stube und darin Gottesdienst halten, und dass jetzt Vater und Mutter den weiten Weg nach dem Pfarrdorfe nicht mehr zu machen brauchten.

Mein guter Gaul trabte geduldig dahin, und allweg klingelten mir die Metallglöckchen in den Türmen. – Was läuten sie? …

Die alte Drachenbinderin ist gestorben.

Als ich im Walde beim Käthele war

Seit Menschengedenken standen in unseren Wäldern die Lärchbäume nicht so hoch im Preise, als zur Zeit des Eisenbahnbaues durch das Tal. Mein Vater verkaufte an die dreißig Stämme um schöne Banknoten. Aber er gab die schönen Banknoten bald wieder weg, zuweilen gar eher, als er sie hatte. Er nahm beim Krämer Mehl und Salz und sagte: »Sobald ich Geld vom Holzhändler krieg', kriegt' ihr's von mir.« Zuletzt sagte er dasselbe sogar den Steuerbeamten.

Aber unser Holzhändler, ein sehr alter Mann, der im Walde sein Haus hatte und um den, außer den Fichten und Tannen, noch ein Wald von Kindern und Enkeln herangewachsen war, hatte dem Vater den größten Teil des Lärchengeldes zwar gezahlt, aber mit dem Rest war er ausgeblieben. Wohl ein halb Dutzend mal ging mein Vater die vier Stunden durch die Wälder zum Alten und bat: »Herr Zaunreuter, seid doch ja so gut und reichet mir heut' das letzt' Zipfel von dem Lärchengeld, meine Kinder brauchen was zu essen.«

Die meinen halt auch, mochte sich der Alte gedacht haben, aber er sagte: »Ich seh's wohl ein, der Waldbauer tät' auch sein' Sach' gern haben, aber wenn mir der Waldbauer alle Säck' umkehren will, so wird er heut' keinen Knopf darin finden. Ich krieg' erst morgen das Geld von der Eisenbahn, nachher will ich dem Waldbauer das Restl schon mit Fleiß und Dank zustellen.«

Meines Vaters Herz war kein Stein, und er dachte: Es klemmt ihn halt, und einen Tag muss ein Christenmensch schon noch warten. Aber es verging ein Tag und es vergingen mehrere, und es vergingen viele Tage, und der gute Zaunreuter kam nicht mit dem Gelde. Da ließ mich – ich war damals so ein Schlingel von elf Jahren – mein Vater einmal von der Kuhweide in sein Stübchen rufen und sagte: »Bübel, leg' jetzt dein besseres Jöpplein an, geh' hinüber in das Weißbrunntal zum alten Zaunreuter und sag' ihm, du bliebest so lang' in seinem Haus und tätest essen an seinem Tisch und tätest schlafen unter seinem Dach, bis er dir tät' das Geld geben. Sei aber schön ordentlich und tu' danken nach jedem Essen, und wenn er dir eine Arbeit schafft und du kannst sie verrichten, so tu's mit Schick und Fleiße, und wenn du das Geld hast bekommen, so steig nur fein geschwind wieder heim.«

Hierauf legte ich mein besseres Jöpplein an, ging hinüber durch die dichten Wälder in das Weißbrunntal zum alten Zaunreuter. Dieser saß vor seinem Häuschen unter einer dicht beästeten Fichte und hielt das Pfeiflein in der Hand und nickte mit dem Kopfe auf und nieder, wie die Zweige oben im Winde. Ich blieb von fern stehen und sah ihm zu; der Mann war doch gar alt. In seiner Kindheit waren hier die Urwälder ausgerodet worden; in seinen Jünglingsjahren hatten sich kleine Bauernwirtschaften angesiedelt; in seinem Mannesalter waren durch kalte, unfruchtbare Jahre die Bauernwirtschaften zu Grunde gegangen, und nun in seinen Greisentagen ließen sie das Weißbrunntal wieder anwachsen.

Ich trat endlich zum Alten hin und sagte: »Mein Vater hat mich geschickt, und jetzt bleib' ich in eurem Hause so lang', und ich geh' nicht eher fort, bis ihr mir das Geld gebt.«

»So geh' hinein in das Haus, Kleiner, und setz' dich auf die Bank, oder geh' hinauf an die Lehne und hilf meiner Enkelin Ziegen hüten.« Er blieb sitzen, nickte mit dem Kopfe und hielt das Pfeiflein in der Hand.

Ich ging in das Haus und saß eine Zeit auf der Bank in der Stube; als mir endlich aber doch die Zeit lang wurde, kletterte ich die Lehne hinan zur Ziegenhüterin. Ein Mädchen mit roten Wangen und lichtblonden Haaren, wohl um einige Jahre älter als ich, saß da oben, es flocht sich mit seinen behändigen Fingern, mit Beistand der weißen Zähne, die Haare. Da es mich sah, sprang es auf und floh ins Dickicht.

Als der Abend kam, füllte sich das kleine Haus im Anwuchs mit Menschen; es waren Weiber und Kinder gekommen und zwei junge, lustige Holzhauer und ein übermütiger Almhirt, der allweg pfiff, gern auf einem einzigen Fuße stand, tänzelte und die Weiber neckte. Es kam ein Wurzner und eine Ameiseiergräberin, und sie erzählten, wo sie an diesem Tage waren und was sie für Beute gemacht hatten. Alle diese Menschen, zum Teil schon betagt, zum Teil noch jung und klein, waren Nachkommen des alten Zaunreuter.

Als sie sich alle um den Tisch zur Abendsuppe setzten, stand ich an der Tür und kaute an einem Finger. Ich empfand doch, dass ich hier nicht daheim, und getraute mich nicht zum Tisch. Da sagte der Alte: »Waldbauernbub, setze dich neben das Käthele und iss mit uns eine Suppe!« Nach diesen Worten errötete das Mädchen, das ich früher oben als Ziegenhüterin gesehen hatte, dann rückte es ein wenig zur Seite. So setzte ich mich daneben hin und aß; aber mir wollte es nicht recht schmecken, ich schämte mich, dass ich den Leuten wegen so ein paar Gulden an der Schüssel lag.

Nach dem Nachtmahle nahm mich der Almhalter mit in sein Bett; es stand nicht im Hause und nicht im Freien, sondern hinter einer Felsnische unter drei dichten Tannen. Der Halter zog sich aus bis auf das Hemd und pfiff und tänzelte immer noch dabei und kitzelte mich in das Bett und unter die Decke hinein, dass ich laut schrie und kicherte. So war ich mit ihm gleich bekannt, und so kauerten wir uns recht aneinander, und er erzählte mir von seinen Kühen und Kälbern, und dabei zog er die Decke immer mehr über unsere Köpfe herauf, und sein mächtiger Atemstrom ergoss sich so sehr auf mein Gesicht, dass ich schier ersticken wollte.

Als ich am anderen Morgen aufwachte, flunkerte die Sonne durch das Geäste, und der Halter war schon längst davon. Ich stand auf und dachte, heute wird mit der Zaunreuter das Geld wohl geben.

Es wurde die Morgensuppe vorgesetzt; das Käthele schnitt mir Brot hinein, und dabei flüsterte es mir zu, ob ich heute nicht mit ihm wolle mitgehen in die Geißhalde? Ich ging mit und das Mädchen machte mich bekannt mit den Ziegen und mit seinen Spielplätzen. Das Käthele hatte unter einem Felsvorsprung eine Sennerei; aus Baumrinden hatte es einen Stall aufgezimmert, unter diesem stand eine Reihe dürrer Fichtenzapfen, das waren die Kühe. Das Mädchen lehrte mir von diesen Kühen die Namen und schob sie auf die Weide und wieder in den Stall. Auf einmal aber, als es merkte, dass ich mich nicht recht in diese Wirtschaft hineinfinden konnte, wendete es sich ab, hielt die Schürze vor das Gesicht und schämte sich. Als ich ein wenig später wieder an die Stelle kam, waren die Fichtenzapfen über den Hang, geschleudert und der Stall zerstört.

Es verging der Tag, der Alte war nicht zu Hause, ich bekam das Geld nicht und blieb. Das Käthele zerrte mich überall mit, und als gegen Abend ein kalter Wind strich, schlug es sein Lodenjäckchen um meinen Kopf und wickelte meine Hände in seine Schürze, dass ich nicht sollte frieren können. Am Abend nahm es mich mit in den Stall und zeigte mir, wie es die Ziegen melke, und als wir in der Milchkammer standen, strich es mir mit dem Finger Rahm in den Mund.

Am dritten Tage war ich schon um ein Bedeutendes zutraulicher; da pflückte ich dem Käthele Erdbeeren und schenke ihm ein Sträußchen rot blühenden Klees. »Die Erdbeeren mag ich schon«, sagte sie, »aber den Klee steck' nur der Geiß zu, ich weiß damit nichts anzufangen.«

»Es wär' aber Honig drin, Käthele«, sagte ich.

»Ja, weil ihn die Bienen nicht heraussaugen dürfen«, versetzte das Mädchen, »weißt du, was der heilige Petrus gesagt hat? Ja, der hat zu den Bienen gesagt: Was wollt' ihr lieber, den Sonntag feiern oder den roten Klee meiden? Haben die Bienen zur Antwort gegeben: den roten Klee meiden. Deswegen dürfen sie beileib nichts zu schaffen haben mit dem roten Klee, und der Honig davon kommt in die Geißmilch.« –

Der Alte ging aus und kam heim, aber nie sagte er etwas von dem Gelde. Ich blieb im Hause, wurde zu Tische geheißen, schlief beim Halter und konnte die übrige Zeit machen, was ich wollte. Ich ging immer mit dem Käthele, und das führte mich im Walde umher, in jede Schlucht und auf jeden Felsblock, und wusste allweg zu plaudern und erzählte mir sogar einmal im Vertrauen, zuweilen, wenn es so ganz still sei und nur die Hummel brumme oder ein Lüftchen wispere, da gehe Gott durch den Wald. Er sei größer, wie der allergrößte Baum, aber er kümmere sich um jedes Rehlein, und wenn wo eine Ameise krieche, der sie einen Fuß abgetreten, so helfe er ihr weiter, und wenn wo ein Blümlein stünde, das nicht aufwachsen kann, weil ihm ein Steinchen anliegt, so neige sich der liebe Gott auf die Erde und tue dem Blümlein den Stein vom Herzen.

Wenn das Käthele ähnliche Dinge redete, so sah ich es nur so an, und da war ein Glanz in seinen großen dunklen Auge, wie in der Kirche zur heiligen Christnacht.

Einmal führte sie mich auf einen Steinbühel, um welchen Rotkiefern und Wacholder wuchsen, legte ihre beiden Hände auf meine Schultern und sagte: »Das freut mich, Waldbauernbub, dass du in unser Haus und zu mir in den Wald gekommen bist.« Nach diesen Worten geleitete sie mich von dem Steinbühel wieder herab. Weshalb ich aber da war, das wusste sie nicht.

Vergaß ich ja doch endlich selbst darauf. Ich lebte in dem Hause des Zaunreuters wie daheim, nur waren die Leute freundlicher mit mir, und ich durfte nicht so viel arbeiten, als ich es an der Seite meines Vaters gemusst.

Da kam eines Tages durch den Holzschläger von meinem Vater der Auftrag, ich möge doch endlich das Geld heimbringen, das Steueramt wolle nicht mehr länger warten und habe ihm einen Soldaten ins Haus geschickt, der ohne den Steuerbetrag nicht fortgehen wolle und welcher – setzte der Bote bei – der Kuhmagd schon ganz den Kopf verrückt habe und mit ihr heimlich die Butter verzehre. Das sei eine gefährliche Belagerung, und ich möge doch kommen und das Haus befreien. – Ich trug dem Alten unser Anliegen vor. Dieser nickte stetig mit dem kleinen Kopfe und machte mir dann in bittendem Tone den Vorschlag, er wolle die Exekutionsmänner austauschen, mich heimgehen lassen und den gefährlicheren Soldaten in sein Haus nehmen, bis er zahlen könne. Das brachte mich fast auf, denn ich konnte dadurch nur verlieren, ohne das Geld heimzubringen. Ich murmelte daher zu Boden starrend und den Hut tief in die Stirn gedrückt: »Ich will unser Geld haben.«

Da sprang der Alte auf, einen Schritt gegen mich und stieß die Worte hervor: »Vom Erdboden herausgraben kann ich's nicht! Willst mir die Haut abziehen? Ich bin alt und hab eine Familie; du kennst von der Welt noch nichts, wie das Essen. Wenn ihr glaubt, ich will euch was abstehlen, so verkaufet mein Haus, da steht's!, und jagt die Kinder hinaus zu den Tieren des Waldes und scharrt den alten Mann in die Erden!«

Das traf mich, niederfallen hätt' ich mögen vor dem Greis und ihm sagen, dass ich's so nicht gemeint. Ich schlich davon und wollte heim zu meinem Vater und ihm sagen, ich hätte das Geld wohl bekommen, aber ich hätte es unterwegs in dem dichten Gesträuche verloren, und ich wolle dafür arbeiten Tag und Nacht und fasten dabei, und er möge mich strafen, wie er wolle.

Als ich sonach durch die Schlucht ging, rief mich das Käthele an. Es stand hoch auf einem Baumstrunk und sagte mir, ich möge auch hinaufkommen, denn man sehe von dort aus ins Land, wo die Feigen wachsen. Da musste ich denn freilich hinauf; allein, als ich oben stand bei dem Käthele, schalt es, dass ich so langsam geklettert sei, es seien in der Weile die Bäume so hoch gewachsen, und nun könne man nicht mehr in das Land der Feigen sehen. Ich stellte mich, als hätte ich dem Käthele alles aufs Wort geglaubt. Ich vergaß aber dabei auf mein Heimgehen.

Als wir eine Weile beisammen gestanden waren, lispelte sie: »Ich will dir was sagen, Waldbauernbub«, und zerrte mich mit sich fort, zwischen den Bäumen und durch Gesträuche, fort und fort, bis wir hineinkamen tief in den Hochwald. Dort blieb sie endlich stehen, blickte verwirrt um sich und ließ sich auf einen verwitterten Strunk nieder. Ich stand vor ihr; sie fasste meine Hände und legte sie in ihren Schoß. Dann neigte sie das Haupt vor gegen meine Stirne und flüsterte: »Du bist mein lieber Waldbauernbub!« – Sie war gerötet, sie ließ alle Haarsträhne niedergleiten über ihr Antlitz, dass ich es nicht hätte sollen sehen können, wie sie glühte.

Gleich darauf erhob sie sich, und wir gingen zurück durch den Wald, durch das Gesträuche, wie wir gekommen waren.

An demselben Abend lud mich der alte Holzhändler ein, dass ich mich zu ihm auf das Fichtenbänklein setze. Als ich es getan hatte, sagte er, dass ich heute wohl nicht mehr fortgehen könne, da der Weg zu meinem Vaterhause lange durch unwirtliche Waldungen führe. Ich blickte ihn an, da fuhr er in den Sack, zog ein abgegriffenes Büchlein hervor und aus demselben eine Geldnote: »Da nimm, Waldbauernbub, ich lass' deinen Vater grüßen, und ich lass mich bedanken, dass er mir so nachgewartet hat, bis ich's jetzt zahlen kann. Ich hab' ihm deswegen auch um zwölf Groschen mehr zugelegt.«

Ich getraute mich an demselben Abend bei dem Mahle kaum einen Bissen zu essen, und in der Nacht lag ich mäuschenstill neben dem Halter –

ich war bezahlt, ich hatte kein Recht mehr, das Bettgewand zu strapazieren.

Am anderen Tage stand ich gar zeitlich mit dem Halter auf und eilte meiner Heimat zu.

Es war auch schon die höchste Zeit; der Exekutions-Soldat hatte im Kuhstalle und in der Butterkammer bereits schauderhaft gewirtschaftet. Nun erhielt er den Steuerbetrag und damit den Laufpass.

Bei meinem Vater erntete ich nicht die Ehren, die ich für das Aufbringen des Geldes zu beanspruchen geglaubt hatte.

»Dalkerter Bub«, sagte er, »jetzt gehst gleich und tragst dem Zaunreuter die zwölf Groschen wieder zurück!«

So lief ich denn. Im Walde traf ich wieder das Käthele. Es sah mich kaum an, es spielte mit den dürren Fichtenzapfen und hatte sein Gesicht dicht mit den Haaren verschleiert. Es hatte erfahren, dass ich nur des Geldes wegen so lange bei ihm in dem Wald geblieben war.

Als dem kleinen Maxel das Haus niederbrannte

Ich erinnere mich noch gar gut an jene Nacht.

Ein dumpfer Knall, als wenn die Tür des Schüttbodens zugeworfen worden wäre, weckte mich auf. Und dann klopfte jemand am Fenster und rief in die Stube herein: Wer des Klein-Maxel Haus brennen sehen wolle, der möge aufstehen und schauen gehen.

Mein Vater sprang aus dem Bette, ich erhob ein Jammergeschrei und dachte fürs Nächste daran, meine Kaninchen zu retten. Wenn bei besonderen Ereignissen wir anderen über und über aus Rand und Band gerieten, so war es alle Mal die blinde Jula, die uns beruhigte. So sagte sie auch jetzt, dass ja nicht unser Haus im Feuer stehe, dass das Klein-Maxel-Haus brenne, dass ein Spaßvogel vorbeigegangen sein könne, der uns die Lug zum Fenster hereingeworfen, und dass es möglich sei, dass gar niemand hereingeschrien hätte, sondern uns das nur so im Traume vorgekommen wäre

Dabei streifte sie mir das Höselein und die Schuhe an, und wir eilten vor das Haus, um zu sehen.

»Auweh!«, rief mein Vater, »'s ist schon alles hin.«

Über den Waldrücken herüber, der sich in einem

weit gebogenen Sattel durch die Gegend legt und das Ober- und Unterland voneinander scheidet, strebte still und hell die Flamme auf. Man hörte kein Knistern und Knattern, das schöne neue Haus, welches erst vor einigen Wochen fertig geworden war, brannte wie Öl. Die Luft war feucht, die Sterne des Himmels waren verdeckt; es murrte zuweilen ein Donner, aber das Gewitter zog sich sachte hinaus in die Gegenden von Birkfeld und Weitz.

Ein Blitz – so erzählte nun der Mann, der uns geweckt hatte, der Schaf-Gistel war's – wäre etliche Mal hin- und hergezuckt, hätte ein Trudenkreuz auf den Himmel geschrieben und wäre dann niederwärts gefahren. Er wäre aber nicht mehr ausgeloschen, der lichte Punkt an seinem unteren Ende wäre geblieben und rasch gewachsen, und da hätte sich er, der Mann, gedacht: Schau du, jetzt hat's den klein' Maxel troffen.

»Wir müssen doch schauen gehen, dass wir was helfen mögen«, sagte mein Vater.

»Helfen willst da?«, versetzte der andere, »wo der Donnerkeil d'reinfahrt, da rühr' ich keine Hand mehr. Der Mensch soll unserem Herrgott nicht entgegenarbeiten, und wenn der einmal eine Himmletzer (Blitz) aufs Haus wirft, so wird er auch wollen, dass es brennen soll. Hernach, musst wissen, ist so ein Einschlagets auch gar nicht zu löschen.«

»Deine Dummheit auch nicht«, rief mein Vater, und zornig, wie ich ihn noch selten gesehen hatte, schrie er dem Gistel ins Gesicht: »Du bist blitzdumm!«

Ließ ihn stehen und führte mich an seiner Hand rasch davon. Wir stiegen ins Engtal hinab und gingen am Fresenbach entlang, wo wir das Feuer nicht mehr sehen konnten, sondern nur die Röte in den Wolken. Mein Vater trug einen Wasserzuber bei sich, und ich riet, dass er denselben gleich an der Fresen füllen solle. Mein Vater hörte gar nicht drauf, sondern sagte mehrmals vor sich hin: »Maxel, aber dass dich jetzt so was treffen muss!«

Ich kannte den kleinen Maxel recht gut. Es war ein behändiges, heiteres Männlein, etwa in den Vierzigern; sein Gesicht war voll Blatternarben, und seine Hände waren braun und rau wie die Rinden der Waldbäume. Er war seit meinem Gedenken Holzhauer in Waldenbach.

»Wenn einem anderen das Haus niederbrennt«, sagte mein Vater, »na, so brennt ihm halt das Haus nieder.«

»Ist's beim klein' Maxel nicht so?«, fragte ich.

»Dem brennt alles nieder. Alles, was er gestern gehabt hat und heut' hat und morgen hätt' haben können.«

»So hat der Blitz den Maxel leicht selber erschlagen?«

»Das wär's Best', Bub. Ich vergunn' ihm das Leben, Gottseid', ich vergunn' ihm's – aber, wenn er eh' vor hätt' beichten mögen und in keiner Todsünd' wär' gewesen, wollt' richtig gleichsagen, das Allerbest', wenn's ihn auch selber troffen hätt'.«

»Da wär' er jetzt schon im Himmel oben«, sagte ich.

»Watsch' nur nicht so in's nasse Gras hinein.

Geh' gleim (nahe) hinter mir und halt dich beim Jankerzipf an. Vom Maxel, von dem will ich dir jetzt was sagen.«

Der Weg ging sanft berganwärts. Mein Vater erzählte.

»Jetzt kann's dreißig Jahr aus sein – ist der Maxel ins Land kommen. Armer Leute Kind. Die erst' Zeit hat er bei den Bauern herum einen Halterbuben gemacht, nachher, wie er sich ausgewachsen hat, ist er in den Holzschlag 'gangen. Ein rechtschaffener Arbeiter und alleweil fleißig und sparsam. Wie er Vorarbeiter ist worden, hat er sich vom Waldherrn ausgebeten, dass er das Sauerwiesel auf der Gfarerhöh' ausreuten und für sein Lebtag behalten dürfe, weil er so viel gern eigen Grund und Boden hätte. Ist ihm gern zugesagt worden, und so ist der Maxel alle Tag, wenn sie im Holzschlag Feierabend gemacht haben, auf sein Sauerwiesel 'gangen, hat den Strupp weggeschlagen, hat Gräben gemacht, hat Steine ausgegraben, hat die Wurzeln des Unkrautes verbrannt – und in zwei Jahren ist das ganze Sauergütel trocken gelegt, und es wachst gutes Gras drauf, und gar ein Fleckel Brandkorn hat er anbaut. Wie es so weit angeht, dass er's auch mit Kohlkraut hat probiert, und gesehen, wie gut es den Hasen schmeckt, ist er um Waldbäume einkommen. Die können sie ihm nicht schenken, wie das Sauerwiesel, die muss er abdienen. So hat er Arbeitslohn dafür eingelassen, und die Bäume hat er umgehauen und viereckig gehackt und abgeschnitten zu Zimmerholz. – Alles in den Feierabenden, wenn die anderen Holzknechte lang' schon gut auf dem Bauch sind gelegen und ihre Pfeifen Tabak haben geraucht. Und nachher hat er angehebt, an solchen Feierabenden andere Holzhauer zu verzahlen, dass sie ihm bei Arbeiten helfen, die ein einziger Mensch nicht dermachen kann, und so hat er auf dem Sauerwiesel sein Haus gebaut Fünf Jahr' lang hat er daran gearbeitet, aber nachher – du weißt ja selber, wie es dagestanden ist mit den goldroten Wänden, mit den hellen Fenstern und der Zierrat auf dem Dach herum – schier vornehm anzuschauen. Ein fein Gütel ist worden auf der Sauerwiese, und wie lang' wird's denn her sein, dass uns unser Pfarrer bei der Christenlehr' den klein' Maxel als ein Beispiel des Fleißes und der Arbeitsamkeit hat aufgestellt? Nächst Monat hat er heiraten wollen; und dass er heraufgestiegen ist vom Bettelbuben bis zum braven Hausbesitzer und Hausvater – Bub', da ruck' dein Hütel! – Und jetzt ist auf einmal alles hin. Der ganze Fleiß und alle Arbeit die vielen Jahr' her ist umsonst. Der Maxel steht wieder auf demselben Fleck wie voreh'.«

Ich habe dazumal meine Frömmigkeit noch aus der Bibel bezogen, und so entgegnete ich auf des Vaters Erzählung: »Der Himmelvater hat den Maxel halt gestraft, dass er so aufs Zeitliche ist gegangen wie die Heiden, und der Maxel hat sich leicht ums Ewige zu wenig gesorgt. Sehet die Vöglein in den Lüften, sie säen nicht, sie ernten nicht –«

»Sei still!«, unterbrach mich der Vater unwirsch, »der das hat gesagt, ist der König Salomo gewest, der kann so was schon sagen. Unsereiner sollt's probieren! – Ich kenn' mich nimmer aus, und das sag' ich, wenn's mir so geht, wie dem klein' Maxel, so bin ich verzagt und heb an zu faulenzen. Wenn ein Mensch mit dem Zündholz in ein Strohdach fährt, so wird er in den Kotter gesteckt – ist auch recht, gehört ihm nichts anderes. Aber wenn einer vom Himmel herunter Feuer auf das nagelneue Haus wirft, das ein armer, braver Arbeitsmann gebaut –«

Er unterbrach sich. Wir standen auf der Anhöhe, und vor uns loderte die Wirtschaft des klein' Maxel, und das Haus brach eben in seinen Flammen zusammen. Mehrere Leute waren da mit Hacken und Wassereimern, aber es war nichts anderes zu machen, als dazustehen und zuzuschauen, wie die letzten Kohlenbrände in sich einstürzten. Das Feuer war nicht wütend, es brüllte nicht, es krachte nicht, es fuhr nicht wild in der Luft herum, das ganze Haus war eine Flamme, und die qualmte heiß und weich zum Himmel auf, von wannen sie gekommen.

Eine kleine Strecke vom Brande war der Steinhaufen, auf welchem Maxel die Steine der Sauerwiese zusammengetragen hatte. An demselben saß er nun, der kleine, braune, blatternarbige Maxel, und sah auf die Glut hin, deren Hitze auf ihn herströmte. Er war halb angekleidet, hatte seinen schwarzen Sonntagsmantel, das Einzige, was er gerettet, über sich gehüllt. Die Leute traten nicht zu ihm; mein Vater wollte ihm gern ein Wort der Teilnahme und des Trostes sagen, aber er getraute sich auch nicht zu ihm. Der Maxel lehnte so da, dass wir meinten, jetzt und jetzt müsse er aufspringen und einen schreckbaren Fluch zum Himmel stoßen und sich dann in die Flammen stürzen.

Und endlich, als das Feuer nur mehr auf dem Erdengrund herumleckte und aus den Aschen die kahle Mauer des Herdes aufstarrte, erhob sich der Maxel. Er schritt zur Glut hin, hob eine Kohle auf und zündete sich die Pfeife an.

Ich war damals doch noch klein und konnte nicht viel denken. Aber an das erinnere ich mich: Als ich in der Morgendämmerung den klein' Maxel vor seiner Brandstätte stehen sah und wie er den blauen Rauch aus der Pfeife sog und von sich blies, da war mir in meiner Brust plötzlich heiß. Als ob ich es fühlte, wie mächtig der Mensch ist, um wie viel größer als sein Schicksal, und es für das Fatum keinen größeren Schimpf gibt, als wenn man ihm in aller Seelenruhe Tabaksrauch in die Larve bläst. Und als die Pfeife brannte, setzte er sich wieder auf den Steinhaufen und blickte in die Gegend hinaus. Was er gedacht hat, möchtet ihr wissen? Ich auch.

Später hat der klein' Maxel die Asche seines Hauses durchwühlt und aus derselben sein Schlagbeil hervorgezogen. Er schaftete einen neuen Stiel an, er machte es an einem Schleifsteine der Nachbarschaft wieder scharf – und ging an die Arbeit. Seither sind viele Jahre vorbei: Um die Sauerwiese liegen heute schöne Felder, und auf der Brandstätte steht ein neu gegründeter Hof. Junges Volk belebt ihn, und der Hausvater, der klein' Maxel, lehrt seinen Söhnen das Arbeiten, erlaubt ihnen aber auch das Tabakrauchen. Nicht gar zu viel – aber ein Pfeiflein zu rechter Zeit.

Als die hellen Nächte waren

Der Sommer war heiß gewesen. Das Moos des Waldbodens war fahl und spröde geworden, und zwischen den Halmgerippen der Gräser sah man auf den grauen Erdboden. Neben den dürren Nadeln des Waldbodens lagen tote Ameisen und Käfer. Die Steine in den Betten der Bäche waren trocken und weiß wie Elfenbein. Wo dazwischen noch ein Tümplein stand, da starb darin eine Forelle oder ein anderes Tier des Wassers.

Die Luft war dicht, und die Berge – auch die nahen – waren blau. Die Sonne war des Morgens rot wie das verdorrte Blatt einer Buche, dann blass und glanzlos, sodass man ihr ins Gesicht sehen konnte. Matt kroch sie hin über die graue Wüste des Himmels, als wäre sie erschöpft vor Durst. Gegen Abend stiegen häufig scharf geränderte, glänzende Wolken auf; die Leute fingen zu hoffen an, aber es kam ein Luftzug, und am anderen Morgen waren die Wolken vergangen und der nächtliche Tau aufgesogen.

Draußen im Dorfe wurde ein Bittag um Regen angeordnet. Da strömten aus unserem Walde die Leute davon, nur der alte Knecht Markus und ich blieben im einsamen Hause, und der Knecht sagte zu mir: »Wenn das schön Wetter gar ist, wird's regnen, was hilft der Bitttag! Wenn uns ein Herrgott hergesetzt hat, so wird er keinen schwachen Kopf haben und unser vergessen. Und hat er keinen Kopf, sodass er die Welt nur mit den Händen zusammengestellt und mit den Füßen auseinander tritt, nun, so hat er auch keine Ohren. Wofür hernach das Geschrei! Sagst du nicht auch dasselb', Bübel?«

Leute, was lässt sich drauf sagen! »Der Knecht Markus ist ein alter Spintisierer« – das lässt sich drauf sagen.

Jetzt sprang der Riegelberger-Halter zur Tür herein. Er war vor Aufregung sprachlos, durch das Fenster wies er mit beiden Zeigefingern auf den Rücken des Filnbaumwaldes hin. Der Knecht sah es und schlug die Hände zusammen.

Dort hinter dem Waldrücken stieg ein riesiger Wirbel von rotem Rauch und verfinsterte den Himmel:

»Das kann ein Unglück geben!«, rief der Markus, langte nach einer Axt und eilte davon.

Der Rauch flutete immer heftiger auf und wurde immer breiter und dichter. Ich fing doch das Geschrei an, dem der Knecht keine Bedeutung beilegen wollte. Es hatte auch keine, wie sich's wies.

An den sonnigen Lehnen des Filnbaumschlages war's gewesen, wo das dürre Gestrüppe lag. Nahe, wo der halb verdorrte Lärchen-Anwuchs begann, war die Flamme entstanden, kein Mensch wusste wie. Zuerst mochte sie leicht hingehüpft sein von Reisig zu Reisig, dann empor von Ast zu Ast mit flatternden Flügeln. Plötzlich entfaltet das Element seine wilde Gestalt, seine roten, siegreichen Fahnen. Der Wald wird höher und dichter, an dem Geäste hängen lange Moosflechten nieder, und die vor wenigen Jahren von einem schweren Hagelschlage geschädigten Stämme sind harzig bis hinauf zu den Wipfeln. Hei, wie die feurigen Zungen lechzen und emporlodern! Und in den Gründen züngeln sie wie ein Schlangengezücht, und allerseits beginnt sich ein fürchterliches Leben zu entwickeln.

Die wenigen Holzhauer rennen in Verwirrung herum und fluchen und rufen nach Hilfe. Aber der Wald und seine Hütten sind menschenleer, alles ist bei der Bitt-Prozession. Bis sie nach Stunden endlich kommen, ist der Hochwald im Brande. Das ist ein Fiebern und Zittern in der Luft, ein Krachen und Prasseln weithin; Äste stürzen nieder, Stämme brechen zusammen und sprühen noch einmal auf in den wogenden Rauch. Hohl brüllend blasen glühende Luftströme durch das Gehölz; die Flammen erzeugen sich selbst den Sturm, auf dem sie fahren. O gewaltiges, nimmersattes Element! Es zehrt, so lange es lebt, und lebt, so lange es zehrt, es verzehrt die Welt, und wenn sie erreichbar, tausend Welten, und hat nimmer genug. Keine Macht kann so ins Unendliche wachsen als das Feuer, darum stellt es der Seher als den letzten Sieger über alles dar, als den Herrscher in Ewigkeit.

Die Menschen arbeiteten und arbeiteten; manchen trugen sie halb verbrannt von dannen. Der Knecht Markus sah die fürchterlichen Folgen, aber er jammerte nicht und er verzagte nicht, er war die stille, die ruhige Tat. Schon begannen seine harzigen Kleider Feuer zu fangen, da eilte er hinab zum Bachbett und wälzte sich im Sand, bis sich dieser an alle Teile seines klebrigen Anzuges gelegt hatte. Nun war er gepanzert. Äste haute er ab, Bäume hieb er um – o Gott, das schlug nicht an. Der glühende Strom brauste weiter; die kahlen Äste in der Runde, die rotnadeligen Zweige harrten schon der nahenden Flammenbraut und huben noch früher zu brennen an, als sie der erste Kuss erreichte.

Nun suchten die Arbeiter, die von allen Seiten herbeigekommen waren, den Flammen einen Vorsprung abzugewinnen und ihnen durch breite Abstockungen eine Grenze zu setzen, aber es teilte sich der Brand in Arme nach verschiedenen Himmelsgegenden. Zur Abendstunde erhob sich ein Wind und zerzauste die mächtigen Feuerfahnen in tausend Fetzen und vervielfältigte überall das Element. Das war ein unheimliches Dröhnen in den Lüften und ein wunderlich Leuchten hin über das weite, dunkle Waldland.

Erschöpft und ratlos ließen die Männer ihre Hände sinken, die Weiber räumten ihre Hütten aus und wussten mit der Habe nicht wohin.

In tiefen Tälern war es noch ruhig, da hörte man nichts als das leise Flüstern der hohen Tannen, aber der nächtliche Himmel war rosig, und zuweilen flog hoch oben ein Feuerdrache dahin. Dann wieder kam eine zwitschernde Vogelschar, und die heimatlosen Tierchen schossen planlos umher, und die Rehe und Hirsche kamen erschreckt heran zu den Menschenwohnungen.

»Wie diesen Tieren geht's uns allen!«, klagte ein Weib; »keine Menschenmöglichkeit, dass der Wald gerettet wird – alles brennt, alles brennt! O Christi Heiland, es ist das Jüngste Gericht!«

Tagelang währte der Gräuel.

Von unserem hoch gelegenen Hause aus sahen wir aus den Wäldern des Filnbaum und der Felsenleiten die Flammen still und langsam aufsteigen. Die ganze Gegend lag in einem trüben Schleier, und scharfer Brandgeruch stach in unsere Nasen. Unser Berg schien eingewölbt von Rauch, dass es oft schier dunkel war. Und da stand ein großes, trübrotes Rad über uns, das der Rauch umwirbelte, verdeckte und doch nicht ganz vertilgen konnte. Es war die Sonne. Wir sahen aber auch, wie das Feuer allmählich gegen uns heranrückte; es stieg über die Höhen her, und es stieg in die Täler nieder, und es stieg endlich an unserem Berghange heran. Wir bedurften des Abends keines Kienspans mehr in der Stube, wir hatten vollauf Licht, denn zehn Minuten weit vom Hause brannte der schöne Kienwald.

Das Vieh hatten wir längst auf die Almweide gejagt und die Einrichtungsstücke des Hauses mitten auf das freie Feld hinausgeschleppt. Halb wahnsinnige Menschen kamen herbei. Der Vernünftigsten einer war der uralte Martin, dem die Hütte verbrannt war und der nun mitternächtig beim Scheine des Waldbrandes Preißelbeeren pflückte.

Mein Vater kletterte auf den Dächern unseres Gehöftes herum, und mit einer langen Stange, an deren Ende er einen nassen Lappen gebunden hatte, schlug er die Funken tot, die herangeflogen kamen und sich auf das Dach gesetzt hatten.

In der fünften Nacht, als wir in einer Ecke unserer ausgeräumten Stube kauernd schliefen, wurden wir plötzlich von einem lauten Tosen geweckt, und der alte Markus, der auf dem Dache Nachtwache hatte, rief: »Das ist schon recht! Das ist schon recht!«

Ein Wettersturm hatte sich erhoben und wütete in dem brennenden Walde, dass es eine schreckliche Pracht war. Als ob ein wüstes Gewässer dahinbrauste zwischen den Stämmen, so toste und dröhnte es. Aber das Feuer wurde in die entgegengesetzte Richtung von unserem Hause geworfen, und das war es, was dem alten Markus so recht schien. Die Flammen waren wie auf wilder Flucht; sie übersprangen ganze Waldpartien und zündeten an neuen, entlegenen Stellen.

»'s ist vorbei, jetzt sind wir fertig!«, sagten die Leute, waren ratlos und taten den Mund auf. Ja, wahrlich, es fielen gebratene Vögel aus der Luft. Etliche, als sie die kahl gebrannten Hänge sahen, gewannen sogar ihren Humor wieder und meinten, es müsse schon ein gar besonderes Fest kommen, dass sich gar die Berge rasierten.

Aschermittwoch, wie sich's zeigte.

Als sich der Orkan gelegt hatte, kam ein Regenguss. Der Regen währte tagelang, und die Wolken stiegen träge auf und nieder. Lange noch mischte sich mit ihnen der Rauch der kohlenden Strünke – endlich aber war alles Feuer ausgelöscht. Über alles legte sich der feuchte, frostige Nebel – es war die herbstliche Zeit.

So ist die Begebenheit hier erzählt. Der Brand unserer Wälder war so großartig, dass er nur mit den glühendsten Farben einer wilden Fantasie recht dargestellt werden könnte. Da mir diese nicht zur Hand sind, blieb nichts anderes übrig, als mit dem halb verblassten Stifte der Erinnerung einfach zu skizzieren.

Doch endet der Wald mit seinem Untergange nicht, und nach jedem Ende kommt ein Anfang.

Der Nebel des Herbstes spann den Schnee; im Winter sahen wir von unseren Fenstern aus weit mehr weiße Flächen als sonst. Aber erst als der Lenz kam, sahen wir, was der Waldbrand angerichtet hatte. Überall verkohlter Grund, rostfarbige Steine, halb verbrannte Wurzeln, und darüber ragten die schwarzen Strünke einzelner Baumstämme. – Nun kamen die Leute und rodeten. Sie stachen den schwarzen Rasen um, sie säten Korn in das Erdreich; den Obdachlosen wurden neue Hütten gebaut. Und als der Frühherbst kam, war's eine Herrlichkeit. Kein Mensch in unserem Waldlande hatte je eine so große goldgelbe Pracht gesehen, als es das Kornfeld war, das sich über die Berge hinzog. Wir mussten alle zusammenhalten, die Flut der Halme, wovon einer sein schweres Haupt auf die Achsel des anderen legte, einzuheimsen. Ich erinnere mich noch an das Wort, das bei dieser Gelegenheit der Pfarrer sprach: »Der Herr schlägt die Wunden, aber er spendet auch den Balsam, sein Name sei gelobt!« – Am nächsten Tage schickte er seine Knechte, um von der reichen Ernte den Zehent zu holen, und er hat Recht getan.

Nach diesen Tagen war vom Filnbaumschlag bis zu unserem Hause heran Feld um Feld, und gegen dreißig Jahre lang gab der Grund des verbrannten Waldes den Menschen Brot. Heute haben sich die Menschen verzogen, zerstreut oder sind gestorben, und neuerdings sprosst auf den Berghöhen der junge, grüne Wald. Neues, unendliches Leben weht darin – eine üppige Pflanzenwelt, ein lustiges Tierreich, eine helle Gottesmorgenfreude.

Als ich das erste Mal auf dem Dampfwagen saß

Noch viel seltsamer, als diese Geschichten waren, ist jenes Erlebnis gewesen, das hier erzählt wird.

Mein Pate, der Knierutscher Jochem – er ruhe in Frieden! –, war ein Mann, der alles glaubte, nur nicht das Natürliche. Das Wenige von Menschenwerken, was er begreifen konnte, war ihm göttlichen Ursprungs; das Viele, was er nicht begreifen konnte, war ihm Hexerei und Teufelsspuk. – Der Mensch, das Bevorzugteste der Wesen, hat zum Beispiel die Fähigkeit, das Rindsleder zu gerben und sich Stiefel daraus zu verfertigen, damit ihn nicht an den Zehen friere; diese Gnade hat er von Gott. Wenn der Mensch aber hergeht und den Blitzableiter oder gar den Telegrafen erfindet, so ist das gar nichts anderes als eine Anfechtung des Teufels. – So hielt der Jochem den lieben Gott für einen gutherzigen, einfältigen Alten (ganz wie er, der Jochem, selber war), den Teufel aber für ein listiges, abgefeimtes Kreuzköpfel, dem nicht beizukommen ist und das die Menschen und auch den lieben Gott von hinten und vorn beschwindelt.

Abgesehen von dieser hohen Meinung vom Luzifer, Beelzebub (was weiß ich, wie sie alle heißen), war mein Pate ein gescheiter Mann. Ich verdankte ihm manches neue Linnenhöslein und manchen verdorbenen Magen.

Sein Trost gegen die Anfechtungen des bösen Feindes und sein Vertrauen war die Wallfahrtskirche Mariaschutz am Semmering. Es war eine Tagreise da hin, und der Jochem machte alljährlich einmal den Weg. Als ich schon hübsch zu Fuße war (ich und das Zicklein waren die einzigen Wesen, die mein Vater nicht einzuholen vermochte, wenn er uns mit der Peitsche nachlief), wollte der Pate Jochem auch mich einmal mitnehmen nach Mariaschutz.

»Meinetweg'«, sagte mein Vater, »da kann der Bub' gleich die neue Eisenbahn sehen, die sie über den Semmering jetzt gebaut haben. Das Loch durch den Berg soll schon fertig sein.«

»Behüt' uns der Herr«, rief der Pate, »dass wir das Teufelszeug anschau'n! 's ist alles Blendwerk, 's ist alles nicht wahr.«

»Kann auch sein«, sagte mein Vater und ging davon.

Ich und der Pate machten uns auf den Weg; wir gingen über das Stuhleckgebirge, um ja dem Tale nicht in die Nähe zu kommen, in welchem nach der Leut' Reden der Teufelswagen auf und ab ging. Als wir aber auf dem hohen Berge standen und hinabschauten in den Spitalerboden, sahen wir einer scharfen Linie entlang einen braunen Wurm kriechen, der Tabak rauchte.

»Jessas Maron!«, schrie mein Pate, »das ist schon so was! Spring, Bub!« – Und wir liefen die entgegengesetzte Seite des Berges hinunter.

Gegen Abend kamen wir in die Niederung, doch – entweder der Pate war hier nicht wegkundig oder es hatte ihn die Neugierde, die ihm zuweilen arg zusetzte, überlistet, oder wir waren auf eine »Irrwurzen« gestiegen – anstatt in Mariaschutz zu sein, standen wir vor einem ungeheuren Schutthaufen, und hinter demselben war ein kohlfinsteres Loch in den Berg hinein. Das Loch war schier so groß, dass darin ein Haus hätte stehen können, und gar mit Fleiß und Schick ausgemauert; und da ging eine Straße mit zwei eisernen Leisten daher und schnurgerade in den Berg hinein.

Mein Pate stand lange schweigend da und schüttelte den Kopf; endlich murmelte er: »Jetzt stehen wir da. Das wird die neumodische Landstraßen sein. Aber derlogen ist's, dass sie da hineinfahren!«

Kalt wie Grabesluft wehte es aus dem Loche. Weiter hin gegen Spital in der Abendsonne stand an der eisernen Straße ein gemauertes Häuschen; davor ragte eine hohe Stange, auf dieser baumelten zwei blutrote Kugeln. Plötzlich rauschte es an der Stange, und eine der Kugeln ging wie von Geisterhand gezogen in die Höhe. Wir erschraken bass. Dass es hier mit rechten Dingen nicht zuginge, war leicht zu merken. Doch standen wir wie festgewurzelt.

»Pate Jochem«, sagte ich leise, »hört ihr nicht so ein Brummen in der Erden?«

»Ja, freilich, Bub'«, entgegnete er, »es donnert was! Es ist ein Erdbidn« (Erdbeben). Da tat er schon ein kläglich Stöhnen. Auf der eisernen Straße heran kam ein kohlschwarzes Wesen. Es schien anfangs still zu stehen, wurde aber immer größer und nahte mit mächtigem Schnauben und Pfustern und stieß aus dem Rachen gewaltigen Dampf aus. Und hintenher –

»Kreuz Gottes!«, rief mein Pate, »da hängen ja ganze Häuser dran!« Und wahrhaftig, wenn wir sonst gedacht hatten, an der Lokomotive wären ein paar Steirerwäglein gespannt, auf denen die Reisenden sitzen konnten, so sahen wir nun einen ganzen Marktflecken mit vielen Fenstern heranrollen, und zu den Fenstern schauten lebendige Menschenköpfe heraus, und schrecklich schnell ging's, und ein solches Brausen war, dass einem der Verstand still stand. Das bringt kein Herrgott mehr zum Stehen!, fiel's mir noch ein. Da hub der Pate die beiden Hände empor und rief mit verzweifelter Stimme: »Jessas, Jessas, jetzt fahren sie richtig ins Loch!«

Und schon war das Ungeheuer mit seinen hundert Rädern in der Tiefe; die Rückseite des letzten Wagens schrumpfte zusammen, nur ein Lichtlein davon sah man noch eine Weile, dann war alles verschwunden, bloß der Boden dröhnte, und aus dem Loche stieg still und träge der Rauch.

Mein Pate wischte sich mit dem Ärmel den Schweiß vom Angesicht und starrte in den Tunnel.

Dann sah er mich an und fragte: »Hast du's auch gesehen, Bub'?«

»Ich hab's auch gesehen.«

»Nachher kann's keine Blenderei gewesen sein«, murmelte der Jochem.

Wir gingen auf der Fahrstraße den Berg hinan; wir sahen aus mehreren Schachten Rauch hervorsteigen. Tief unter unseren Füßen im Berge ging der Dampfwagen.

»Die sind hin wie des Juden Seel'!«, sagte mein Pate und meinte die Eisenbahn-Reisenden. »Die übermütigen Leut' sind selber ins Grab gesprungen!«

Beim Gasthause auf dem Semmering war es völlig still; die großen Stallungen waren leer, die Tische in den Gastzimmern, die Pferdetröge an der Straße waren unbesetzt. Der Wirt, sonst der stolze Beherrscher dieser Straße, lud uns höflich zu einer Jause ein.

»Mir ist aller Appetit vergangen«, antwortete mein Pate, »gescheite Leut' essen nicht viel, und ich bin heut' um ein Stückel gescheiter worden.« Bei dem Monumente Karls VI., das wie ein kunstreiches Diadem den Bergpass schmückt, standen wir still und sahen ins Österreicherland hinaus, das mit seinen Felsen und Schluchten und seiner unabsehbaren Ebene vor uns ausgebreitet lag. Und als wir dann abwärts stiegen, da sahen wir drüben in den wilden Schroffwänden unseren Eisenbahnzug gehen – klein wie eine Raupe – und über hohe Brücken, fürchterliche Abgründe setzen, an schwindelnden Hängen gleiten, bei einem Loch hinein, bei andern hinaus – ganz verwunderlich.

»'s ist auf der Welt ungleich, was heutzutag' die Leut' treiben«, murmelte mein Pate.

»Sie tun mit der Weltkugel Kegel scheiben!«, sagte ein eben vorüber gehender Handwerksbursche.

Als wir nach Mariaschutz kamen, war es schon dunkel.

Wir gingen in die Kirche, wo das rote Lämpchen brannte, und beteten.

Dann genossen wir beim Wirt ein kleines Nachtmahl und gingen an den Kammern der Stallmägde vorüber auf den Heuboden, um zu schlafen.

Wir lagen schon eine Weile. Ich konnte unter der Last der Eindrücke und unter der Stimmung des Fremdseins kein Auge schließen, vermutete jedoch, dass der Pate bereits süß schlummerte; da tat dieser plötzlich den Mund auf und sagte:

»Schlafst schon, Bub'?«

»Nein«, antwortete ich.

»Du«, sagte er, »mich reitet der Teufel!«

Ich erschrak. So was an einem Wallfahrtsort, das war unerhört.

»Ich muss vor dem Schlafengehen keinen Weihbrunn' genommen haben«, flüsterte er, »'s gibt mir keine Ruh', 's ist arg, Bub'.«

»Was denn, Pate?«, fragte ich mit warmer Teilnahme.

»Na, morgen, wenn ich kommuniziere, leicht wird's besser«, beruhigte er sich selbst.

»Tut euch was weh', Pate?«

»'s ist eine Dummheit. Was meinst, Bübel, weil wir schon so nah' dabei sind, probieren wir's?«

Da ich ihn nicht verstand, so gab ich keine Antwort.

»Was kann uns geschehen?«, fuhr der Pate fort, »wenn's die andern tun, warum nicht wir auch? Ich lass' mir's kosten.«

Er schwätzt im Traum, dachte ich bei mir selber und horchte mit Fleiß.

»Da werden sie einmal schauen«, fuhr er fort, »wenn wir heimkommen und sagen, dass wir auf dem Dampfwagen gefahren sind!«

Ich war gleich dabei.

»Aber eine Sündhaftigkeit ist's!«, murmelte er, »na, leicht wird's morgen besser, und jetzt tun wir in Gottes Namen schlafen.«

Am anderen Tage gingen wir beichten und kommunizieren und rutschten auf den Knien um den Altar herum. Aber als wir heimwärts lenkten, da meinte der Pate nur, er wolle sich dieweilen gar nichts vornehmen, er wolle nur den Semmering-Bahnhof sehen, und wir lenkten unseren Weg dahin.

Beim Semmering-Bahnhof sahen wir das Loch auf der anderen Seite. War auch kohlfinster. – Ein Zug von Wien war angezeigt. Mein Pate unterhandelte mit dem Bahnbeamten, er wolle zwei Sechser geben, und gleich hinter dem Berg, wo das Loch aufhört, wollten wir wieder absteigen

»Gleich hinter dem Berg, wo das Loch aufhört, hält der Zug nicht«, sagte der Bahnbeamte lachend.

»Aber wenn wir absteigen wollen!«, meinte der Jochem.

»Ihr müsst bis Spital fahren. Ist für zwei Personen zweiunddreißig Kreuzer Münz.«

Mein Pate meinte, er lasse sich's was kosten, aber so viel wie die hohen Herren könne er armer Schlucker nicht geben; zudem sei an uns beiden ja kein Gewicht da. – Es half nichts; der Beamte ließ nicht handeln. Der Pate zahlte; ich musste zwei »gute« Kreuzer beisteuern. Mittlerweile kroch aus dem nächsten, unteren Tunnel der Zug hervor, schnaufte heran, und ich glaubte schon, das gewaltige Ding wolle nicht anhalten. Es zischte und spie und ächzte – da stand es still.

Wie ein Huhn, dem man das Hirn aus dem Kopfe geschnitten, so stand der Pate da, und so stand ich da. Wir wären nicht zum Einsteigen gekommen; da schubste der Schaffner den Paten in einen Waggon und mich nach. In demselben Augenblicke wurde der Zug abgeläutet, und ich hörte noch, wie der ins Coupé stolpernde Jochem murmelte: »Das ist meine Totenglocke.« Jetzt sahen wir's aber: Im Waggon waren Bänke, schier wie in einer Kirche; und als wir zum Fenster hinausschauten – »Jessas und Maron!«, schrie mein Pate, »da draußen fliegt ja eine Mauer vorbei!« – Jetzt wurde es finster, und wir sahen, dass an der Wand unseres knarrenden Stübchens eine Öllampe brannte. Draußen in der Nacht rauschte und toste es, als wären wir von gewaltigen Wasserfällen umgeben, und ein ums andere Mal hallten schauerliche Pfiffe. Wir reisten unter der Erde.

Der Pate hielt die Hände auf dem Schoß gefaltet und hauchte: »In Gottes Namen. Jetzt geb' ich mich in alles drein. Warum bin ich der dreidoppelte Narr gewesen.«

Zehn Vaterunser lang mochten wir so begraben gewesen sein, da lichtete es sich wieder, draußen flog die Mauer, flogen die Telegrafenstangen und die Bäume, und wir fuhren im grünen Tale.

Mein Pate stieß mich an der Seite: »Du, Bub'! Das ist gar aus der Weis' gewesen, aber jetzt – jetzt hebt's mir an zu gefallen. Richtig wahr, der Dampfwagen ist was Schönes! Jegerl und Jerum, da ist ja schon das Spitaldorf! Und wir sind erst eine Viertelstunde gefahren! Du, da haben wir unser Geld noch nicht abgesessen. Ich denk', Bub, wir bleiben noch sitzen.«

Mir war's recht. Ich betrachtete das Zeug von innen, und ich blickte in die fliegende Gegend hinaus, konnte aber nicht klug werden. Und mein Pate rief: »Na, Bub', die Leut' sind gescheit! Und daheim werden sie Augen machen! Hätt' ich das Geld dazu, ich ließe mich, wie ich jetzt sitz', auf unseren Berg hinauffahren!«

»Mürzzuschlag!«, rief der Schaffner. Der Wagen stand; wir schwindelten zur Tür hinaus.

Der Türsteher nahm uns die Papierschnitzel ab, die wir beim Einsteigen bekommen hatten, und vertrat uns den Ausgang. »He, Vetter!«, rief er, »diese Karten galten nur bis Spital. Da heißt's nachzahlen, und zwar das Doppelte für zwei Personen; macht einen Gulden sechs Kreuzer!«

Ich starrte meinen Paten an, mein Pate mich. »Bub'«, sagte dieser endlich mit sehr umflorter Stimme, »hast du ein Geld bei dir?«

»Ich hab' kein Geld bei mir«, schluchzte ich.

»Ich hab' auch keins mehr«, murmelte der Jochem.

Wir wurden in eine Kanzlei geschoben, dort mussten wir unsere Taschen umkehren. Ein blaues Sacktuch, das für uns beide war und das die Herren nicht anrührten, ein hart Rindlein Brot, eine rußige Tabakspfeife, ein Taschenfeitel, etwas Schwamm und Feuerstein, der Beichtzettel von Mariaschutz und der lederne Geldbeutel endlich, in dem sich nichts befand als ein geweihtes Messing-Amulettchen, das der Pate stets mit sich trug im festen Glauben, dass sein Geld nicht ganz ausgehe, so lange er das geweihte Ding im Sacke habe. Es hatte sich auch bewährt bis auf diesen Tag – und jetzt war's auf einmal aus mit seiner Kraft. – Wir durften unsere Habseligkeiten zwar wieder einstecken, wurden aber stundenlang auf dem Bahnhofe zurückbehalten und mussten mehrere Verhöre bestehen.

Endlich, als schon der Tag zur Neige ging, zur Zeit, da nach so rascher Fahrt wir leicht schon hätten zu Hause sein können, wurden wir entlassen, um nun den Weg über Berg und Tal in stockfinsterer Nacht zurückzulegen.

Als wir durch den Ausgang des Bahnhofes schlichen, murmelte mein Pate: »Beim Dampfwagen da – 's ist doch der Teufel dabei!«

Als ich mir die Welt am Himmel baute

Nach solchen Erfahrungen wird einem das wiedergekehrte Alltagsleben zwischen den Wäldern langweilig. Man will immer was Neues haben.

War damals ein Bursche von zwölf Jahren. Trug eine ungebleichte Leinwandhose, eine Jacke aus grauem Wilfling und eine bunt gestreifte Zipfelmütze. War barfuß und ungeschickt im Gehen und Laufen, jeden Tag trug ich eine andere Zehe in der Binde. Die Haare hatte ich mit den fünf Fingern vorn herabgekämmt, mit den Zähnen kaute ich an einem Strohhalm. Es war mit mir bisweilen nichts anzufangen; wenn man mich auf das Feld stellte, so stolperte ich über den Pflug und den Spaten, und wenn man mich in den Wald schickte, so hieb ich die Axt anstatt in das Holz in einen Stein, und bald war die Schneide des Werkzeuges so stumpf, dass man darauf hätte reiten können. Und dann stand ich da und hielt die zehn Finger in den Händen und glotzte zum Himmel auf.

Unsere Waldberge waren mir schon gar so lästig geworden, das ewige Dunkelgrün und das ewige Vogelzwitschern und Windrauschen war nicht mehr auszustehen. Es war ein Einerlei, nicht zu sagen, und ich sann, ich träumte anderem nach. Da – eines Tages –, ich weidete unsere Herde auf der

Hochöde, wie wir ein hoch gelegenes Brachfeld, auf dem schon die Eriken und Wacholder wuchsen, nannten –, entdeckte ich – den Himmel, den wunderbaren, ewig mannigfaltigen Wolkenhimmel. Ich war nun plötzlich entzückt über die Formen und wunderbaren Gestaltungen in allen Lichtarten. Ich wunderte mich nur, dass mir der Wolkenhimmel nicht schon längst aufgefallen war. So stand ich nun da und sah empor zu der neuen Welt, zu den Ebenen und Bergen und Schluchten, zu den ungeheuerlichen Tieren, die bewegungslos dastanden und dennoch dahinkrochen und sich reckten und dehnten und Arme und Beine ausstreckten, die sich wieder in Wedel und Rümpfe und Flügel verwandelten. Und ich glotzte die Luftschlösser an, die sich vor mir aufbauten, und kaute dabei an meinem Grashalm.

Von nun an war auf der Heide meine Freude, und gerne weidete ich die Herde, weidete ich dabei doch auch die lockigen Lämmer des Himmels.

In demselben Jahre war ein heißer Sommer, da ging's am Himmel wohl auch oft ein wenig einförmig zu, aber des Morgens und des Abends gab's doch immer was zu sehen. Ich war eine Zeit lang wie vernarrt in das Firmament. Mein Vater wunderte sich, dass ich oft gar der Erste aus dem Bette war, dass ich die Morgensuppe stehen ließ und die Rinder mit einer fast ängstlichen Behändigkeit auf die Hochöde jagte. Er wusste nicht, warum. Ich aber setzte mich in der Hochöde auf einen Stein, über welchen das Moos ein zartes, gelblich grünes Samtpelzchen gelegt hatte, und während die Kühe und die Kälber emsig im Heidekraut grasten und dabei mit ihren Schellen lustig glöckelten, biss ich allfort an einem dünnen Federgrashalm und blickte hin gegen Sonnenaufgang. Da war zuerst über dem fernen Gebirgszug des Wechsels eine dunkle, mattrote Bank; sie dehnte sich weit, weit hin und verlor sich, man wusste nicht wo. Mit einem Mal zogen sich goldige Fäden durch, und die ganze Wolkenbank wurde lieblich durchbrochen von Licht und sah nun aus wie ein ungeheurer rot glühender Eisenklumpen.

Da waren alle meine Kühe plötzlich rot, und das Heidekraut war rot, das sie grasten, und die Steine waren rot, und die Stämme am Waldrande waren rot, und meine Leinwandhose war rot. Jetzt flammte am Rande der Wechselalpe plötzlich ein kleines Feuer, wie es Hirtenjungen gern anzünden, wenn sie sich Erdäpfel braten wollen. Aber das Feuer dehnte sich aus nach rechts und links und ging in die Höhe; das war ja ein Brand, zuletzt brannten dort alle Alpenhütten? Aber in einer wunderbaren Regelmäßigkeit hob sich der Brand empor, und eine großmächtige Glutscheibe tauchte auf – die Sonne. Da hatten meine Kühe und die Steine und ich auf einmal lange Schatten hin über die Heide. Mein Schatten war so lang, dass, wenn er vom Boden aufgestanden wäre, er mit seinen Fingern in den weiß-gelblichen Wolkenballen des Himmels hätte Wolle zupfen können. Die Nebelbank über dem Gebirgszuge wurde schmächtiger, es ging ihr ans Herz, doch streckte sie einen glühenden Speer aus, der ging mitten durch die Sonne, aber er schmolz, und die Sonne wurde kleiner und funkelnder, und bald war die Wolkenbank, waren die roten Fäden am Gesichtskreise verschwunden.

Hie und da in der weiten Himmelsrunde hing es wohl noch wie weiße Wolle, und dort und dort schwamm ein Federchen hin, aber bald gingen auch die Federchen verloren, und die Wolle wurde unmerklich langsam auseinander gezupft in leichten Locken und dünnen Fädchen, und auf einmal war gar nichts mehr da als der tiefblaue Himmel und der blitzende Sonnenstern.

Es lag fast wie Dunkelheit über den Waldbergen, so unsäglich klar und leer war der Himmel, es war, als ob die Sonne zu klein werden wollte für die unendliche Weite.

Gegen die Mittagszeit ging die Bläue etwas in das Graulichte über, da sah es noch sonniger aus, und es war sehr heiß. Meine Herde hatte schon kühles, schattiges Dickicht aufgesucht, um sich die stechenden Fliegen abzuhalten; ich saß noch auf dem Stein und sah den Himmel an und dachte, wie schön das sein müsste, wenn die Himmelsrunde ein Spiegel wäre und wenn das Bild der ganzen Erde drin läge mit aller großen Herrlichkeit; vielleicht hätte ich dann von meiner Hochöde aus fremde Länder und große Städte sehen können.

Nach der zwölften Stunde, die ich an dem Schatten einer aufrecht stehenden Stange bestimmte, erhob sich gewöhnlich ein Lüftchen, das ein paar Stunden fächelte und leise in den Bäumen säuselte. Das war zum Einschlummern süß zu hören. Mir fiel gar der Grashalm aus dem Munde. Die Ameisen konnten innerhalb meines Höschens emporkrabbeln, wie sie wollten, sich gewahrte sie nicht. Ja, ich gewahrte es nicht einmal und wusste nicht, wie es kam, aber plötzlich waren zu allen Seiten des Gesichtskreises, sowohl über den schwarzbläulichen Waldbergen der Mittagsseite als über der Wechselalpe und über den Matten der Mitternachtshöhen, hinter welchen die kahle, wettergraue Rax aufragte, und über der fernen Felsenkette der Abendseite – schneeweiße Wolken. Sie waren in halbrunden Haufen, sie waren wie dicht aufqualmender Rauch, der plötzlich versteinert wird zu weißem Marmor.

Die Ränder waren so scharf, wie mit einer feinen Schere von Papier geschnitten. Ganz unbeweglich schienen die Wolken, und doch änderten sie sich in jedem Augenblick und bauten sich auf, eine über die andere und schoben sich von unten nach, dichter und dichter, grauer und grauer, oder es war jählings ein Riss, eine Lücke hinaus, in die unendliche Bläue.

Und hoch oben über meinem Scheitel standen auch Wolkenschichten, grau, stellenweise ganz dunkel, aber mit lichten, federartigen Rändern.

Da blickte man hin und sah das Verwandeln nicht und sah die Verwandlung. Wie war das wunderbar! Ist es möglich, dass das jeden Tag geschieht, und die Menschen achten es nicht, bemerken es nicht einmal und wundern sich mehr über ein artiges Taschenspielchen, als über den allherrlichen Wolkenhimmel?

Die Schichten über der fernen Felsenkette waren

niedlicher und gegliederter als die näheren Ballen; sie waren zum Teile bläulich wie der Himmel und wären von diesem oft kaum zu unterschieden gewesen, wenn die Ränder nicht milchweiß geglänzt hätten.

Ich tat die Füße auseinander, bückte mich und guckte zwischen den Beinen hindurch auf die fernen Wolkenschichten hin, um durch diese ungewohnte Lage des Blickes ein möglichst abenteuerliches Bild zu schauen. Da sah ich unerhörte Bergriesen mit den schwindelndsten Kuppen und schauerlichsten Abgründen, und da ragten die Felshörner, und da glänzten die Gletscher in unermesslichen Höhen. Wenn dann vor diesen Gebilden ein dunkles Wölkchen dahinschwamm, so hielt ich das für einen riesigen Steinadler oder gar für den Vogel Greif. Das war mein Tirol, von dem ich schon gehört hatte, und ich guckte so lange zwischen den Beinen darauf hin, bis ich schwindlig wurde und in das Gras purzelte.

Fürchterliche Riesen mit goldigem Mantelsaum, mit verknorrten Gliedern und gewaltigen Köpfen standen am Himmel und schwangen ihre Arme und streckten ihre Finger nach der Sonne aus. Die Sonne hatte sich lange sehr geschickt zwischen diesen Ungeheuern durchgewunden, aber endlich ging sie doch ins Netz. Da lag dann ein dunkler Flecken über dem Waldlande oder über den kleinen reifenden Feldern im Tale, und es lagen mehrere Flecken und zogen sich langsam hin auf ebenen Flächen und krochen wachsend empor an Hängen und verschwanden endlich wieder.

Je mehr die Sonne niedersank, desto schwächer wurde ihr Strahl; der Himmel graute, aber die dichten Wolken schwanden, gingen in Federn und Fransen aus, und gegen Abend weideten am Firmamente, wo früher die Ungeheuer gestanden, milde, weiße Lämmchen.

Nur die Bilder über der fernen Felsenkette blieben am längsten. Aber auch dort waren großartige Veränderungen; das gewaltige Hochgebirge war zu einer leuchtenden Stadt mit goldigen Türmen und Kuppeln und Zinnen geworden. Das war mein Zion, ich blickte wieder zwischen den Beinen darauf hin.

Aber wie wenn das ganze Reich von Butter gewesen wäre, so zerging es nun, als die Sonne nahe kam, und es dehnte sich eine weite Ebene aus über der Felsenkette, eine rötlich-graue, unabsehbare Ebene mit Licht- und Schattenfäden und darüber hin der Himmel. Das war mir das Meer, und ich guckte wieder durch mein dreieckiges Fernrohr.

Die Sonne durchbrach die Ebene und tauchte als große rote Scheibe hinter den scharfen Kanten der Felsen hinab. Da lagen rote Linien und glühende Nadeln darüber hin, die noch lange leuchteten und erst zur späten Stunde erloschen, als über unserem Gehöfte schon die Stille der Nacht lag und am Himmel die Sterne sichtbar wurden, oder das milde Mondlicht liebliche Schleier wob.

So waren die Tage des Juli und August. Die Kornfelder im Tale nahten langsam der Reife, sie wurden gar sorgfältig bewacht, sie machten für den Winter die einzige Hoffnung aus. Die Früchte an den Berghängen aber waren im Verdorren, denn es rieselte wochenlang kein Regen. Da blickten auch andere Leute zuweilen aufwärts zu den Wolken oder hin gegen die Rax, die aber stets klar war und an der nie die Nebelflocke klebte; eine Nebelflocke an der Rax war das einzig sichere Anzeichen eines nahen Regens.

Ich saß täglich auf meiner Hochöde und sah den Himmel an. Ich wusste nicht, warum, ich dachte mir es auch kaum, was ich sah, ich fühlte es nur.

Einmal gegen die Abendstunde hin saß über der Felsenkette ein ungeheures Eichhörnchen. Es setzte seine Vorderfüßchen gerade auf, es hatte ein deutliches Schnäuzchen und spitzte die Ohren, und der buschige, sanft wollige Schweif ging weithin gegen die Neubergeralpen. Es war ein launiges Wolkengebilde, gar ein Äuglein hatte das Tier, ein blaues Äuglein, durch welches der klare Himmel guckte; aber auf einmal wurde es licht und funkelnd in diesem Auge, und es warf einen mächtigen Strahl über den ganzen Himmel. Es hatte sich hinter der Wolke ja die Sonne verborgen gehalten. Endlich erlosch das Auge wieder, ich wusste nicht, hatte ein Wölklein das Lid zugedrückt oder war die Lichtscheibe zu sehr gesunken; aber ich wartete, bis die Sonne unterhalb am Halse herauskommen würde, und ich freute mich schon auf das goldige Halsgehänge, das mein Eichhörnchen bekommen sollte. Aber siehe, während ich so wartete und mich freute, war das Tier zu einer formlosen Masse geworden, nur der buschige, sanft wollige Schweif ging noch weit hin in das Österreicherland.

Einmal war der Himmel mit einer leichten, gleichmäßigen Nebelschicht umzogen, auf welcher tiefer liegende Wolken verschiedene Figuren bildeten. So kroch eine Kreuzspinne dahin und der Sonne zu. Die Kreuzspinne war riesig groß und meine Fantasie sah acht oder zehn Füße. Sie kam der ohnehin matt scheinenden Sonne immer näher, und sie fraß sie auf, sodass ein tiefer Schatten lag über dem Waldlande. Als ich wieder hinaufsah, war das Gebilde verschwommen, und eine plumpe Wolkenmasse verhüllte die Sonne.

Wieder zu anderen Tagen war es aber wirklich lebendig am Himmel. Von der Felsenkette über unsere Waldberge und gegen Morgen und Mittag hin zog ein endloses Heer von Wolken. Stellenweise wanderten sie einzeln, stellenweise wieder in großen Gruppen und Massen, licht und dunkelgrau und »wollig« und »lämmelig«, und sie duckten sich untereinander, und sie ritten übereinander, und es war eine wüste Flucht In den Wäldern rauschte unwirtlich der Wind.

Das war eine wahre Völkerwanderung am Himmel, tagelang. Ich fragte die Wolken, woher sie kamen, wohin sie zogen; sie hatten nur Schatten für mich und keine Antwort.

Nach den Tagen des Windes blieb der Himmel eine Zeit lang gleichmäßig trüb, und es strich eine kühle, oft fast frostige Luft. Die Leute meinten, nun werde der ersehnte Regen kommen. Aber das Wolkengewölbe wurde lichter und durchsichtiger, und endlich sah man durch dasselbe wieder den weißen Punkt der Sonne schimmern.

Ich vergaß wohl die welkenden, verdorrenden Pflanzen der Erde, die bereits fahl oder rot gebrannt waren, ich vergaß auch die Waldvöglein, die nicht mehr singen wollten, weil sie schier vertrocknete Kehlen haben mochten, ich freute mich, dass sich der Himmel wieder erheiterte. Die Wölklein waren nun so zart und leicht und milchweiß, und leichte Fäden zogen hin, als ob in den weiten Lüften eine unsichtbare Spinnerin wäre oder ein Webstuhl stünde in der hohen Himmelsrunde.

Und aus all' den wunderbaren Geweben fügten sich Nester mit Eiern und schneeweißen Tauben: Dann machten diese Tierchen hohe Krägen und schnäbelten miteinander und da dachte ich mir: Zuweilen trifft es doch zu, dass der Himmel ein Spiegel ist für die Erde. Ich hatte zu derselben Zeit mehrmals von einem Müllerstöchterlein geträumt, das Maria hieß und ein schneeweißes Hemdchen trug.

Die Himmelsgebilde waren an diesen Tagen gar zu lieblich, und dazu hauchte eine labende Kühle von der fernen Felsenkette her. Die Leute aber waren missmutig, man hörte kein Singen und Jauchzen, das sonst den Wald so lebendig macht. Es war eine eigenartige Trägheit im Walde.

Endlich, eines Morgens – es war ein tiefblauer Himmel – klebte an der halben Höhe der Rax ein Nebelchen. Die Leute jubelten; ich betrachtete gedankenlos die Flocke an der Felswand, die fast den ganzen Vormittag in derselben Stellung blieb. Es zog ein beinahe frostiger Alpenhauch, zur Mittagsstunde aber wurde es empfindlich schwül.

Am Gesichtskreise stiegen wieder die vielgestaltigen Wolkenhaufen auf. Die Sonne verzog sich für kurze Zeit; an der Mitternachtsseite gingen mattgraue Streifen nieder, und man hörte mehrmals ein dumpfes Donnern. Das Gewitter verging, ohne dass auf unsere Gegend ein Regentröpfchen fiel. Das Wölkchen an der Rax war längst verschwunden. Über der Felsenkette baute sich sandgraues Gewölk und eine gleichmäßige Schichte, zog sich über den ganzen Himmel.

Das Waldland lag im Schatten, kein Vöglein war zu hören, nur vernahm man zuweilen den Pfiff eines Geiers. Ich wäre noch gern auf der Hochöde geblieben und hätte die so ruhsamen Dinge betrachtet, aber meine Herde graste talab und gegen unser Haus, ehe es noch Abend wurde.

Als ich zum Hause kam, stand die Mutter am Gartenrain und betete aus einem Buche halblaut das Evangelium des heiligen Johannes und machte mit dem hölzernen Kruzifix unseres Hausaltars Kreuze nach allen Himmelsrichtungen hin.

Es war noch die Sonne nicht untergegangen, aber es war schon ganz dunkel. Das Bächlein unten in der Schlucht war so klein, dass es nur sickerte, und doch war ein seltsames Brausen wie von einem mächtigen Wasserfalle. Der Hof lag wie träumend da, die Tannen daneben regten sich nicht. Ein großer, glitzernder Habicht schwamm von der Hochöde hernieder und über den Hof hin. Im Gewölke hallte ein leises, fast röchelndes Donnern, das sich mit Mühe weiter zu drängen schien und plötzlich erstickte.

An der Mitternachtsseite des Hauses wurden die Fensterbalken geschlossen; einzelne Schwalben flatterten verwirrt unter dem Dache umher. Der Brunnen vor dem Hause spritzte zuweilen unregelmäßig über den Trog hinaus, und doch merkte man kein Lüftchen. Mein Vater ging vor der Haustüre auf und ab und hielt die Hände über den Rücken.

Plötzlich begann es in den Tannen zu rauschen, und mehrere bereits vergilbte Ahornblätter hüpften vom Walde heran. Regentropfen schlugen nieder und spritzten von der Erde wieder auf. Jetzt war es wie ein schwaches Aufleuchten durch die Abenddämmerung, dann tanzten wieder lose Blätter über den Anger. In den Wolken rauschte es wie das Rollen wuchtiger Sandballen.

Nun brach es los. Die Bäume wurden lebendig, und es krachten die Strünke. Vom Dache der Scheune rissen sich ganze Fetzen los und tanzten in den Lüften.

In demselben Augenblicke sauste das erste Schlossenkorn nieder; hoch sprang es wieder auf und kollerte hüpfend über den Boden hin. Das Schlossenkorn war so groß wie ein Hühnerei.

Die Leute sahen es, und mit einem leisen: »Jesus Maria!« eilten sie ins Haus. Ich blieb so lange im Freien, bis mir ein Eisklumpen auf die Zehen fiel, dass ich vor Schmerz fast zusammensank; dann huschte ich unter das Dach.

Nun war eine halbe Stunde lang nichts als ein fürchterliches Geknatter. Die Leute beteten den Wettersegen, aber man verstand kein einziges Wort.

Zuletzt klirrten gar die Fenster der Morgenseite,

auf den Dächern knatterte es gräulich, und zackige Schlossen kollerten in die Stube, und der Wind wogte herein und blies die geweihte Wetterkerze aus und fachte das Herdfeuer an zu einem wilden Sprühen, und wir glaubten schon, es käme uns das Feuer zum Rauchfang hinaus. Erst als ein gewaltiger Donnerschlag krachte und ein zweiter, legte sich das Mark und Bein durchdringende Getöse, und es zog nur noch ein eiskalter Luftzug durch die Fenster, und es rieselte der Regen. Endlich legte sich auch dieser. Es war Nacht geworden; draußen lag eine Winterlandschaft.

Wir nahmen kein Nachtmahl, wir gingen nicht zur Ruhe. Ich legte Strohschuhe an und ging mit meinem Vater hinaus auf das hohe, knisternde Eis. Wortlos schritten wir um das Gehöfte. An den Gebäuden lagen Haufen von Schlossen und Dachsplittern, unter den Tannen waren hohe Schichten von Reisig, und die schönen Stämme hatten nur kahles oder zerzaustes Geäste. Auf dem Kornfeld und auf dem Kohlgarten lag die gleichmäßige Eisschicht; kein einzig Hälmlein, kein einzig Häuptchen ragte hervor.

Mein Vater stand still, hielt die Hände über das Gesicht, und seine Atemstöße zitterten.

Von der Mittagsseite war noch das ferne Murren des Gewitters zu hören. Über dem Wechsel ging zwischen zerrissenen Wolken der Mond auf, und aus dem dunklen Grunde der Wälder erhoben sich weiße Nebelgebilde. Am Himmel standen zarte Flocken mit silberigen Rändern.

Als ich den Kaiser Josef suchte

Heut', mein lieber Waldbauernbub', heut' magst du deine Füße in meine Schuhe stecken, aber dazumal bin ich noch selber barfuß gegangen, hab' dir nicht helfen können, und wir haben allzwei nicht gewusst, dass es eine arge Sach' ist, wenn man mit nackten Füßen den Schafen nach über Stoppelfelder laufen, über Steinhaufen klettern, über Brennnesseln springen muss. Hatten denn die Schafe und die Ziegen Stiefel an? Stiefel nicht, aber Schlappschühlein wohl.

Nur nicht erst auf die Kälte warten. Wir liefen und hüpften wie die Lämmlein, bis die Sonne den Reif aufleckte, als ob er Zucker gewesen wäre. Hätten wir dazumal nur von jenen Dichtern schon was gewusst, welche aus Tautropfen Diamanten machen, wir hätten uns leicht ein warmes Gewand kaufen mögen; in mancher Morgenfrüh' hing jeder Grashalm voll von Diamanten. Aber so schön vermochten wir uns das Schäferleben nicht auszumalen, als jene poetischen Leute es können, welche noch nie mit nackten Füßen in Reif und Tau gestanden haben.

Ein Höslein hattest du an, von dem dich gesehen, dass es nicht mehr ganz tadellos war, wenn deines Vaters langer Zwilchrock die anrüchigen Stellen nicht verdeckt hätte.

Deine Mütze, die – wenn die Sonne schien – mehr schadete als nützte, hättest wegtun mögen, denn sie zwängte die dichten, buschigen Haare ein, die sonst dem Gesichte Schatten zu geben im Stande gewesen wären. Ei, was lag dir am Schatten, du blasser Waldbauernbub', blicktest ja ganz geflissentlich in die Sonne hinein, wolltest ein gebräuntes Gesicht haben, wie der Knierutscher-Jakob.

Hast es nicht gern, dass man davon spricht? Gut, so sprechen wir von was anderem. Wenn man die Schafe aus dem Stalle lässt und so lange sie noch hungrig sind, laufen sie ganz gottlos über die Weide hinaus – das weißt. Jedes will das Vorderste sein und den ausgiebigsten Bissen erhaschen; erst später kommen sie zur Ruhe, und ist der Heißhunger gestillt, so grasen sie behaglich. –

Und das letzt', Halterbübel, gab für dich die rechte Zeit. In den Himmel magst letztlich auch nicht immer hineingucken – das macht dumm. Du steigst auf einen Steinhaufen, wärmest dir dort an den besonnten Platten die Hände, die Füße und was sonst noch zu wärmen ist, und dann – ja, jetzt hebt ein anderes Kapitel an –, du zerrst aus den Weiten des vielsäckigen Rockes ein Buch hervor, legst es auf dein lebendig Lesepult, die Knie, und hebst zu blättern an.

Ja seht, das war derselbe Junge, der von einem alten Bettelmann, der einmal Schulmeister gewesen, das Lesen und Schreiben gelernt hatte und der alte Gebet-, Predigt- und Geschichtenschreiber der Gegend um sich zusammenschleppte, und von dem einige sagten: »Das wird noch ein Pfarrer!«, und andere: »Das wird ein Fabelhans, ein Taugenichts!« – Weit fehl hat keiner geraten, heute verlegt er sich bisweilen aufs Predigen, dann aufs Fabeln und mitunter ein bisschen auf gar nichts.

Ja, das war derselbige Junge. Mit den Leuten ging er nicht allzu gern um, sie waren meist recht roh oder bissig gegen ihn – mögen keinen, der nicht in allem so ist wie sie. So unterhielt er sich mit solchen, die vielleicht weit, weit von ihm waren, vielleicht in prächtigen Palästen, vielleicht längst vermodert. Mit solchen ging der barfüßige Waldbauernbub', und mit solchen saß er auf dem Steinhaufen. Sie waren nicht die Dümmsten, sie wussten über alles zu sprechen, von allem zu erzählen, bei allem zu raten, waren recht spaßhaft noch dabei. Die ganze Welt ist nicht voll Stoppelfelder und Steinhaufen, und alle Leute gehen nicht barfuß. Meere und Schiffe, Urwälder und Städte gibt es, wundervolle Kunstwerke und allerlei Unglaubliches. – Wenn der kleine Bursche des Nachts in seiner Strohkammer schlief, so träumte er davon.

Jetzt auf dem Steinhaufen, da las sich's besonders von der Wienerstadt gut. Vom Stefansturm, von der Türkenbelagerung, vom Volkssänger Augustin, vom Kaiserhaus, vom Kaiser Josef, der unter das Volk gegangen war, um dessen Leiden und Wünsche zu erfahren; der unter die Bauern gegangen war, um zu sehen, wie sich so ein Pflug angreift. – So lieb gewannst du den guten Kaiser Josef, dass du das Buch an die Wange drücktest, weil der Kaiser Josef selber nicht da war. Bilder waren im Buche, und es schien die Sonne drauf; aber du wendest dein Auge drüber hinaus. Dort hinter dem blauen Wechsel liegt die Wienerstadt. – Wenn der Kaiser zu den Bauen gegangen ist, warum sollte der Waldbauernbub' nicht zum Kaiser gehen? In einem oder zwei Tagen wäre er dort – wäre in Wien, ginge ins Kaiserhaus, auf den Stefansturm, ginge zum Donaustrom, wo Schiffe fahren, sähe alles. Spräche dann mit den Wienern, fragte, wie es ihnen gehe, wie sie 's trieben, gäbe sich als den Waldbauernbuben aus Alpel zu erkennen, welcher ihre Bücher lese – und schlösse etwa Freundschaft mit ihnen.

Und da ist – du armer kleiner Bursche – ein Sehnen und eine Unruhe in dich gekommen, dass du gar nicht mehr zu lesen vermochtest im Buche, gar nicht mehr zu hocken auf dem Steinhaufen. Mit den langen Ärmeln, die weit über die Finger hinausgingen, hubst du an zu fächeln, jagtest die Schafe heimwärts, liefest zu deiner Mutter.

»Mutter, ich möcht' so viel gern nach Wien gehen.«

»Wirst schon hinkommen, wenn du einmal Soldat bist.«

»Nein, heute. Und ich erzähl' dem Kaiser, wie es uns geht, und dass er auch einmal ins Alpel kommen möcht'.«

»Du Närrisch, was fällt dir denn ein?«, rief die Mutter, »wer tät' denn die Schaf' halten, und wo nähmst du das Gewand und das Geld her? Wirst jetzt auf Wien gehen!«

»Die Schaf' tät' ich schon in die Hald (eingezäunte Weide) sperren. Den Rock liehe mir der

Knierutscher-Jakob, die Hosen hab' ich selber, und das Geld hab' ich auch selber – weil ich ja vorgestern mein Lampel verkauft hab'.«

Darauf die Mutter: »Du bist gar so viel trotz, (kühn) Bub! Aufhalten wollt' ich dich nicht; meinetweg' kannst schon gehen, gleichwohl ich mich genug werde grimmen (sorgen) müssen um dich. Frag' den Vater.«

Der Vater aber sagte: »Du Halbnarr!«

Hub das Waldbauernbüblein an zu murren – es könne nicht allfort Schaf halten, es wolle ihm keine Ruh' geben, es müsse Wien sehen; nachher möchte es schon wieder daheim bleiben und brav arbeiten.

»Was tät' denn das nutzen?«, rief der Vater unwirsch, »möcht' wissen, was du z' Wien zu tun hättest! Willst zum Kaiser um Geld, so geh'! Glaub nicht, dass er dir eins gibt, ehvor tragst du eins ins Wien. Und nicht einmal eine Wallfahrt kunnst dabei verrichten.«

»Eine Wallfahrt kunnt er just wohl dabei verrichten«, redete die Mutter drein. »Nicht weit von Wien ist ja Mariaschutz, da soll er ein Gebitt machen, dass doch die Saukrankheit endlich einmal aufhören möcht'. Heut' hat mir die Alte auch schon brennheiße Ohrwaschel.«

»Das ist schon wieder ganz was anders«, sagte der Vater, »wenn er eine Kirchfahrt will verrichten und sein eigen Lampelgeld dabei brauchen – ich geb keinen Groschen –, so mag er meinetwegen schon gehen. Aber Bub', dass du mir übermorgen wieder daheim bist, sonst kunnt ich dir für nichts gut stehen.«

Die Bewilligung in aller Form.

»Und jetzt war's eine Freude! In zwei Stunden war alles fertig. Die Schafe staken in der Halde und der Hirt in das Knierutscher-Jakobs Gewand. Noch während auf dem Tische Suppe und Sterz stand, auf dass er sich für die Reise satt esse, redete ihm die Mutter zu, die Nacht noch daheim zu bleiben und erst am nächsten Morgen zu wandern. Vergeblich Bemühen. Der kleine Bursche packte auf und sagte: »Jetzt geh' ich.«

Und die Mutter versetzte: »Hast alles?«

»Ja.«

»Geh' nicht zu geschwind und trink' nicht zu gäh, und sei schön ordentlich, wenn du unter fremde Leut' kommst.«

»Bet' fleißig«, setzte der Vater bei, »und schließ' uns alle ein.«

Und dann ging er – der kleine Hirtenbursche – fort von seiner Elternhütte in den Waldbergen – ging in eine große Stadt – er ahnte nicht, wohin.

Es ist ja doch auch das eine wahre Geschichte. Ich kann sie genau erzählen, ich bin dabei gewesen.

An einem hellen Maitag war's, als ich von dem Berge niederhüpfte und hinausging die Waldstraße des Alpsteigs gegen das breite Mürztal. Wer nach dem Kleide frägt: Ein dunkelgraues Lodenhösel hatte ich an und Kuhlederschuhe, hübsch mit eisernen Nägeln beschlagen, dass die Sohle geschützt war, und trug eine braune, grün ausgeschlagene Lodenjacke. Der Brustfleck war aus rot gefärbter Leinwand, das Hemd aus grauer; Letzteres hatte am Halse einen breit umschlagenen Kragen, der mit einem blauen, etwas zu wulstigen Tuche zusammengebunden war, sodass der Hals nicht viel dünner aussah als der Kopf. Auf dem Kopfe saß meines Vaters Hut, der ging mir bis über die Augen herein und tanzte stets ein Weniges, sooft ich mich rasch wendete. In der einen Hand trug ich das Bündel mit dem Brote und dem Straubenlaib, das mir die Mutter mitgegeben hatte, trotz meines Sträubens, denn mir war es nicht recht fasslich, wie man in Wien auf das Essen denken könne. In der anderen Hand trug ich den Stock, den ich das eine Mal fest in den Boden stieß, das andere Mal lustig in den Lüften schwang, so wie es die Handwerksburschen machen, wenn sie die Welt durchwandern.

Fröhlich kam ich an Krieglach und Langenwang vorbei. Heute würdigte ich diese Orte, die sonst meine Städte gewesen waren, kaum eines Blickes. Wer nach Wien geht! – Als ich aber gegen den Gansstein kam, ging die Sonne unter, und ein blauer Dunststreifen lag über den Weidenbüschen der Mürz.

Ich sprach bei einem Bauer zu, bei dem ich nicht ganz unbekannt war, weil er mit meinem Vater öfters im Viehhandel stand. – Ob ich über Nacht im Stalle schlafen dürfe?

»Habt ihr jetzt zur Anbauzeit denn nichts zu tun daheim, dass du so herumgehst?«, fragte der Bauer.

»Ich geh' zum Kaiser Josef!«, antwortete ich trotzig.

Sah mich an. – »Der Bub' – den kenn' ich«, sagte

er zu seinen Leuten, »der hat kuriose Flausen im Kopf, der ist alles im Stand. Der redet mit dem Kaiser, wie unsereiner mit dem Viertelrichter. Von dem hören wir was, wenn er nach Wien geht – werdet es schon sehen. – Na ja, freilich kannst schlafen im Stall.«

Das war die erste Nacht in der Fremde. Das Heu hatte schon einen anderen Duft als wie jenes daheim in Alpel. – Ich kannte einen Oberländer, der Soldat war und gar sehr an Heimweh litt. Er hatte aber nichts daheim, weder Vater noch Mutter, noch Geschwister, noch Haus und Hof, noch einen Schatz. Er wusste lange selbst nicht, warum er sich so sehr nach seinen Bergen sehnte; endlich, als er einmal über ein ungarisches Moor ging, wo saure, welke Gräser rochen, wurde ihm klar, er habe das Heimweh nach dem Alpenheu. –

Am andern Morgen – es stand noch das weiße Mondkipfel am Himmel – war ich schon auf der Straße. – Das Mondkipfel in die Milch der Milchstraße tunken – wäre das nicht ein gutes Frühstück? – Wie, dass ich heute, und so früh schon ans Essen dachte?

Am Gansstein stand ich still und blickte hinan zur Felswand, die über den Tannenwald aufragt. In diesem Felsen soll ein großer Schatz verborgen sein – ein Sonntagskind könnte ihn heben. Ob ich eins war? Wozu auch, hatte ich doch mein Lampelgeld in der Tasche.

In Mürzzuschlag schnalzten schon die Fuhrleute durch den Markt, und beim Fleischhauer und beim Bäcker gingen Weibsbilder mit Handkörben aus und ein. Am Eckhause saß ein Weib, das hatte Semmeln und Äpfel. Äpfel im Mai – das muss eine gute Gegend sein!

Bei Spital gab mir ein Reisender, dem ich mich angeschlossen, den Rat, dass ich fechten solle.

»Mit wem denn?«, fragte ich erschrocken, und als ich wusste, wie er's gemeint, antwortete ich: »Nein, das mag ich nicht. Ich hab' mein Lampelgeld.«

Endlich bin ich zum Semmering gekommen. Dort habe ich an die Eisenbahnfahrt gedacht, die ich ein paar Jahre früher mit meinem Paten so kecklich unternommen. Ich hatte Heimweh nach dem Paten, wäre der bei mir, es würde sicherlich wieder gefahren – so arg wir auch dazumal aufgesessen waren.

Ich schritt die Höhe hinan und freute mich der Lärchenbäume, die an beiden Seiten des Weges standen und mir so heimlich waren, weil solche auch in unserem Walde wuchsen. Oben, wo der große Kaiser-Denkstein steht, setze ich mich ein wenig ins Grüne und trocknete mein Angesicht. – Ob sie auch dem Kaiser Josef, wenn er einmal gestorben sein wird, so ein Denkmal setzen? Da müsst' wohl auch der Pflug hinaufkommen!

Hier ist die Grenze. Wie liegt das Österreicherland so tief unten! Und dort weit draußen hinter den Felsen die graue Ebene mit den kleinen weißen Punkten. Dort steht sicherlich die Wienerstadt.

Als ich jenseits hinabschritt, war die Straße recht einsam, und ich hörte nichts als manchmal einen fernen Pfiff herüber von den wilden Wänden, in denen der Eisenbahndrache seine Höhlen und Löcher gebohrt hat. In solcher Fremdheit hub ich mich schier an zu fürchten.

Bevor man noch in das Tal von Schottwien hinabkommt, steht rechts, abseits von der Straße, eine Kirche mit zwei Türmen – Mariaschutz. Ich ging hin, um die von meinen Eltern ausbedungene Andacht zu verrichten. Ich habe seither für mich selber kaum einmal so kindlich gebetet als damals für die Säue daheim, welche uns eine böse Krankheit dahinzuraffen drohte, eine Krankheit, die etliche Tage früher bei einem der Nachbarn das ganze hoffnungsvolle Schweinevölklein unter die Erde gebracht hatte. Ich bedauerte einen solchen Verlust allerdings auch darum, weil er uns fürs nächste Jahr den Weihnachts- und Osterbraten raubte, zumeist aber darum, weil ich das Leid meiner Mutter erwog, deren einziges Glück es war, uns zuweilen einen guten Bissen auf den Tisch zu bringen. Als ich der Mutter gedachte, hub ich an zu schluchzen, schämte mich aber dann vor der lieben Frau auf dem Altare, weil dieselbe leicht vermuten konnte, ich weine um die Säue.

Dann saß ich unter der Linde, und das Herz war mir so weich geworden, dass ich sann, wie es wohl wäre, wenn ich nun wieder umkehrte?

Aber das Wien! Das Kaiserhaus und der großmächtige Herr, der es mit uns Bauersleuten so gut meint!

Ich wanderte weiter. Wanderte durch Schottwien, und zwar eiligen Schrittes, bevor von den drohenden Hängen ein Felsblock niederging; wanderte an Gloggnitz und anderen Orten vorüber, sah merkwürdige Häuser und Schlösser mit kirchturmhohen Rauchfängen. Jetzt zog auch wieder die Eisenbahn neben der Straße hin, und sie war so glatt und eben wie früher, und man sah es ihr nicht an, dass sie aus unterirdischen Wildnissen kam.

Hinter Gloggnitz fiel es mir ein, das Lampelgeld wäre auch nicht unvergänglich, und der reisende Mensch müsse alles probieren auf der Welt. In einem Bauernhause hielt ich um ein Mittagsessen an und bekam Sauerkraut. Es schmeckte, ich sagte schön Vergelt's Gott und dachte bei mir: Jetzt wenn ich nur noch einen Speckknödel hätte! Bei dem nächsten Hause hielt ich wieder um ein Mittagsessen an und bekam ebenfalls Sauerkraut. Es schmeckte etwas minder, aber ich sagte Vergelt's Gott und ging. Als ich hierauf in schöner Beharrlichkeit beim Nachbar das dritte Mal um ein Essen bat, fluchte mich der Hausherr zur Türe hinaus; ein »Bettelgesindel« bekam ich nachgeworfen – an dem hatte ich lange zu würgen, es sättigte mich, und ich habe das Fechten nicht wieder versucht.

Oft und oft gingen Landwächter mit glänzenden Spitzhauben an mir vorbei. Weiß noch heute nicht, wie es zuging, dass mich keiner angehalten hatte; ich hätte in meiner Lodenrocktasche nur *ein* Papier gehabt, und zwar die »Sieben Himmelsriegel, sieben kräftige Gebeter, die den, der sie an der Brust trägt, zu Wasser und zu Land von allen Gefahren behüten«. Weiß nicht, ob sie befriedigt hätten, aber – so meinte nachher, als ich die Sache zu Hause erzählte, die Muhm' Kathel: »Hättest nur die Himmelsriegel nicht bei dir gehabt, wurd'st schon gesehen haben, wie dich die Standarn angehalten und zusammengepackt hätten!«

Die Straße war heiß, die Felder ringsum waren grau vor Staub. Die Kuhlederschuhe wetzten die Fersen heiß – aber das wird alles gut sein, sehe ich nur erst den Stefansturm.

Als ich zu den Häusern und Gärten kam, auf deren Ortstafel das Wort »Neunkirchen« stand, waren die Berge weit zurückgetreten und mit ihnen auch die Sonne. Die Pappeln, die an der Straße standen, warfen lange Schatten. – Herberg' nehmen? Nein – ein rechter Waldbauernbub' kommt vor Mitternacht leicht noch nach Wien.

Auf der schnurgeraden Straße, die über das Steinfeld führt, ging ich hin. Links die Bergkette mit den rötlich grauen Wänden, die sich immer weiter zurückzog; rechts die Ebene, auf die das Firmament niedergesunken war. Die Straße war still und verlassen, nur an der Bahn, die zur linken Hand mit ihren zwei Strängen hinzog, brauste bisweilen ein Eisenbahnzug vorbei. Ach, was müssen die Leute für Geld haben, die so lustig Eisenbahn fahren können! Da rutscht just einer gegen Wien hinaus. Wenn der Zugfuhrmann wüsste, wie mich der Schuh wetzt, er nähme mich mit; eines solchen Bübels wegen dürft's doch nicht um so viel schwerer gehen.

Dann kam der Föhrenwald. Die Sonne war trüb hinter den blauen Bergen niedergegangen; es hub an zu dunkeln, und ich sah es ordentlich, wie hinter der weiten Ebene die blaue Nacht heraufkam.

Leibhaftig! Daheim im Gebirge war der Tag da, oder es war die Nacht da – aber so von weitem herankommen hatte ich die Finsternis niemals gesehen!

Jetzt wird doch bald wo ein Dorf stehen oder ein Haus auf dem handebenen Boden. Nicht? Föhrenwald und Föhrenwald. Endlich hört er auf, und es heben die Felder an. Ja, aber nur schmale Streifen, Heidestreifen, dann wieder Föhrenwald. Die Bäume waren klein, aber langästig, zwischen den rötlichen Stämmen sah man tief in die Dunkelheit hinein. Mein Schuhwerk war schneeweiß vor Staub, aber ich vergaß, dass es mich gedrückt hatte, ich vergaß, dass ich müde gewesen war – ich ging und ging.

Die Sterne waren aufgegangen; es waren Bekannte von daheim darunter, es war die Romstraße da. – Wenn ich in Wien gewesen bin, dann gehe ich auch einmal nach Rom und richte beim Heiligen Vater einen schönen Gruß aus vom Kaiser Josef. – Wenn der grün funkelnde Stern dort noch um eine Klafter höher steigt, so ist die Geisterstunde da. Die Geisterstunde mitten in einem großen, fremden Wald … Daheim werden sie jetzt von mir reden. – Mein, wo wird der Peterl schlafen? wird die Mutter sagen. – Oh, wird der Vater antworten, der hockt schon lang wo in einem warmen Nest. Dem, wenn er schon z' Wien ist, lässt der Kaiser ein Bettstadel aufschlagen im Dachboden …

Dieses Wien ist doch weit weg. Wenn nur noch ein Wirt auf ist, bis ich hinkomm'!

Hie und da sah ich ein Licht flimmern, bald

blau, bald weiß und bald rot, aber es war kein Gespenst, und es war kein Wirtshaus, es war von der Eisenbahn. – Was den Stock betrifft, so hielt ich's für angeraten, ihn nicht zu fest auf die Straße zu stoßen. Möglichst still hinschleichen, dass man keinen Räuber aufweckt!

So ging es denn fort durch die Nacht und durch den Wald und immer durch die Nacht und durch den Wald. Es war mir angst und bang.

Endlich tauchten vor mir in der Ferne kleine Lichtlein auf. Es wurden deren immer mehr, und zuletzt lag ein langer Streifen von Lichtern, und über demselben ragte dort und da eine dunkle Masse empor. Nun war ich plötzlich frisch – jetzt stand ich vor Wien. Vor Wien, wie einst der Türke; aber ich ziehe ein und belagere es mitten in der Stadt. – Sie sind sicherlich noch alle auf und sitzen in ihren Häusern beisammen um den Tisch oder sie spinnen und erzählen sich Geschichten.

Ich brauchte noch eine Weile, bis ich hinkam, aber endlich schritt ich über lauter steinerne Platten, und um mich ragten die dunklen, hohen Häuser auf. Vor den Häusern auf freier Straße brannten Laternlichter aus eisernen Kerzen hervor, und sie waren so groß und breit wie ein großer Schwalbenschwanzfalter, wenn er die Flügel ausstreckt. – Hinter gläsernen Wänden, die noch viel schöner beleuchtet waren als daheim zu Weihnachten das Krippel in der Kirche, lagen Backwerk, Würste, Tücher und allerlei Dinge. Und da gingen Leute herum links und rechts, auf und ab, und sooft ich an einem vorbeikam, hob ich die Krempe meines

Hutes ein wenig und sagte: »Guten Abend.« Aber es hörte mich keiner; das war ein Geräusch überall, noch spät in der Nacht.

Jetzt stand ich vor einem Hause, das hatte auf seiner Wand mit großen Buchstaben aufgeschrieben: »Zum goldenen Hirschen«. In das ging ich hinein und bat um Herberge. Der Wirt sah mich an, und als ob ich ihm zu groß gewesen wäre, sagte er: »Kein Platz.«

Ich stand wie niedergedonnert da, und ich verwett' was drauf, dass ich zu klagen anhub, wenigstens weiß ich, dass die Wirtin daherkam und mich dem Hausknecht überlieferte, mit dem Bedeuten, dass er mir in irgendeinem Winkel des Hauses eine Liegerstatt anweisen möge. Der Hausknecht übergab mich einer Magd. Wenn ich dem Wirt etwas zu groß gewesen, so war ich der vielleicht zu klein – sie wollte die Aufsicht über den Jungen nicht übernehmen und führte mich zum Stallknecht.

Der Stallknecht fettete seine Peitsche ein und sagte zu mir: »Ich merk', dich schummeln sie im ganzen Haus herum.« Da brach ich in helles Weinen aus.

»Du Lapp!«, rief er, »hier zwischen den Rössern legst dich nachher aufs Stroh – gibst halt Obacht, dass du im Schlaf dem Braunen nicht unter den Bauch kugelst, sonst bist des Mauses. – Sieh, magst ein Stückel Speck?« Er aß Speck und Brot, und ich war sein Gast. Dann schlief ich zwischen den stampfenden und schnaubenden Rössern. Und am anderen Morgen, als anstatt der Stalllaterne durch ein trübes Fenster der Tagesschein fiel, sah ich, wie zwischen mir und dem Braunen ein Scheidebrett aufgerichtet worden war, das mich vor Gefahr beschützt hatte.

Ich kleidete mich an und fragte meinen Herbergvater, was ich schuldig wäre fürs Dableiben.

»Geh' nur, geh'«, antwortete der Stallknecht, »wirst so viel Geld nicht im Sack haben.«

Aber ich legte ein Vierkreuzerstück auf die Wandleiste, wo er seine Kleiderbürste, den Tabaksbeutel und das Rasierzeug hatte.

Hierauf fragte ich ihn, was er mir raten könne, das ich in Wien zuerst anfangen solle.

»Willst nach Wien?«, sagte er.

Da mag ich ihn angeglotzt haben.

»Ja, wo bin ich denn?«, stammelte ich, »bin ich nicht in Wien?«

Es ist schrecklich, wenn so ein Stallknecht auflacht aus seiner ganzen Brust. Mir ging's durch Mark und Bein, als er so lachte und mir sagte, dass ich nicht in Wien, sondern in Wiener-Neustadt wäre und dass ich noch eine starke Tagereise bis zur Kaiserstadt hätte.

Umkehren? Nein. Ich machte ich in Gottes Namen wieder auf die Wanderung. Als ich ins Freie trat, war das Straßenpflaster so glänzend, dass die Leute, die mit Regenschirmen hin und her eilten, sich fast darin spiegelten. In den Dachröhren rauschte es, und von dem grauen Himmel rieselte es nieder. – Macht alles nichts; regnet es, so ist's kühl.

Noch ein Blick auf die zwei Türme, die hoch oben durch eine Brücke verbunden sind, des Weiteren hatte diese Stadt, die nicht Wien war, für mich keinen Reiz. Hinaus ging's auf schlammiger Straße in den düsteren Tag.

Ich kam zu einem Laubwald, in welchem ein weitschichtig Dorf lag – Theresienfeld. – Kommt der Name von Maria Theresia, der Mutter des Kaisers? – Wie immer, ich nahm hier mein Frühstück, eine Schale Rindssuppe. Die gab neuen Mut. Dann ging's wieder fort und fort.

Was doch des Vaters Hut wert ist – und schon gar in der Fremde! Wie auch der Regen rieselte, der kleine Knirps unter den breiten Krempen blieb trocken weit hinab, und hätten die Füßlein nicht immer nach vor- und rückwärts schlagen müssen, sie wären auch noch geborgen gewesen. Aber schwer wurde dieser Hut, und noch tiefer sank er über die Augen herab.

Ein Kälberwagen knarrte daher; den Fuhrmann bat ich um Unterstand, da hob er mich unter das Gedache zu den armen, gebundenen Tieren hinauf. – Kälber, kommt ihr etwa auch aus Steiermark? Und fahrt nach Wien? Ihr wäret besser daheim geblieben auf den grünen Weiden, für euch ist die Kaiserstadt kein guter Platz. Der Gedanke wurde mir so unheimlich, dass ich wieder auf die Straße sprang und in Regen und Schlamm weiter watete.

Wie waren in dieser Gegend die Wolken träge und schwer, sie lagen ganz auf dem Erdboden! Ich zählte die Straßen- und Meilensteine, las die Tafeln und Wegweiser, und immer öfter und öfter zeigte sich der Name »Wien«. Darum wurde ich an diesem Tage weder hungrig noch durstig noch müde. An Dörfern, Märkten und Städten muss ich vorbeigezogen sein, ohne sie vor Regen und Nebel gesehen zu haben. Endlich, zur Nachmittagszeit erhob sich ein Luftzug, der zerstreute die regnenden Nebel; sie schoben sich in dichten Ballen an den fernen Bergen zusammen, sie lagen in langen Streifen auf der weiten Ebene, und der Himmel wurde blau.

Aber die Gegend war öde. Dort in der Weite gab es noch manchen Turm, manchen Schlot, manches Schloss, manche Ruine. Aber in der Nähe nichts als gelblich-rote Erde und Ziegelbrennereien. Kaum ein Baum, ein Strauch; eine traurige Heide. Ich hätte nicht geglaubt, dass das ebene Land, welches mir stets als das Ideal einer schönen, fruchtbaren Gegend vorgeschwebt hatte, so ödweilig sein könne. Und die große Stadt, sollte sie denn nicht zu finden sein? Hier war ja fast die Spur verloren. – Nur rüstig weiter. Die sehr breite und mit vielen schweren Fuhrwerken belebte Straße ging etwas bergwärts, einer sanften Höhung zu, auf der eine Säule stand. Als ich näher kam, wuchs die Säule und zeigte allerlei Zacken und Statuen. Und hinter derselben aus der Talung huben seltsame Dinge an aufzutauchen. Zuerst ein Turm, dann ein zweiter, dann Dächer, dunkle Gründe, dann eine Kuppel um die andere, dann Türme und Türme, Zacken und Spitzen, so weit das Auge reichte, ein dunkelgraues Meer, inmitten aufragend hoch eine schwarze, schlanke Nadel.

Nun – das war's. Das war Wien – musste es sein! – – War zwar ganz anders zu sehen, als ich mir gedacht hatte. – Weiße Häuser, frische Gärten vor denselben, schöne Schlösser mit goldenen und silbernen Zinnen, Kirchtürme, einer nach dem andern mit zinnoberroten Zwiebelköpfen – das war mein Wien gewesen. Hier aber die verworrene, unabsehbare Masse von verschwommenen Dingen, Giebeln, Würfeln, Schiefecken, tausendfältig ineinander verklemmt, verschoben und dazwischen finster ragende Massen, dort und da ein Knopf, eine Scheibe funkelnd. Und über all' dem ein mattblauer Rauchschleier, der alles noch mehr verwischte und verwirrte. So habe ich's gefunden.

Ich hatte mich auf eine der steinernen Stufen gesetzt, welche die Säule umgaben, und hatte hinausgeschaut. Ein seltsames, dumpfes Geräusch war in der Luft, und da unten sott und kochte es, summte und brauste es, dass es gar nicht zu sagen war.

Jetzt trat die Abendsonne hervor, und da hub es auf dem weiten, dunkeln, vielgestaltigen Grunde herrlich an zu glitzern, zu funkeln. Und das war die Kaiserstadt. Da stand der Türke, da ist die wilde Revolution gewesen und die Pest, und da hat der liebe Augustin gesungen. Ich hatte wohl davon gelesen! Das ist die Stadt des guten Kaisers Josef. – Welches nur das Kaiserhaus sein mochte und wie ich es morgen würde finden können aus all' den anderen heraus? Und dann – was ich sagen würde, wenn ich vor ihm stünde? …

Arges Peitschenknallen der blaukitteligen Fuhrleute schreckte mich aus meinem Sinnen. Ich stand auf, ordnete meinen Anzug in den nötigsten Stücken, bog den im Trocknen steif gewordenen Filzhut hübsch zurecht, reinigte im Gras die Schuhe und stieg dann hinab gegen das wilde Meer der Weltstadt.

Wie es jetzt kam, ist freilich nicht zu beschreiben, denn, die es lesen, werden kaum jemals in der Lage gewesen sein, den Eindruck und die Stimmung kennen zu lernen, welche in dem Waldbauernbüblein wirkten, als es einzog in die Wienerstadt. Der Knabe hatte wohl Märchen gehört von Glanz, Zauber und Wunder – aber das war ein Stillleben gewesen in seiner kleinen Seele. Und hier die Pracht, die Wunder, die fieberhafte Bewegung und der Lärm. – Diese Paläste, von denen man in der Nacht nur die strahlenden Spiegelwände herunten sah, nicht aber das obere Ende und wie hoch sie in den nächtigen Himmel hinaufragten! Und der Schwarm von Menschen zu Fuß, zu Wagen, zu Pferde, dieses Rasseln, Schrillen, Klirren und Klingen, dieses Hasten, Rennen, Johlen, Schreien durcheinander. –

So gelangte ich durch eine breite Straße (wahrscheinlich die Wiener Hauptstraße) hinein. Die Gassen wurden gar immer enger und immer lebendiger – endlich aber war's mit einem Male weit. Ein Platz mit Bäumen, ein Wald mit vielen tausend Lichtern – es war, als ob diese Wiener Bäume lauter Flammenblüten hätten. Ich glitt mit der Menge dahin. Es ging über eine hohe Brücke, es ging durch ein dunkles Tor, wo des Hallens und Schallens kein Ende war. Und als nun vollends die Nacht eingetreten war und nur die hundert Lichter über den gläsernen Wänden blendeten, wusste ich nicht mehr, ob ich im Freien war oder in den langen Gängen eines Palastes. Die Kärntnerstraße war's. Und das Gedränge fand ich hier derart, dass ich mich in einen Wandwinkel drückte und dort ein wenig abzuwarten beschloss, bis der ärgste Haufen vorüber sei. – Waldbauernbub', das geht nicht vorüber, oder du hättest bis in die späte Nacht warten müssen. So hast auch du dich bald wieder vorangemacht, und als du sahest, dass deine höflichen Grüße von niemandem erwidert wurden, dass die Leute – sonst alle so vornehm gekleidet und weiß im Gesichte – wie toll aneinander vorüberschossen, sich sogar anrannten, drängten und schoben und stießen, da hast du gedacht, du könntest es auch so machen – und damit bist du weitergekommen. Freilich wärest du, trotz deiner schwer beschlagenen Schuhe, auf den glatten Steinen ein paar Mal schier ausgeglitscht und hättest der nächsten Glaswand eine Ohrfeige versetzt. Freilich warst du plötzlich drin unter Ross und Wagen und hast dir schon gedacht, mitten in der Wienerstadt bist hin, aber die Stadt-Rösser sind gescheit, die treten kein Bauernbübel nieder; wärest du nur erst zwischen den Stadt-Leuten glücklich durch.

Endlich gingen die Häuser etwas auseinander, um einem noch größeren – schon dem größten Gedränge Platz zu machen. Und da standen ganze Reihen von Fuhrwerken, die warteten gewiss, bis einer aufsaß. Und die Wagen glänzten wie am Fronleichnamstag die gewichsten Stiefel des Schulmeisters in Krieglach; und jeder Wagen hatte voran zwei Laternlichter, als ob die Rösser ihre Augen hinten hätten.

Über all' dem tausendfältigen Gewühle ragte eine ungeheure, finstere Masse auf. Das war kein Haus, dazu war es zu riesig und schwarz, kein Berg, dazu war es zu schlank – es ging unabsehbar und einsam hinauf in die Nacht.

»Jetzt muss ich schon fragen, was ist denn das?«, redete ich einen an.

Zwei Mal fragte ich, bis er mir Antwort gab.

Weit tat ich die Augen auf und wahrscheinlich auch den Mund. Diese schwarze Wucht war der Stefansdom – die Stefanskirche. Es war unerhört. Ich suchte den Eingang und fand ihn. Da drinnen war es kühl und dunkel und fast still. Dort und da ging ein Menschlein herum zwischen den schwarzen Pfeilern; dort und da glimmte eine Ampel vor einem Bildnis. Ich hatte gar keinen Maßstab für die Schönheit und Größe dieses Baues, mir war er nur fremd und unheimlich. Trotzdem fühlte ich, dass es eine Kirche war und als solche ein heiliger Ort. Müde und erschöpft setzte ich mich in eine Bank und ruhte und träumte. Ich dachte an das ferne, liebe Daheim zwischen den Wäldern, und wie ich nun versetzt war mitten in das ungeheure Wirbeln und Wogen der großen Stadt – ganz allein, ganz fremd. Eine eigene Stimmung war's. – Wäre nur erst die Nacht vorbei, und ich könnte mich umsehen und doch zum Kaiser kommen! – Einstweilen bat ich meinen Schutzengel um seinen Beistand, und dann ging ich wieder hinaus in das Gewühle und in das Schimmern der Lichter.

Ich ging durch Gassen und Gassen, durch breite, belebte, durch entlegene, finstere; ging durch Tore und über Brücken, gleichviel wohin. Wollte vor allem wissen, wo denn diese Stadt ihr Ende habe. Überall Häuser und Lichter und Menschen. Menschen, fremd in Kleidung, Sprache und Gebärde. Alle sind so gescheit und viel erfahren – und von Krieglach-Alpel weiß kein Einziger was.

Da kam ich an einem Bau vorbei, aus demselben strahlten Lichter, hallten Gesänge. Das war Gottesdienst in einer Kirche. Ich zog den Hut ab und trat durch das Tor hinein. Ja freilich war das feierlich, und viele brennende Luster hingen nieder – viel schönere, wie daheim in der Christnacht, aber der Priester am Altare – ich erschrak fürchterlich, erschrak vor mir selber, dass ich denn ein Narr geworden. – Der Priester hatte einen hohen, schwarzen Hut auf, und alle, die da waren, beteten und sangen, hatten ihre hohen, schwarzen Hüte auf dem Haupte. Du wunderliche Sach'! – Als der Schreck vorüber war, kam mir das Lachen; eine Weile vermochte ich es zurückzuhalten, allein als der Priester so ernsthaft seine Hände ausbreitete und ein so spaßhaftes Geschrei anhub und als die anderen dieses Geschrei nachmachten, brach mein Gelächter aus. Da nahm mich ein schwarzbärtiger Mann am Arm, führte mich hinaus und sagte: In der Synagoge müsse man sich anständig betragen.

Als es dann herauskam, dass ich in einem Judentempel gewesen war, erschrak ich noch einmal und machte meinem Schutzengel Vorwürfe, dass er nicht besser auf mich Acht gegeben hatte.

Aus einem anderen Bau hörte ich lustig Musik und Gesang. Das war ein Schauspielhaus, ich merkte es bald. Mit dem Manne, der das Geld nahm, verhandelte ich um den Preis. Wie beliebig, ich konnte fünf Gulden zahlen oder auch nur dreißig Kreuzer. Die Wahl fiel mir nicht schwer, doch erkundigte ich mich, wie lange ich um dreißig Kreuzer drinnen bleiben dürfe. Als ich erfuhr, dass ich bis zum Ende bleiben und alles sehen und hören könne, ging ich, den Hut schon in den Händen tragend, wohlgemut die vielen Treppen, die man mir wies, hinauf, und plötzlich sah ich vor mich in einen Abgrund hinab, in dem nachgerade alles von Gold und Silber war. Aus den Wänden wuchsen goldene Äste heraus, darauf brannten Lichter, und aus den hundert Wandnischen sahen schön geputzte Leute hervor, lächelnd und lebendig. Die Männer waren kohlschwarz bis auf die weißen Gesichter. An diese Gesichter setzen sie Dinge, in der Art wie kleine Doppelpistolen, und zielten damit nach allen Richtungen herum. Die Weiber hatten an den Händen breite Flügel, mit denen sie in einem fort flatterten, wie unsere Hühner daheim, wenn sie Eier legen wollten. Von der merkwürdig prächtigen Decke hingen goldene Kronen mit leuchtenden Kugeln nieder, die machten hell wie der Tag. Und unten statt des Fußbodens waren lauter Menschenköpfe und viele weiße Scheiblein darunter, die bei näherer Betrachtung auch Menschenhäupter waren, nur keine Haare aufhatten.

Jetzt hub plötzlich wieder die Musik an und so laut, dass ich schier erschrak. Darauf begann die einzige Wand, in der keine Leute hockten, sich zu bewegen und ging in die Höhe. – Jetzt waren auch auf einmal die Berge da. Weiße Jungfrauen kamen daher, sie waren fromm und schön, wie daheim die Mägdlein am Kranzeltag; sie haben ein Lied gesungen, und ich meine schier, es ist ein heiliges gewesen. Aber die Bravheit hat nicht lange gedauert – jählings sind die langen Kleider weg, und zu hüpfen und zu springen heben die Dirndeln an, gar wie besessen. Meiner Tag hatte ich noch nicht gesehen, sie so nackte Füßlein ausschauen. Und sündhaft lang waren sie, und ich fand's schier zum Verwundern, dass mich mein Schutzengel ins Haus gelassen hatte. Verhext war die ganze Sach', denn plötzlich waren die Tänzerinnen blutrot über und über, und gleich darauf schien eine so helle Sonne auf sie, dass alle anderen Lichter matt waren, und wie ich just zu jubeln anheben will über diese Wunderbarlichkeiten, da rauscht die Wand nieder und die Leute erheben sich. – Ich bin noch eine Weile stehen geblieben, in der Meinung, es würde noch was zu sehen geben, aber die Leute drängten bei allen Löchern hinaus, und die Kronen verloschen.

Bald darauf stand ich auf der Gasse und überlegte, was nun zu machen. Hungrig war ich, müde war ich; die Uhr des nächsten Turmes schlug zehn Mal. – Für heute lass es genug sein; wo wirst du schlafen die Nacht? – Es fügt sich doch wieder gut, dort an der Ecke steht ein großes Wirtshaus. Durch die Fenster sah man's, wie die Leute an weißgedeckten Tischen aßen und tranken, Zeitungen lasen und Zigarren rauchten.

Das Vorhaus allein schon war viel lichter und

schöner als in Krieglach beim Kirchenbäck das Extrazimmer.

Ein schwarz gekleideter, sehr fein herausgeputzter Herr kam, der hatte sein weißes Sacktuch über der Achsel hängen. – Was ich wolle?

»Dableiben möcht' ich halt.«

»Ein Zimmer?«

»Ist mir schon recht, wenn ihr eines entraten könnt.«

Er führte mich über zwei breite Treppen und in ein Zimmer, in dem es eine Herrlichkeit war. Lauter gepolsterte Sessel und auch eine solche Bank. Und ein Spiegel, der war größer wie ich selber, ich hatte ihn zuerst für eine Tür gehalten, durch welche ein Bauernbub' auf mich zukam.

Der Herr zündete zwei schneeweiße Kerzen an, da fiel mir glücklicherweise die Frage ein, wie viel ich denn für all' das zahlen müsse.

»Per Tag einen Gulden achtundvierzig.«

»Na«, versetzte ich, »nur für die Nacht allein hätt' ich's mögen, aber es ist mir auch um die Halbscheid' noch zu teuer. Dreißig Kreuzer will ich hergeben.«

Da wurde der Herr rot im Gesichte – ich hatte in Wien noch keinen mit so guter Farbe gesehen – und schob mich zur Tür hinaus. Jetzt stand ich auf der dunklen Gasse; sie war still und öde; ein Wald auf den Bergen tut sich nicht so ödweilig, und wenn auch kein einziger Mensch darin ist.

Bisweilen ein vornehmer Wagen rollte vorbei. Eine Frau, die aber einen Flor über dem Gesichte hängen hatte, sprach ich an, als sie den Flor hob, sah ich, dass sie sehr jung und schön war; als sie redete, merkte ich, dass sie auch gut war. Ich hatte sie gebeten, mir eine Liegerstatt zu verschaffen.

»Vielleicht«, flüsterte sie.

Als wir eine Strecke gemeinsam gegangen waren, fragte sie, ob ich Geld habe.

»Ja«, antwortete ich, »ich hab' ein Lampel gehabt, und das hab' ich verkauft, und davon hab' ich noch mehr als wie die Halbscheid'.«

»Das ist nicht viel«, sagte sie, »das musst du fleißig aufsparen; wenn du dir erst einen großen Widder erwirtschaftet hast, das gibt schon mehr aus.«

Und sie huschte davon.

Jetzt stand ich wieder verlassen. Ein Mann trillerte und taumelte vorüber; den wollte ich ansprechen, aber als ich sah, dass er selbst eines Beistandes bedurfte, und wie er sich hinter einem Brückenpfeiler auf den Erdboden legte und darauf liegen blieb, ließ ich mir das einen Fingerzeig sein und dachte, so machst es auch, und da legst dich nieder.

Ein altes Frauchen, das schon früher an mir vorübergehumpelt war, kam wieder des Weges und fragte, was ich denn hier mache? Hub ich zu weinen an: »Keine Nachtherberg kann ich finden.«

Auf der Stelle nahm sie mich mit.

Sie führte mich in eine Gegend, wo die schönen Pflastersteine aufhörten und wo viel kleinere Häuser standen, als die anderen waren. Sie führte mich in einen Hof und über eine finstere Stiege hinauf. Bald waren wir in einer einfachen Stube; die alte Frau zündete eine Lampe an – das war freilich nicht so hell als im Schauspielhaus. In der Stube war ein eiserner Ofen, auf dem stand ein Topf. Die Frau nahm ihn und goss Suppe auf zwei Teller und legte von den Semmeln, die sie geholt hatte, eine vor mich hin, auch einen Löffel dazu; nun sollte ich essen.

Bei den Bauern ist der Brauch, dass, wenn sie zu Gaste sind, sie von allem, was sie essen, den Rest in der Schüssel lassen. Da war ich nun in Verlegenheit, denn der Teller war gar flach, und wollte ich etwas übrig lassen, so blieb nichts für meinen Löffel. Der Hunger half mir endlich über alle Bedenken hinaus.

Als wir gegessen hatten, fragte mich meine Gastfrau nach Stand und Heimat. Ich erzählte ihr alles, von meiner Mutter weg bis zu ihr.

Da sagte sie folgende Worte: »Bei meiner Seele, du bist mir ein recht leichtsinniger Bursch'. Von deinen Eltern so fortlaufen! Was willst denn in Wien, wenn du kein Geld hast und keinen Bekannten? Zu Grunde kannst gehen, das kannst davon haben. Eine solche Stadt ist nicht wie ein steierisches Dorf; da gibt's schlechte Leut', und wenn du liegen bleibst auf der Straßen, kein Mensch kehrt sich danach; und wenn du verhungerst, so schleppen sie dich in die Totenkammer und schneiden dir den Leib auf, zu sehen, woran du gestorben bist. Und kein Mensch weiß, wo du hingehörst, und dein Vater und deine Mutter daheim können sich die Lungen herausschnaufen und suchen und fragen nach dir und das Herz herausweinen. – Kind, dass du ihnen den Kummer hast angetan! – Den

Kaiser aufsuchen, das sind Albernheiten. Jetzt legst dich da aufs Sofa und schlafst dich aus. Und morgen Früh gehst mir schnurgerade heimwärts. – So, und jetzt mach', dass du zur Ruh' kommst!«

Ich schluchzte noch lange in mein Kopfkissen hinein, doch endlich kam der ruhsame Schlaf.

Am nächsten Morgen aber, als ich wieder frisch und munter durch die reichen, rauschenden Gassen und über die Brücken und die hohen Mauergänge zog und die helle Sonne hineinschien auf die Türme und Paläste und der Stefansturm frei in die Himmelsbläue aufragte – da war vergessen, was die gute alte Frau gesagt hatte. – Ich bleibe in Wien und gehe zu meinem Kaiser.

Rasch wandelte ich an allem vorüber und fragte nach dem Kaiserhaus. Nach manchem Hinundhersuchen stand ich auf dem Burgplatz neben dem steinernen Reiter, dar damals noch allein stand, und sah vor mir das gelblich-graue Gebäude mit den unzähligen Fenstern. Da drinnen wohnt er? Wenn er nur daheim ist und etwa nicht wieder in allen Ländern herumzieht wie ein Handwerksbursche. Und wenn er daheim ist? Was reden? Frisch fragen, wie es ihm geht, was die Frau Mutter macht, und dass er doch so gut sein und keinen Krieg anheben sollt', und der Schmiedhofer Hansjörgel wär' jetzt auch bei den Soldaten, und wenn sie den niederschießen, so hätten sie im ganzen Alpel keinen, der das Metzgern verstünd'! – Für übel halten kunnt er's nicht.

Ich ging durch das dreifache Tor. Da war ein

großer Platz mitten im Kaiserhaus, und da standen erschrecklich viele Soldaten mit aufgepflanzten Gewehren. Dort, wo ich durchgehen zu müssen glaubte, standen zwei baumstarke Männer mit weißen Riemen über der Brust und ungeheuren schwarzen Pelzhauben auf den Köpfen. Zwei bärtige Kerle mit finsterem Gesicht, mit Säbel und Gewehr, just zum Dreinfahren. Ich wollte schier nicht zwischen ihnen durch, doch als ich sah, dass auch andere unbehelligt aus und ein gingen, wagte ich's, und die beiden Torsteher blieben starr wie von Holz.

Ich ging über breite Steintreppen empor, ging schneeweiße Gänge entlang, sodass meine Schritte in den Mauern widerhallten. Da waren hohe, braune und vergoldete Flügeltüren der Reihe nach. – Ja, wenn man nur wüsste, welches des Kaisers Zimmer ist!

»Was machst du da, Junge?«, fragte ein heranschreitender Herr mit Glasaugen und einer Stirne, die fast bis zu dem Scheitel hinaufging.

»Da kommt ihr mir just recht, wenn ich bitten darf, den Herrn Kaiser tät' ich gern ein wenig heimsuchen.«

»So. Ja, mein Lieber, das wird wohl etwas schwer gehen.«

»Oh«, sagte ich, »das geht leicht, mit dem Kaiser Josef darf jeder reden, auch der Bauersmann – hab's wohl gelesen.«

»Der Kaiser Josef?«, fragte der Herr. Da habe ich ihm erzählt, wie ich von Steiermark hergekommen wäre, um den Kaiser Josef zu sehen.

Er sah mich lange an, war ernsthaft, lächelte und wurde wieder ernsthaft. Ich bin ganz zutraulich geworden und habe vieles erzählt, was mir über den guten Kaiser Josef auf dem Herzen lag.

Der Herr setzte sich auf eine Bank, nahm mich an der Hand und sagte:

»Bursche, du bist ein sonderbarer Schwärmer. Da du aber schon nach Wien gekommen bist, um Kaiser Josef den Zweiten zu sehen, so muss man dich auch zu ihm führen. Warte, jetzt haben wir neun Uhr. Um zehn Uhr stellst du dich vor den Eingang der Kapuzinerkirche, verstehst? Ich werde mich dort einfinden, dann wollen wir zusammen gehen.«

»Da bin ich wohl recht froh«, antwortete ich, »ein bissel scheuen tu' ich mich aber auch, wenn's ernst wird.«

»Kaiser Josef tut dir nichts zu Leide. – – Übrigens, Junge, komm jetzt einmal mit mir.«

Er führte mich treppauf, treppab, führte mich über Fußböden, belegt mit blumigen Tüchern, durch Gänge und Säle, schloss endlich eine Flügeltür auf, und jetzt waren wir in einem Tempel. Aber alle Wände waren voll von Büchern; auf den Tischen lagen offene Bücher, Bilder, alte Handschriften und sonst allerlei Papier.

»Das ist die Josefinische Bibliothek«, sagte mein Begleiter. Ich blickte ihn an, war seinem Worte gegenüber hilflos.

An einer Ecke des Saales stand die Weltkugel mit allen Gewässern und Ländern der Erde, wie mein Führer mich unterwies.

»Wenn das die ganze Welt ist«, sagte ich, »so wird wohl auch Krieglach-Alpel darauf sein.«

»Freilich, aber das kann man mit freiem Auge nicht mehr sehen, da müssen wir etwas anderes nehmen.«

Und er schlug eine große Landkarte auf. – Steiermark, Mürzzuschlag, Krieglach – Alpel, siehst du?«

Ich guckte und ich sah, und da war noch ein schwarzes Pünktchen, und bei dem stand geschrieben: »Waldbauer«. Da jubelte ich auf. – Mein Heimathaus im Kaiserhaus! Und da ist der Wald, und da sind die Felder, und da ist die Weide, wo ich die Schafe hüte! Alles ist da – o du merkwürdiges Papier!

»Gut«, sagte der Herr, »es ist, wie du mir erzählt hast, und nun spaziere noch ein bisschen in der Stadt herum, und um zehn Uhr warte bei der Kapuzinerkirche. Du wirst sie leicht erfragen.«

So verließ ich das Haus, kam glücklich wieder an den zwei ungeheuren Pelzmützen vorüber, kam auf einen Garten hinaus, wo ich mich auf den Besuch beim Kaiser vorzubereiten suchte. Mir war unstet zu Mute. Es ist doch ein hoher Herr und kann mit seinen Untertanen machen, was er will. Aber ich rief alle Geschichten, die ich von ihm in den Volksbüchern gelesen hatte, in meine Erinnerung zurück – es ist ein edler, ein milder, ein gütiger Mann. Mit neuem Mute suchte ich die Kapuzinerkirche auf.

Ich stand nicht lange dort, so kam jener Herr aus dem Kaiserhause heran und mit ihm ein geistlicher

Bruder. Dieser schloss das Tor eines Gewölbes auf, dort zündete er ein Kerzenlicht an und führte uns hinab über eine finstere Treppe. – Wäre denn der Kaiser Josef heut' im Klosterkeller? Das tät' mich doch wundern.

Ich hielt mich stets nahe an meinen bekannten Herrn. Nun schritten wir langsam zwischen großen, steinernen und erzenen Blöcken und Kästen hin. Vor einem solchen – er sah aus wie eine riesige Totentruhe – blieben wir stehen. Der Herr nahm mir still den Hut vom Kopf, dann legte er seine Hand auf das Erz und sagte: »Hier, mein Junge, in diesem Sarge ruht unser Kaiser Josef.«

Gestorben schon vor mehreren sechzig Jahren.

So habe ich ihn gesucht, den großen Kaiser, den wir nimmer vergessen können, den das Volk so lieb hat noch heute. – So war ich in der Einfalt des Kindes, in der Beharrlichkeit einer heiligen Verehrung ans Ziel gelangt, war hinabgestiegen in sein Grab.

Kein Wort konnte ich aussprechen, ich schauerte tief. Ich habe kaum einen Blick mehr getan auf den kaiserlichen Sarkophag, der von dem Flämmlein des geistlichen Bruders matt beleuchtet war, keinen Blick auf die anderen Särge – davon taumelte ich die Stiege hinauf, und in einem Winkel der Kirche bin ich ausgebrochen in ein wehes Schluchzen.

Der Herr aus der Burg legte mir die Hand auf die Achsel, aber er sagte kein einziges Wort. –

Später hat er mich gefragt, ob ich nicht wünsche, Seiner Majestät dem jetzigen Kaiser vorgestellt zu werden?

»Ist das ein Sohn vom Kaiser Josef?«, fragte ich.

»Das nicht, aber das hindert unseren erhabenen Landesfürsten nicht, ebenfalls ein edler Herrscher zu sein.«

»Und geht er auch unter den Leuten herum und fragt, was für Gesetze sie haben wollen?«

Mein Begleiter schwieg. Erst nach einer Weile antwortete er: »Unser Kaiser Franz Josef lässt seine Völker selbst die Gesetzgeber aussuchen und wählen, die sie haben wollen.«

Das wäre wohl auch recht brav, meinte ich, aber mich ihm vorstellen zu lassen, das tät ich mich nicht getrauen; mit dem neuen Kaiser wäre ich halt doch zu wenig bekannt.

»So lebe wohl, du kleiner Steirer«, sagte mein Begleiter, »und wenn du groß bist, so komm wieder als braver Soldat, da wirst du dem Kaiser schon Freude machen.« –

Nun war ich fertig.

Ich hatte die Absicht gehabt, auf den Stefansturm zu steigen, um die Stadt anzuschauen, um zu erfahren, ob es denn wahr sei, dass man weit und breit kein Ende von ihr sehe; in den Prater hinabzugehen, um die große Donau und ihre Schiffe zu erblicken; in Schönbrunn den Tiergarten zu besuchen, um zu sehen, ob unter den Elefanten, Löwen und Drachen auch weiße Lämmer wären – aber all das ließ ich nunmehr fahren, meine Freude an Wien war gebrochen – Kaiser Josef ist gestorben.

Dienstwillige Leute hatten mir ihre Führerschaft angeboten; einer derselben, als er hörte, dass ich aus Steiermark sei, rief: »Das trifft sich, ich bin auch ein Steirer, bin aus Stuhlweißenburg.«

»Das ist ja in Ungarn«, bemerkte ich.

»Ei, aus Hartberg wollte ich sagen. Na, das freut mich, kommen Sie doch mit auf ein Glas Wein.«

Er führte mich in eine Vorstadt; führte mich in eine Schänke, die halb unterirdisch lag und mehr von Nachtlichtern als von den hoch gelegenen Fensterchen beleuchtet wurde. Da ging's nicht gar viel vornehmer zu als in den Wirtshäusern daheim, und die Leute setzten sich gleich zu unserem Tisch und waren freundlich mit mir. Einer meinte, wir sollten uns doch die Zeit vertreiben und zog Spielkarten hervor. – Spielkarten habe ich nie leiden mögen, ich zahlte meinen Wein und ging davon.

Ich trachtete wieder jenem Teile der Wienerstadt zu, in welchem der Stefansturm steht. Da kam ich auf eine Sandheide, auf welcher Soldaten Kriegsübungen hielten. Ich sah ihnen eine Weile zu, dann setzte ich mich auf einen Stein und untersuchte einmal den Inhalt meiner Geldtasche. Ich erschrak sehr, vom ganzen Lampel war kaum der Schweif noch da. – Traurig saß ich und stützte den Kopf in die Hand und sagte zu mir: »Bub', wärst du jetzt daheim! Das Lesen von der Wienerstadt ist lustiger, als in ihr mit leerem Säckel herumzugehen.« –

»He, Bursche, was machst du da?«, rief mich plötzlich ein vorüber gehender Herr mit einem langen Barte an.

»Warten tu' ich«, gab ich missmutig zur Antwort.

»Auf wen denn?«

»Auf einen Fünfguldenbeutel.«

»Den kann ich dir nicht geben«, sagte er, »aber fünf Gulden magst haben, wenn du mit mir kommst.«

Das ist ein Spitzbub', dachte ich mir, aber jetzt möchte ich nur sehen, wie weit er's treibt. Neben dem bin ich der Stärkere. Geld kann er mir keins nehmen, und mein Gewand ist ihm zu klein.

»Du trauest mir am Ende gar nicht«, lachte der Bärtige, »wirst es aber sehen, es geschieht dir nichts, und nach einer halben Stunde hast du deine fünf Gulden. Denke einmal, was du dir da alles kaufen kannst.«

Meine Herabgekommenheit machte mich unternehmungslustig. Ich stand auf und ging mit dem Manne. Dieser führte mich hin über den Sand, dann durch einige Gassen, dann in einen Hof und über etliche Treppen hinauf und in ein Zimmer. An den Wänden hingen allerlei Bilder, wovon die meisten ohne Rahmen waren.

»Nun setze dich auf diesen Stuhl. So!«, sagte der Bärtige, »den Stock lehne in den Ellbogen hinein und setze den Hut so!« Den Hut schob er mir in den Nacken zurück, die Haare strich er mir über der Stirn herab bis zu den Augen, als ob er absichtlich einen recht dummen Bauernbuben aus mir machen wollte. Ich strich die Locken nach rückwärts, schob den Hut nach vorwärts.

»Lass' doch!«, rief der Mann scharf. Da getraute ich mir keine Bewegung mehr zu machen. – Was wird jetzt mit mir geschehen?

»So, mein Lieber«, sagte er, »jetzt bleib mir ein bisschen sitzen, und sieh dir einmal dort die schöne

Frau an!« – Er hatte nämlich eine sehr schöne Frau an der Wand hängen.

»Gefällt sie dir?«, fragte er, indem er mit dem Bleistift rasch auf einem Papier herumfuhr.

»Ja, die tät' mir wohl gefallen; ist das die heilige Maria Magdalena?«

»Vielleicht die griechische«, lachte er.

Nicht gar lange nachher konnte ich aufstehen und nachsehen, was er auf das Papier gezeichnet hatte. Da saß ein Bauernjunge auf dem Stein, der hatte den großen Hut im Nacken und die Haare im Gesicht und machte Glotzaugen.

»So, mein Kleiner, nun danke ich dir, und hier hast du deine fünf Gulden.«

Wie kann denn das sein? Der ist so gut und zeichnet mich auf und lässt mich noch die schöne Frau anschauen und zahlt dafür das viele Geld!

Ich hielt meine Hände hinter den Rücken.

»Nu, beiß' an!«

»Ja, wenn ich das annehme, so ist es wohl eine Grobheit«, entgegnete ich und habe meinen Augen immer noch nicht ganz trauen wollen.

Auf der Gasse sah ich nach, ob die Fünfguldennote nicht etwa auch mit dem Bleistift gezeichnet sei, so wie das Waldbauernbübel. Aber es war ein echtes Geld mit Wasserdruck.

So reich, mein kleiner Bursche, bist du noch dein Lebtag nicht gewesen. Jetzt kannst es nobel geben, kannst auf der Eisenbahn bis nach Krieglach fahren. Flott geht's!

Als ob ich keine Füße hätte! So dumm bin ich nicht, dass ich meine zwei Füße nur dann strapaziere, wenn ich mir damit nichts verdienen kann. Jetzt sollen sie mich nach Steiermark tragen, ich zahl' ihnen dafür fünf Gulden. Die fünf Gulden werden sie dem Waldbauernbuben schenken, und der wird sich dafür Bücher kaufen.

Ich suchte eine Buchhandlung auf, kaufte mir die Geschichte von Kaiser Josef dem Zweiten und ein Buch über die Stadt Wien. Von den fünf Gulden sind dreiundzwanzig Kreuzer übrig geblieben.

Nun voran! Den Kaiser Josef unter dem rechten Arm, die Stadt Wien unter dem linken – so ging ich davon.

Bei der Spinnerin am Kreuz blickte ich noch einmal zurück auf das Häusermeer. Dann wanderte ich fort über die Ebene gegen Neustadt.

Aber – der Tag war heiß, die Bücher waren auf die Länge nicht leicht, und die Schuhe begannen wieder die Ferse zu wetzen. Was der Magen an diesem Tage an Nahrung entbehrte, das gewann die Lunge an Staub, die Füße huben mir an zu zittern …

An demselben Abende fand mich eine Bürgerin von Baden gar erschöpft auf der Bank vor ihrem Hause kauern. Sie führte mich ins Haus und atzte mich mit Speise und Trank. Dann, als sie meine Geschichte erfahren, als sie mir auch einen derben Verweis gegeben hatte, weil ich so sehr auf meine Gesundheit gesündigt, geleitete sie mich auf den Bahnhof und kaufte mir eine Fahrkarte von Baden bis Krieglach. Knabe, du hast nicht einmal zu danken vermocht.

Im Mondschein glitt der Zug über das weite Steinfeld, in finsterer Nacht durch die Zwänge des Semmerings, im Morgenrot durch das grüne Mürztal.

Wie kühl und frisch, wie still und rein war die Luft, als ich die Waldstraße hinanwandelte gegen Alpel!

Als ich zu unserem Hause kam, eilte mir die Mutter entgegen und sagte, ich solle nicht zu sehr erschrecken, wenn mein Vater mit dem Stecken auf mich zukäme; es wäre nicht zu vermeiden, er sei arg aufgebracht, dass ich anstatt zwei Tage vier Tage ausgeblieben.

»Ich habe nicht früher zurückkommen können«, versicherte ich, »hab' in Mariaschutz die Kirchfahrt verrichtet.«

»Ja, und dieweilen sind daheim die Säue alle verreckt!«

»Bin in Wiener-Neustadt gewesen und in Wien, in der Stefanskirche und im Kaiserhaus, aber der Kaiser Josef ist schon gestorben.«

»Geh'«, rief die Mutter, »ja, was ist ihm denn widerfahren?«

»Das steht alles in dem Buch; und in dem anderen ist die ganze Beschreibung von der Wienerstadt, da wird der Vater schon losen, wenn ich ihm vorlese.«

»Du, trau' ihm nicht!«

»Nachher hat mich ein Herr abgezeichnet, und nachher hat mir eine Frau das Fahrgeld gezahlt, weil ich bin krank geworden.«

»Jesus Maria!«, rief die Mutter, »was denn? Was

denn? Dass du mir doch nicht liegen bist geblieben auf der Straßen, dass du mir nur wieder heim bist gekommen! – Du Lenzel!«, schrie sie nach dem Vater, »krank ist er worden unterwegs!«

Der Vater stand an der Haustür und lehnte jetzt den Stock an die Wand.

»Ausschaust mir armselig genug«, brummte er, »geh', iss jetzt eine warme Suppe, nachher leg' dich ins Bett. Wir machen unsere Sach' später miteinander aus.«

»Jetzt ist alles gut«, flüsterte die Mutter selbst erleichtert.

Nun erst ermaß ich, dass meine Wiener Reise in allen ihren Teilen glücklich ausgefallen war; sogar des Unwohlsein unterwegs pries ich nun – und den Haselstecken, der noch an dar Tür lehnte, verbarg ich rasch – wohin? Das bleibt eines der Geheimnisse meines Lebens.

Nach wie vor hütete ich wieder die Schafe, saß auf dem Steinhaufen und las aus Büchern. Erst viel später, nachdem aus dem alten Schafhirten ein junger Schneiderlehrling und aus dem alten Schneidergesellen ein junger Student geworden war, habe ich in den Vakanzen Wien wieder gesehen. Da habe ich wohl mit Fleiß jene heiligen Stätten besucht, wo einst der einfältige Waldbauernbub' gestaunt und gelitten hatte. Ich fand in der Leopoldstadt die Synagoge und das Theater wieder, fand weiter draußen in Erdberg meine gute alte Nachtfrau, fand in Baden die wohltätige Glasermeisterin, Frau Gietl, fand die Hofburg, die Kapuzinergruft wieder. Aber jenen Herrn, der mich in die Josefinische Bibliothek und zum Kaiser Josef geführt, und jenen Langbart, der mich in sein Atelier (meines Erinnerns in der Gegend der Alservorstadt) mitgenommen hatte, konnte ich trotz meiner Nachforschungen nicht mehr ausfindig machen. Ersterem möchte ich danken, Letzteren fragen, ob das Bild des Waldbauernbübleins die Auslagen gedeckt hat.

Nachtrag

1896.

Jener Herr von der Josefinischen Bibliothek dürfte – manches weist darauf hin – der Dichter Friedrich Halm gewesen sein. Der »Langbart« ist viel später auch entdeckt worden. Wie das zuging, das wird in meinem Buche »Als ich jung noch war« erzählt.

Als der Kaiser die Kaiserin nahm

Das war am Tage des heiligen Ritters Georgi. Ein Montag war's – sonst für Arbeitsleute der unangenehmste Morgen der ganzen Woche. Der liebe Sonntag ist vorbei und hat nichts zurückgelassen als einen leichten Geldbeutel und etwa einen schweren Kopf; und bevor stehen wieder sechs lange, alltägliche Gesellen, oft mager beim Tisch und streng bis in die späte Nacht hinein. Da seufzte zwar unser Knecht Markus alle Mal, wenn der Haushahn die Montagsfrühe krähte, aber schließlich brummte er: »Arbeiten ist auch kein Unglück!«, und sprang flink vom Bette auf. Und heute, als die Leute zum Frühstück zusammen kamen, sahen sie mit Verwunderung das schneeweiße Tischtuch mit den roten Querstreifen, welches so groß war, dass es an allen Seiten weit über den Tisch hinabhing, eine Erscheinung, die mich alle Mal an das Bild vom letzten Abendmahl Christi erinnerte. Und auf dem Tische lagen ringsum die beinernen Löffel, jeder seines Mannes oder Weibes harrend, dessen Ernährung er übernommen hatte. Diese Löffel waren von einem Bauer in Wenigzell aus Kuh- oder Ochsenhörnern verfertigt und wiesen je nach der gesprenkelten Farbe der Hörner die prächtigsten Zeichnungen. Mein Vater besaß deren ein Dutzend, hielt sie die meiste Zeit in seiner Truhe verwahrt und gab sie nur zu besonderen Anlässen und Festlichkeiten in Gebrauch. Endlich kam heute auf den Tisch auch noch die große Porzellanschüssel mit den gemalten roten Blumen; sie war voll gelblich-weißer Milch, in welcher diesmal nicht das Mindeste von jenem unliebsamen bläulichen Ton bemerkbar war, über welchen der Knecht Markus einmal die Worte gesagt hatte: »Jesus Maria, heut' ist uns die Suppen ertrunken!«

Wir sahen ihn damals alle erschrocken an, wie er das meine? »Im Wasser ertrunken«, fuhr er fort, »seht's denn nicht, dass sie schon ganz blau angelaufen ist?«

Aber heute, als er in der Milch das erfreuliche, zarte Gelb sah und wie jetzt noch schneeweißes Brot hineingeschnitten wurde, schmunzelte er, zerbrach sich aber den Kopf darüber, was denn in dieser Woche für eine hantige (herbe) Arbeit kommen müsse, dass sie mit solcher Kost anfange.

Nun die Leute beisammen waren, kam mein Vater noch in schneeweißen Hemdärmeln und hatte die Haare gekämmt und seine schöne rote Weste an.

»Jetzt setzt's euch zur Suppen«, sagte er, »und nachher mögt's euch anlegen gehen.«

Sie stutzten, sie waren ja schon angelegt (angezogen).

»Das bessere Gewand meine ich«, fuhr der Vater fort, »wir halten heut' einen Feiertag.«

Da hellten sich die Augen auf, und die Magd lobte den Hausvater, dass er ein so großer Verehrer vom heiligen Georgi sei.

»Nicht deswegen«, antwortete der Vater, »der heilige Georgi ist wohl auch nicht zu verachten, aber für den ist gestern in der Kirche schon etwas getan worden. Heut' ist's wegen was anderem, heut' ist dem Kaiser seine Hochzeit.«

Da war eine helle Verwunderung, und so fragte der Vater, ob sie es denn nicht gehört hätten, wie es der Pfarrer von der Kanzel verkündet.

Ja, meinte der alte Knecht, gehört hätte er wohl so etwas vom Kaiser, aber er hätte gemeint, es gehöre nur zu der Predigt und hätte nicht weiter darauf geachtet.

»Tut's halt jetzt fleißig in die Kirche gehen, Leutl, und beten. Wird schon ein Glück zu brauchen haben, wenn's auch der Kaiser ist.« So sagte mein Vater, und wir – ich bin dazumal das lose guckende Bürschel gewesen – richteten uns zusammen zum Kirchgang. Und als unsere Leute unterwegs waren und gleich auch die Morgensonne ganz anders golden war, als an einem ordinären Montag, da führten zwei Mägde unter sich folgendes Gespräch:

»Aber na«, sagte die eine, »jetzt heiratet der Kaiser auch! Der wird was eine Noble nehmen!«

»Das kannst dir denken«, versetzte die andere, »eine Postmeisterische zum Niedrigsten, vielleicht gar eine Verwalterische.«

»Meinst!«

»So ein Herr da!«

»Aber na – mei!«

»Ihr redet so viel närrisch daher«, bemerkte eine Dritte, »der Kaiser wird 'leicht doch wohl eine Prinzessin nehmen.«

»Gibt's denn Prinzessinnen auch noch?«, fragte die Erste sehr überrascht, »jetzt hätt' ich vermeint, die wären nur so in den alten Geschichten drinnen. Na, nachher wohl.«

Hierauf sagte ein Knecht: »'s ist doch auch nicht, dass er eine Prinzessin nimmt. Hat's ohnehin der Pfarrer verkündet, dass er eine Bäu'rische heiratet.«

»Eine Bäu'rische? Geh, Rüppel, du lugst 'leicht doch.«

»Wenn der Pfarrer lugt, lug ich auch.«

»Ah na, der Pfarrer nit – das nit –, der Pfarrer nit.« –

»Ja, ja«, sagte ein anderer, »es ist richtig, ich hab's auch gehört, eine Bäu'rische nimmt er.«

Darüber kamen nun alle Mägde in eine mächtige Aufregung. Und der Ältesten wurde es zuerst klar: »Wenn er schon so ist und eine Bäu'rische mag, so hätt' er auch auf mich können verfallen! Gefehlt wollt ihm bei mir nichts haben, ich bin nicht so, dass ich etwan grob wär'. Kochen kann ich auch was. Das Kaiserhaus hätt' ich ihm schon sauber hergeputzt, und alle Wochen hätt' mir der Fußboden müssen hinausgewaschen werden, na, das hätt' ich nicht anders getan.«

Die Magd war nicht so dumm, dass sie das bloß dachte, sie war so einfältig, dass sie es auch vor sich hinsagte. Da lachten die anderen Mädchen hell auf uns riefen: »Die Kathel will Kaiserin sein!«

Der Haber-Michel-Anton – ein verabschiedeter Soldat, dem im Neunundvierziger-Jahr eine piemontesische Kugel durch den linken Arm gefahren war – trat nun auf die Kathel zu und sagte: »Kathel, es ist zu spät, heut' hält er Hochzeit. Grimm' (gräme) dich nicht, kriegst den Kaiser nicht, so nimmst einen Kaiserlichen. Schaust meine Uniform an, so wirst es sehen, dass ich Feldwebel bin. Leider Gottes habe ich den Abschied, bin aber erst einunddreißig Jahr alt und möcht' doch noch einmal einrucken. Kathel, pack' ihn z'samm, den Kaiserlichen!«

»Wenn du meinst, Anton, dass dich deine linke Hand nicht irrt?«

»Aber schon gar nicht, Kathel. Die Kugel ist heraußen, das Loch ist verwachsen. Geh' du, es wär' gar nicht dumm, wenn wir uns heut' miteinander täten versprechen.«

Und die Kathel – gut kaiserlich war sie – –

»Geh' schau, dass du weiter kommst, kleiner Spatz! Da tröttelt er unsereiner alleweil hinten nach.« So grollte die Kathel, meinte aber nicht den durchschossenen Feldwebel, sondern mich, der hinter beiden einhergelaufen war und sich nur für den piemontesischen Kugelschuss interessiert hatte. So eilte ich nun zu den anderen, die immer noch darüber hin- und herredeten, dass es kaum glaublich sei, wie der Kaiser eine Bäu'rische nehmen könne.

So kamen wir zur Kirche hinab ins Tal. Vor der Kirche, wo das große, schöne Kruzifix steht, welches die Gemeinde zur schuldigen Danksagung für die glücklich abgewendete Gefahr des 18. Februar 1853*) aufrichten ließ, standen heute auch die fünf Musikanten, welche an hohen Festen mit Trompe-

*) Attentat auf Kaiser Franz Josef I. in Wien

ten, Klarinetten, Geigen und Trommeln zusammenwirkten, um dem lieben Gott oder einem seiner Heiligen ein fröhlich Ständchen zu bringen. Als nun der Herr Pfarrer im Talare vom Pfarrhof den Kirchberg heranstieg, begann das klingende Spiel. Dem Pfarrer brachten sie's, dem Kaiser vermeinten sie's. Der war weit weg in der Wienerstadt, dem konnten sie persönlich die Ehre nicht antun, seiner Braut auch nicht, so bereiteten sie dieselbe dem Fürnehmsten der Gemeinde. Der Pfarrer jedoch sah sich im Volke um und entdeckte den achtzigjährigen Höfelbauer mit seinem Weibe, beide tief gebeugt am Stock und weiß an Haaren und halb taub. Vor mehreren Jahren schon hätten sie die goldene Hochzeit halten können; die Jahre waren dazu da, aber das Gold nicht, um ein Fest zu machen, und so lebten die Leutchen still über den Gedächtnistag hinaus. Dieses greise Paar nahm nun der Pfarrer in seine Arme, so, dass sie zur Rechten und er zur Linken war, und stellte sich mitten auf dem Kirchplatze auf. Als die Musikanten ihr erstes Stück zu Ende gespielt hatten, nahm der Priester das Wort und sprach Folgendes:

»Es ist recht erfreulich, liebe Pfarrkinder, dass ihr so zahlreich erschienen seid, um den heutigen Tag zu ehren und Gott zu bitten, dass er unseren allergnädigsten Kaiser Franz Josef, der sich heute mit Elisabeth, der schönen und tugendreichen Prinzessin aus dem erlauchten bayerischen Hause vermählt, ein langes Leben, Glück und Segen für das durchlauchtigste Kaiserhaus und für unser geliebtes Österreich bescheren möge. Wolle Gott unserem geliebten jungen Kaiser, der ritterlich ist wie der heilige Georg, dessen Gedächtnis die Kirche heute begeht, die Kraft und Gnade verleihen, den Drachen zu besiegen, der in dieser bewegten Zeit Reich und Thron noch immer bedroht! – Weil es aber nach dem Willen Gottes ist, dass seine Ehre wieder den Menschen zu Gute komme und weil es nach dem Wunsche unseres gnädigsten Kaisers ist, dass die heutige Festfreude auch den Ärmsten des Reiches zuteil werde, so habe ich hier unsere guten, alten Höfelbauerleute aufgefunden und lade euch ein, mit mir zuerst in der Kirche und dann im Wirtshause bei einem frohen Glas Wein, schlicht, wie es ohne alle Vorbereitungen nur sein kann, dieses betagten Ehepaares goldenes Gedächtnis zu begehen. Und das ist halt wie ein Gebitt an den lieben Gott, es möchten auch der Kaiser und die Kaiserin den goldenen Hochzeitstag erleben!«

So sprach er, und da drängten die Leute auf ihn ein und riefen: »Das ist brav, Herr Pfarrer, das ist brav! – Wir sind alle dabei!«

Die alten halb tauben Höfelbauerleute hatten wohl ihre Ohren gespitzt und dem Herrn Pfarrer stockscharf auf den Mund geschaut, was er denn da zwischen ihnen heute für eine schöne Predigt halte – aber sie konnten es doch nicht recht loskriegen, um was es sich eigentlich handle. Fragend blickten sie umher, bis ihnen einer recht ins Ohr schrie: »Eure goldene Hochzeit ist heut'!«

»Jesses und Josef!«, ächzte das Weib erschrocken auf und sah nach allen Seiten auf ihr Gewand hinab, das freilich nicht gerade hochzeitlich war.

Nun tat auch der Höfelbauer den Mund auf – ach, der arme Alte hatte sich an der harten Nuss eines achtzigjährigen Lebens alle Zähne ausgebissen – und fragte mit seiner heiseren Stimme. »Eine goldene Hochzeit ist heut'? Ei, so wohl! Und wann man fragen darf: wer denn?«

»Unsere ist, du alter Lapp!«, schmetterte ihm das Weib freudvoll unters runzelige Kinn hinein.

Da fiel schon wieder die Musik ein, und mit den Klängen des »Kaiserliedes« zogen wir in die Kirche. Die zwei alten Leute kamen auf den Ehrenplatz vor dem Altar; der Mann sah immer noch höchst verwundert drein, das Weib presste ihre Schürze ins Gesicht und schluchzte.

Der Gottesdienst war recht feierlich, selbst die Buben hinterseits des Chores, wo die Glockenstricke hingen, ließen heute ihr heimlich' Kartenspiel, zogen aber umso heftiger an den Stricken, damit das Geläute recht hell und weit hinausklinge in die Berge und Wälder, wo der junge Frühling aufstand.

Ich hockte unter dem Seitenaltare des heiligen Michael und befliss mich der Andacht. Ich hatte drei Bitten: Erstens für das junge Kaiserpaar, zweitens für die alten Höfelbauernleute und drittens für mich selber. Mein Anliegen war, ob mich der Knecht Markus wohl ins Wirtshaus mitnehmen werde. Ein kleiner Bub', der kein Geld hat und sich auch noch keinen Kredit zu machen weiß, kann nur unter dem Horte eines Erwachsenen zu den gesegneten Tischen gelangen. Nun habe ich denn aber wohl die Erfahrung gemacht, dass der

Markus der Ansicht war, kleine Buben gehörten nicht ins Wirtshaus. Doch heute schien auf mein Gebet Gott den alten Knecht wunderbar erleuchtet zu haben, denn als wir aus der Kirche gingen und mir der rote Brustfleck zitterte vor dem Moment, da der Markus sagen werde: So, du gehst jetzt heim, Bub'! Aber dass du mir unterwegs keine Allotria treibst! – nahm er mich am Arm und sagte: »Darfst heut' ein Glasel Wein mit mir trinken, Peter!«

So gingen wir alle miteinander ins Wirtshaus. Ich kam just neben einen sehr angesehenen Mann zu sitzen, den Schneider Natz, der nachmals mein Lehrmeister geworden ist. Der nahm plötzlich eine Semmel aus dem Korb, brach sie mitten auseinander, legte die eine Hälfte zu seinem Glase, die andere Hälfte aber vor mich hin und sagte: »Die gehört dein, Bub', dass du auch was zu beißen hast.«

Wir kannten uns nicht weiter, und er hatte gewiss keine Ahnung, dass er mit dem Jungen, mit dem er jetzt die Semmel teilte, dereinst ein Stück Leben mit Arbeit, Schüssel und Bett zu teilen haben würde. In mir ist aber an jenem Tage das erste Mal der Gedanke erwacht: Ich möcht' auch so ein braver Schneider werden.

Die alten Höfelbauernleut' saßen beim vordersten Tisch; sie verzehrten mit stillem Behagen den vorgesetzten Braten, sie nippten vom Wein, das Weib tat Zucker ins Glas und tauchte die Semmel ein, und nun begann ihre Glückseligkeit, an welcher wir alle uns freuten. Bald wurde Gesundheit getrunken, und der Haber-Michel-Anton stand auf

– dem saß die Kathel richtig schon bei – pochte mit dem Glase auf den Tisch und brachte einen Trinkspruch aus auf das kaiserliche Brautpaar in der Wienerstadt.

»Ich wünsch' Glück!«, sagte er, »das Heiraten ist freilich leicht, wenn der Bräutigam so mannbar ist und die Braut so schön. Das Beieinanderleben ist auch leicht, wo sich zwei so gern haben. Aber halt das Länderregieren! Gleich auf einmal neununddreißig Millionen Leut' in Ordnung zu halten, wenn Krieg ist und wenn Sturm ist und die Leut' auf sind und selber nicht wissen, was sie wollen! Da gehört ein Kopf dazu! Unsere Kathreinerpfarr' hat vierhundertundsechzehn Seelen, und was das schon immer ein Kreuz ist! Nicht wahr, Herr Pfarrer! Na, ich sag's ja. Und erst so ein unsinniger Leuthaufen, wo die einen ungarisch sind, die anderen böhmisch, slovakisch, wällisch, deutsch, polnisch – was weiß ich! Aber wenn's einer im Stand ist, so sag' ich: Unser Kaiser Franz Josef hält's auf gleich! Denn warum: Sie haben ihn alle gern. Drum heb' ich mein Glasel Wein zu Gott dem Herrn: Der Kaiser soll leben und die Kaiserin daneben!«

Nach diesem Spruch war das beim Wirte und der Kellnerin ein Rennen und Laufen, denn alle Gläser waren auf einmal leer geworden. Und die Kathel, wie sie stolz war darauf, dass ihr Beisitzer so fürnehm reden konnte, und so gesetzt und so gescheit! Ja, wer einmal bei den Kaiserlichen gewesen, gleich ganz was anderes ist's!

Wie alt er denn täte sein, der Bräutigam z' Wien? wurde gefragt.

»Nicht ganz vierundzwanzig Jahr.«

»Just recht. Und die Braut?«

»Ist siebzehn.«

»Schau du! Schon bar blutjung. Na, ist auch recht, älter wird der Mensch.«

Und jetzt kam man auch auf das Missverständnis, dass sie keine Bäu'rische, sondern eine Bayerische sei, und da wurde rechtschaffen gelacht.

»Es ist viel«, meinte ein Bauer, »dass ein so junger Herr schon das Haus Österreich regiert.«

»Vor sechs Jahren ist er noch jünger gewesen«, berichtete der Anton, »und der Kaiser ist gar über die Revolution Herr geworden.«

»Ja, das hat man gehört.«

»Ich nicht, wenn ich ein achtzehnjähriges Bürschel bin, ich nicht«, sagte ein anderer und tat stolz darüber, dass er hier auch mitreden konnte.

»Aber einer muss doch sein, der sich traut. Wenn der Kaiser Ferdinand auf einmal hergeht und sagt, ich mag nimmer regieren, das Volk ist mir zu bockbeinig. Soll's ein Jüngerer probieren. Was wirst denn machen? Einen Bruder hat er, der ist nicht viel jünger als er selber, der macht einen Deuter mit der Hand und sagt: Mich lasst's aus, ich bin nicht für das und will mein' Fried' haben. – Hat auch Recht gehabt, der alte Herr, ich hätt' ihnen's g'rad so gesagt. Das Kaisersein wäre schon recht, aber das Länderregieren ist eine verkiefelte Sach'! Ich nicht, ich; lieber den ganzen Tag Holz hacken im Wald!«

»Das sag ich auch.«

»Nun, und so hat der Herr Erzherzog – vom

Kaiser Ferdinand der Bruder – gesagt: Wenn mein Sohn, der Franzel, will, der ist jung und stark, die Leut' haben ihn auch gern, so soll er's in Gottes Namen probieren. Der Franzel aber hat ihm zur Antwort gegeben: Herr Vater, ums Kaisersein ist mir gar nichts, aber wenn ich's übernehme, so tue ich's, weil einer sein muss, der sich die Sach' angelegen sein lässt und ihr *vor* sein kann. Die Österreicher sind im Grund brave Leut', ich komme mit ihnen schon wieder auf gleich. Ich fahr' überall herum und mach' gute Gemeinschaft mit jedem Land extra und frage die Leut', was sie für Gesetze haben wollen, und dieselbigen mach' ich ihnen nachher. Ich bin nicht der Mensch – hat er gesagt –, der sich auf was kapriziert; wie es dem mehreren Teil recht ist, so soll's sein. – Hat darauf sein Vetter, der gute Kaiser Ferdinand, gesagt: Franzel, das gefallt mir von dir, du bist der Rechte. Auf das, ob du als Regent selber glücklich sein wirst, darfst nicht schauen, aber 's Land mach' glücklich. – Ausgeredet ist's gewesen, und Österreich ist gleich ganz verliebt worden in seinen braven blutjungen Kaiser.« So redeten sie und der alte Höfelbauer legte die hohlen Hände an die Ohren, dass er den Schall der Worte hineinleite, und murmelte dann traurig: »Dass ich aber gar nichts versteh'!«

Aber der Pfarrer teilte ihm's mit, und da nickte der Alte gar befriedigt mit seinem weißen Haupt und dann sagte er: »Na da! So hätten wir schon seit sechs Jahren einen neuen Herrn? Nicht ein Bissel was hab' ich davon gehört; halt dasselbig' ist mir letzt' Zeit her wohl vorgekommen, dass alles einen anderen Lauf hat. Hab ich's nicht immer einmal gesagt, Alte, ich weiß nicht, was das ist, dass jetzt die Welt ganz anders kugelt als voreh!«

»Freilich, freilich, Alter, wie sie voreh ist kugelt, da sind wir alleweil unten auf gewesen. Jetzt heben wir uns passabel in die Höh', immer einmal!«

Für die Weiber war das kein Gespräch; die wollten lieber von der »Frau Kaiserin« was wissen, wann und wie die Zwei so nahend wären bekannt worden, dass es zu der Heirat geführt hätte.

»Wie werden sie denn auch sein bekannt worden?«, versetzte der Toni, »hat halt gehört sagen von der schönen Prinzessin im Bayernland. Darauf hat er sich als Rittersmann verkleidet und ist hingereist und hat sie gefragt, ob sie ihn nehmen wollt'. Sie schaut ihn an und gibt zur Antwort: Tu' der Herr halt mit meinen Eltern reden. Die Eltern – versteht sich –, die haben ihm gleich zu verstehen geben, die Prinzessin dürfte wohl doch nicht recht passen für so einen einfachen Rittersmann, und er solle ihnen nichts für ungut halten. Darauf hat er geantwortet; wenn sie schon für den einfachen Rittersmann nicht passt, leicht passt sie für den Kaiser von Österreich. Könnt euch wohl denken, dass jetzt keine Dreinred' mehr gewesen ist; aber die Prinzessin hat gesagt: Ich heirate ja nicht den Kaiser von Österreich, ich heirate meinen Franzel.«

»Schau, das ist brav!«, sagten die Bauern und bissen fest in ihre Pfeifenrohrspitzen. Und die Weiber waren über die Geschichte schier glückselig, und die Kathel gestand sich's nun auch, ihr sei eigentlich nicht so sehr um den Kaiserlichen zu tun, als um den Anton. Die Kaiser-Hochzeit wäre nach Bauernart noch des Weiteren erörtert worden, hätten die Musikanten den Dingen nicht einen anderen Lauf gegeben. Dieser andere Lauf ging in der Stube rund im Kreis herum. Das alte Paar selbst musste ein Ehrentänzchen reigen.

Der alte Höfelbauer ist erst vor wenigen Jahren heimgegangen. Er war dankbar bis zu seinem letzten Augenblick für den goldenen Ehrentag, der ihm zur Kaiser-Hochzeit bereitet worden. Von den anderen, wie wir dazumal beisammen waren in jugendlicher Lust, leben heute auch nicht mehr viel.

Die Wirtshausfreuden haben dazumal sicherlich bis tief in die Nacht hinein gedauert. Bei mir waren sie am Nachmittage, als der Kirchturmschatten das Wirtshaus strich, zu Ende.

Der Markus stand auf, langte mir das Filzhütlein von der Wand, sagte noch: »Trink aus dein Neigel.« Ich tat's, wandte mich noch zum Meister Natz und sagte kleinlaut: »Ich bedank' mich nochmals für die halbe Semmel.« Dann gingen wir heimwärts.

Zu jener Abendstunde, als in der Hofburgkirche zu Wien, umjubelt von einem großen Reiche, im Feststrahle von tausend Kerzen und des milden Abendbrotes unser Kaiser mit seiner Erwählten getraut worden war, gingen wir durch den stillen lenzenden Wald! Und das Gefühl des Friedens und der Liebe, welches in jener Stunde mein war, weht stets noch durch mein Herz, sooft ich des Tages gedenke, an welchem der Kaiser die Kaiserin nahm.

Wie der Hartl an einem Tage die Sonne zwei Mal aufgehen sah

Nach solch außerordentlichen Vorkommnissen, wie z. B. die früher erzählte Reise nach Wien, war's denn wohl kein Wunder, wenn mein Vater eines Tages sagte: »Den Buben müssen wir besser einspannen. Bei den Schafen tut er's nimmer, liest mir so viel zusamm, dass er ganz närrisch wird. Werden ihn halt jetzt zur Kohlstatt stellen; der Ruß ist ihm gesund.«

Aber bei der Kohlstatt ist mir auch was begegnet, was man erzählen kann.

Zum meisten Teil geht's den Knecht Hartl an.

Oben auf der Hochöde zogen eines Tages im Frührot zwei graue Ochsen einen Leiterkarren dahin. Sie fuhren um Futter aus. Auf dem Karren lag der Riegelberger-Knecht, der Hartl. Wie gestorben lag er auf der Leiter, und einen Fuß ließ er niederhängen zwischen den Sprosseln und hin und her schlängeln, sooft die trägen Ochsen einen Schritt machten. Auf der Brust lag ihm die Tabakspfeife; er hatte sie schon angezündet und in den Mund gesteckt gehabt, aber sie war wieder herausgefallen und verloschen. Der Hartl war gar verzagt. Er kniff die Augen zu und dachte: Hin sein, ganz mausetot sein, das wär' das Beste. Es gibt gar keine

Religion mehr auf der Welt. Hi, Grull, Wald! Die Alpel-Bauern schimpfen über die Mürztaler Leut', dass sie keine Fasttag haben und in keine Kirche mehr gehen wollen. Die Alpel-Bauern sind selber um kein Haar besser. Noch schlechter sind sie. Hi, Grull, Wald! – So lang' ich was denk', ist der Magdalenentag ein Feiertag gewesen in der Gemein, und dass wir das Kirchenfest haben mitgemacht in Kathrein. Jetzt auf einmal bringen sie den neuen Brauch auf und halten das Fest sonntags ab, und es mag Magdalena zehn Mal auf den Erchtag fallen oder auf den Pfingsttag (Donnerstag). Weil der arme Dienstbot ein Zugochs sein soll, den sie die ganz' Wochen einspannen wollen. Nicht einmal einen Tabak hat eins mehr in der Blader (Blase). So verfluchtlete Feiertagsschänder. Hi, sag' ich! Gelt, Grull, du selber hast heut' keine Schneid'! Am heiligen Magdalenentag! Wenn ich mich leichter reden tät, eher wie nit ging ich zum Pfarrer und wollt' ihm's sagen: Hochwürden Herr, der Sonntag gehört unserem Herrgotten selber zu, das geht nicht, dass man ihn an einen Heiligen verschenkt! Fällt der Heilige, und schon gar ein Kirchenpatron, auf einen Wochentag, so muss er am Wochentag gehalten werden. Ganz wahr, dass jetzt die g'nötige Zeit ist – das Vieh zu versorgen, das Mähen und Branden –, aber soll eins deswegen auf die Kirchen vergessen? – Was kunnt er sagen drauf? Nichts. – Was ist's vor Zeit immer lustig gewesen am Magdalenentag! Leut' hat's geben beim Hausteinerwirt, dass die Trinkgläser zu wenig sind worden. Nicht einmal, oftmal hab ich meinen Hut unter die Pippen gehalten. Gespielt, getanzt und gesungen ist worden. Räusch' hat's geben. – 's kommt alles ab. – Hi, Grull, Wald! –

Die Ochsen pfusterten und gingen ihren zähen Schritt über die Hochöde hin gegen die steile Lehnwiese, wo das Futter wuchs.

»He, Hartl! Schlaftst noch?«, rief es jählings, und eine Hand klatschte her. Der Knecht fuhr auf, rieb sich die Augen und griff nach dem Haupte, um den Hut zu rücken. Aber der Hut saß gar nicht oben.

Ein Schock Herren stand da. Der Bezirksrichter von Kindberg, und der Apotheker, und der Bräuer, und der Schullehrer von Krieglach, und der Kaufmann, und der Lederer, und der Bader und noch ein paar Fremde. Ein geistlicher Herr war auch dabei. Der Bader hatte den Hartl aufgeschreckt.

Im Grunde war der Hartl ein sehr manierlicher Mensch, er wollte von seinem Karren springen, aber die Herren sagten, er möge nur sitzen bleiben, sie gingen bald wieder ihres Weges, sie wollten noch bis zur Spitze steigen, um den Sonnenaufgang zu sehen. Ob das der rechte Weg wäre.

»Ja, versteht sich, ist das der rechte Weg. Nur alleweil g'rad auf!«

Die Gesellschaft folgte der Weisung; der Hartl blieb liegen auf dem Leiterkarren, die Ochsen trotteten schwerfällig über die Hochmatte dahin.

»Narren, das«, brummte der Hartl den Herren nach. »Die sind heut' um Mitternacht aufgestanden, heißt das, wenn sie schlafen gegangen und nicht etwa von gestern her so lang im Extrazimmer sitzen geblieben sind. Und schnaufen auf den Berg, dass sie den Sonnenaufgang sehen. Ist das so was Schönes? So lang' die Sonn' hinterm Berg ist, sieht man sie nicht; und ist sie heroben, so kann man sie nicht anschauen. Und kunnt man sie anschauen, was hätt' man davon – sie ist halt die Sonn', und von der kann man nichts herabbeißen. – Aber so Herren müssen sich selber ihre Plag' machen, sonst hätte sie ein gar zu schönes Leben. Ein anders Mal schlafen sie wieder, bis ihnen die Sonn' in den Hals hinab scheint. Wissen nichts davon, wie's unsereinem geht, der alle Tag' im Stockfinstern muss die Hosen anlegen und schon wieder müd' und hungrig ist, bis die Sonn' aufgeht. Und jetzt auch schon an den Feiertagen. – 's ist ein Hundeleben, bei meiner Seel'! – Hi, geht's einmal weiter, ihr Vieher, ihr zaunmarterdürren!« Mit der Peitsche pfiff er den Ochsen eins über die Rücken.

Dieweilen ging schon die Sonne auf. Der Hartl lugte sie mit zwinkernden Augen an und lachte sie aus. Sie und die Herren, die ihretwegen über den Berg hinaufschwitzen. – »Möcht' wissen, was das Schönes ist! Nur die Augen tun einem weh. Heiß wird's, und gleich ist man durstig. Mein Bauer, der Riegelberger, das weiß ich, der legt sich heut' schon einen Feiertag zu. Der ist christlich, der geht zur Mess' und nachher ins Wirtshaus – und bleibt drin sitzen, bis es finster wird, und nachher – wird das Licht angezunden. Unsereins muss in der Hitz' rackern den ganzen Tag. Geh' zum Teufel!«

Die Wut kam ihm plötzlich; auf sprang er, und mit dem umgekehrten Peitschenstiel versetzte er den trägen Zugochsen ein paar tüchtige Schläge:

»Das will ich sehen, ob ihr keine Füße habt, ihr Sakermenter!«

Er sah's, sie hatten Füße. Einen wilden Sprung machten sie im ersten Schreck, und dann schossen sie schnaubend davon über die Höhe, über die Biegung, über die steile Lehnwiese nieder. Der Karren klapperte und hüpfte hoch auf. Der Hartl hielt sich mit Händen und Füßen an die Leitersprosseln, dass er nicht abgeschleudert wurde, und rief mit aller Stimme den Ochsen zu: »Ho, Ho!«, dass sie stehen bleiben sollten. Aber sie rasten schnurgerade gegen die Tiefe hinab – in die schattenfinstere Felsenschlucht.

Der Hartl wusste gleich, um was es sich handelte. – »Jetzt ist mein letztes End'. Ade, du schöne Welt! Bin noch so jung – hätt' gern noch eine Zeit gelebt. Das geht ja wie der Wind. Dort steht der Buchenbaum mit dem grünen Platzel. Meine liebe Dirn'. B'hüt' dich Gott, meine liebe Dirn! – Damisch geht's talab. Dort drüben am Weg ist das rote Kreuz, wo sie alle Mal die Leichen abstellen, die sie von Alpel hinaustragen ins Pfarrdorf. Heut' ist Pfingsttag, am Samstag stellen sie meine Truhen vor's Kreuz ... dass die Sonn' noch einmal draufscheint. Unter der Erden ist's finster. Ade, Welt! – Ho, Grull, ho, Wald! – Keine Menschenmöglichkeit mehr. Wir drei sind hin ...«

An demselben Magdalenen-Morgen war's, als ich unten im Tale an der Kohlstatt meines Vaters stand und den glimmenden Meiler zu überwachen hatte, dass das Feuer nicht ausschlug. Es war mir öde zu Mute neben dem schwarzen, langweiligen Haufen mit dem grauen Rauche. Ich blickte zu den Gipfeln der Berge auf, an denen schon das Gold der Morgensonne lag. Da hörte ich plötzlich ein Tosen und Rasseln – wusste anfangs nicht, woher es kam –, sah's aber bald. Die steile Lehne herab schoss ein Gefährte mit Ochsen und Karren. Von Letzterem war schon ein Rad abgegangen, das tanzte in der Luft und hüpfte selbstständig hernieder, und die Asche schleifte im Gerölle, dass die Steine flogen. Und jetzt sah ich auch den Mann, der sich förmlich in die Leitern des Karrens verschlungen hatte. – Ein Unglück ist fertig, denk' ich noch und ruf' die heilige Magdalena an, dass sie an ihrem Ehrentag doch keinen solchen Jammer geschehen lasse. Da ist ein Krachen – die Ochsen fahren auf den Anger hinab, der Karren liegt in Trümmern an einen Baumstrunk, in der Luft fliegt was, und just vor meinem Meiler fällt ein Menschenfuß nieder.

Mir wird blau vor den Augen. Hat ihn zerrissen, denk' ich; es war aber kein Fuß, es war nur der Stiefel allein. Und von den Karrentrümmern her hinkt der Riegelberger-Knecht, der Hartl. – Der Schuh weg, der Ärmel weit aufgerissen, einen Schurf am Schenkel, die Tabakspfeife beim Teufel … sonst war ihm nichts geschehen.

Er setzte sich aber auf meinen umgestülpten Wasserschöpfer, stützte den Kopf auf die Arme, zitterte und war totenblass.

Unten auf dem Anger grasten die Ochsen, und jeder hatte ein Stück des zertrümmerten Joches an den Hörnern.

Ich brachte dem Hartl einen Topf Wasser – er

trank nicht; brachte ihm ein Schälchen Milch – er trank nicht. Stumm wie ein Fisch saß er da und stierte auf den schwarzen Boden. Ich stand ganz verzagt neben ihm und wusste nicht, was ich tun sollte.

Endlich – der helle Schein, der niederging über sein Gesicht, weckte ihn. Er erhob sich, breitete die Arme aus und blickte gegen den jenseitigen Waldkamm auf. Dort guckte eben die Sonne herfür. In funkelndem Vormittagsglanze stieg sie über den Waldrücken empor – und der Hartl lachte. Aber er lachte sie nicht aus, und er lachte niemanden aus; in seinen Augen standen zwei große, hell glänzende Tropfen.

»Hab' allzu viel geschmäht«, so sagte er jetzt, »'s ist eine große Gnad' Gottes, dass mir die Sonnen heut' das zweite Mal aufgeht.«

Darauf hat er mir seine Morgenfahrt erzählt.

»Und jetzt geh' ich wohl gleich in die Kirchen und bedank' mich bei der heiligen Magdalena für ihren Beistand, dass mir nichts geschehen ist.« So schloss er. Dann ging er. Und weil er zur Messe schon zu spät kam, so setzte er sich ins Wirtshaus, um das Wunder zu feiern, wie an einem Morgen ihm zwei Mal die Sonne aufgegangen war.

Als er nach Hause wankte, ging sie schon unter. Er stand still, blickte sie mit verschwommenen Augen an und lallte: »Dieser Magdalenentag! In der Früh geht die Sonne zwei Mal, auf und jetzt geht sie doppelt unter.«

Beim lieben Vieh

Allmählich aber hub eine andere Zeit an, und ich sag' ja immer, man sollte die liebe Jugend nicht zum lieben Vieh stellen. Das liebe Vieh wird allzu gescheit. Erzählen wir was davon.

An einem Augusttage war's, gegen Abend, da hob der Herrgott die Rute und peitschte uns Alpel-Bauern tüchtig durch. Ein scharfer Hagel kam und vernichtete das reifende Korn und den grünen Kohl bei Putz und Stingel. Es war ein harter Schlag, und nur jene Glücklichen, die unter der Erde ruhten, hatten ihn nicht gefühlt – nämlich die Erdäpfel.

Mein Vater hatte sieben Kinder, worunter ich dasjenige, welches am meisten brauchte, weil ich das Größte war. – Arme Leute haben auch ihre treue Lieb' zu den Kindern im Herzen, aber die herbe Sorge legt sich darüber und erstickt sie schier – und nur selten bäumt sie – die ja stark ist, wie der Tod – sich empor und schreit mit einer alles übertönenden Stimme nach dem Kinde. Mein Vater hatte manchen Versuch gemacht, sich meiner zu entäußern, auf ein Jährchen oder zwei, bis ich selbst die Kraft hätte, auf heimatlichem Grunde mein Brot zu graben. Aber es nahm mich niemand, nur dass mich die Nachbarn zuweilen als Botengeher zum Krämer, zum Arzt, zum Amtmann benützten und mich dafür denselbigen Tag verköstigten.

Als nun im August jenes harten Jahres plötzlich die Hungersnot da war, sah der Vater seine Sieben mit nassen Augen an und lachte dabei. Sein Gelächter war derart, dass ihm die Mutter in den Arm fiel und rief: »Musst nit so, Mann, musst nit so! Kommt's darauf an, so hab ich dir übermorgen alle Kinder weg; nicht eins siehst mehr im Haus.«

Und am zweiten Tag zum Abend kam die Mutter müd' und matt nach Hause. Sie machte gar ein heiteres Gesicht – und das war mir heute bei ihr nicht in der Richtigkeit.

»So«, sagte sie, als sie auf der Stubentürschwelle saß, die wir, wenn die Tür just zu war, gern als Lehnstuhl benützten, »so, Schüsseln sind gefunden, Kinder; sie stehen mitten auf dem Fremdleuttisch, jetzt müsst's halt lange Arm machen, dass ihr was mögt derlangen. Du, Peterl, gehst in den Hefelrainhof zum Vieh. Morgen Früh kommt der Postl und nimmt dich mit. Dich, Jackerl, braucht der Grabelbauer zum Schafhalten. Kannst gleich morgen anheben. Die Plonerl brauchen sie beim Riegelberger fürs jung' Rind; den Polderl –«

»Jessas, Jessas, aber Bäuerin!«, unterbrach der Vater die Mutter, »hörst nit bald auf! Willst mir's denn alle verhausen?«

»So!«, sagte die Mutter, »dir ist's nit recht! – Ja – meinst, es geschieht mir leicht?«, und sie hub bitterlich an zu weinen.

Die vier Kleineren blieben daheim bei den Kohlrüben und Erdäpfeln, wir drei Größeren gingen »in Dienst«. Wie es dem Jackerl beim Schafhalten und der Plonerl beim Kinderwiegen ergangen, das mögen sie selber dartun, oder die Wissbegierigen müssen warten bis auf den Jüngsten Tag, wo alles offenbar wird.

Ich ging in den Hefelrainhof zum Vieh. – Hätte ich damals schon den schönen Namen Stallwart erfunden gehabt, ich hätte mein Geschick viel leichter ertragen als so, da mich jeder im Hause den Ochsenbuben hieß und auch darnach behandelte. Für den Ochsenbuben ist alles gut, in Sonderheit, wenn er noch so klein und untüchtig ist, als ich es war. Ich war auf mich selbst gestellt, konnte mich, den unter den Fittichen der Mutter vier Schuh hoch Gewordenen, zu den barschen, groben, fremden Leuten nicht schicken und sah es bald ein, dass ich in dem ganzen großen Hefelrainhof nur zwei Freunde hatte – meine steten Begleiter bei Tag, meine Stubengenossen bei Nacht – die Pöll Foich.

Pöll Foich, so hieß das vierjährige Zugochsenpaar meines Dienstherrn, das ich zu füttern und zu pflegen und bei den Fuhrwerken auf Weg und Feld zu leiten hatte. Mein Bett hatte ich im Stall über ihrer Krippe hängen. Ihr gegenseitiges Lecken, ihr Reiben an der Krippenecke und ihr gemütliches Wiederkäuen war mir das Traulichste, was ich außer dem Essensruf auf dem Hefelrainhofe zu hören bekam, und ihre natürliche Wärme ersetzte mir in den Winternächten vollauf den Ofen.

Bei solch' engem Umgang mit den beiden Recken konnte es wohl nicht fehlen, dass ich allmählich ihre Charaktere durch und durch kennen lernte, so zwar, dass ich heute, was meine bei ihnen gemachten Seelenerfahrungen betrifft, einen dreibändigen Roman über sie schreiben wollte. Doch dünkt mir, können so ein Paar Ochsen höchstens die Helden in einer Dorfgeschichte sein.

Und diese will ich denn hier dartun, von meinen einstigen zwei Freunden, die längst zu Staub und Erde geworden.

Der Pöll war eine schöne, kräftige Gestalt. Er war lichtgrau von Farbe, hatte große, pechschwarze Augen und um dieselben einen ziemlich breiten, gelblichen Rand, dann eine Schnauze, auf welcher, gute Gesundheit deutend, stets Tröpfchen standen, und auf dem Oberkiefer zwei breite Zähne, welche seine Mannbarkeit ankündeten. Seine Mannbarkeit! Mein Himmel, welche Ironie des Schicksals! Die Hörner des Pöll waren dick und etwas nach vor- und aufwärts gebogen, grau und rau an der Wurzel und schwarz und glatt an den Spitzen, die sehr scharf ins Weite standen. Der Pöll trug sie gern hoch, er wusste, was er an seinen Hörnern besaß. Er war aus dem Dorfe gebürtig; seine erste Kindheit lebte er traulich am Busen der Mutter, von welchem er aber schon in der fünften Woche seines Lebens gerissen wurde. Seinen Vater hatte er nie gekannt; derselbe, ein rüder, wüster Geselle, soll – so sagt man – zahllose Weiber betrogen haben und der Ahne einer weit verzweigten Sippe sein.

Von der Mutter weg kam der Pöll, ganz wie ich, auf den Hefelrainhof, wo er seine Erziehung genoss. Ein aufgeweckter Junge, trieb er's lustig mit den Kälbern und Füllen auf der Weide, und kaum noch die ersten Stummeln seiner Hörner hervorguckten, versuchte er sich schon im Rennen und Gaukeln und stieß manchen älteren Genossen in die Flucht. Sonst aber war er ein sanfter Charakter und hatte ein gutes Herz; jedes Mal, wenn er glaubte, einem Kameraden wehgetan zu haben, ging er freundlich auf ihn zu, beleckte ihn an den Ohren, unter den Hörnern, am Halse und überall, wo jener selber sich nicht lecken konnte. Jedem sah er fröhlich ins Auge, und jeder hatte ihn lieb. Und die Kalben blickten verschämt durch die Zäune auf den Jüngling, und senkten dann züchtig ihre Häupter und fraßen taunasses Gras – da ihnen, ach, so warm ums Herz war.

In seiner Kindheit war der Pöll semmelfalb gewesen, und alle hatten ihn das Falcherl genannt. Mit den Jünglingsjahren aber wurde seine Farbe dunkler und fast grauschwarz bis auf den weißen Streifen, der wie Reif längs seines Rückens lag. Sehr kräftig und schön entwickelte sich der Nacken, und die Hörner wuchsen immer kühner und freier aus ihrem Grunde. Der Hefelrainhofer tätschelte den Jungen gern mit der Hand, schob ihm Heu in die Schnauze und sah dabei nach, wie es mit den Zähnen stünde, die er sich für eine gewisse Angelegenheit zur Richtschnur sein ließ, und nannte ihn sein »braves Pöllerl«.

Da war's zur selben Zeit, an einem wohligen Juliabende, dass der Pöll an der Zaunschranke stand, als hinter derselben in ehrsamen Schritte die Rinderschar des Ziselhofes vorüberzog. Voran ging im Bewusstsein ihrer Würde die braune, schwer beeuterte Glockenträgerin, wohl gesättigt von der Halde. Als sie den jungen Pöll am Zaune stehen sah, hielt sie ihren Schritt an und blickte zu ihm hinüber. Sie erkannte den Sohn, und eine Herzensfreudigkeit wurde in ihr lebendig darüber, dass der Junge noch am Leben war und so wohl aussah, während manches ihrer Kinder mit großen wütigen Hunden vor ihr fortgehetzt worden, auf Nimmerwiedersehen.

Aber der Pöll hatte kein Auge für seine Mutter. Ein anderes war es, was heute sein volles Interesse in Anspruch nahm. Etwa die Dritte oder Vierte in der Reihe, schritt in jungfräulicher Züchtigkeit eine Kalbin heran, die nur einmal ihren Kopf nach ihm wendete, dann sich mit dem Schweif eine Bremse vom Rücken schlug und gleich den anderen von hinnen wandelte.

Der Pöll ging seinerseits den Zaun entlang und ließ die holde Erscheinung nicht aus den Augen. Ein bisher unbekanntes Gefühl wurde in seinem Herzen wach. Er brüllte dumpf, eine Träne rann aus seinem Auge, und es mag ihm in diesem Moment wohl zu Mute gewesen sein wie einem Menschenjüngling, der ein lyrisches Gedicht macht. Plötzlich jedoch sah er etwas, wovor seine ahnungslose Seele erbebte. Durch die Herde heran drängte sich der Grull, ein schwarzer Geselle mit sehr dickem Halse. In männlicher Stolzheit nahte er sich der schönen Kalbin. – Der Pöll kannte ihn wohl, den Grull; die beiden waren einige Zeit Kameraden gewesen auf dem Hefelrainhofe, hatten in einem und demselben Stalle gewohnt und waren sogar Freunde geworden. Der Grull war ein Jahr älter als der Pöll, aber um Vieles unternehmender und leidenschaftlicher. Er war Realist vom Heu bis zum Stroh, während in Pöll bisweilen doch auch die zarten Saiten des Ideals erklangen. Der Pöll träumte zu Zeiten von sprossenden Kohlgärten und Blumenbeeten, von peitschenloser Freiheit auf ungemähten Wiesen und Kleefeldern und mancherlei Dingen, die dem irdischen Vieh zumeist wohl unerreichbar sind, während sich der Grull nur an das hielt, was ihm augenblicklich nahe lag und er hierin auch voll zu genießen verstand.

Da hatte eines Tages der Nachbar Ziselhofer an dem stämmigen und praktischen Burschen Gefallen gefunden, denselben gegen ein fettes Schlagrind eingetauscht und zu seiner Herde heimgeführt, die an dem neuen Genossen sehr viel Freude fand.

Und wie mussten sich die beiden Freunde wieder sehen! Der Grull ging gerade auf die anmutsreiche Kalbin – Morlo, rief sie der Hirt – zu, und diese blieb stehen und wartete auf ihn. Er gaukelte einmal mit den Hörnern, dann beleckte er ihre Wange – Menschen würden sagen, er küsste sie – und legte sein dickes Haupt auf ihren Nacken. – Da wurde es dem armen Pöll grau vor den Augen, heiße Glut, wilde Eifersucht tobte in seiner Brust, er rannte mit den Hörnern gegen den Zaun und suchte die Stangen zu durchbrechen, um das holde Wesen vor dem Lüstling zu schützen. Jetzt stand der Hirt da, und ein Peitschenriemen, der noch erklecklich viele Knoten haben musste, pfiff dem Pöll wie eine giftige Schlange um die Ohren, dass er erschreckt zurückwich.

Als er sein Haupt wieder wendete, war der Zug vorüber; die Glocke hörte er noch schellen von weitem; er aber stand auf der Heide, einsam und allein.

Jedoch – was ein finster Geschick ihm verjagte, das schien ein freundlicher Zufall ihm zu gewähren. Sein Herr, der Hefelrainhofer, kaufte eines schönen Tages die Kalbin Morlo an. Auf der feien Weide wurde sie zur Herde des Hefelrainhofers gelassen. Sie war schüchtern und etwas verzagt; der weibliche Teil der Herde schien sie zu meiden, zu höhnen oder gar mit den Hörnern zu verfolgen; der männliche Teil machte sich neugierig und übermütig an sie heran. Der gute Pöll hielt sich stets etwas abseits, tat, als grase er unbekümmert auf seinem Fleck – doch sein ganzes Denken und Fühlen war *sie*. Er sann nach, ob es nicht möglich wäre, in der Abenddämmerung den Bretterzaun des Gemüsegartens der Bäuerin zu durchbrechen, die Morlo mit in denselben zu locken, unbeirrt von allen anderen mitten unter köstlichen Kräutern und Blumen ihr seine Liebe zu gestehen und so den verhassten schwarzen Buhlen für immer aus dem Felde zu schlagen.

Langsam und auf Umwegen nahte er sich nun der braunen Kalbin. Herangereift zur vollen Weiblichkeit, war sie weder kokett noch affektiert, in reizender Naivität hob sie ihr Haupt, wendete es dem Jüngling zu, und sie blickten sich ins Auge. Sie fanden sich und sollten nun zusammen sein alltäglich auf der blumigen Flur und in der schattenkühlenden Halde. Dann wollte er sie umfangen mit seinen Armen, auf denen er sonst – unter dem Fluche des Geschlechtes – zu Vieren durchs Leben schreiten musste.

Hoffnung schwellte sein Herz. – Da war's an dem Tage, dass ein kahlbärtiger Mann in den Hefelrainhof kam; derselbe hatte eine übermäßig fettige Lederhose, ein narbiges Gesicht und zwei kleine, nebelgraue Äuglein, die nicht viel Gutes ahnen ließen. Er trug einen Strickballen an den Hosenhälter geknüpft mit sich, ferner einen braunen Salbentiegel, eine Handblasebalg und einen zweischneidigen Eisenkolben, den er in die Küche des Hauses sogleich ins Feuer steckte.

Und zu gleicher Stunde kam der Hefelrainhofer auf die Weide, sah sich nach dem Pöllerl um und lockte diesen schmeichelnd mit einer Hand voll Hafer mit sich. Der Pöll freute sich über das Wohlwollen seines Herrn, und in der Meinung, dass ihm schon das Hochzeitsmahl gedeckt sei, trabte er dem Bauer nach.

Du armer, ahnungsloser Junge!

Kaum dass er in den Hof eintrat, wurde er von mehreren Knechten an den Hörnern gepackt, auf einen Strohbund hin zu Boden geworfen, an beiden Füßenpaaren mit Stricken gebunden – und er, ganz betäubt im ersten Schreck, erwartete nichts anderes als den Gnadenstoß ins Herz. Es kam noch schlimmer. Mit plötzlicher und schreckvoller Klarheit durchsah der Pöll die schändliche Verschwörung gegen ihn, hinter welcher sicherlich der falsche Grull steckte. Er brüllte wie ein Löwe, doch ergeben musste er sich der brutalen Gewalt, es vergingen ihm die Sinne.

Als der Arme wieder zu sich kam, lag er in der Dunkelheit seines Stalles auf frischem Stroh. Er fühlte, sein Wesen war gebrochen, Lieb' und Leben ihm vergällt. Er knirschte mit den Zähnen, er stieß mit der Stirne an die Krippe, dass darunter die Mäuse aufschreckten – aber er war ohnmächtig.

Nach acht Tagen war der Pöll insoweit wieder hergestellt, dass er auf eine Stunde in das Freie wanken konnte. Sonnig lagen die Gefilde vor ihm da, aber nicht erfreute ihn der Sang der Vögel, nicht der Duft der Blumen und nicht das saftige Gras. Traurig blickte er hinüber auf die Au, wo die Herde fröhlich weidete und wo Morlo, die braune Kalbin, mit – dem schwarzen Grull koste und schäkerte.

Laut stöhnte er auf und wühlte mit seinem Vorderfuß in der Erde, als wollte er dem siegreichen Nebenbuhler das Grab graben oder sich selbst in den kühlen Grund betten. Dann kam eine tiefe Abspannung und Gleichgültigkeit über ihn, und weltverachtend legte er sich in die Sonne hin und schloss die Augen.

Zur selben Zeit war's, dass der unglückliche Pöll einen neuen Stallgenossen erhielt. Es war ein lichtfalber, gutmütiger Ochs, im gleichen Alter mit dem Pöll, und auch mit gleichem Geschicke. Sein Name war Foich (so viel als der Falbe, der Falche, im Mundartlichen der Foich). Er war in der Wiesau geboren, kam frühzeitig unter fremdes Dach, und überhaupt hatte seine Jugend große Ähnlichkeit mit der unseres Pöll. Nur war der Foich von glücklicherer Charakteranlage als jener; er war phlegmatischen Temperaments, genoss ruhig, was die Weide und der Trog ihm boten, hatte weiters keine Wünsche und Pläne und ließ sich von des Lebens Lust oder Not nicht eben sehr beunruhigen. Eine gelbgraue Kalbin, die mit ihm auf einem und demselben Hofe war, sah er nicht ungern, doch als er merkte, dass sein Kamerad, der Zingg, mit Leidenschaft ihr nachhing und darüber sehr mager wurde, verzichtete er willig. Trotzdem verfiel auch er dem bösen Fatum, dem kein Ochse hienieden entgeht, und mit gebrochener Manneskraft kam er auf den Hefelrainhof, wo er den trostlosen Schicksalsgenossen fand.

Der Pöll kehrte sich anfangs nicht an den neuen Kameraden – er grollte allen Wesen und zumeist denen, die sich, wie der Foich, mit gleichgültigem Behagen der Niedertracht der Welt ergaben. Doch ging allmählich, wie an seiner äußeren Haarfarbe, die seit der Katastrophe lichtgrau und endlich völlig weiß wurde, auch in seinem Innern eine Änderung vor, er zog sich in sich selbst zurück, obwohl er anderseits sich sachte dem Foich anzuschließen begann. Die beiden wurden sich an Gestalt immer ähnlicher, nur dass der Foich sehr glatte und weiße Hörner hatte, welche etwas nach rückwärts standen, während jene des Pöll, trotz alles Feilens und Schabens des Oberstallknechtes, grau und rau blieben und immer mehr und kecker nach vorn wuchsen. So waren beim Foich auch die Augenringe und der Rand um die Schnauze herum schneeweiß, was stets auf Gutmütigkeit und Befähigung zur Fettleibigkeit weist, während die gelblichen Augenränder des Pöll auf Trotz und Tücke schließen ließen.

Als die beiden vollständig genesen waren, kam eine neue Prüfung. Der Altknecht und der Feldbub führten sie eines Morgens aus dem Stall und legten auf ihre Nacken ein schweres Holzjoch, welches sie so stramm zusammenhielt, dass keiner sein Haupt weder nach links noch nach rechts zu wenden vermochte. Der Foich hielt ruhig still; der Pöll hingegen war empört über diese neue Grausamkeit und bäumte seinen Nacken, dass das Joch ächzte und dem armen Foich fast die Hörner abgedreht wurden. Das brachte dem Widerspenstigen einen Schlag mit dem Peitschenstab ein, worauf er noch unsteter wurde, mit den Hörnern gegen die Unterjocher dreinzufahren suchte, mit den Nasennüstern heftig schnaubte und schäumte. Ein zweiter Schlag über die Stirne, da tat der Pöll einen Ruck, krachend brach das Joch, und das eine Stück noch an die Hörner gebunden, rannte er wild schnaubend und mit hoch geschwungenem Schweife davon.

Der Foich stand da und sah verwundert dem so wütend gewordenen Kameraden nach. Dieser wurde mit vieler Mühe eingefangen, hart geschlagen und endlich durch vier handfeste Knechte in ein neues Joch gespannt. Dann wurden beide förmlich davon geschoben; der Pöll wollte nicht gehen, und der Foich konnte nicht, weil er ja an den anderen gebunden war; manchen Hieb musste der gute Foich sich gefallen lassen, den gewiss nur der widerspenstige Pöll verdiente, der das eine Mal sich fest wie eingewurzelt gegen das Vorwärtsgehen einstemmte, das andere Mal wieder in wilden Sprüngen voranschoss, den armen Foich zurückdrängend oder mit sich fortreißend.

So kamen sie hinaus auf das Feld, und dort wurden sie an den Pflug gespannt. Jetzt war an ein rasendes Vorwärtsspringen nicht mehr zu denken, denn der Pflug schnitt tief und schwer die Furche und hielt das ungefüge Paar in gutem Zaun. Nach mancherlei Befreiungsversuchen und trotzigen Gesten sah es endlich der Pöll ein, dass es am wenigsten Schläge und andere Beschwerden gab, sobald er ruhig und gleichmäßig in der Furche dahinschritt.

Und so wurden die Pöll Foich ein Paar gute Arbeiter auf dem Felde des Hefelrainhofers. –

So standen die Dinge, als ich, von dem Hagelschlag aus der Heimat vertrieben, in den großen Bauernhof kam. Durch näheren Umgang mit den beiden und durch freundschaftliches Interesse, welches wir uns gegenseitig zuwendeten, war ich der Erste und vielleicht der Einzige, welcher die Pöll Foich in ihrer ganzen seelischen Bedeutung würdigte. Ich striegelte ihnen täglich die Streukrümchen und die ausgehenden Haare vom Leibe, ich beschnitt allmonatlich ihre Klauen und Hörner und stutzte die langen Haarbüschel ihrer Schweife.

In Kostsachen mussten sie mit Heu und Stroh und dem Hausbrunnen vorlieb nehmen, nur des

Abends bekamen sie die »Lecken«, einen aus kleinen Futterabfällen und Heugesäme bereiteten Brei, in den ich jedes Mal erklecklich viel Salz streute, wofür mir die beiden Pfleglinge stets sehr dankbar waren. Mir gegenüber ließ der Pöll von seiner Verbissenheit nichts spüren, gerade als hätte er's gewusst, dass auch ich einer der Übervorteilten war – nicht in allen Dingen, so wie er, jedenfalls aber in dem, was das Joch betraf. – Die Pöll Foich hatten sich nun recht aneinander gewöhnt, und zur Winterszeit oder an Feiertagen, wenn die Last der Pflichten nicht gar zu sehr auf sie drückte, waren sie sogar aufgeweckt und streichelten einander mit der Zunge.

Als jedoch wieder das Frühjahr kam, ging von neuem die Plage an. Der Pöll zog seinen Pflug, aber ungern, und zuweilen blickte er knirschend hinüber auf die nahe Au, wo Kühe und Kalben in idyllischer Freiheit herumgingen, lagen, standen und hüpften und wo die längst zur Kuh gewordene Morlo mit dem Grull ein beschaulich Eheleben führte.

Doch schien auch das Leben des schwarzen Buhlen nicht geradezu kampflos abzugehen. Eines seiner Hörner war gebrochen. Der Grull war ein leidenschaftlicher Ringer und Raufer geworden. Jeden harmlosen, vierfüßigen Gesellen, den er auf der Weide traf, er mochte vom Ziselhofe sein oder vom Nachbar kommen oder von weiter her, stänkerte er an, begann Händel, hub in die Erde zu graben, mit den Hörnern zu gaukeln und zu drohen und arg zu brüllen an und ruhte nicht eher, als bis einer oder der andere ächzend auf dem Boden lag. Zumeist waren es Liebes- und Eifersuchtshändel mit solchen, die sich der Morlo zu nähern suchten, oder mit solchen, denen er selbst ins Gei ging, denn er war ein durchaus lockerer Geselle, der Grull, und huldigte dem Prinzipe der Vielweiberei – aber nur für sich allein.

So hatte er bei einem letzten Ringen sein linkes Horn eingebüßt, und nun sah er recht abenteuerlich aus und verwahrlost, aber bei dem schönen Geschlechte hatte er immer noch Glück.

Der Pöll, wenn er manchmal auf die Weide geführt wurde, ging mit einem dumpfen Gebrumme an dem Grull vorüber, ohne ihn auch nur eines Blickes zu würdigen, wie sehr der andere auch bestrebt war, mit ihm anzubinden. Der Pöll hielt sich überhaupt nicht gern unter der Herde auf; er suchte sein grünes Gras abseits und ging seine besonderen Wege. Doch musste der Hirt gerade auf ihn am meisten Acht haben, denn er durchbrach, wo er sich unbeachtet wusste, die Zäune und ließ es sich auf einem nachbarlichen Kornfeld wohl sein, aber er hub mit den langen Hörnern geschickt die Wegschranken aus und wanderte davon und wäre sicherlich schon längst in die Fremde gezogen, wenn man den passlosen Vierfüßler nicht noch irgendwo aufgehalten und zurückgeliefert hätte. So hatte sich der Pöll befreit von dem Vorurteile seiner Standesgenossen, als könne der kräftige Ochs einen schwachen Stangenzaun nicht mit Leichtigkeit niederwerfen, und so gab es für ihn auf räumlichem Gebiete keine Weg- und Grenzschranken mehr.

Arg war es besonders des schlechten Beispiels wegen. Er hieß niemals einen mit, war's zufrieden, wenn er allein gehen konnte, aber bald ahnte die Herde seine Wege und folgte ihm nach durch die niedergerannten Zaunschranken aufs Korn- oder Kleefeld oder auf die ungemähte Wiese des Nachbars.

Klagen liefen ein über den bösen Pöll und seine Verwüstungen, und weil es für solche Übeltäter in unserem Staate noch kein Gericht gibt, so wurde nicht der Pöll, sondern der Hefelrainhofer mit Strafen bedroht, insofern er den Bösewicht nicht unschädlich mache.

Jetzt band der Bauer dem Pöll eine Stange so über die Hörner das diese zum Aufbrechen von Zäunen ungeeignet werden sollten, und ließ ihn nachher auf die Weide. Allein das war dem Gemaßregelten gerade recht, jetzt verrichtete er die Sprengwerke mit der Stange und schonte dabei die Hörner. – Versuchte es der Hefelrainhofer noch einmal, es dem Ochsen an Klugheit zuvorzutun, und schnallte ihm ein Brett vor die Augen, sodass der Pöll gar nicht vor sich hinsehen konnte, sondern nur hart an den Boden nieder, wo das schlechte Gras wuchs. Der Pöll sah's ein, das war ein großer Nachteil. Zuerst stand er da und ging nicht einen Schritt vom Fleck. Als es ihn zu hungern begann, suchte er sich etwas Gras und stieß dabei an einen Baum. Der Baum war ihm willkommen, denn an diesem suchte er sich nun der fatalen Augenblende zu entledigen; da ihm das aber nicht gelang, so wollte er mit seinem Kameraden, dem

Foich, ein Kopfrennen anfangen, um das Brett auf solche Weise zu zertrümmern. Doch der Foich verstand ihn nicht und hub an, den Kampflustigen begütigend zu lecken.

Zwei Wochen lang ging der Pöll mit der Blende auf die Weide; als wir ihn aber hierauf für ein Waldfuhrwerk einspannen wollten, sahen wir, sie sehr er abgemagert und entkräftet war, und der Bauer sagte: »Mit dem Augenband geht's auch nicht. Den muss man im Stall behalten oder ihm einen eigenen Wächter beigeben. Wär' der Racker nur besser bei Fleisch, ich wollt' ihn am liebsten niederschlagen.«

So weit kam's mit dem Pöll, und wie einen von der Strafanstalt entlassenen Spitzbuben musste man ihn bewachen, sooft er ins Freie kam. Berüchtigt war er in Nah und Fern, und wenn irgendwo auf ein Getreidefeld oder in einen Garten eingebrochen wurde, so musste es der Pöll gewesen sein, und hielten wir diesen auch verschlossen hinter dreifachen Türen.

Im Spätherbst vor dem Einschneien konnten wir seinen Zwang etwas lockern. Da lässt man alle Herden auf die abgeweideten und abgeernteten Wiesen, Felder und Matten und durcheinander mit den nachbarlichen Rindern, wie sie eben durcheinander wollen. Da konnte der Pöll nicht mehr viel Schaden tun, und so banden wir ihm weder Stange noch Blende an den Kopf.

Menschen und Tiere freuten sich der letzten sonnigen Tage, und ich selbst war im Hefelrainhofe schon so angewöhnt, dass ich mich kaum mehr viel zurücksehnte in mein Vaterhaus, wo Vetter Schmalhans immer noch Küchenmeister war. Da wurden eines Tages die friedlichen Herbsttage schrecklich unterbrochen. Eine Botin vom Ziselhofe kam atemlos gelaufen – oben im Waldanger unter einem Raine liege der Stier, der Grull, tot in seinem Blute!

Wir alle eilten dem Waldanger zu. Es war so. Mit arg zerschürfter Haut, einem gebrochenen Vorderfuße und einer tiefen Wunde am Halse lag der Grull mit hervorgestreckter Zunge und verglasten Augen zwischen Binsengebüsch auf dem Moore. Ein Mord! Der Unglückliche musste sich wacker gewehrt haben, oben auf dem Anger war streifenweise das Gras weggeschürft und lagen kleine Haarbüschel herum. Dann war er, wie die Blutspuren zeigten, über den steilen Rain geworfen worden.

Wer war der Mörder? Ein Racheakt musste es gewesen sein, des war alles einig, denn der Grull hatte unter dem männlichen Geschlechte seines Stammes viele Feinde gehabt. Aber welchem von ihnen konnte eine solch' schreckliche Bluttat zugedacht werden? Wie man auch Umschau halten mochte in den Herden, alle – darunter auch die zahlreichen Witwen – glotzten harmlos drein und waren kaum erschüttert von dem Ereignisse. Vor allem musste der Tote fortgeschafft werden. Ein trauriges Begräbnis blieb erspart. Die armen Leute der Gegend hielten zu Ehren des Getöteten ein sattsam Mahl, zu dem er selbst den Braten lieferte.

Als wir an dem Abende des Unglückstages unsere Herde sonderten und in den Hof leiteten, war – der Pöll nicht darunter.

Sofort stieg Verdacht auf! Wo ist er? Weshalb kehrt er nicht heim? – Ach, es war im Grunde eigentlich nicht so auffällig, wenn man den Ausreißer kannte. Wir sollten bald Gewissheit haben. Noch in der Nacht brachte der Waldbachköhler den Pöll an einem Strick in den Hof und schrie, dass die Wände gellten und wir alle aus dem Schlafe fuhren: »Den Mörder haben wir da! Er hat wollen auf die Fischbacher Seite hinüber!«

Mit einer Spanlunte leuchteten wir dem Eingebrachten ins Gesicht; dieses sah erschreckt und unstet drein und die scharfen, vorgebogenen Hörner waren blutig.

Es bedurfte weiters keiner Beweise mehr. Der Pöll wurde zum Foich und zu mir in den Stall getan, der Köhler bedankt, das Haus legte sich wieder zur Ruhe.

Am anderen Tage zahlte der Hefelrainhofer fünfundvierzig Gulden an den Ziselhof für den getöteten Grull, mit der Bedingung, dass ihm die Haut überlassen werde. Als er mit der geleerten Brieftasche heimkam, nahm er die längste Peitsche hervor, die in der Ochsenkammer aufzufinden war, führten den Foich aus dem Stall und schloss sich selbst in denselben zum Pöll ein. Der Pöll stand ganz ruhig vor dem leeren Heutrog und wartete auf Futter, als wisse er nicht, dass heute strenger Fasttag sei. Der Bauer stand ruhig vor dem Pöll und machte sieben Knoten in seine Peitsche. Und als die Knoten fertig waren, ließ er sie niedersausen auf den Körper des Verbrechers. Da begann der Tanz um die Krippe, die mitten im Stalle stand. Mächtig pfiff die Peitsche, wüst fluchte der Bauer, und der Pöll schoss polternd im dunkeln Stall umher, stieß an Wand und Barren und hub über die fortwährenden Streiche vor Schmerz zu brüllen an.

Erschöpft hielt endlich der Bauer ein. Der Pöll stand an die Wand gedrückt und schnaufte.

»So, mein Pöllerl, und jetzt, dass du's weißt, du kommst dein Lebtag nicht mehr ans Tageslicht«, mit diesen Worten verließ der Hefelrainhofer den Stall und schlug die Tür hinter sich zu.

Lebenslänglich Haft! – mehr noch; der Pöll war zum Tode verurteilt!

Schon am nächsten Tage begannen wir, ihm Kräuter und Erdäpfeltränke, feines Heu ohne Stroh, Kleienlecken, Rübenspalten, gekochte Kohlstengel usw. zu füttern, und für den Übeltäter begann ein Leben, wie er es selbst in seinen kühnsten Träumen sich nicht zu hoffen gewagt hatte. Andere wurden an den Pflug und an den Wagen gespannt, um all' das herbeizuschaffen, was seinen Tisch so gut und teuer machte.

So ging es monatelang; aber selbst in der Gefangenschaft und im Wohlleben schien der Pöll seine Bosheit nicht ablegen zu wollen. Er wurde nicht fett. Er fraß und soff und lag auf der Haut und wurde nicht fett. Als ob er's gewusst hätte, dass ihm seine Magerkeit allein noch das Leben und den Genuss eine Zeit lang erhalten konnte.

Ganz anders der Foich. Trotzdem er bisweilen noch mit einem fremden Genossen ins Joch musste und durchaus keine besonderen Köstigung genoss – er gedieh und wurde von Woche zu Woche beleibter. – Das macht das gute Gewissen. Und da der Bauer die gute Art des Falben sah, setzte er ihn in den wohlverdienten Ruhestand und begann ihn mit größerem Fleiße als bisher zu füttern.

Und als die älteste Tochter des Hauses heiratete, war es der gute, sanftmütige Foich, der es übernehmen musste, den Festbraten zu stellen.

Der Pöll aber lebte noch lange fort, stets gefüttert und gepflegt, aber er blieb mager, sodass der Hefelrainhofer von neuem Lust bekam, das »zaundürre Rindvieh«, wie er sich in seinem Zynismus auszudrücken beliebte, noch einmal um die Krippe tanzen zu lassen und dazu mit der Peitsche den Tanz zu pfeifen.

Mittlerweile waren gesegnete Jahre gekommen, und ich sollte wieder heim ins Vaterhaus. Was aus dem unglücklichen Pöll weiter geworden, ist mir nicht bekannt; nun wird er wohl schon längst gestorben und verdorben sein.

Ich habe diese buchstäblich wahre Geschichte einmal einem Naturforscher erzählt, als neuen Beleg der Analogie des Seelenlebens zwischen Menschen und Tieren. Und ich hatte noch die Bemerkung beigefügt, wie es doch seltsam sei, dass, wie der Mensch, so auch das Tier hinausgestoßen werde in das Leben, um schuldig und unglücklich zu werden.

Hierauf gab mir der Naturforscher zur Antwort: »Lieber Freund, das Unglück Ihres Helden war, dass er für einen Ochsen zu gescheit gewesen ist.«

Wie wir die Gürtelsprenge haben gehalten

Wenn man in jener Gegend den Bauern nach der Anzahl der Bewohner seines Hauses fragt, so mag wohl folgende Antwort geschehen: »Bewohner? Ja, die muss ich mir selber erst zusammendenken. Da bin ich; – tut nur fleißig nachzählen –, ich und mein Weib und unsere fünf Kinder und der Knecht und acht Rindvieher und die Magd.«

Und er meint es nicht anders. Schützt sie doch all zusammen ein Dach, lebt doch eines für alle, wie alle für eines leben, und sie ernähren sich gegenseitig und erheitern sich das Leben, und die Kinder und die Kälber laufen lustig durcheinander herum. – Für die Rinder hat der liebe Gott die Almen und die Heustadeln erschaffen. Und wenn die Stadeln sich gefüllt haben und die Zeit der Heue vorüber ist, so wird im Hause des Hirtenbauers ein Fest begangen. Der Bauer gibt den Seinen ein Mahl. Und da wird nicht geschont, ist doch der Heustadel voll.

Und besonders Hansjörgel, der Knecht, dem in letzterer Zeit der Bauchriemen ohnehin schon zu lang geworden ist, lässt sich das Fest angelegen sein, und so eine Bäuerin wie die unsere, sagt er, gibt's nimmermehr – und der Riemen wird kürzer und kürzer, und die Enden seines Ringes wollen nicht mehr reichen, und mit Gewalt zusammengeschnallt, springen sie wieder mit Gewalt auseinander.

Das Fest der Gürtelsprenge.

Mir ist aus jener Zeit, in der ich solche Feste noch mitmachte, ein Geschichtchen in Erinnerung.

Ich war noch im Hefelrainhof beim Vieh. Die Heue war vorüber, und unser Knecht hatte zwei Tage lang fast nichts gegessen, um sich auf den nahenden Genuss gebührend vorzubereiten. Es waren Stunden aufgeregter Erwartung, bis am dritten Tage zum späten Mittag der Bauer das weiße Tuch, mit dem roten Streifen in der Mitte, über den Tisch zog. Dann legte er die glänzend gefegten Messer und Gabeln und Löffel auf ihre Plätze. Dann begann er in gehobener Stimmung – er hatte heute auch reine Wäsche an – Weißbrot aufzuschneiden. Ich stand neben dem Tisch und sah, wie der Haufen der Brotspalten immer mehr anwuchs und anwuchs. Hansjörgl, der Knecht, beobachtete diesen Vorgang nicht ohne Misstrauen; – wozu das viele Brot hier? Soll das etwa bestimmt sein, die Haupträumlichkeiten zu füllen, auf dass feinere Bissen nicht sollen untergebracht werden können? – Endlich kam der dampfende Milchtopf, und der Tisch ächzte, und die Massen der Brotspalten wurden hineinversenkt, so wie sich bei Erdrevolutionen Berge versenken in die Tiefen des Meeres. Wir beteten, dann setzten wir uns alle zu Tische.

Der Knecht begann zu essen, still und langsam, mit einer ehernen Ruhe. Als die Milch und das darauf folgende Speckkraut abgetan war und die Lasten der Roggenknödeln erschienen, fühlte ich die früher so mächtigen Sympathien für die Gegenstände nach und nach schwinden – ich war gesättigt. Ich sah nur sinnend zu, wie die bedeutsamen Reihen der Gerichte vorüberzogen, die Butterschnitten und die Rahmstrudeln und die Fleischnudeln und das Schottenkoch und die Milchkrapfen und das Schmalzmus. Sie aßen und redeten dabei von Dingen, die sich früher bei dem Feste der Gürtelsprenge zugetragen hatten und in der Zukunft noch zutragen können. Der Knecht redete nicht, er saß und aß still und langsam, mit einer ehernen Ruhe. Es kamen noch fernere Gerichte und fernere Gespräche, und der Knecht aß still und langsam fort. Als sie bei den Butterkrapfen waren, hörte man ein leichtes Schnalzen – es war sein Gürtel auseinander gesprungen. Der Knecht ließ ihn auseinander gesprungen sein, blieb in seiner Ruhe und aß.

Endlich aber blieb die geleerte Schüssel auf dem Tische stehen, und es kam nichts mehr. Der Knecht blickte befremdet auf; – wo spannt sich's denn? Ja, geht's denn nicht allweg so fort? Er war schwermütig, er dachte an das Los alles Zeitlichen, er erhob sich, er ging in das Freie, er stand eine Weile still und sah hinaus in die Berge und Täler, er stieg empor zum Heuboden, er legte sich in sein Bett.

Es nahte schon der Abend.

Über den Almen zogen Nebel, wie sie sich zur Herbstzeit gern über das Gebirge niedersenken. Ich ging hinaus auf die Halde und rief so lange: »Hoi, ho, hoi, ho!«, bis die Kuh mit der Glockenschelle auf mich zukam und ihr die Herde nachfolgte. Dann führte ich sie zum Hause und in den Stall.

Als dieses geschehen, und als gemolken war, gingen wir zur Abendsuppe; ich hatte wieder recht Appetit, und der Bauer sagte, so eine saure Suppe könne er zu jeder Zeit essen, und sie sei ihm lieber wie die besten Butterkrapfen. Aber der Knecht erschien nicht zur Suppe.

Endlich gingen wir alle zur Ruhe. Ich hatte mein Lager im Stalle, um die Rinder zu bewachen, dass sich keines etwa von seiner Kette losmache und die anderen beschädige. Mir war recht behaglich unter der Decke. Die Glockenkuh schellte noch eine Weile, weil sie sich an den Lenden leckte, und der Stier rasselte noch dann und wann an der Kette und gaukelte mit den Hörnern. Nach und nach ließen sie sich alle nieder auf die frische Fichtenstreu und begannen das Wiederkäuen. Einige Zeit hörte ich noch das gleichmäßige Gescharre der Zähne, dann sanken mir nach und nach die Augen zu. – Noch war mir, als säße auch der Knecht auf der Fichtenstreu und rassele mit der Kette und gaukele wie der Stier und kaue, wie alle anderen, und kaue ohne Ende.

Plötzlich weckte mich ein Poltern außen an der Stalltür. »Halterbub', schreck' dich nicht und steh' auf!«, hörte ich rufen; es war des Bauers Stimme, und das Poltern an der Tür wurde heftiger.

Ich kollerte von dem Bett auf die Streu hinaus, stieß in der Verwirrung an die Glockenkuh, dass sie mit einem ohrenzerreißenden Geschelle aufsprang, und ich taumelte der Türe zu.

»Schreck' dich nicht, Bub', und mach' dir nichts draus«, rief der Hefelrainhofer wieder, »schlupf' geschwind in deine Hose hinein, du musst eilig hinablaufen nach Kathrein um den Herrn Pfarrer, 's will uns der Hansjörgl sterben!«

»Der Hansjörgl will sterben!«, sagte ich zitternd und nestelte die Türkette auf, »ja warum denn und wegen was denn?«

»Der lieb' Herrgott wird's wissen! Da kugelt er oben in seinem Bett und schiebt die Augen über und ächzt – und –, nein, meiner Tag hab' ich so was nicht erlebt. Geh, Bübel, geh', wenn du den Pfarrer beizeiten bringst, so kriegst einen Sechser. Und das letzt' Öl soll er dennoch wohl auch mitbringen – und begraben lass ich den Hansjörgl mit dem großen Kondukt. Ach, mein guter, rechtschaffener Knecht!«

Ich weiß nicht, wie ich's gemacht hatte; ehe noch der Bauer aufgehört zu sprechen, war ich angezogen, und in den nächsten Augenblicken schon eilte ich den Berghang hinab. Zerrissene Wolken hingen am Himmel, matt schien der Halbmond, in den Ästen der Tannen fächelte zeitweilig der Wind. Meine Schuhe machten ein Getöse in den Steinen des Hanges, mir voran und zur Seite kollerten diese hinab, und ich kollerte schier auch selbst mit ihnen. Und ich ging durch Täler hinaus, oft hingen Bäume derart über mir zusammen, dass ich keinen Boden, keine Wurzel, keinen Stein mehr sah, dass ich im Schwarzen dahinwandelte, stolperte, in Pfützen sprang, an Bäume prallte – in Todesangst war. Neben mir hin rauschte der Waldbach. Oft hörte ich

Gekrächze über mir, Schritte hinter mir, und ich meinte, der Knecht sei bereits gestorben, und sein irrender Geist folge mir. Ich hatte Angst um meine arme Seele, ich betete im Herzen, ich versicherte den lieben Gott und alle Heiligen, dass ich all' mein Lebtag keine Sünde mehr begehen wollte, wenn ich diesmal in Gnaden bewahrt bliebe. Und bis auf einige blaue Ballen an Gesicht und Händen blieb ich in Gnaden bewahrt. Nach Stunden kam ich nach Kathrein, und da ging die Morgenröte auf.

Ich eilte zum Pfarrhof und riss mit beiden Händen an dem Drahte der Türglocke so heftig, dass ich von innen einen Jammerschrei hörte. Dann wurde ein Fenster aufgerissen, und die alte Haushälterin in schneeweißem Nachtgewande rief alle Namen der Himmel um Antwort an, wer denn Sturm läute in solcher Stunde. Da öffnete ich denn mein bedrängtes Herz: »Der Hansjörgl will sterben – das letzte Öl soll er auch mitnehmen, und begraben lässt er ihn mit dem großen Kondukt!«

Ich wurde verstanden. Schwer mag's dem greisen Mann gewesen sein, nun aus den weichen Federn fort, in die frostige Herbstluft hinaus, und nüchtern in das Gebirge. Aber er ging. Lautlos kleidete er sich an, eilte zur Kirche, läutete selbst das Versehglöcklein, holte das Heiligste und ging mit mir. Ich ging voran, trug in der einen Hand die brennende Laterne, in der anderen das Metallglöcklein, mit dem ich schellte, auf dass die Menschen in den Häusern und Hütten, an denen wir vorüberzogen, auf die priesterliche Handlung aufmerksam gemacht würden.

Wir gingen denselben Weg, den ich hergegangen war. Das Wasser rauschte; ich schellte den Fischen, dass nun ihr Schöpfer vorüberziehe, und dass sie anbetend ihre Köpfe emporrecken sollten aus den Wellen. Keine einzige Forelle hat mein Glöcklein gehört.

Als es nach und nach licht geworden war, begann der Pfarrer hinter mir plötzlich zu lachen. »Ja, was hast du denn gemacht, Kleiner, du hast ja dein Höslein verkehrt an!«

Da gab's mir einen Stich im Herzen; vor meinen Augen tanzten Sterne. – Was hat er gesagt, mein Höslein verkehrt? – Es war wohl so! – Das Hintere war vorn, das Vordere war hinten, und kein einzig Knöpflein war zu.

»Ist ja kein Unglück«, sagte der Pfarrer, »hast es halt ein wenig schnell gemacht. Setz' die Laterne da auf den Stein und mach' Ordnung, ich wart' auf dich.«

Ich ging hinauf in das Dickicht und zog aus und zog an und eilte, dass doch der Knecht dieweilen nicht sterbe, und endlich, als alles recht saß, barg ich mein Gesicht in den Ellbogen.

Um mich aus der Verlegenheit zu befreien, begann der Greis ein Gespräch und erkundigte sich um die näheren Zustände des Knechtes. Er beschleunigte seine Schritte und sagte mir, dass es für einen Priester sehr peinlich sei, auf seinem Versehgange zum Kranken nur mehr einen Toten zu treffen und unverrichteter Sache wieder zurückkehren zu müssen. »Einmal hab' ich das erfahren, mein lieber Kleiner. Es war vor mehreren Jahren. Ich wurde hinein in die Kiengräben zu einem Holzhauer gerufen, den als Wilderer die Kugel eines Jägers getroffen hatte. Sein einzig Sehnen war nach einem Priester; stundenlang rang er mit dem Tode, und in Verzweiflung rief er: Ich muss warten auf meinen Gott und Richter. – Aber der Weg bis in die Kienstätten ist weit, und ich fand den Mann erstarrt, und auf seinen Zügen und in seinem gebrochenen Auge lag noch die Todespein. – Im Chorrock, und auf den Händen das Sakrament, so musste ich wieder umkehren; und auf demselben Gang hab' ich keine einzige Vogelstimme gehört im Walde, und mir ist so schwer und weh gewesen, als hätten mich alle unerlösten Seelen der Erde verfolgt. Kleiner, was das heißt, ein Priester sein – es ist nicht zu sagen!«

Der Pfarrer schwieg, trocknete seine Stirn, und wir schritten weiter und weiter.

Wir stiegen den Berghang hinan gegen unser Haus. Die Nebel hatten sich aufgelöst, und die Sonne stand schon ziemlich hoch am tiefblauen Himmel. Die Almglocken klangen auf den Höhen, und zeitweilig hörte man, in hohen Lüften getragen, das helle Jauchzen eines freudigen Menschen. – Ei wohl, unser Knecht hatte auch schön gesungen und hell gejauchzt, und an diesem lieblichen Morgen soll er gar auf dem Totenbette sein!

Das Haus stand still und traurig auf der Anhöhe. Wohl glänzte die Sonne in den Fenstern, aber diese sahen uns entgegen wie verglaste, verweinte Augen.

Ich zitterte vor Angst; ich hielt die Laterne hoch, und das Glöcklein ließ ich klingen. Niemand kam uns entgegen, niemand kniete vor dem Hause, um sich den Segen des nahenden Heilandes zu erbitten. Die Türen waren offen, wir gingen in das Haus und durch die Vorlauben in die Stube. Es war niemand da, nur die Uhr an der Wand tickte und tickte.

Der Kranke ist noch auf dem Heuboden, dachte ich, und sie sind alle bei ihm. Der Pfarrer stellte das Sakrament auf den Tisch und sank erschöpft auf die Bank daneben. Ich eilte auf den Heuboden und rief laut, dass wir da seien. Der Heuboden war still und dunkel, nur das frisch duftende Heu war da. Und das Bett des Knechtes war leer! – Da erfasste mich ein Grauen, und ich lief zurück in die Stube: »Kein Mensch ist da, kein Mensch im ganzen Hause; sie haben ihn gar schon fortgetragen!«

Da erhob sich der Priester, sein Antlitz rötete sich, und er sah mich an mit strengem Blicke. Ich brach in ein Weinen aus. Wir ließen die Heiligtümer auf dem Tische stehen und gingen vor das Haus, und ich rief, was ich rufen konnte, nach den Leuten.

Endlich hörte ich von dem Schachen herüber halb verhallte Schläge. Ich lief gegen den Wald und schrie, und mein Schreien wurde aus Angst und Furcht schier zum Kreischen.

»Sakra, was ist denn das für ein abscheulicher Lärm da unten? Was hat's denn?«, hörte ich plötzlich eine Stimme von dem Wipfel einer hohen Fichte her.

Ich schau' hinauf, hör' ihn, seh' ihn – es ist der Hansjörgl.

Und er hackt die Äste herab, einen um den andern, und singt und jauchzt. Da lauf' ich wohl wieder zurück zu Hause, zum Pfarrer, auf dass ich niederfalle vor ihm auf die Knie und ihn tausend Mal um Verzeihung bitte, dass der Knecht wieder kernblitzgesund ist und von den Bäumen die Äste herabhackt zur Streu für die Rinder.

Aber wie ich zurückkomme, steht schon der Bauer vor dem Pfarrer und bringt Entschuldigungen vor. Der Knecht habe gestern ein klein wenig mehr von Speisen zu sich genommen, weil die Gürtelspreng' gewesen sei, und drauf habe er in der Nacht so einen heftigen Kolikanfall bekommen, dass schon alle gemeint, es sei sein letztes End'. Deswegen habe er gleich um den Priester geschickt, aber die Krankheit habe bald darauf nachgelassen, und der Hansjörgl habe in der Früh wieder rechtschaffen viel Kässuppe gegessen. Man habe hernach wohl einen zweiten Boten geschickt, dass der Herr Pfarrer nur daheim bleiben möge, aber dieser Bote sei wahrscheinlich einen anderen Weg gegangen, und so sei es geschehen, wie es geschehen war.

In der Stube aber brannte das geweihte Wachslicht und stand das geistliche Brot. Sollte nun der Pfarrer wirklich mit dem Hochwürdigsten unverrichteter Sache zurückkehren müssen, was er so gefürchtet? Oder will er auf der Alm die Messe lesen und selbst das Himmelsbrot verzehren? Oder will jemand sterbenskrank werden, auf dass er die vorbereitete Wegzehrung genießen dürfte?

Ich sann auf Wege, sann auf Stege. Und endlich

hatte ich was ersonnen. Ich war noch nüchtern. Aus Liebe zum alten Herrn, der mich in der Seele erbarmte, bekannte ich ihm auf der Ofenbank meine Sünden, und so konnte ich nun der Kommunion teilhaftig werden.

Und als die Handlung vorüber war, legte der Pfarrer den Chorrock ab und atmete auf. Die Bäuerin, die nun auch von der Weide gekommen, gab mir meine Morgensuppe und wollte dem Herrn Pfarrer mit Butter und einer Eierspeise aufwarten; er konnte aber nichts genießen, weil er an demselben Tage noch die Messe zu lesen hatte. So musste der gute Mann fasten, weil unser Knecht tags zuvor so ungebührlich gegessen hatte, und so musste ich eine Beichte ablegen, weil unser Knecht tags zuvor gegen die Mäßigkeit gesündigt hatte, und so endete in demselben Jahre das Fest der Gürtelsprenge.

Dafür hatte ich heute Feiertag und durfte den Pfarrer wieder nach Kathrein begleiten. Als wir über den Hang hinabstiegen, hörten wir Hansjörgl, den Knecht, von den Waldwipfeln herüber jauchzen. Der Pfarrer stand still und sagte zu mir: »Was meinst, Kleiner, hört sich das nicht besser wie Totenglocken?«

Mitten unter Sündern

Das Alpental mit seinen hundertzwanzig Einwohnern – ich machte das zehnte Dutzend voll – war wie ein Kloster. Wir hatten zwar nicht einmal eine Kirche; dafür bekränzten wir zur Sommerszeit die hölzernen Kruzifixe, die vor den Häusern und an Wegscheiden standen, und wir verrichteten an den Samstagen davor unsere Andachten, und was die Hauptsache war, wir führten alle hundertzwanzig ein sehr eingezogenes Leben. Strenge Arbeit uns magere Nahrung täten die weltliche Begier in und ersticken und uns mit Eifer den Himmel wünschen lassen, wo man nichts arbeitet, wohl aber gut isst und trinkt und alles haben kann, was das Herz verlangt. Aber der Himmel ist ohne Frommsein nicht zu erlangen – daher wussten wir alle, was wir zu tun hatten. Freilich gab es Stunden, in denen uns jüngeren Leuten die Erde lieber war als der Himmel. Solch' weltlichem Sinne wurde wacker entgegengewirkt.

Ein alter Schneider lebte im Tal, der hielt uns zuweilen eine Predigt. Er hatte seinerzeit einer Jesuitenmission beigewohnt, und seither ging ihm das Leutebekehren nicht mehr aus dem Kopfe. Er hatte Rednertalent in sich entdeckt; hatte anfangs dasselbe geübt, wenn er allein in der Werkstatt saß und später auf dem Oberboden seines Häuschens, oder draußen im Erlenbusch. Schriftgelehrt war der Meister von jeher gewesen und gewandt in Auslegung der Bibel.

Als in späteren Tagen seine Augen so trübe geworden waren, dass er mit der Fadenspitze das Nadelöhr nicht mehr traf, sich hingegen seine Rednergabe mächtig entfaltet hatte, fühlte er sich erkoren, den Alpelbauern ein Apostel des Heils zu werden. Er ging eines Tages höher in die Wildnis der Berge hinauf, kehrte jedoch nach sehr kurzer Zeit wieder zurück und begann sein Predigeramt.

Er war nun fast blind an seinen leiblichen Augen, hatte hingegen ein geistiges Gesicht; er sah den Himmel offen, ja bisweilen, wenn er an etwas Ärgernis nahm, auch die Hölle. Er sah die ganze Ewigkeit, die wir anderen uns nicht einmal genau zu denken vermochten, in leibhaftiger Gestalt. Er hat mir, seinem besonderen Liebling, die Sache einmal durchgreifend erklärt. Ich weiß nicht bestimmt, ob ich die Darstellung des blinden Sehers recht aufgefasst habe, ich erinnere mich nur, dass ich mir die Ewigkeit gedacht hatte als einen weiten und sehr langen Stollen in die Erde hinein, welcher mit roten Wachskerzen beleuchtet ist und in welchem die Seelen der Abgeschiedenen in Leichentüchern dahinwandeln. Wie lang dieser Stollen eigentlich ist, davon hatte der alte Schneider folgendes Bild.

»Wenn«, sagte er, »die ganze Weltkugel ein Zwirnknäuel von feinstem Zwirn wäre und es tät' einer kommen, den Faden abwickeln und damit die

Ewigkeit messen, so wäre, meine lieben Christen, der Maßfaden viel zu kurz!«

Ein so klarer und bündiger Redner musste großen Anhang gewinnen. Und in der Tat, sooft es hieß: »Heut' predigt der Schneider wieder!«, versammelten sich des Abends die Leute bei ihm.

Ich war dabei stets einer der eifrigsten Predigtbesucher, war auch schon bass so hoch emporgewachsen, dass ich in der voll gedrängten Stube meinen Vormännern über die Achseln lugen konnte, und hatte nur darauf zu achten, dass mir keiner auf die Zehen trat. Gern stellte ich mich daher zu Nachbarn, die – wie ich – auch keine Schuhe anhatten, und so konnte ich meine volle Aufmerksamkeit dem Prediger zuwenden.

Anfangs, wenn wir in die Stube traten, war der Schneider stets abwesend; doch hörten wir auf dem Dachboden über der Stube ein Murmeln, Seufzen und Ächzen, ein Pfustern und Räuspern, da wussten wir schon, dass der Mann in seiner Vorbereitung oder gar in einer Verzückung war. Unsere anfangs lauten, zumeist ganz weltlichen Gespräche wurden immer leiser, und allmählich zog ein heiliger Schauer ein in unsere Seelen.

Endlich stieg er die Sprossenleiter nieder. Es war, so viel man da sah, eine Knochenfigur zum Erbarmen. Das klapperte nur so, bis das Männchen herunten auf dem Boden stand. Uns, dem »Volke«, war dieses Klappern anstatt eines Predigtliedes, wie solches sonst in der Kirche vor der Betrachtung gespielt und gesungen zu werden pflegt; es versetzte uns in die nötige Stimmung.

Hierauf schritt der Schneider zum Tische hin und stieg dort auf einen Schemel. Dann legte er seine Arme kreuzweise über die Brust, schloss die Augen und stand so etliche Minuten unbeweglich da. Sein Haupt war fast kahl, seine Backen waren glatt rasiert; einen schwarzen Überrock hatte er um sich geschlagen, um das priesterliche Ansehen herzustellen, aber mir – ich konnte nichts dafür – fiel es ein: »Du schaust halt doch aus wie ein zaundürrer Schneider.« Ich sandte sofort ein Stoßgebet zum Himmel, dass der mich vor ähnlichen lasterhaften Gedanken bewahren möge, denn des war ich zutiefst überzeugt: Der Schneider ist ein heiliger Mann.

Bevor er noch die Auen öffnete, tat er den Mund auf und hub an mit langsamer und dumpfer Stimme, wahrscheinlich nach einer Erinnerung von der Jesuitenmission, so zu reden. »Der ewige Herrgott hat mich zu euch gesandt. Der ewige Herrgott schickt durch mich sein heiliges Kreuz, seine drei Nägel, seine blutige Kron'. Das Evangeli ist geschrieben mit rosenrotem Gottesblut. Tut die Ohren auf, denn so spricht der Herr.«

Und hierauf begann er seine Predigt, die sich je nach einem Festtag, nach der Jahreszeit, nach irgendeinem Ereignis, nach dem Stande der Zuhörer, oder auch wohl nach seiner persönlichen Laune richtete.

Die Zuhörer schluchzten oder kicherten dabei; ich war stets tief versunken in den Vortrag, denn – und das dachte ich nicht damals, das schreibe ich heute – wenn die Gedanken des Redners auch noch so verrückt, es waren immerhin Gedanken und insofern bei uns daheim ein rares Ding. Die fantastischen Bilder, die der Schneider als Beispiele drein gab, wollte ich heute noch nicht verachten; ich habe sie seither mehrmals auf alten Gemälden vom guten Höllenbreughel wieder gefunden.

Mit uns Alpelleuten war der Meister Brotschimmel – so hieß er, hat's auch im Testament nicht verboten, seinen Namen zu nennen – im Ganzen recht zufrieden; nur ein klein bisschen zu viel fluchen täten wir. In Erwägung jedoch, dass das Fluchen dem Alpler im Geblüte liege, dass wir dieses also unser Lebtag nicht lassen würden, empfahl er uns, die gottlosen Ausdrücke wenigstens in etwas umzumodeln und dadurch zu mildern. So sollten wir z. B. anstatt »sacka« *sickra* sagen, anstatt »Teufel« *Teuxel*, anstatt »verflucht« *verflixt*, anstatt »verdammt« *verdangelt* oder *verdankt* ausrufen; und das »Himmelherrgottskreuzdonnerwetter« sollten wir ganz dem lieben Gott überlassen, da wir es ohnehin nicht zu handhaben wüssten.

Die Fluchreformen sind richtig durchgeführt worden, und kein Mensch in Alpel wird heutzutage in einem gelinden Zorn noch das heilig Wort »Kruzifix« ausstoßen, sondern stets *»kruzitürken«* oder *»kruzidaxl«* rufen. Nur in Momenten höchster Wut greifen die Leutchen noch zu ihren wuchtigen Ausdrücken zurück.

Das waren indes so ziemlich die ganzen Erfolge der Mission des Meisters Brotschimmel. Auch neue Gebete und Litaneien wollte er aufbringen, da unterbrach ihn ein rußiger Kohlenmann, wir hätten an den alten vollauf genug.

Der Schneider predigte anfangs selten, später jedoch wöchentlich ein oder zwei Mal. Bisweilen geschah es, dass irgendein Fremder, der zufällig im Tale anwesend war, sich ins Häuschen des Meisters einschlich, um aus Neugierde und Fürwitz den seltsamen Apostel zu hören. Das war stets vergebens, der Schneider merkte nur allsobald den Bock unter den Schafen und predigte nicht.

Einmal kamen drei Ingenieure in die Gegend, um die Höhen der Berge, die Tiefen der Wässer und die Weiten der Matten und Wälder auszumessen. Wir alle miteinander hatten nicht viel Vertrauen zu diesen Leuten und meinten, dass sie unseren Grund und Boden messen und schätzen, bedeute gewiss nichts Gutes. Aber es ging an, die Herren brachten Geld in die Gegend. Mich, den fünfzehnjährigen Jungen, pachteten sie bei meinem Vater für sechs Tage um zehn Gulden, dass ich ihnen die Werkzeuge mit herumtrüge und auf den Wipfeln der Bäume schneeweiße Holztäfelchen befestige.

Es waren eigentlich ganz verrückte Arbeiten, die sie trieben. Da gingen sie herum, wo gar keine Wege und Stege waren, steckten ohne allen Anlass Fahnen und bunte Tafeln auf die Bäume und auf die Bergspitzen, schlugen Tische auf mitten im Weideplan und aßen doch nichts drauf; durch lange Röhren guckten sie, mit Stäben zielten sie, als wollten sie schießen, mit den Zirkeln tanzten sie auf dem Papier herum, schrieben allerlei Ziffern und Buchstaben dazu, und das Abends, wenn sie ins Haus zurückgekehrt waren, wussten sie die Höhe und Breite der Berge.

Diese Art zu messen kam auch zu den Ohren des Schneiders, der sonst gewohnt war, mit dem Faden ängstlich alle Körperteile seiner Kunden zu prüfen und trotzdem die Hosen und Joppen zu verschneidern.

»Sickra, sickra!«, rief er eines Tages in seiner Predigt, »diese Ausmesser, das sind Teuxelsleut'! Jetzt rechnen sie dem Herrgott seine Welt schon vor; aber Geduld! Wie sie ausmessen, so wird ihnen eingemessen werden!«

Was Wunder, dass die Ingenieure, die alles Gute und Merkwürdige in der Gegend auskundschafteten, endlich auch den Wunsch hegten, unseren Prediger zu hören. Der Mann war nach und nach vollständig erblindet, und so konnte ich, als der Führer der Herren, es wagen, sie eines Abends in das Schneiderhäuschen einzuschmuggeln. Doch siehe, schon in seiner Einleitung stockte der Prediger, bald unterbrach er sich und sagte laut:

»Heut' sind fremde Leut' da!«

»Beileib' nicht, Meister, beileib' nicht!«, beteuerte ein alter Knecht.

»Du!«, drohte der Schneider, »der Teuxel wird dir glühende Kohlen in den Mund stecken für seine Lug'! – Stadleut' schmeck' (rieche) ich!«

Leider waren die Fremdlinge so unvorsichtig gewesen, beim Eintritt ihre Zigarren nicht auszulöschen! So war dem Blinden ihre Anwesenheit kund, und die Predigt unterblieb.

Von dieser Zeit an war Meister Brotschimmel vorsichtiger. Er hatte ein junges Mädchen, armer Leute Kind, ins Haus genommen, das er nach seinen Grundsätzen erziehen und vor den Fallstricken der Welt zu bewahren trachtete. Das Mädchen – Mariane Schober – war gar eingezogen und sittsam. Die Mariane nun musste vor den Predigten an der Tür stehen und jeden zurückweisen, der ihr nicht als Einwohner des Tales bekannt war.

Ich war mit dem Mädchen schon früher ein wenig vertraut worden. Wir waren bei der Predigt häufig nebeneinander gestanden, weil es, wie ich, keine Schuhe trug. Das eine Mal nun hatte ich – zufällig – die Mariane auf die Zehen getreten; das andere Mal war ihr Pfötlein auf das meine gestiegen; und so hatten, während wir oben den Worten des Propheten lauschten, unten unsere Zehen miteinander Bekanntschaft gemacht. – Später nähte mir Mariane einmal während der Predigt ein am Halse herausgesprungenes Hemdhäkchen ein; und ich guckte mir dabei ihre feinen, falben Locken und ihre blauen Augen etwas näher an. – Ich freute mich stets die ganze Woche auf die Erbauungsstunde beim Meister Brotschimmel und gab mir bei solchen hierauf öfters Mühe, das Hemdhäkchen wieder herauszusprengen.

Mein jüngerer Bruder ging auch mit Vorliebe zur Schneiderspredigt. Derselbe hatte hinter dem Kachelofen sein Winkelchen und konnte dort eine ganze Stunde lang seinen Übungen obliegen. Er »lernte« damals nämlich just das Tabakrauchen, was daheim streng verpönt war. Da in der Predigt auch andere schmauchten und der Vater selten anwesend war, so kann man sich die Vorteile meines jüngeren Bruders wohl denken.

Eine Besonderheit war es, dass die älteren Leute des Tales sich den Vorträgen des blinden Schneiders allmählich entzogen. – »Wir wissen's ja schon, was er sagt«, meinte einer der Ältesten, »und täten in der engen Stube anderen nur den Platz wegstehen; den jungen Leuten tut es 'leicht nöter als uns, dass sie fleißig in die Predigt gehen.«

So sind wir junge Leute denn eifrig verhalten worden, an den stillen Feierabenden ins Schneiderhäuschen zu wandern, um dort das Gotteswort zu vernehmen. Als der Prediger wusste, seine Zuhörerschaft bestünde zumeist aus jungem Volke, dem das Blut erst warm zu werden beginne, da zog er andere Saiten auf. Wir hörten manch' Erfreuliches von heiligen Jünglingen und Jungfrauen, aber auch allerlei Seltsames von den Begierden und Anfechtungen des Fleisches, von den Folgen derselben und von den höllischen Werkzeugen, womit die Gefallenen gezwickt, gekratzt, geschunden, geschmort, zerstückt und auf alle erdenkliche Weise gepeinigt werden. Wie gut wäre es gewesen, wenn auch der unglückliche Pöll mitunter in seiner Jugend so eine gute Lehre hätten hören können.

Wenn uns bei den Darstellungen ersterer Art bisweilen das Herz ein wenig warm und rührselig wurde, so waren die letzteren Betrachtungen wie eiskaltes Wasser darauf. Doch der Mensch wird alles gewohnt; bald verloren die Vorträge jegliche Wirkung. Wir ergötzten uns im Stillen nach unserem eigenen Geschmacke.

Die Predigt begann stets um sechs Uhr und endete – es mochte was immer für ein Gegenstand in

Behandlung sein – regelmäßig, sobald die braune Schwarzwälderuhr, die in der Stube hing, auf ihrer Metallschelle die siebente Stunde schlug.

Es war dem Schneider ein Gesetz, die Lehre musste eine Stunde währen, denn so lange hatten auch die Missionäre gesprochen. Zum Stundenschlag aber wurde der Vortrag plötzlich mit einem kräftigen Amen abgehackt.

Und eines fröhlichen Samstagabends im Frühherbste gingen wir wieder ins Haus des blinden Schneiders zum christlichen Unterrichte. Da traf es sich, dass wir Zuhörer aus lauter jungen Leuten bestanden, aus Burschen und Mädchen von zwölf bis fünfundzwanzig Jahren, wovon nur das Bachreuter-Maidle mit ihren dreiundfünfzig Jahresringen um die Augen eine schöne Ausnahme machte.

Das Bachreuter-Maidle genierte uns aber gar nicht, im Gegenteile, wir waren froh, dass wir es unter uns hatten, denn, wo *das* dabei war, da gab es unterschiedliche Schwänke und Possen allewege. Wenn den tollsten Jungen nichts Übermütiges mehr einfiel, so war gewiss noch das Bachreuter-Maidle die Anstifterin irgendeiner Schalkheit, eines ausgelassenen Stückchens. Wie ein Bub' konnte es springen und johlen und balgen, das Maidle; wenn es aber still war und seinen kurzen Hals einzog zwischen die hohen, spitzigen Schultern – da gab's gar noch das Ärgste zu fürchten oder zu hoffen –, da kam sicher bald ein rechtes Schelmenstücklein heraus.

Es war bislang ohne Mann geblieben, das Maidle, und die Talbewohner rieten schier, es sei bei der

Taufe desselben eine Irrung geschehen und das ganze Tal um ein Bachreuter-Büble betrogen worden. Das Maidle hielt sich brav, dass niemand von der Haltlosigkeit obiger Annahme überzeugt war. Nun freilich hatte es schon die Runzelchen und etliche graue Haare, aber der Possenreißer in ihm war jung geblieben.

Dieses Maidle hatten wir Jungen unter uns, als an jenem Samstagabend der Schneider zu predigen anhub. Ich, als einer der zuletzt Erschienenen, hatte meine barfüßige Pförtnerin mit in die Stube genommen und mich mit ihr auf ein Bänklein gesetzt, unter welchem die Hühnersteige war. Die Hühner saßen schon geruhsam auf ihren Stangen, nur der Hahn schlug bisweilen noch eins mit den Flügeln. Auf der Ofenbank, auf der Truhe und in anderen Winkeln saßen andere, wie sich eben beliebig gestellt hatten. Etliche Jungen dampfen aus mächtigen Tabakspfeifen; andere strichen sich mit Kohlen Schnurrbärte an; wieder andere schnitten allerlei Gesichter und drehten dem Schneider Nasen. Der Schneider aber stand auf seinem Schemel und predigte. Er predigte von der großen Tugend der Abtötung. Er führte alle Heiligen an, die sich kasteit, gegeißelt, mit härenen Kleidern geplagt, ausgehungert und auf alle andere, oft unsaghafte Weise gepeinigt hatten. – Und die Jungen drehten dem Prediger Nasen oder kauerten in einer Ecke und spielten Karten. Und einer war dabei, der schrieb Spottliedchen auf den Schneider und verteilte die Papierstreifchen. Eines derselben lautete:

»Der Schneider, der Schneider,
Wie ein Zahnbrecher schreit er,
Und Maidle in der Still'
Tut doch, was sie will!«

Ein anderes, das mir noch in Erinnerung:

»Der Schneider Brotschimmel
Fährt heut' noch in Himmel,
Morgen ist's zu spat,
Weil ihn der Teufel g'holt hat.«

Natürlich geschah das alles in gehöriger Ruhe, denn diese Gelegenheit, in Gemeinschaft Hallodria zu treiben, durfte für heute und die Zukunft nicht verscherzt werden.

Am trautsamsten selbstverständlich ging es dort zu, wo sich zu Maid und Bursch' die Pärchen versammelt hatten.

Zu solcher Stunde nun, es mochte drei Viertel auf sieben und die Auflösung der Gesellschaft also nahe sein, schlich das Bachreuter-Maidle auf Zehenspitzen zur Schwarzwälderuhr hin und häkelte von der Schlagwerkschnur den Gewichtklumpen ab. Die Uhr tickte wie vor und eh, und das Maidle huschte auf seinen Platz zurück und tat fein andächtig horchen auf die Predigt, insgeheim frohlockend über die Wohltat, die sie der ganzen Gesellschaft erwiesen hatte. Es war dabei ja auch beteiligt, denn ihm zur Seite saß ein rotlockiger Bursche, mit dem sich das Maidle nicht ungern im Fingerhäkeln übte.

Und der Schneider predigte und predigte. Schon schien sich ihm manchmal der Stoff zu verflachen, aber die Uhr schlug nicht sieben. Noch erzählte er die Legende vom heiligen Aloisius und erklärte die Bedeutung der Lilie und sprach von den himmlischen Freuden der Frommen – aber die Uhr schlug nicht sieben. Einmal setzte er ab und horchte. Die Versammlung schien in tiefer Andacht zu sein, und die Uhr tickte und tickte. So ließ er sich nun auf die ewigen Strafen der Gottlosen ein.

Ich saß auf der Hühnersteige, hielt meinen rechten Arm um den feinen Hals der Mariane Schober geschlungen, und mein Lebtag war mir nicht so wohl als zur selben Stunde, in der die Uhr nicht sieben schlug. Nur der Hahn war zuweilen etwas unruhig unter dem Bänklein. Der flatterte mit den Fittichen und ließ die Hühner nicht schlafen.

Es war allmählich dunkel geworden. Ein oder der andere Zuhörer räusperte sich dann und wann, mancher versuchte zur Not ein Kichern. Das Maidle neben dem Rotkopf war die Ernsthafteste. Die Kartenspieler unterschieden ihre Trümpfe nicht mehr genau, und die Pärchen waren womöglich noch näher zusammengerückt.

Noch einmal unterbrach sich der Prediger und horchte. Es war ihm so ein schmatzender Ton aufgefallen; – es war aber nichts weiter, er fuhr fort, hielt es jedoch nicht gerade für überflüssig, noch mehr Scheiter in das höllische Feuer zu werfen, in welchem die weltlustigen Sünder gebraten werden.

Bei solcher Wärme war es nahe liegend, dass ich

heimlich die Frage an mich stellte: Wenn alle anderen um dich herum heut ihr Mädchen küssen, warum sollst das Ding nicht auch du versuchen?

Ich fasste daher mit meiner linken Hand die Mariane fester denn bisher am Arm, schlang meine rechte Hand noch enger um ihren Nacken, zog ihren Busen an meine Brust, beugte mein Haupt auf ihr Gesichtchen nieder – und wie ich meine Lippen ausbiege nach den ihren, da kräht unterwärts der Hahn.

Wild emporgefahren sind wir beide von unseren Sitzen. Der Prediger aber brach ab und rief: »Wie? Mein Hahn kräht niemals vor drei Viertel auf acht! Morgen ist schlechtes Wetter, und heut' hat die Uhr einen Narren gemacht. Geht daher, meine lieben Zuhörer, eilends nach Hause und seid wachsam, denn ihr wisset weder den Tag noch die Stunde. Amen.« Nun war plötzlich unser Eden aufgelöst. Das Bachreuter-Maidle kicherte und trillerte, von Burschen umjohlt, davon.

Am anderen Tag sind in der Stube des Apostels Spielkarten gefunden worden und ein paar beschriebene Papierstreifen, die nichts weniger als Ehrfurcht gegen den Prediger an den Tag legten. Darüber war der Meister Brotschimmel derart empört, dass er ausrief: »Nie wieder, dass ich diesen Heiden des Herrn Wort verkündige: Diese verfluchten Ausmesser haben unsere jungen Leut' verdorben. Der Teufel soll sie holen! Was hilft bei so einem vermaledeiten Volk das Predigen?!«

»Freilich, Meister«, antwortete ihm die Mariane, »das Predigen hilft nichts, sonst wär' der Meister selber bekehrt und tät' nicht so mörderisch fluchen.«

Der Schneider ist nicht ein einzig Mal mehr auf den Schemel gestiegen. Die jungen Sünder des Tales haben sich allmählich zerstreut in alle Welt; – etliche davon sind bereits alte Sünder geworden.

Als ich die erste Schlacht gesehen

Die Zeit war der 24. Juni 1859, ich ein Bursche von sechzehn Jahren. Burschen von sechzehn Jahren streifen bisweilen im Walde umher, ohne selbst zu wissen, warum. So streicht im Mai der Blütenstaub der Föhre …

Ich ging durch den dunkeln Wald der Lichtung entgegen, und als ich in der Lichtung stand, wieder in die Dunkelheit des Gestämmes hinein. Dort war mir's zu wenig hell, hier zu wenig finster. Eine große Wildnis wollte ich um mich haben, eine Wildnis, wie sie in der Geschichte von der heiligen Genovefa stand. Die Bäume sollten uralt und wüst sein, vom Sturme zerrissen, vom Blitze gespalten; der Boden sollte bedeckt sein von wildem Gestein und Gesträuche, Wunderpflanzen darunter, Früchte, die den Menschen verzaubern und zu dem machen, was er sein will. Was ich damals sein wollte, das wusste ich freilich nicht; vielleicht ein Eidechschen, das die Klüfte und Höhlungen des Gefelses durchgleiten konnte; vielleicht ein Fröschlein, das in die Tiefe des Waldwassers tauchen konnte; vielleicht ein Eichhörnchen, das auf den Wipfel des höchsten Fichtenbaumes klettern konnte; vielleicht eine Wildtaube, die über den Wald in sonnigem Schimmer hinfliegen konnte; vielleicht ein

Geier, der die Wildtaube fressen konnte: nur kein sechzehnjähriger Junge sein, außer es wären die Erdbeeren schon reif, und es wäre des Schneiders Mariane auf Erdbeerpflücken im Wald. Da gäbe es doch zum Mindesten was auszufechten, denn ohne Streit mag ein sechzehnjähriger Waldbauernbub nicht leben.

Ich suchte nach Erdbeeren, wäre dabei schier über den glatten Sandweg hin, der zwischen den Fichtenbäumen auf der Hochebene des Berges entlangzog und auf welchem einige Wochen früher wieder die fremden Völkerscharen nach Mariazell gewallt waren. Es war zur Nachmittagszeit, aber es war nicht sonnig, und es war nicht schattig; der Himmel hatte sich, so viel mir noch im Gedächtnis ist, mit einer leichten weißen Schichte überzogen. Einmal stand ich still und horchte. Mir war zu hören gewesen, gerade als ob in weiter Ferne ein Kanonenschuss gedonnert hätte. Es war ja Krieg in Italien, und auf dem Kirchplatz zu Krieglach war zur selben Zeit ein großes Papier an die Wand genagelt, auf welchem der Kaiser seine Völker um Gottes willen bat, das Vaterland zu schützen. Etwa hatten unsere Soldaten verspielt, und der Franzos kam schon ins Steierische herein.

Des Weiteren blieb es still auf der Bergeshöhe; ich schritt fürbass, und in jener religiösen Stimmung, in welcher ich mich damals so häufig befand, dachte ich darüber nach, ob denn der Franzos wohl auch ein Christ sei und ob – wenn zwei Christenvölker miteinander Krieg führen – sich nicht der Papst zu Rom ins Mittel legen solle, und wenn er mit Gütigkeit nichts ausrichte, Bannstrahlen werfen möchte über die Aufrührer.

Mein Philosophieren fand ein rasches Ende; vor mir am Berge auf einem erhöhten Stein hockte Mariane Schober, ein Mägdlein, mit dem ich seit jenem letzten Abend beim Schneider in Zwist lebte. Sie war so viel trotzig geworden – und als ich das gemerkt, war ich's auch geworden. Wir kamen nicht selten zusammen – wir riefen uns gegenseitig was zu, und sagte ich »ja«, so sagte sie »nein«, und meinte sie »weiß«, so behauptete ich »schwarz«.

Die hockte nun auf dem Stein und rief mir zu: »So klotz' (trotte) doch nicht just auf den Tierlein daher! Siehst es denn nicht?«

Ich blickte zu Boden – er war ganz braun vor lauter Ameisen. Sogleich wollte ich auf die Seite treten – aber nein. Gerade, weil sie's nicht will, trete ich die Tierlein zusammen.

Sie kehrte sich nicht weiter dran, sondern sagte: »Meiner Tag hab' ich so was nicht gesehen, meiner Tag nicht. Raufen tun sie miteinander, und umbringen tun sie sich, dass es ein Graus ist.«

Jetzt wurde auch ich aufmerksam. So weit man auf dem Wege fortsah, war er voll brauner Ameisen, und dort, wo die Mariane hockte, begegneten sie sich und schlachteten einander ab. Wunderbar war es, und unbeschreiblich ist es.

Es waren die Völker von zwei Ameisenhaufen, die, wie ich später sah, mehrere Hundert Schritte voneinander entfernt lagen. Der eine war am Fuße eines Lärchenbaumes, der andere mitten im Heidekraut hoch geschichtet. Beide waren verödet, denn die Bevölkerung mochte zum Teile in den Tiefen der Wohnungen verkrochen sein, zum größten Teile war sie auf dem Felde, stand in Waffen. Die Aufregung und das hastige Hin- und Herrennen war ganz großartig, die Wut, mit der sie sich anfielen, fürchterlich, Hunderte von Toten, Zerrissenen lagen auf dem Boden. Hunderte von kämpfenden Gruppen bedeckten die Walstatt. Die Ameisen verfolgten einander, sprangen auf die andere, umklammerten sich, wälzten sich kämpfend auf dem Boden oder standen aufrecht wie ringende Menschen. Viele suchten die Feindin durch Gift (Ameisensäure) zu betäuben oder mit den Beinen ihr den Hinterleib vom Vorderleib zu reißen oder ihr mit der Lanze des Fühlers den Kopf zu durchbohren, oder sie mit den Kiefern tot zu beißen. Am häufigsten waren zwei fest aneinander verklemmte und mit ihren Kiefern verbissene Feinde. Beide getötet, lagen sie noch so und waren von den anderen gar nicht mehr auseinander zu bringen. In Ketten von sechs bis zwölf Ameisen waren sie aneinander geklammert. Manche fielen sich wütend an, ließen aber sofort wieder los – das mochten Freunde sein, die sich in der Hitze des Gefechtes nicht gleich erkannt hatten. Ich entdeckte keinen Unterschied zwischen den Ameisen der beiden Heere – aber sie mussten ihre Leute wohl kennen; dass einer den Freund getötet hätte, schien nicht vorzukommen, wenigstens fuhren sie mit großer Entschiedenheit nur auf Bestimmte los, da die Richtung, von welcher sie gekommen, auch längst nicht mehr zu erkennen war. Auch Gefangene wurden gemacht und dieselben mit einer gewissen Sorgfalt und Schonung ihres Lebens aus den Reihen der Kämpfer geschleppt

Über die ganze Breite des glatten Waldweges hatte sich der Kampf ausgedehnt. Gegen den Rand hinaus lagen zwei Steine, zwischen welchen eine etwa zwei Zoll breite Gasse durchlief, welche von Seitenflügeln beider Armeen fleißig als Durchgang benützt wurde, um ins feindliche Lager hinüberzugelangen. Plötzlich aber fiel es einem Teile ein, diesen abseitigen Durchweg zu verrammeln; etliche hundert Ameisen liefen wie auf Kommando aus der Schlachtordnung und huben an, Steinchen, Holzsplitter und dürre Fichtennadeln, wie sie auf dem Wege lagen, herbeizuschleppen, welche sofort wieder andere in Empfang nahmen, die damit im Pass zwischen den beiden Steinen eine Barrikade bauten. Umso mörderischer entbrannte der Streit auf den anderen Linien; jetzt wich das eine Korps auf Spannbreite zurück, jetzt schien das andere weichen zu müssen – aber der Kampf blieb unentschieden.

Als wir eine Weile zugesehen und unsere Meinungen ausgetauscht hatten, wobei Mariane für die Heidekrautarmee Partei ergriff, während ich es mit dem Lärchenbaumheere hielt, sagte ich: »Gut, so wollen wir sehen, ob die Deinen oder die Meinen gewinnen.«

»Und wir werden es auch sehen«, antwortete die Mariane scharf, »die Deinigen werden schön sauber davongejagt – siehst du, dort laufen schon ein paar –, das sind lauter Traumichnichte.«

»Oho!«, rief ich, »die Deinigen werden niedergestochen und aufgefressen – schau, dort trinken ein paar von den Meinigen just von einer der Deinigen den Saft aus dem Bauch.«

»Weil sie Schandvieher sind, die Deinigen«, sagte Mariane entrüstet.

»Harb' dich, wie du willst«, versetzte ich, »wenn du verspielst, so werde ich dir schon eine Kriegslast auflegen.«

»Werd' sie auch tragen«, sagte sie trotzig.

»Wenn du verspielst, so musst du mir dasselbig Ding geben, was ich am Philippitag haben hab' wollen.«

»Sollst es haben«, rief sie, »aber wenn du verspielst, da bin ich schon in Verlegenheit, was ich dir abverlangen soll; was ich möcht', hast du nicht, und was du hast, mag ich nicht.«

»Damit reißest du mir gar keinen Possen«, versetzte ich, »wenn nur ich meine Sach' krieg, die ich am Philippitag haben hab' wollen.«

So die Verhandlungen, während die Ameisen wacker weiter kämpften. Der Himmel war düster geworden; jener Kanonenschlag, den ich früher gehört zu haben meinte, hatte sich wiederholt und war zu einem Donner der Wolken geworden. Ameisen, die an der Schlacht nicht unmittelbar beteiligt waren, schienen über das Wetter einigermaßen unruhig zu werden, sie schlugen den Rückweg gegen das Nest ein. Aber andere liefen ihnen nach, betasteten die Flüchtlinge mit den Fühlern und brachten sie wieder in die Schlachtordnung.

Hie und da war ein Wurm, ein Käfer unter das

Scharmützel geraten, er wurde über und über getreten, aber des Weiteren geschah ihm kein Leid. Nur ein großer Hirschkäfer, der sich im Vollgefühle seiner herkulischen Gestalt, wie es schien, absichtlich mitten in den Kampf gewagt hatte, war rasch von einem Dutzend Ameisen umringt, die ihn, mit ihren Lanzen stechend, mit ihrem Gift bespritzend, mit ihren Kiefern beißend, davontrieben, bis er, so gut er's noch vermochte, das Weite suchte.

Eine Heuschrecke war von ungefähr auf das Schlachtfeld gehüpft; sofort schoss eine Ameise auf ihren Rücken, und in demselben Augenblicke hüpfte der Springer wieder davon und entführte so einen Streiter vielleicht seinem Verderben.

Am traurigsten waren die sterbenden Ameisen zu sehen, die mit zermartertem Leibe, mit ausgerissenen Beinen langsam verendeten. Wohl wurden solche und auch die Toten möglichst bald vom Kampfplatz entfernt und gegen einen abgelegenen Ort abseits vom Wege, hinter einen halb vermoderten Baumstrunk geschleppt, wo sie in gleichmäßigen Reihen zur ewigen Ruhe gelangten. – Bei einer anderen Gelegenheit war es, als ich sah, wie die Ameisen ihren Toten ein Grab ausgruben und sie in dasselbe verscharrten. Dazu war nun im Drange des Kampfes freilich keine Zeit.

Wir, ich und die Mariane, hockten noch immer an beiden Seiten des Weges und sahen mit Staunen dem wilden Morden der kleinen Wesen zu. Ein feines Knattern war im Gewühle zu hören, und sooft ich näher hinhorchte, bekam ich einen Spritzer der scharfen Ameisensäure ins Gesicht. Also auch auf uns, die Ungeheuer, war ihr Augenmerk gerichtet, während sie das gar nicht hinderte, mit immer neuer Gier und immer neuen Mitteln aufeinander loszustürmen. Um manches Stückchen Baumrinde, um manches Sandkorn drehte sich der Streit, und manches Klötzchen Holz, manches Büschchen Moos wurde als Verschanzung benützt und auf Leben und Tod verteidigt. Ich war damals noch so sehr Ebenbild Gottes, dass ich das Tier bei weitem nicht zu Meinesgleichen zählte, wie ich wohl zu tun es später gelernt hatte; ich ergötzte mich daher bass an dem seltsamen Schauspiele, das mir der Waldweg darbot, ergötzte mich umso mehr, als ich endlich die Partei Marianes immer mehr zurückweichen sah, sodass ich den vereinbarten Tribut mit Sicherheit zu gewärtigen hatte. Der eine Flügel der Unterliegenden löste sich bereits in eine wilde Flucht auf, und die Meinen stürzten in Massen voran, um Beute zu machen – da hub es hoch in den Bäumen an zu rauschen, und große Tropfen fielen nieder und schlugen manche der siegenden Ameisen in den Sand.

Ich erhob mich und verlangte von dem Schneidermädchen die Sache, welche ich am Philippitag von ihm hatte haben wollen.

Die Mariane riss zornig ihr Busentuch auf, zog ein Ding, das sie am Halse hängen hatte, hervor, warf es mir vor die Füße und lief davon. – Ein kreuzergroßes Messingblättchen war es, ein geweihtes Amulett, das Gnadenbild von Mariazell vorstellend. Das hätte ich haben wollen?

Am Philippitag – das ist der erste Mai – waren wir, ich und die Mariane Schober, allein auf der Bank vor dem Schneiderhause gesessen, und ich hatte meinen Arm um den Nacken des Mädchens gelegt und meine Finger ein wenig mit seinem Busentuch spielen lassen – und ich weiß nicht, was ich damals gesagt haben mochte, dass es seither der Meinung gewesen, es gelüste mich nach dem Amulette.

Nun, das Amulett hatte ich, und der Wolkenbruch war auch da.

Am andern Tage hatte ich die Stelle der Schlacht wieder besucht, hatte keine einzig Ameise und nur wenige tote Körper mehr gefunden. Und an demselben Tage war der Gemeindebote mit dem Steuerbogen zu uns gekommen.

»Leut', ihr bringt einen um, mit den Steuern!«, rief mein Vater aus.

»Nur Geduld«, antwortete der Bote, »sie werden schon noch wachsen. Telegramm ist da, gestern haben wir in Italien eine große Schlacht verloren.«

Als ich zum Pfluge kam

Das ist eines der allerkürzesten, aber der allerwichtigsten Kapitel, es führt mich aus der ersten kindlichen Jugend und aus der Hirtenzeit hinaus zur zielbewussten Arbeit und zur jungen Mannbarkeit.

Es bedurfte vieler Ränke, bis ich's vom Kinderhirten zum Pflüger brachte. Ich musste mir den Fuß verstauchen, dass ich den Tieren nicht mehr entsprechend nachlaufen konnte; ich musste auf der Weide Vogelnester entdecken, wodurch mein jüngerer Bruder geneigt wurde, an meiner Statt das Hirtenamt zu übernehmen; ich musste endlich den Knecht Markus, der sonst den Pflug geleitet hatte, gewinnen, dass dieser versicherte: 's wär' ein bequemes Zeug, ließe sich handhaben wie ein Taschenfeitel, und ich – der junge Bub' – sie leidlich stark und geschickt, den Pflug zu führen.

Und ich stand da und streckte mich, dass ich dem langen Markus mindestens bis an die Achsel langte, und ich schüttelte einen Zaunstecken, dass er ächzte – zum Beweise meiner Reife für den Pflug. Aber mein Vater lachte und rief: »Geh', du bist ein kleiner Prahlhansel! Wär' not, es tät dir noch alle Tag ein anderer dein Hösel stäuben. Na ja, und jetzt will er den Ausgewachs'nen spielen. Ist recht, pack' nur an – wird nicht lang' dauern!«

Auf dem Acker war's gesprochen. Der Markus stand zurück, und ich packte den Pflug bei den Hörnern.

Der Pflug in der Gegend meiner Heimat ist zwar nicht mehr der gekrümmte Baumast der Wilden, sonst jedoch ein unvollkommenes, plumpes Werkzeug. Der Bauer zimmert ihn selbst aus Birkenholz, die Eisenteile dazu nur holt er sich vom Schmied und die Räder vom Wagner. Die Hauptstücke des Pfluges sind: das Sech, Pflugmesser, welches den Rasen senkrecht durchschneidet, der Arling oder die Schar, welche denselben waagrecht abledigt, sodass eine Rasensohle entsteht, welche vierseitig und etwa eine Spanne breit und eine halbe Spanne dick ist. Dann ist das Mull- oder Tauchbrett, welches die abgeschnittene Sohle aus der Furche emporhebt und umlegt, sodass die Rasenbreite nach unterwärts zu liegen kommt. Weitere Teile, vermittelst welchen diese Hauptstücke am Gründel befestigt sind, heißen die Griessäule, die Sohlschwelle, die »Katze«. All' diese Vorrichtungen müssen doppelt vorhanden sein, da die wechselweise Hin- und Herfahrt auf bergigem Acker solches bedingt. Voran liegt der Pfluggründel auf der Räderachse, an welche zumeist ein Paar Ochsen gespannt ist. An der Rückseite das Pfluges stehen drei Hörner oder Sterzen, die Handhaben, hervor, durch welche der Pflug von einem kräftigen Manne geleitet wird. An der Leitung dieses »Pflughabers« liegt es, die Rasensohle breit oder schmal, die Furche tief oder leicht zu machen; diesem Manne obliegt es, am Rande des Ackers den

Pflug gut einzusetzen und auszuheben, auch muss er es vermögen, auf steinigem Boden vor jedem größeren Steine den Pflug herauszureißen, denn die Ochsen sind nicht plötzlich zum Stehen zu bringen, und der unbewachte Pflug würde gar bald in Trümmer gehen.

Außer diesem Pflughaber ist zum Gefährte auch noch ein Fuhrmann nötig, der die Ochsen leitet, sodass im Paare der eine stets in der Furche, der andere auf dem Rasen schreitet. Dann muss endlich ein »Nachhauer« sein; das ist zumeist eine Magd, welche mit einer Haue dem Pfluge folgt, nicht gut umgelegte Sohlen niederdrückt, fehlerhafte Furchen aushaut – kurz, den Korrektor des Pfluges abgibt.

Man sieht, dass die Sache nicht einfach ist. Es gehört ein langer Tag dazu, um mit einem Pfluge ein Joch hängenden Ackerlandes umzukehren. Nun, und wie ist's dabei dem jungen Pflughaber ergangen?

Fest hatte ich den Stier bei den Hörnern gefasst. Es war aber wahrhaftig ein Stier. Vom Markus hatte sich das Zeug wie ein Spielwerk handhaben lassen; es war, als hielte er sich nur des Vergnügens wegen an die Handhaben. Jetzt war's eine andere Art. Die Rinder zogen an. Mich schleuderten die Handhaben nach rechts und nach links, der Pflug wollte aus dem Gleise steigen, und meine Barfüßlein kamen etliche Mal unter die Erdsohle. »Er ist zu gering beim Steiß!«, hörte ich den Vater und den Knecht lachen; das Wort weckte mich. Es handelte sich um meine Ehre, um meine Mannbarkeit.

Nicht mehr der Halterbub' wollt' ich sein, der am Tisch bei der untersten Ecke sitzen musste, der nirgends ein Wörtlein mitsprechen durfte, der – wusste er was Gescheites – dasselbe mit den Kälbern und Schafen bereden konnte. Mein Sinn stand nach dem Höchsten; groß, stark und selbstständig wollte ich sein, wie der Weidknecht. Und siehe, der Mensch wächst mit seinen höheren Zwecken! Ich führte den Pflug und schnitt eine leidliche Furche. Die ausgeackerten Regenwürmer hoben verwundert ihre Köpfe, zu sehen, wer heute ackere!

Die Äcker meines Vaters hatten zähe, gelbrote, mit Graswurzeln durchflochtene Erde, und die Sohlen waren ein endlose Darm und brachen auf der ganzen Pflugstrecke kaum ein einzig Mal ab. Mich freute das, denn so blieb der Pflug stets gleichmäßig in seiner Lage, und die Furche war regelmäßig wie Teichgräberarbeit. Meinen Vater freute das nicht; er hätte viel lieber schwarze und mürbe Erdsohlen gehabt. »Schwarze Erde, weißes Brot!«, sagt der Spruch. Als ich den Pflug das dritte Mal über den Acker leitete, lugte ich nach der Sonnenhöhe. Ach, diese Uhr stand! Es waren Wolken davor. Und wenn der Herrgott boshaft sein will und es heute nicht Mittag werden lässt …!

Es dauerte lange, bis zur Mahlzeit oben beim Hause die Mutter auf dem Söller stand, wie einst die Ahne, zwei Finger in den Mund hielt und einen Pfiff ausstieß, den der Waldschachen so prächtig nachmachte. Ich ließ die Handhaben los und gestand mir's: So schön habe die Mutter noch gar nie gepfiffen.

Dann ging's zum Mittagsessen. Ich hütete mich wohl, die Erde mir von den Händen zu reiben, denn eben diese Kruste gab mir das Ansehen; ich war nicht mehr der Halterbub, ich war der Pflughaber, hatte die gleichen Rechte mit den Knechten; ich saß neben dem Vorknecht und bestrebte mich, gewichtige Reden zu führen. Man sprach über meine Leistung; da schwieg ich, denn meine Leistung verstand sich von selber.

Es ist ein kleines Ding aus der Jugendzeit, es ist kaum groß genug, dass man's so laut erzählt, aber für den Landmann ist's ein wichtiger Tag, wenn er das erste Mal seine Hand an den Pflug legt; es ist eine heilige Tat. Das Schwert, das Kreuz ist Gegenstand großer Ehren; – ich halte auch den Pflug für ein Symbol der Welterlösung. Den grauen Erdstaub, der damals an meiner Hand kleben blieb und mit dem ich zum Mittagsessen ging – ich habe ihn bis heute nicht weggewischt –, er ist mir das, was dem Schmetterling der Goldstaub.

Und so mag ich wohl noch sagen, dass ich im selben Jahre den ganzen Acker umgebaut habe, dass mein Vater mit frommer Hand das Korn in die Erde gestreut hat und dass im nächsten Frühjahr das Korn in schönster erfreulicher Grüne gestanden ist.

»Seit zehn Jahren hab' ich kein solches Kornfeld mehr gehabt«, hatte mein Vater hierauf gesagt.

Im Hochsommer, als die schweren Halme zur Reife neigten, schlug der Hagel die ganze Frucht tief in den Erdboden hinein.

So war mein erstes Ackern ausgefallen. Es war

lange nicht mein letztes gewesen, aber endlich ist uns die Lust vergangen, in ewiger Mühsal dort zu bauen, wo fast jedes Jahr gröber oder leichter die Schlossen dreinfuhren. Mein Vater hat darüber niemals geflucht, jedoch durch mannigfaltige Missgeschicke entmutigt allmählich den Streit mit den Elementen aufgegeben.

Heute steht auf jenem Felde, über das ich den Pflug geleitet, ein schöner junger Lärchenwald; ich kann mit meiner Hand die Wipfel nicht mehr erreichen. Frisch aufwuchert es allerwärts, wo früher meines Vaters und seiner Kinder Pflug und Spaten gewühlt – frisch auf zu einem neuen Hochwald. Allmählich sind wir teils fortgedrängt worden, teils willig davongezogen von der sandigen Scholle der Vorfahren. Meine Geschwister kamen zu fremden Bauern. Ich lernte ein Handwerk und ging dann in die Fremde, um es wieder zu vergessen. Die Mutter wurde nach manchem Jahre herber Mühsal durch den Tod erlöst. Das und anderes erzählt dieses Buches zweiter Band. – Nur der alte Vater ist am längsten noch geblieben in einem Häuschen mitten im sprossenden Wald.

Endlich, da ihm die Wildhühner unter dem Dache genistet und die Eichhörnchen zu den Fenstern hineingelugt haben, ist auch er aufgestanden und, gestützt auf einen Stock des Wacholders, niedergestiegen in das sonnige Tal der Mürz.

Inhalt